大鱼文化传媒　大鱼文学

你有多美好,只有我知道

原名:最佳贱偶

How nic

容光

著

贵州出版集团

贵州人民出版社

图书在版编目（ＣＩＰ）数据

你有多美好，只有我知道 / 容光著. —— 贵阳：贵
州人民出版社, 2016.1（2020.1重印）

ISBN 978-7-221-12921-5

Ⅰ. ①你… Ⅱ. ①容… Ⅲ. ①长篇小说 – 中国 – 当代

Ⅳ. ①I247.5

中国版本图书馆CIP数据核字(2016)第005369号

你有多美好，只有我知道

容光 著

出版统筹　陈继光

选题策划　大鱼文化

责任编辑　潘　媛

流程编辑　潘　媛

特约编辑　代琳琳

装帧设计　Insect

封面绘制　莹莹安安

出版发行　贵州人民出版社（贵阳市观山湖区会展东路SOHO办公区A座，
　　　　　邮编：550081）

印　　刷　三河市华东印刷有限公司

开　　本　880×1230毫米 1/32

字　　数　290千字

印　　张　9.5

版　　次　2016年4月第1版

印　　次　2016年4月第1次印刷
　　　　　2020年1月第2次印刷

书　　号　ISBN 978-7-221-12921-5

定　　价　39.80元

目 录
contents

目 录
contents

HOW NICE YOU ARE
ONLY I KNOW

Chapter 01
冤家路窄从追尾开始

男人四十，要么潇洒成熟、风度翩翩，要么猥琐秃顶、大腹便便。

很不幸的是，坐在秦真旁边的正是后者。

胡师傅的脸臭得很，口沫飞溅地吼着秦真："看路！看路！叫你开车，没叫你修车，你把眼珠子黏在方向盘上干什么？前面有车都看不见啊？我真是服了你，全身僵硬得跟机器人一样，学什么开车啊？先抹点润滑油再来行吗？"

他已经念了一路了，越念秦真越僵硬，简直手脚都不知道往哪里放。

快到路口了，胡师傅又开始凶她："这回你要是再把油门当成刹车，我告诉你，你干脆以后都别学车了！要早知道你这么笨，我当初就不该收你妈那条烟！"

秦真赔笑赔得脸都僵了，这下子一听他提起这事，气不打一处来："我说胡师傅，我妈当初给你那条中华的时候，你那态度简直快要普度众生了，结果学了俩月，你除了骂我还是骂我，还老跟我的智商过不去，我忍你很久了你知道吗？实在不行咱退钱，你把烟还我成不？"

忍气吞声的包子忽然爆发了，胡师傅愣了愣，还没来得及吹胡子瞪眼睛，车已经开到了路口，前方的车辆纷纷在红灯前面停了下来。

他赶紧叫道："刹车！快踩刹车！"

慌乱之中，秦真下意识地踩了左脚……正中油门。

红灯之下，必有勇夫，只见静止不动的车流中，一辆教练车如离弦之箭一般冲向前方，十分干净利落地撞上了在它前面的那辆黑色宾利跑车。

胡师傅在反应过来的第一时间踩下了刹车，只可惜……晚了。

秦真惊慌失措地冲下车，看着那辆宾利不再挺翘的屁股，心顿时凉了半截。

从宾利上走下来一个二十来岁的年轻男人，急匆匆地跑到车尾旁边看了眼，一副痛心疾首的模样。

秦真心想这回完了，这男人开的是价值不菲的宾利，穿的又是平整挺括的西服，别到时候修个车都花掉她一两年的工资，那她就哭都哭不出来了。

职业使然，秦真立马九十度鞠躬："对不起对不起，实在对不起，我不是故意的，我是新手，还在学车当中，一时不留神，没看见红灯，真不是有意撞上您的。您看您这么年轻有为，一看就是行业精英，咱们又年纪相当，不如互相体谅体谅……"

她对着那个男人不停鞠躬道歉，却没听见对方有所回应，于是微微抬头看去，只见那个男人迟疑地回过身去看着车内，片刻之后，车门开了，真正的车主这才在万众瞩目中走下车来。

秦真没再点头哈腰地道歉，就这么怔怔地盯着车主，差点忘了正事。

之所以一眼认出他才是真正的车主，不是没有缘由的。

这个男人看上去顶多二十七八的样子，从驾驶室下来的那家伙和他一比，简直穿得像保安队长。而他穿着剪裁合身、熨帖得一丝褶皱都看不见的西服，个子很高，立在那儿跟座雕像似的，不只是身材修长，最要紧的是那张脸。

该怎么形容那张脸？秦真居然有闲心绞尽脑汁地去搜索脑子里匮乏的文学词汇，只可惜受职业所限，她满脑子都是关于推销房屋的形容词。

总之，这个男人长着一张通风良好、窗明几净的脸，户型很独特，恰到好处美观大方。

不过……这也意味着她刚才对着司机小伙恭维了半天？

男人显然听见了刚才她的那番道歉，皱眉看了眼被糟蹋得体无完肤的车尾，终于把视线转向了始作俑者。

秦真心头一紧，又开始诚心诚意地道歉："不好意思，实在很对不起，我愿意赔偿修理费，只要……只要在我能力范围以内。"

吞吞吐吐的，态度又如此好，一看之下，不难猜到她心里想的什么。

那男人目光灼灼地盯着她："你的意思是，能力范围之外，就概不负责？"

秦真心头一紧，赶紧赔笑："这个，您看我也不是故意的，大家都是从学车的新手过来的，知道师傅一旦骂起人来，情绪都不好……这不就犯错了吗？您看我这样子也是穷苦的劳动人民，但我绝对不会推卸责任，就希望……希望您别太计较，咱们通融通融……"

心里的真实想法是，这男人开宾利、穿名牌，非富即贵，说不定动点恻隐之心，会免她破产之灾。

"情绪不好？"车主抓住了她的关键词，眉头一挑，小动作煞是好看，"情绪不好就该权衡一下经济实力，找辆便宜的车撞。"

秦真顿时被堵得说不出话来。

车主朝司机使了个眼色，那司机立马从包里摸出张名片递给秦真，然后礼貌地问道："小姐，请问您的联系方式是？"

"啊？"秦真接过名片，茫然地看着他。

"程先生赶时间，要提前走，我会把车开去修理厂，费用清单出来以后会联系您的。"

秦真觉得有点怪异："你不怕我随便报个电话就走人？"

回答她的不是司机，而是车主，那男人嘴角轻扬，扫了眼教练车的车牌号："威龙驾校，车牌号××××××，事故现场目击者不少，找不到你的话，找驾校也是一回事。"

他还不信驾校会包庇她，替她担下这烂摊子。

"……"秦真乖乖地从包里掏出名片递了过去。

"秦小姐，我想过了，这房子还是太大，就我和我太太两个人完全不需要这么大的户型，我改天再看看别的吧，今天麻烦你了。"

秦真看着眼前大腹便便的中年男人，回以一个职业化的笑容："没关系，不麻烦，要是没看到合适的房子，欢迎再来欧庭找我。"

她低下头去摸名片，结果一摸摸出两张来，一张是她的，另一张是……两天前被她追尾的车主的。

把名片递过去的时候，那男人顺带摸了把她的手，神情无比自然，好像完全没有察觉到什么。

秦真忍了，飞快地缩回手，把他送到门口："您慢走。"

空空荡荡的新房子里就剩下她一人，落地窗外是十七楼的高度，几乎把远处的景物尽收眼底。

刚才那位顾客连着来找了她几天了，她带他看了不下七个楼盘，一会儿嫌采光不好，一会儿嫌通风不好，这回带他来了条件最好的一套，他又嫌面积太大。

秦真忍不住嗤了一声，干这行这么多年，她一眼就看出了那家伙是在外偷腥，所以要给女方找住所。又想满足女方的虚荣心，又不愿意出大价钱，连她这个业务员的便宜也要占，真是恶心死人。

想到刚才被他摸了手，秦真一阵恶寒，低头打量着手里那张银灰色名片，一肚子火气变成了欲哭无泪的丧气。

这名片光从质地上看就非同寻常，正中用她不认得的细长字体写着 La Lune 两个单词，右下角只有三个字：程陆扬。

且不提这名片低调到完全没有发挥身为名片应具备的介绍功能，名片的主人也十分诡异地没有再联系她，她都为此寝食不安两个晚上了，再这么下去简直要命了好吗！

秦真咬咬牙，干脆拿出手机主动拨了过去。

伸头一刀，缩头也是一刀，反正应了那句老话：人在江湖飘，哪能不挨刀。

依那男人两天前的几句话，她算是彻底放弃了他会不追究责任的念头。

电话通了，另一头的男声轻快礼貌："您好。"

她顿了顿，也放出了自己最柔和甜美的职业化嗓音："您好，我是秦真。"

"秦真？"对方显然没反应过来。

"那个，两天前我不小心和您的宾利追尾了。"秦真无比自然地笑了几声，不失时机地拍马屁，"您真是贵人多忘事，不过也对，事业有成的大忙人总是这样，呵呵呵。"

在她的娇笑声里，对面忽然沉默了几秒钟，另一个较之先前更为低沉悦耳的嗓音响起："秦小姐一而再再而三地对我的助理献殷勤，不知道是不是可以理解为你对他一见钟情了？不过容我提醒，就算是裙带关系，也免不了撞坏车尾的赔偿金。"

"……"

秦真在 0.01 秒内挂了电话。

几分钟之后，那边又重新打了过来，助理先生客客气气地对她说，屁股烂掉的宾利正在返厂修理当中，赔偿事宜等到账单出来再联系她。

秦真默默地挂断电话，愁眉不展，像她这种一个月跑断腿都卖不出几套房子的小可怜居然摊上这么桩烂事，注定是砸锅卖铁再卖血都还不清欠款的节奏。

大中午的，环贸大厦门前人来人往，大多是楼里的工作人员走进走出，要么刚吃过饭，要么正准备出门吃饭。

一片人来人往中，秦真和外卖小哥僵持无果的身影也就显得格外突兀。

事情是这样的，半个小时以前，秦真因为忙着整理档案，所以就叫了一份回锅肉炒饭，结果半个小时以后，外卖小哥打电话给她，她下楼一看，嘿，对方送了一份回锅肉，一份蛋炒饭。

回锅肉炒饭的价格是二十元钱一份，一份回锅肉加一份蛋炒饭则是三十七元钱，秦真因此和外卖小哥起了争执。

送外卖的坚决不认账："小姐，我不管你那么多啊，我就是送外卖的，你要是不付钱，这钱我就得自己赔了，你怎么订的餐，我们老板就是怎么做的，现在你跟我说这些也没用，拿不到钱我是不会走人的，你看着办！"

现在的人真是膘肥胆壮啊，送外卖的跟混社会的一样，TVB 的警匪片看多了，那句"拿不到钱我是不会走人的"也说得很顺溜，像模像样的。

本来只是件小事，但是对方态度这么嚣张，秦真也气不打一处来："我怎么订的餐，你自己回去问问你们老板，明明是回锅肉炒饭，怎么到你这儿就成了回锅肉加蛋炒饭？我还跟你把话撂这儿了，不是我点的餐，我就绝对不能吃这个哑巴亏！"

外卖小哥急了："嘿，我说你这女人怎么能这样啊？不就十几元钱吗？多大个事儿啊，你还跟我叫板了。"

秦真瞪圆了眼睛："不就十几元钱？那你跟我争什么争？这么看不起十几元钱，你自己掏腰包赔了就是啊！"

两人你一言我一语的，吵得好不热闹。

环贸一共三十层楼，各大企业都有，秦真只不过是其中一个比较低端的售楼品牌旗下的员工。

眼下正是饭点，不少进进出出的人都是外企白领，大家看着这个身穿低档套装的女人就为了十几元钱和一个送外卖的争得脸红脖子粗的，都啧啧称奇。

程陆扬从专用电梯里走出来的时候，身边还跟着几个身着正装的助理，这次洽谈的合作方代表也笑吟吟地送他出来，结果才走到大厅，就发现大门外面被挤了个水泄不通。

方凯身为助理，赶紧上前去看，想要为程陆扬疏通一下人群，好让他顺利通过。

结果程陆扬等在大厅中央的时候，就听见了一个很有特色甚至听上去还有几分熟悉的声音。

"你什么意思？把我拍下来发到微博上去？你知不知道什么叫肖像权？有本事你发啊，发了就等着收法院的传书，我告你侵犯我肖像权、隐私权、名誉权，还诽谤我！"

另一个男声尖声冷笑道："呵呵，名誉权是什么玩意儿？大姐我麻烦你，不懂法律就不要在这儿打肿脸充胖子，就你这种为了十几元钱欺负劳动人民的人，我一定得让全世界人民都看看你这丑恶的嘴脸！"

秦真浑身的战斗力都被激发出来了："全世界人民？哟，您还真当自己是名人了，一条微博全世界人民帮您转发，我真是好崇拜您啊！"她素来牙尖嘴利的，此刻一副毫不认输的样子，末了狠狠地说了句，"我告诉你，我秦真活了二十六年，还真不知道'被人欺负'四个字怎么写！十几元钱不是个事儿，但你们这种不要脸的行为纯属欺骗消费者，这是诈骗！这炒饭你自己留着吧，看能不能堵住你那张嘴，想从我这儿骗钱？你死了这条心吧！"

秦真？

大厅里，程陆扬沉思片刻，忽然想起了这是哪号响当当的人物……不就是前两天把他的车撞进 4S 店连修车师傅都无从下手的女汉子吗？

有点儿意思。

就在众人围观得很是热闹的时候，人群外围忽然有个四十多岁浓妆艳抹的女人扒了进去："秦真！我找你半天了，你在这儿跟送外卖的吵架？"

秦真正脸红脖子粗的，气势十足，这下子猛地一惊，像是蔫了的气球一样："刘……刘主任？"

"二环路那个客户等了你半个小时了，我早上不是跟你说过了吗？十二点半！十二点半人家准时在春天花园等着看楼盘，你倒好，给我忘得一干二净，还在这儿跟人吵架玩！"刘珍珠一张老脸气得通红，"快给我立马打个车赶过去！人家打电话来骂咱们没信用，放他鸽子呢！我告诉你，这出租车费你自己掏，公司不报销！"

秦真脸色难看，急急忙忙地就去路边找了辆空着的出租车，却被那外卖小哥一把拽住："喂喂，想跑？钱还没给呢，三十七元一分也不能少！"

他一边说，右手一边把刚才收秦真的二十元钱在半空舞了几下，秦真咬牙切齿地一把抢了回来："三十七元？我告诉你，一分钱你都别想要！"

她一把甩开小哥的手，刺溜一下钻进了路边的出租车，关门的同时冲着外面的人甜甜一笑："再见了您，下回记得别欺骗消费者啊，顾客是上帝，您这么着会下地狱的！"

随着当事人的离开，大门外面的人也都渐渐散了。

张代表回过头去，想要送程陆扬出门，却见程陆扬似笑非笑地站在那里，像是意犹未尽一样。

"程总监？"他小心翼翼地喊了句。

却见程陆扬漫不经心地回过头来问了句："刚才那个人是哪家公司的？"

"十一楼的欧庭集团。"

"欧庭？"程陆扬思索片刻，确信脑容量里没有这两个字，于是若有所思地笑了笑，"难怪毫无名气，员工这么厉害，他们老板知道吗？"

张代表默默地看了眼这位穿着橘红色西服的男士，十分镇定地低下头去……程总监你这么骚包你的员工又知道吗？

橘红色西服……这骚包的颜色从三十楼到一楼，一路下来吸引了无数人的瞩目，难得这位程总监由始至终都十分淡定，目不斜视，霸气十足，张代表光是站在一边被余光波及都已经很不淡定了好吗？

如此良好的心理承受能力，以及如此独特的时尚鉴赏水平……欧庭那两位女职员根本不算什么啊，简直是相形见绌！

方凯拿着新一季的服装展示册往办公室走的时候，大厅里又炸开锅了。

"喂，快看，方助理又拎着一堆画册去找总监了！"

"噗，你说这次总监会选什么颜色？"

"我拿这个月的加班费赌，橘红色！他上个月选了套橘红色的西服，这个月一共穿了三次，破纪录了！"

"简直闪瞎眼了，那么骚包的颜色也敢往外穿……可是怎么办，为什么我还是觉得他帅爆了！"

方凯走进办公室，把众人的窃窃私语隔绝在门外，然后捧着一摞画册给程陆扬过目。

程陆扬放下手里的文件，接过来看。

La Lune 在业内也算是翘楚了，更是 B 市的名企之一，作为总监，程陆扬的衣着服饰也一向由合作的品牌独家提供。方凯每个月只管抱着一摞画册来，至于挑选服装就由程陆扬自己动手，随便画几个圈，一周之内，方凯就能收到厂家送来的按照程陆扬的身材量身定做的服装。

这一次也不例外——

程陆扬随手翻了翻展示册，挑了几套看得顺眼的，然后画上圈递给方凯。

方凯接过来一看，顿时傻眼了——今年一月的时候，总监选过一套天蓝色的燕尾西服；二月份的时候，选过一套橘红色的西服和一条大红色的裤子；如今是三月的特供装，他家总监一共选了五套最新款的西服……红黄蓝绿紫，再凑俩色彩可以直接挂在办公室当彩虹了。

程陆扬抬头："有什么问题吗？"

方凯连连摇头："没问题没问题……"

于是一周后，程陆扬来上班的时候穿着一套新做出来的西服，从一楼到三十楼，一路掉落的下巴加起来可绕公司三圈。

方凯一直默默地站在他身后，直到程陆扬走进办公室时问了一句："我今天看上去哪里不对吗？"

"没有没有。"

"那就是……衣服不合身？"

"没有没有。"

"那他们盯着我干什么？"程陆扬的语气有些不悦了，"问题出在哪里？"

方凯正琢磨着该如何回答他，就听他已然自信地给出了答案："我承认我长得是帅了点，但也没必要这么目不转睛地盯着我吧？况且女人就算了，男人也这么花痴，不会动动脑子想想，再看也不可能变成我吗？"

"……"方凯淡定地把今天的日程表从平板电脑里调出来，恭恭敬敬地递给他过目。开玩笑，在这个位置上待了这么久，没有超强的自制力，早就忍不住把还没消化下去的食物喷到他家总监脸上了好吗？

虽说总监大人确实长得帅，但也没帅到男男女女都挪不开眼睛的地步，回头率百分之两百的原因分明就是那身嫩绿色的骚包西装啊！

而一直到晚上回父母家里吃饭的时候，程陆扬才终于明白回头率不是来源于他长得帅。

坐在凯迪拉克里的时候，他接到了程旭冬的电话。

"新车开得习惯吗？"

这是程旭冬的典型作风，知道他的车送去修理厂后，二话不说把自己还没开过的凯迪拉克让人送了过来，现在又嘘寒问暖地打来电话问候。

程陆扬冷冷地回答道："我又不是开车的人，习不习惯我怎么知道？"说罢，他提高声音问了问在前面开车的方凯，"程旭冬问你车开得习不习惯。"

方凯满头大汗，心知肚明程家大少爷哪里会关心自己这种小角色，但还是忙不迭地答道："习惯，习惯！"

程陆扬又接起电话："你听到了？"

"……"程旭冬无奈地笑了笑，像是早就预料到这个当弟弟的就是这么一副德行，于是从容地问，"到哪儿了？"

"路上。"

"还有多久到家？"

"饿了你就自己吃，没人叫你等我。"

"我和爸妈都等着你的，没关系，回来一起吃饭。"

不管他说什么、态度如何不好，对方始终保持着温文儒雅的大哥形象，这让程陆扬心头那根刺蠢蠢欲动，十分不舒服，最后索性笑了两声："你爱等就等吧。"然后毫不犹豫地挂断电话。

方凯默默地开着车，感受着车内猛然降低十度的冰冷气温，又转了几个弯，开上了一条上坡的多弯道路。

路旁是整齐的绿化带，目之所及皆是小区里一栋一栋的小型别墅，不算多么豪华，但在这种寸土寸金的大城市也算是相当奢侈了。

最后，汽车停在了一栋房子前面。程陆扬理了理衣服，面无表情地下了车，但也不忘回头问一句："很晚了，吃了饭再走吧？"

方凯连连摇头："我妈做好饭了的，就等我回去呢，总监您慢慢吃。"

开玩笑，又不是没进大宅吃过饭，这是程家人一周一次的家庭盛宴，那气氛那场面简直就跟鸿门宴似的，不管桌上的饭菜多么精致可口，也味同嚼蜡。他宁愿回家吃热气腾腾的家常便饭，也不要坐在这里浑身僵硬地吃高级菜。

饭桌上一如既往的冷清，餐桌很大，几个人坐得稀稀落落的。

程远航间或问几句公司的情况，现在他年纪大了，虽说还坐在远航集团的董事长位置上，但也只是挂个名罢了，大的事情由他过目，其余的几乎交给了大儿子程旭冬。至于程陆扬这个小儿子……因为我行我素，和他的意见看法从来没有一致过，再加上性格叛逆狂妄，他只敢把 La Lune 交给程陆扬，想着再磨炼磨炼，等到什么时候合格了，再进总部和大儿子一起做事。

程旭冬是个有条不紊的人，说话做事滴水不漏、温和从容，每次跟他谈话，程远航都很满意。

相比起这个大哥来说，小儿子可就让他头疼了，三两句的工夫就见火气。程陆扬也不知是遗传基因突变了还是怎么的，最擅长的事就是惹毛当爹的，一句一根刺，表面上听着倒没什么针对的意思，但就是句句往人心里去，扎得你不痛不痒又没办法忽视。

好在有个当妈的陆舒月帮着缓和气氛，饶是如此，一顿饭也吃得程远航差点儿没来个心肌梗塞。

晚饭后，程远航和程旭冬就去后院打网球了，留下程陆扬和陆舒月在屋子里看电视。

陆舒月看着院子里父子俩其乐融融、默契十足的场景，再看看身旁慵懒地调频道的小儿子，叹口气："你呀你，什么时候能跟你大哥一样不惹你爸生气就好了。"

程陆扬似笑非笑地转过头来："已经有个孝顺的好儿子，干吗非得让我也跟他一样啊？反正有他帮着传宗接代、继承公司，看不惯我的话，就当没这个儿子呗，你们不是最擅长这一套吗？"

陆舒月一下子被他堵得哑口无言，半天才低声道："陆扬，你别这样，以前是爸妈不好——"

"时候不早了，我该回去了。"程陆扬倏地站起身来，把遥控器扔在玻璃茶几上，"我让方凯先回去了，恐怕要麻烦家里的司机送送我。"

"这么早就要走？"陆舒月急急忙忙地跟上去，最后还是忍不住柔声说了句，"下回来家里别穿这么鲜艳的衣服了，你爸脾气不好，也比较老派，接受不了这种……这种活泼的风格。"

程陆扬脚下一顿，没吭声，径直走出了门。

坐上程远航的车后，他第一时间给方凯打了个电话："我今天穿的衣服是什么颜色？"

方凯还在吃饭，一边努力把嘴里的饭菜吞下去，一边说："是您自己选的颜色，您不能怪我……"

"少废话，快告诉我，什么颜色？"

"绿色……"

程陆扬默了默："有多绿？"

"差不多……就是公司门口那棵树那么绿……"

春天的榕树发出了新芽，灿烂夺目，尤其是公司门口那一棵。

程陆扬很平静地回忆了片刻，挂掉了电话。

绿色……

怎么会是绿色？

Chapter 02
怨偶天成

HOW NICE YOU ARE
ONLY I KNOW

秦真接到方凯的电话时，已经是追尾事故发生一周后的事情了。

当时她正在带一个龟毛的客户看第四套房子，讲得口干舌燥了也还是没能让客户满意，正借着去洗手间的理由对着镜子加油打气时，手机响了。

方凯很礼貌地问她下午有空没，如果方便的话，请她一点钟去市中心的一家咖啡馆坐坐，谈谈追尾事件的后续。

秦真看了看表，十一点四十五，如果这套房子还是不能让客户满意，估计也没什么达成交易的可能性了，于是一口答应下来。

偏偏客户李女士没有要买房的意思，却还有诸多抱怨，秦真心里烦躁，当下就垮着脸小声嘟囔了句："既然不满意，那就算了吧，咱们都别浪费时间了。"

李女士耳朵尖，一下子转过身来看着她："你什么意思？"

秦真赶紧又扬起笑脸："没有没有，我的意思就是大中午了，要是您饿了，可以先去吃个饭，下午由我们另外的员工继续带您去看房子。"

"哦哟，你是嫌我挑三拣四是不是？不耐烦了啊？还换个员工？"李女士脸色不好看了，"我告诉你啊，我走了那么多家房地产公司，还没有哪家的员工有你这么拽，敢给顾客摆脸色看，你不知道我就是上帝吗？"

"是是是，您是上帝您是上帝……"秦真赶紧道歉，以前的她可不会这样，就算再挑剔再难对付的客户，也都能让她以铁人精神忍下来，可今天大概是想到下午那桩烦心事，整个人都不好了，一不留神就把抱怨说出了口。

可李女士无论如何不买账，最后干脆扭头走人，扔下一句："秦真是吧？售楼部业务经理是吧？哼，我投诉你去！"

"……"秦真连哭的力气都没了。

从二环路到市中心只需要半个小时的地铁，秦真想着坐出租车还能在路上啃个面包，把午餐解决了，于是就拦了辆空车。

结果好死不死，半路堵车。

等到她匆匆忙忙地跑进对方报出的那家咖啡馆时，已经是下午一点十七分了，她迟到了十七分钟。

不幸的是，在这十七分钟里，程陆扬打过电话给方凯，原因是没有方凯，他有份文件根本找不到。

方凯很耐心地跟他说："那位小姐还没来，总监您先自己拿一下，就在文件柜的第三层，那摞文件里有个暗红色的档案袋。"

程陆扬依言去找，可第三层那摞厚厚的文件里几乎全是档案袋，颜色各异，少说也有三四十个。

暗红色的是哪一个？

程陆扬的手僵在半空，最后还是拨通了方凯的电话："我找不到。"

"可是那摞档案袋里只有一个是暗红色的啊——"

"少废话，我等你回来找。"程陆扬斩钉截铁地说。

方凯很为难："可是那位秦小姐还没到啊……"

程陆扬看了看手表，冷冷地说："这么不守时的人，难怪开个车也能莽撞到追尾的地步。她要是五分钟内还没来，你就直接走人，到时候她等着收律师函吧。"

所幸，秦真在五分钟内赶到了，在浑然不知危机差点降临在她脑门上的情况下。

秦真对着方凯连连道歉，说自己没有料到路上会堵得这么厉害，方凯正欲温言告诉她没关系，却听秦真背后传来一道冷冷的声音："秦小姐不是本地人？不知道市中心要是不堵车就不该叫市中心，该叫你的老家——偏远山区？"

"……"秦真一惊，随即转过身去，正好看见程陆扬冷若冰霜的脸。

她又开始道歉："对不住对不住，我是真的一时糊涂，没想到堵车这个问题，因为急着赶过来，我连午饭都没吃，所以想着——"

还没说上两句就被程陆扬不耐烦地打断了："秦小姐，不好意思，我不是来听你报流水账的。"

他先嘱咐方凯："你上去找文件，赵总等在休息室里，正急着要。"然后才取代了方凯的位置，在玻璃桌前坐下来，微微抬了抬下巴，示意秦真坐在对面。

秦真坐下以后正欲说话，就见程陆扬朝服务员招了招手，那服务员一见是他，立马进了后面的休息室，不一会儿就从里面出来个大美女，穿着纯白色的衬衣，大红色的短裙，十分妖娆多姿地走了过来。

"陆扬？怎么有空下来喝咖啡了？"大美女的声音也和面容一样优美动人。

程陆扬眉头一皱："一杯拿铁，三块糖。"

"……"大美女被当成服务员对待，不乐意了，当即噘起嘴。

见她还立在那儿不走，程陆扬的眉头皱得更紧了："我姑且认为你们这里的服务态度很好，对待 VIP 顾客的点单会派老板亲自上阵，不过如你所见，我有事情要谈，下去准备咖啡吧。"

美女脸色一变，低低地骂了句："没良心！"可又不敢真的做什么，只得悻悻地又回那间屋子了。

秦真嘴贱地问了句："她是……"

"老板娘。"

"我的意思是，她是你的……"

"前女友。"

"前女友？"秦真的眼睛睁得圆圆的，"那你怎么——"

"秦小姐，你不觉得你的问题好像太多了吗？"程陆扬瞥秦真一眼，满意地看着秦真闭上了嘴，然后把刚才方凯放在桌上的文件夹推到她面前，"这是汽车修理费用，请你过目。"

秦真的手开始哆嗦，打开文件夹的时候简直心惊胆战，就差没把心里不停念叨的那句"阿弥陀佛"给说出口了。

然后她看见了账单上的那串数字，震惊之余，整只手都颤了颤，那沓纸张就从手里滑落出去，铺了一地。

三万七千五百三十二？

秦真费力地消化着这个数字。

程陆扬的眼神由始至终都很平静，看见她哆哆嗦嗦面如菜色的样子时，有些鄙夷。恰好这时候服务员端来了咖啡，他拿起那杯拿铁喝了一口，三块方糖的甜度刚刚好，咖啡香浓馥郁，令他眉头一舒，心情大好。

这也是他在分手之后依然每天让方凯从这里替他打包咖啡送上楼去的原因。

不急不缓地放下咖啡，他微微一笑："秦小姐，我的信用卡号也在那沓账单里，如果你确认账单准确无误后，那就麻烦你把钱打过来，我希望这件事就此结束，没有后续了。"

秦真终于从惊吓里缓过来，哆哆嗦嗦地弯下腰去捡那些纸张，坐起身来的时候，像是挣扎了好一会儿才终于下定决心，面红耳赤地问了句："可以分期付款吗？"

程陆扬顿了顿："分多久？"

"半年行吗……"看见对方脸色不太好看，秦真赶紧改口，"五个月，五个月就好……或者四个月也行……"

程陆扬沉默了片刻，定定地盯着她："不好意思，你当我是同行吗？分期付款？你买房子呢？"

秦真大窘，只觉得尴尬至极，可想到自己的经济状况，又只得低下头去低声解释："事实上我不久之前才买了套房子，手头没有多余的钱，再加上之前买房子还借了一些，现在也不好意思再去借了……程先生，我不是想赖账，只是想说，如果那点儿钱对你来说不急着用，麻烦你宽限几天行吗？就当是举手之劳，我……我肯定会还的。"

她一边说，一边满怀希冀地抬头偷看他的表情，可看到对方始终维持着无动于衷的神色之后，心头还是忍不住凉了半截。

程陆扬放下手中的拿铁，淡淡地站起身来，在秦真面红耳赤的状况下，充耳不闻地走掉了。

"……"秦真看着那个拽得跟条霸王龙一样的背影，真想把手里的咖啡给他砸过去。

偏偏收拾完东西准备走人时，服务员还礼貌地来到她旁边友情提示了一句："您好，请结账，一共是一百七十五元。"

"……"什么叫屋漏偏逢连夜雨，绝知此事要躬行？她今天算是大大的明白了！

憋着一肚子难受出了门，为了节省出租车费用，她开始大老远地往地铁站走，半路接到了刘珍珠的电话。

刚叫了声"刘主任"，就听对方没好气地冲她嚷嚷："秦真！怎么又是你？你知不知道刚才又有客户投诉你？这回倒是不迟到了，学会耍大牌了是吧？我跟你说，你出来干这行就别当自己是千金大小姐，摆什么脸色装什么傲娇啊？还说什么换个员工继续带人看房子，你这就跟出来卖的拒绝接客有什么两样啊？"

噼里啪啦一大通难听的话跟炒豆子似的全部倒了过来，秦真心里本来就憋得慌，这下子更是要爆炸了，习惯性地忍气吞声道了几句歉，谁知道对方完全不理会，还是自顾自地说她的。

秦真一下子情绪失控，也不说什么，索性爽快地摁下了挂机键。

初春的天气一片晴好，就连这座雾霾严重的城市也难得地显露出一小块蔚蓝色的天空，可她茫然地走在街上，忽然觉得人生晦暗至极，看不到一丝希望。

收件箱里还摆着几条短信，妈妈问她这个月的工资下来没有，家里刚给弟弟交了私立学校的学费，这个月恐怕得过得紧巴巴的了；然后是弟弟发来的偷偷诉苦的那条，说是他的耐克球鞋已经磨破了，下个月校队又有比赛，他想买双新的，但妈妈不给买。

钱钱钱，就好像离了钱这个地球都转不下去了。她气鼓鼓地握着手机走进地铁站，找到位置坐下来以后，还是忍不住掏出手机给刘珍珠发了条短信：刘主任，不好意思啊，刚才忽然没信号了，对不起对不起，我下次一定改！

其实她不是看不出刚才她一个劲厚着脸皮求情时，程陆扬那种不耐烦和略显轻视的眼神，她比谁都清楚贫贱给人带来的低人一等。

她也不是没有脾气，凡事都能忍，可这个世道有它的规则，你处于这样的位置是没有办法辩驳的，所以她只能妥协。

程陆扬回到办公室以后，方凯拿着赵总审阅过的那个暗红色档案袋也进来了，把赵总的意思转达之后，正欲出门，结果就被总监大人叫住了。

程陆扬一边脱掉西装外套挂起来，一边漫不经心地吩咐他："一会儿给秦小姐打个电话。"

他很少吩咐方凯给除了合作伙伴以外的女人打电话——除了以前有女朋友的时候，所以方凯理所当然地愣住了。

程陆扬今年三十岁了，且不论外表，单看他这种身份和条件，想跟他的女人就已经从少女排到了离异大妈。

一开始他只说宁缺毋滥，到后来快要奔三的时候，也就默许了长辈们替他张罗对象。前后谈过三次朋友，之所以说是谈朋友，而不说谈恋爱，那也是因为相处过程确实就像两个普通朋友的交往，除了模式比较像情侣。

送花，看电影，吃饭，开车送对方回家，从头到尾都是一样的节奏，他就跟一个缺乏情绪波动的演员一样，动作到家，但总像是没有灵魂……谁都没想到狂拽酷炫的程陆扬到了这种事情上居然老套得可怕，到最后都是对方受不了他，几乎每一个都像楼下咖啡店的美女老板那样跟他吵一架，质问他："你到底有没有把我当成女朋友？"

然后换来他的一句："那你想怎么样？"

对方噎住，是啊，所有约会的过程他都做得很好，有风度，出手大方，她要什么他都买，每次约会还有昂贵的花束……她到底想怎么样？

事实就是，程陆扬仅仅是在履行一个男朋友应尽的义务，除此之外，他连一点情绪波动都没有。

到最后干脆也不谈恋爱了，早知道谈恋爱浪费时间又麻烦，他才不去受这个罪呢。

"秦小姐？"方凯开始绞尽脑汁地思索前阵子的各大宴会上，总监认识了哪位姓秦的小姐，难道总监又要荼毒良家妇女了？

"当我在跟你说话的时候，请自觉屏蔽掉多余的脑电波，别让你的脑回路在想象力爆棚的三次元空间里与脑残细胞一起随处漂流。"程陆扬瞥他一眼，不难看出他在纠结什么，"我说的是那个追尾的秦小姐。"

方凯有点吃惊，难不成那位小姐追了他家总监的尾，总监就要追她的人？一瞬间，他对总监肃然起敬，这才是复仇者的典范，要知道赔钱事小，失节事大，但还有比这两者更可怕的事——那就是做他家总监大人的女人。

程陆扬见方凯久久没有反应，抬头就看见他眼里浓浓的倾慕崇拜之情，脸上顿时一黑："我没说过让你关闭掉你那营养过剩的大脑总阀吗？"

秦真看着取款机上显示的余额，顿时整个人都不好了。

2502.50——你骂谁二百五呢？

她发了一会儿呆，才转了两千块钱到妈妈的账上，想到秦天在短信里央求她买双新球鞋的话，又咬咬牙，多转了三百过去。

不能再多了，哪怕知道耐克球鞋根本不止三百块钱，但这已经是她的极限。

这个月才3号，离15号发工资还有整整十二天，她却只剩下两百块钱生活费……光是每天的地铁公交也得花去至少七八块，可想而知日子会过得如何紧巴巴的了。

回公司以后，她犹豫了一会儿，还是去了刘珍珠的办公室。

见她来了，刘珍珠气还没消，冷哼一声，理都不理她，继续在电脑上逛淘宝。

秦真只能赔着笑走到桌前鞠了个躬："刘主任，真是对不住，又给您添麻烦了……"

"哟哟，别闪着您金贵的腰了，快起来快起来！"刘珍珠嗤她，双下巴上的肉都气得抖起来，"你说说你连着几个月里给我惹了多少事？业绩不好，还老出岔子，房子没卖出去几套，老客户倒是给我气走不少。我说秦真，你是不是觉得我人好心好品德好，不会把你撵出公司啊？"

秦真："……"

人好心好品德好？她快被刘珍珠女士不知从何而来的强大自信吓哭了。

但秦真这个人别的特长没有，最会认错了，只要不涉及底线，她就能忍气吞声把所有苦都吞下去，然后诚恳地道歉，直到你发觉她是真的打算改过自新、从新做人、心怀理想并且拥有拯救世界的决心。

一番惊天地泣鬼神的内心独白之后，耳根子软的刘珍珠终于又一次妥协，瞪了秦真一眼："没！有！下！次！否则就给我滚蛋！"

这句话她每次都说，结果秦真至今没有滚蛋，通常都是松口气滚出她的办公室而已，可今天秦真没有急着走，反而支支吾吾地留了下来，脸上一派尴尬的神情。

刘珍珠没好气地问她："还有什么事？"

"我想问您……问您手头有没有多余的钱？"

"开什么玩笑？我就不知道钱什么时候还能多余了，还有人嫌自己钱多的？"刘珍珠瞪眼睛。

秦真哭丧着脸把自己学车时的追尾事故说了一遍，听得刘珍珠满头黑线，这位主任虽然嘴巴缺德，但心肠确实还是软的，平日里虽然常常骂她，但未尝不是在帮她。

"要多少？"刘珍珠恨铁不成钢。

"三万七千五百三十二。"秦真利落地报上数目。

刘珍珠张了张嘴，最后吐出一句："青山不改，绿水长流，壮士，我们江湖再会！"

秦真扑通一声磕在地板上，抱着她肥胖有余的大腿开始号："大侠啊！天使啊！皇后娘娘啊！求您高抬贵手救救小女子吧，来生为奴为婢、做牛做马，小的都不忘您老的大恩大德！您就是那天边动人的云彩，让我用心把您留下来！"

刘珍珠老泪纵横地拍拍她的肩膀："秦真，你还是趁早给我滚蛋吧！"

接到方凯的电话时，秦真以为他是来催账的，对方刚喊了声"秦小姐"，她就十分自觉地开始坦白："是方助理啊？那个，虽然我手头没什么钱，但刚才好歹说歹说跟我们主任借了点儿，一会儿就去楼下的银行转账给你，你看行不？"

"其实是我们总监——"

"我知道我知道，他不允许我分期付款嘛，我这不是立马就凑够了吗？

等你查完账之后，我保证这件事到此为止！"她从善如流。

方凯笑起来："不不不，你误会我的意思了，事实上我是打电话来告诉你一声，虽然这钱是管你要的，但事实上你根本不需要自己支付修车的费用。根据驾校的合约，凡是在学车期间驾驶教练车出现任何交通事故，费用都应该由驾校赔偿。"

"……"秦真惊呆了。

方凯继续说："之前跟你索赔，也是考虑到你是当事人，驾校那边由你自己负责联系。但现在看来，你好像还不知道这件事，所以我就打个电话提醒你一下，免得驾校那边蒙混过关，让你吃了哑巴亏。"

电话那头沉默了几秒钟，方凯屏住呼吸，正在纳闷怎么没反应时，耳边忽然传来一阵高亢凄厉的惨叫声，吓得他手一抖，差点没把手机给摔了。

秦真就差没喜极而泣了，抱着手机狂叫："你是说真的？这钱不该我出，该驾校出？你真的没骗我？我现在简直比中了五百万还激动，怎么办怎么办？"

"……"方凯听着那头一个劲的怪叫声，又觉得直接这么挂掉好像不太好，于是半天才憋出一句，"不然，出去吃顿好的庆祝一下？"

那头的叫声一下子停止了，秦真想了想，爽快地答应："没问题，你想去哪儿吃？"

方凯一惊，他不是让她自己去吃顿好的庆祝一下吗？怎么扯上他了？

秦真却飞快地报上一家火锅店的名字，兴致勃勃地问他："你觉得怎么样？"

方凯迟疑道："好是好……"

"那就这么定了，我六点钟下班，楼下等你！啊，你知道我在哪儿上班吗？"秦真又开始报地址，死里逃生的兴奋劲还没过。

方凯正欲解释，秦真居然直接把电话挂了！挂了？！

好是好，问题是他们又不熟，这么面对面吃几个小时的火锅真的不会尴尬吗？

下班的时候，方凯跟程陆扬请假，说是今天不能开车送他回家了。

程陆扬淡淡地停住脚步，回头问他："你的意思是，要我自己把车推回去？"

总监你不会开车又不是我的错！

方凯委屈地说："我都跟隔壁的李蜜说好了，今天她帮我送您回去。"

为此他还付出了一张音乐会门票的代价。

程陆扬在脑子里搜索了一下李蜜的名字："你是说，隔壁负责校对的那个李蜜？那个每次见到我就恨不得把眼珠子抠出来贴在我的胸肌上的李蜜？"

"……"方凯默默地点赞……不，是点头。

"不行，我不愿意。"程陆扬斩钉截铁地拒绝，"她看我的眼神色眯眯的，就跟要把我扒光一样，我怕她直接把车开到人迹罕至的地方，毁我清白。"

而且她的胸部看上去似乎只有 A 罩杯，程陆扬表示被这样的人玷污感觉实在太糟心。

方凯没办法，只得一边陪总监大人往停车场走，一边给秦真打了个电话："不好意思啊秦小姐，我可能要晚来半小时，你看看是改日子还是等等我……只是这样会不会太麻烦你了？我怕你饿得不行……好的好的，那我一定尽快赶来。"

程陆扬十分敏锐地捕捉到了"秦小姐"三个字，眯眼想了想："你的这个秦小姐，该不会恰好就是我想的那个秦小姐吧？"

方凯脸一红，慌忙解释："总监您听我说，我就是照您的吩咐打过去告诉她修理费用不该她出，谁知道她就忽然要请我吃饭，我不好意思拒绝，所以就——"

"你跟我解释什么？还摆出一副被捉奸在床的羞涩表情。"程陆扬很淡定地瞥他一眼，"你有你的交往自由，和谁吃饭和谁约会不用跟我报备。"

"……"这不是您老人家主动问起的吗？

"不过……"程陆扬不置可否地笑了笑，"那个女人从见你第一眼开始就对你大献殷勤，正所谓无事献殷勤，非奸即盗。"

虽然没有说出在咖啡馆里的那席谈话表明她贫穷窘迫的生活现状，但他确实觉得有必要提醒方凯一句。

"那个秦真可能看上你了，你自己小心点儿，别被人利用了。"

　　方凯一惊："利用？我有什么值得利用的？"

　　程陆扬一顿："也是，你有什么值得利用的？工资不高，长相一般，身高比坐轮椅上的要好那么一点儿，买的房子还在三环以外的穷乡僻壤，她看上你什么了？"他很快得出结论，"看来是我多虑了。"

　　"……"方凯哭了，总监您损人的时候能别当着我的面吗？当着我的面也行，先提示一句也好让我做做心理准备啊！

　　他忽然觉得，其实让李蜜把他家总监大人拉到郊区吃干抹净简直是太便宜总监了！因为他家总监大人一定会不间断地对李蜜进行惨绝人寰的人身攻击，吃亏的根本不是他好吗？好吗？！

　　程陆扬下车的时候"好心"地叮嘱了方凯一句："注意保护好自己，别总不带脑子，被人吃了还替人数钱。"

　　好端端一句耳熟能详的名言被他改了个字，方凯一下子就惊悚了。

　　怎么有种即将闯入龙潭虎穴见小倩家姥姥的错觉？就跟秦真是个专吸人精气的老妖怪似的。

　　方凯想了想，前两次见到秦真的时候，虽说她都只穿着职业装，但年纪二十五六的样子，虽不算什么惊艳的大美女，也绝对有那么几分姿色。

　　要真是个姥姥，那也是个让人心甘情愿被吸精气的姥姥。

　　于是方凯愉快地开车去吃火锅了，怕龟毛的总监大人有事没事打电话来烦他，他还特地把对方拉进黑名单了——就一晚上嘛，约会这种事情绝对不能被破坏！

　　程陆扬心里有点不平衡，凭什么方凯有火锅吃，他就得自己回家叫外卖？

　　他住的公寓在顶楼，虽然经过他的精心设计显得温暖又居家，但因为房子太大，又只有他一个人住，所以再怎么看也有点空空荡荡的。

　　推门进去以后，他往沙发上一坐，从茶几的抽屉里拿出了一本厚厚的册子，然后一边看一边开始沉思。

　　册子是方凯替他整理的，上面详细地贴满了市中心多家被他肯定过的餐厅以及餐厅的特色菜。因为他吹毛求疵的性格，方凯还特地把所有图片重新扫描再打印出来，以便整本菜单上的图片都清晰好看，大小相同。

　　程陆扬越看越来气，凭什么电话是他叫方凯打的，那笔修理费也是他帮秦真省的，等到姓秦的请客时居然让方凯一个人把好处全占了？

之前也听方凯说了那家火锅店，在什么地方来着？百姓街？虽说光听名字也知道不是他的菜，秦真就是八抬大轿请他他也不去，但请和不请代表着他的面子和尊严好吗？

程陆扬把菜单往沙发上一扔，掏出手机给方凯打电话，结果冷冰冰的女声继续践踏他的自尊："对不起，您拨打的电话已关机——"

可怜的手机被他无情地扔在了沙发上。

后来因为心里憋得慌，程陆扬在订餐的时候果断地说了句："你们餐厅的特色菜每样给我来一份！"

对方被他震住："不好意思，先生您说什么？请问您能再说一遍吗？"

"换个耳朵好使的来接电话！"程陆扬对着那边傲娇地吼道。

"……"

一个小时以后，十二道特色菜全部送达。

付完账的程陆扬心情舒畅很多，可是对着一桌子特色菜，忽然发现了一个难以解决的问题——他忘记叮嘱对方不放辣！所以这十二道特色菜哪些是白味哪些是辣味，他根本毫无头绪。

对于一个一丁点儿辣都不吃的红绿色盲来说，如何在分辨不出辣椒油颜色的状况下很好地解决这个问题？

尝一口？然后一不小心吃到辣椒了，立马灌两瓶水下去？灌完之后继续尝下一道？

程陆扬很愤怒地把筷子扔了，捏着手机出门找方凯。

为什么找方凯？呵呵呵，这个世界上除了他的小助理，他还能拉下脸去找别人帮他区分饭菜是辣的还是不辣的？

红绿色盲是无法驾驶汽车的，程陆扬招了辆空出租车，利落地报上了火锅店的名字，结果车行到一半时，又有人招手。

大城市里的出租车十分吃香，拼车这种事情也很常见，可是当那个浓妆艳抹的女人把车门拉开的时候，程陆扬面无表情地又把车门给拉过来合上了，然后对着有点吃惊的司机说："不好意思，不接受拼车。"

司机略为难："那什么，你看我也要做生意是吧？"

程陆扬二话不说，掏了一百块钱出来，司机爽快利落地接了过去，油门一踩，欢快地送土豪去吃火锅。

烟雾袅袅的火锅店里，秦真和方凯面对面坐在大厅的一角，吃得很欢快。

秦真个性好，只要不是面对客户和领导，就能毫无顾忌地东拉西扯，方凯虽然要内敛一些，但在秦真的带动下也很快放开了，两人边吃边聊天，谈得热乎。

秦真说："多亏你啦方助理，替我省下三万多块钱，要不是你打电话来，我还真傻不拉几自己把钱赔了。"

方凯不好意思地说："哪里哪里，举手之劳罢了，哪能看着你白吃亏呢？本来也不该你出这钱，我也就是——"他本来想说他也就是应总监的要求给她打的这个电话罢了，但话到嘴边又顿住了，变成了下一句，"我也就是担心你不明就里地被驾校骗了。"

秦真爽朗地笑了："方助理你心肠好，不像你们那黑心总监，当时我想分期付款来着，想着他是有钱人，肯定不会跟我计较时间问题，结果他理都不理我，扭头就走，活像是多跟我说一句话都脏了他的嘴。"

方凯清楚他家总监的嘴脸有多万恶，但心肠其实还是好的，不然也不会让他提醒秦真修理费该由驾校承担的事情。

但隔着一张桌子的距离，他看见秦真毫无隔阂地对他笑着，白净好看的面庞因为热气而染上了淡淡的红晕，眼睛也水汪汪的，又黑又亮……不知道怎么回事，他就十分心虚地低下头去，选择了不解释。

饭吃到一半的时候，方凯已经完全放开了，笑着和秦真一起吐槽自己的领导。

秦真说刘珍珠女士有时候会在办公室里抠脚趾，呛得方凯一口牛肉噎在喉咙里，上不来下不去。

"但她这人刀子嘴豆腐心，我知道她还是很关心我的。"秦真和他干了杯啤酒，眼神亮晶晶的，颇有种万事解决后郁气一扫而空的爽快心情。

方凯觉得既然她这么率真坦诚，他也不好藏着掖着装君子，于是也一口气喝了杯啤酒，开始吐槽自家总监。

"说实话我真不理解他的欣赏水平是如何成长到今天这种奇葩程度

的，有一个星期他连着穿了橘红色的西服、天蓝色的休闲服还有嫩绿色的球服，楼下的一群粉丝给他起了个名字——彩虹之子，于是每次走在他后面，我都忍不住想套丝袜在脸上……"

"还有啊，他对我的需要程度已经超过地球上的任何物种了。且不说出门坐车要我接送，哪怕是伸手就能拿到的文件夹也非得打个电话让我亲自去拿，还有一次要送他家本命年的小侄女红内裤，他居然逼着我去买！我这是打着助理的旗号做保姆的工作。幸好我是个男的，不然恐怕连三陪这种事情也得包了……"

秦真笑得前仰后合，搁下筷子说："你们总监今年多大啦？有对象了没？"

方凯一愣，以为她对总监有意思了，心里头咯噔一下："三十了，还没对象，怎么，你……"

"别瞎想，我就想说，既然这么大年纪了连个女朋友都没有，你怎么知道他会不会找你当三陪？"秦真说得很含蓄。

方凯顿时脸一红："不会不会，他的性取向还是很正常的。"

"知人知面不知心。"秦真又端起啤酒，"来来来，干一杯，祝你一帆风顺，不受黑心总监的心理荼毒和肉体折磨！"

她动作幅度略大，一不小心把筷子给扫到地上去了，于是又略带歉意地放下杯子，弯腰去地上捡。

这一弯腰可不得了，方凯的眼睛都直了——那个坐在秦真身后背对他们的人怎么长得这么像他家总监？

正手脚冰凉时，那个男人缓缓转过身来，阴恻恻地对他勾唇一笑："真巧啊，方助理。"

秦真也终于把筷子捡起来了，回过头来看着忽然出声的男人，惊悚地愣在那儿。

程陆扬也对上了她的视线，用更加惊悚的表情对她呵呵一笑："秦小姐口才好啊，恕我眼拙，当初怎么就没看出来？看来你和我的助理真是天造地设的一对，要不要我来牵个红线，替你俩做个媒？"

秦真："……"

方凯："……"

热烘烘的火锅店里温度一下子降低了好几度，程陆扬还是那么阴沉地笑着，眼神锐利地盯着两个沉默不语的人。

"我还说呢，怎么你俩就这么一见如故、再见生情，原来一个渣男一个贱女，天生一对，佳偶天成。背着说人闲话，臆想症病发也不知道吃点儿药压一压，你们家里人知道吗？"

他看着方凯："彩虹之子是吧？"

方凯要哭了。

他又转向秦真："找男人当三陪是吧？"

秦真面红耳赤。

程陆扬的无名怒火在此刻已经全部被激发出来，他端起那瓶老板免费赠送的啤酒，也不管这牌子有多寒酸了，径直咬开盖子朝两人一举："敬你们，双'贱'合璧、天下无敌！你俩贱得举世无双、万人敬仰，不是有诗人说过在佛前等了五百年才等来心上人吗？虽说做贱人容易，但贱到你们这种地步也着实不容易，今日还走到一起实在令人无语凝噎、声泪俱下，何止五百年的幸运可以囊括？来来来，祝你们百年好合啊！"

最后在两人难堪的表情里，他"砰"的一声将酒瓶子重重地磕在桌上，冷着张脸转身就走了。

HOW NICE YOU ARE
ONLY I KNOW

Chapter 03
双"贱"合璧

火锅店里，方凯和秦真面面相觑，方凯从钱包里掏出几张"毛爷爷"，欲哭无泪地说："不好意思，我要先走了，今天这顿饭吃得很愉快，下次有机会再聚。"

愉快？愉快得都快哭了？

秦真无语地把钱塞回他手里："别，说好我请客的，要不是我，你也不会得罪顶头上司，赶紧追出去看看，道个歉应该还来得及。"

"来不及了……"方凯苦笑，"没听见刚才他气坏了吗？"

毒舌技能全面开启，语不惊人死不休。

秦真赶紧安慰："也不一定，他一向嘴贱，刚才也不过是例行公事嘛。"

方凯擦擦汗："你不知道，平常嘴贱那是闲着没事干，不贱白不贱，可我看得出，刚才他不止嘴贱，还想狠狠地从我的尸体上践踏过去。"

他执意把钱放在桌上，然后终于追了出去。

程陆扬走在闹哄哄的街道上，脸色炫酷得可以去演无间道。

他很长时间没有发过这么大的火了，虽然心里清楚不喜欢他的人很多，但他听见朝夕相处的方凯也这么说他，顿时气不打一处来。

只可惜这条街上的出租车很少，他沿着路边走了好一会儿都没发现空车，最后好不容易才拦下一辆，还没上车，就被追上来的方凯死死拖住了衣袖。

"总监！"方凯又露出招牌式表情，泫然欲泣地看着他。

程陆扬慢慢地从他的眼睛看到他拽着自己的手，眼神冷冽无情，并且惜字如金："放手！"

"不放！"方凯死死拽着他的衣袖，"总监我错了，我真的错了，求你不要走！"

司机的眼神在一瞬间变得意味深长起来。

程陆扬眼睛一眯，冷笑道："是吗？知道错了？那你告诉我你错在哪里？"

"我错在不该实话实说，当着外人的面就揭你的短，就算对你有意见，也该私下里跟你说，不该背后说人是非！"方凯恨不得立马跪下，信誓旦旦地说，"你曾经告诉过我很多次，做事要考虑后果，我不该不考虑后果就快人快语，惹总监你生气。其实我刚才没有说完，总监你嘴贱归嘴贱，但你贱得实在，贱得在理！比如你刚才骂我就骂得很对，是我犯错在先，你嘴贱在后，所以这完全不是你的问题！我完全接受你的嘴贱！"

"……"程陆扬的脸色简直是五颜六色、变化莫测，硬生生地在方凯的咬死不松手之下坐上了车，对着司机怒道，"开车！"

方凯的身子已经有一大半钻进车里了，还拽着他不放，嘴里急吼吼地叫着："总监！总监！"

司机语重心长地劝程陆扬："年轻人别冲动，你俩顶着那么大压力走到一起多不容易啊！"

"在一起个鬼啊！"程陆扬忍无可忍，索性把外套一脱，连着衣袖一把塞进方凯怀里，然后重重地把他推到车外，"砰"的一声关上门，几乎是从牙缝里吐出俩字，"开车！"

司机默默地踩下油门，从后视镜里看了眼落寞地站在原地的方凯。

瞧瞧这小青年，楚楚可怜地捧着狠心爱人的外衣，被伤得体无完肤还不愿意抛弃带有负心人体温的衣服……啧啧啧，果然是多情自古空余恨啊。

如果要用八个字来概括程陆扬这个人，那么一共有两种版本：

一、在大多数女人看来，他"英俊冷漠、言辞犀利"。

二、由方凯直白点儿为您翻译第一个版本——此人"嘴贱傲娇，自恋小气"。

火锅店事件之后，方凯费了九牛二虎之力才终于获得程陆扬的原谅，代价是连续一个星期关好话匣子，除了公事以外一言不发，并且在每天早上去接程陆扬的第一时间下车九十度鞠躬，感恩戴德地说一句："小的给世上最宽宏大量的总监大人请安了！"

然后程陆扬就会冷哼一声："谁嘴贱？"

"我嘴贱！"

"谁黑心？"

"我黑心！"

"呵呵，我不是彩虹之子吗？"

"那我就是彩虹它孙子！"

如此对话在保质保量地进行了一个星期之后，程陆扬终于正眼瞧他了……方凯为自己的嘴贱付出了自尊惨被践踏一百遍的代价，也总算是学乖了。

周日晚上，程陆扬亲自接了一单生意，然后开始了长达一周的亲力亲为。

程陆扬的大学是在英国读的，主修建筑，专攻室内设计。

他设计的建筑风格一般偏向淡雅型，不会有大红大紫的色系，但走到总监这个位置之后，就很少亲自动手替人全程设计点儿什么了，因为虽说他名义上还不是公司的头，但事实上谁都知道 La Lune 上上下下每一块砖都姓程，没人敢不把他放在眼里，不然走在砖上都怕滑脚。

之所以如此慎重对待这笔单子，是因为程远航亲自打电话来叮嘱："我希望你能亲自替周家作图。"

原来市里的装修市场几乎都被这个周从伟垄断了，而这回他的宝贝女儿指名要程陆扬来设计她的新房子。

偏偏程陆扬不愿意配合父亲的生意，态度强硬，不肯屈就。

程远航的火气一下子上来了："叫你配合你就好好配合，跟我说这些有的没的做什么？我养你那么多年，如今好不容易要你做点事，你就推三阻四、明嘲暗讽的，程陆扬，你是不是忘了你姓什么了？"

陆舒月正在敷面膜，一听丈夫好端端地打个电话都能上火，赶紧跑到书房去，结果就听见父子俩在电话里吵上了，急吼吼地拉住程远航，不住地摆手。

程陆扬在那头冷静地笑了："养我那么多年？是你养的，还是外公养的？你不说我姓程，我都快以为我姓陆了。"

"你——"程远航的太阳穴突突直跳。

却听"啪"的一声，程陆扬果断利落地挂了电话，结束了这次不愉快的通话。

空空荡荡的屋子里挂有很多色彩斑斓的油画，唯独没有照片。

程陆扬随意地坐在沙发上，长腿叠在玻璃茶几上，视线在屋子里环视了一圈。

应有尽有，仿佛一个与世隔绝的小天堂，他从来不亏待自己，花起钱来无所顾忌，只图自己喜欢。

因为他发现自己赚了那么多钱除了挥霍以外，再也无处可花。

方凯每个月的工资会悉数上交给他年迈多病的母亲，公司里的很多男人会把钱花在心爱的女人身上，当了母亲的员工则会把钱攒起来，说是要替儿女买房。

可他不一样，程远航和陆舒月生活富裕、不愁吃穿，他这点钱他们根本不会放在眼里，何况家里还有一个更能赚钱的大哥。

他没有女人，也没有可以花钱的对象，存折上庞大的数字可以让很多人眼红，但对他来说不过就是一串没有意义的数字。

他想起了那个老人形容枯槁地躺在病榻上时，还死死拉着他的手，要他好好孝顺父母，而他哭得满脸都是眼泪，一个劲儿摇头，不住地叫着"外公"。

始终没有说出口的是，他的父母已经有了一个孝顺的儿子，他完全就是个多余的存在。

电视里嘈杂地演着他不爱看的肥皂剧，程陆扬眉头一皱，索性关掉了电源，从茶几上拿过了笔记本电脑，搁在腿上打开了作图软件。

亲自设计是吗？

既然他要，那就做给他看。

秦真跑了半个多月，总算从驾校那边把修理费讨到了，按照程陆扬给的卡号把钱汇过去之后，她边往公司走，边给方凯打电话。

方凯正把周从伟的独生女往程陆扬办公室里带，看见秦真的来电高兴了一下，没敢接，直到把人带到程陆扬那里以后，才欢天喜地地跑回自己的办公室回电话。

秦真了了一桩事，心情很好，好奇地问方凯上回火锅店那事解决了没。方凯幽怨地把那一个星期做牛做马任劳任怨的事迹陈述了一遍，惹得秦真哈哈大笑。

方凯问她："对了，你不是你们公司售楼部的业务经理吗？怎么连几万块钱修车费也要找人借？"

"业务经理？你是不知道，我们办公室里一共七个人，五个经理，两个副经理，光是听着都洋气。"秦真没好气地说，"实际上个个都是打工的而已。"

方凯正欲安慰几句，桌上的内线电话却忽然响起来，他赶紧让秦真先等等，哪知道一接起电话就听那边的程陆扬语气森冷地说了句："过来送客。"

方凯不知道发生什么事了，只能草草跟秦真说了几句，挂了电话就去总监办公室。

推开门时，那位年轻漂亮的周小姐面上有些尴尬，程陆扬面无表情地坐在桌后，示意方凯送客。

周小姐客气地说："那我下次再来看图——"

"不用了，等我改完之后，会让人给你送过去的。"程陆扬打断她。

周小姐有点不高兴了："程伯伯说过，要是我有什么不满意，可以直接告诉你，我也就是实话实说，你是不是不开心了？"

"哦？他是这么跟你说的？"程陆扬似笑非笑地抬起眉毛，"抱歉，我和我爸不经常见面，可能有的地方没有沟通好。不过恕我直言，周小姐三番五次来看设计图，每次都只提出一点可有可无的修改意见，如果是对我不满意，我建议你还是另谋高就吧。"

周小姐尴尬得脸色都变了，却拉不下脸来和他说破，只得勉强笑着在方凯的陪同下走出了公司。

事后她气得打电话给周从伟："爸，你是怎么和程伯伯说的？他不是说借着设计图的事，我可以和程陆扬多交流熟悉吗？怎么程陆扬对我就一直一副公事公办的态度？我为了多创造几次见面机会，每次都提了点儿小意见，他居然叫我另找别人！我都没脸再来了！"

不知道周从伟说了什么，她只是干脆利落地说："我不管，我就是喜欢他，什么迂回战术，我再也不用了！你让程伯伯安排一下吧，我希望我们直接在餐桌上见面，省得人家又摆脸色给我看！"

程陆扬和程远航父子俩还是闹翻了。

起因是回家吃饭的时候，程远航非常不高兴地指责程陆扬不懂变通，乱摆谱。

程陆扬把筷子搁下，漫不经心地说："我摆谱？她一共来了公司四次，第一次说一楼到二楼的楼梯扶手宽度不对，不适合她的手指长度；第二次说洗手间马桶的位置不对，上厕所看书光线不好；第三次说楼梯高度不对，我没有考虑她的身高因素，踏着会费劲儿；第四次说是餐厅的装潢把餐桌的位置给占了，摆不下她那张可容十二人的法式长桌……到底是谁摆谱？"

程远航被噎住了，面上挂不住，片刻之后脸色难看地说："那你也不能叫人换人！你又不是不知道商场上难免要应酬，周从伟的宝贝女儿看上了你，你就给点儿面子……实在不喜欢，过段时间疏远了就好。你这么不给她面子，叫我怎么下得了台？"

程陆扬一下子就想到他的大哥程旭冬，可不就是深得程远航真传，靠着这一套得体又巧妙的待人处事方式替远航集团大大拓宽了人际网络？

从小到大，他最不愿意的就是成为程旭冬的影子，于是懒懒一笑："既然爸你都答应周伯伯了，那你就去和他女儿约会啊，反正答应他的又不是我，你要是感兴趣你自己去。"

程远航气得不行，指着程陆扬的鼻子说："你也是程家人，别一天到晚事不关己高高挂起！人际交往你不懂？要不是我和你大哥替你撑着，你以为你那破公司会有那么多生意？广告没有，商业应酬你也不来，你要不是我程远航的儿子，你以为人家凭什么给你面子，放着那么多设计公司不找，偏来找你看你蹭鼻子上脸？"

程陆扬前一刻还吊儿郎当的，闻言脸一下子拉长了，眯眼看着父亲："你的意思是我根本没本事，只不过是把你的远航集团当靠山？"

"不然你以为你凭什么有接不完的单子？那么多和远航集团合作的房地产商毫无条件地跑到你那小公司里做设计，不是看着我的面子，你以为是冲着你美名远扬？程陆扬，你别一天到晚看不起我和你大哥，除非你改姓，不然你还是仰仗我们程家的名头——"

"程远航！"陆舒月筷子一扔，厉声朝丈夫喝道，然后霍地站起来，神情紧张地盯着小儿子，眼里甚至带着一丝恳求。

程远航自知失言，可是面子上难免下不来台，只得梗着脖子不服输。

屋子里一时之间陷入死寂。

程陆扬拿起纸巾慢慢地擦了擦嘴，抬头看着脸色难看的父亲："既然你都这么说了，我也没什么好否认的。虽然我老早就不稀罕这个姓了，但我姓程这个事实毕竟改变不了。"

当着三个人的面，程陆扬拨通了方凯的电话，一字一句地说："替我通知下去，今后凡是和远航集团合作的公司，我们一律不接单。"

出口恶气只是一时的，毕竟逞能谁不会？

可出完了，一切麻烦也就跟着来了。

那糟老头子这回是真的火大了，听他打了那通电话之后，二话不说也拨通了公司人事部的电话，要对方通知下去，今后远航集团上上下下都不会再帮 La Lune 贡献半点客源。无论陆舒月怎么劝说，老头子说完就进了书房，关着门谁也不让进。

程陆扬当即出了门，第二天就开始和方凯一起往各个房地产公司跑，他不承认离开了程远航他就成不了事，却不得不承认，过去他确实活在远航集团的光芒之下，优哉游哉地做着甩手掌柜。

可是能力是他的，所有的设计灵感也是他的，哪怕客源来得艰难，他也仍然相信 La Lune 不会如老头子所说，成为一无所有的空壳子。

哼，老头子想看笑话是吗？

那就让他看，只不过笑话的主角绝对不会是他程陆扬。

有了程陆扬亲自出马，几天跑下来，刚开始的几家小公司都挺顺利就拿下了，听说是业内赫赫有名的 La Lune，对方都是客气有加，很快就达成协议，一旦这边卖出房子，立马就介绍买家去程陆扬那边进行装修设计。

一般说来，这种合作协议不仅对两家公司有利，对客户来说也是非常方便的，而且这种连锁效应也有折扣可拿，多数客户都会接受。

可是几天之后，程陆扬的计划就开始出岔子了，原因是远航集团明确发布通知：今后会从旗下的 La Lune 室内设计品牌正式撤资，并且已经开始另觅新的可供合作的室内设计品牌。

这个消息很快在 B 市传开，程陆扬也就开始吃闭门羹，别说普通房地产开发公司了，就算是小公司也不太愿意与他合作。

远航集团在 B 市的地位简直是龙头级的，谁敢有事没事去招惹它？程远航都不愿意帮自己的儿子了，又有谁吃饱了撑的要去助程陆扬一臂之力？

程陆扬气得不行，心里却更是打定了主意要自力更生。

老头子看不起他，他就做给老头子看！他程陆扬那么多年都没靠他，还不是长这么大了？笑话！脑子长在他身上，能不能成事岂会由别人说了算？

程陆扬翻着方凯整理出来的册子，逐一看着本市所有中小房地产开发公司，视线里忽然出现了"欧庭"二字，他眼睛微眯，毫无征兆地笑起来。

哟，看来要和那牙尖嘴利的女人见面了呢！

真棒，这段时间压力大，火气憋了一肚子都快憋出毛病来了，这次终于找到活靶子了。

白璐给秦真打电话的时候，原本还兴致勃勃地说着市中心的商场打折了，约她周末去血拼一把，结果说着说着，忽然一拍脑门，想起件更重要的事来。

"对了，你知道我昨天在公交车上看到谁了吗？你家孟教授！"白璐在那头幸灾乐祸地说。

秦真握着鼠标的手一下子顿住了，整个人都僵在那里。

"喂？人呢？"没听见她的回答，白璐看了眼手机屏幕，没挂啊，于是又凑到耳边，"秦真，你死哪儿去了？"

秦真这才回过神来，把电话从脖子和肩膀中间拿起来："哦……"

"……"白璐气绝，"你没救了，反射弧加起来可绕地球一圈，赶紧去医院治治！"

秦真又没说话，白璐这才迟疑地问了句："你怎么了？是不是听说孟唐回来了，心里不好受？"

何止不好受，光是听到这个名字都觉得心里憋得慌。

"说得就跟我和他有过一腿似的。"秦真嗤鼻，"行了，没事儿我挂了，不然一会儿刘珍珠女士看见我浪费公司的话费，又要说我挖公司墙脚了。"

"那你倒是用自己的手机和我打啊，别一天到晚——喂！喂？"白璐气得吐血，居然又被她抢先一步挂了电话？

秦真坐在电脑前，脑子里一下子什么都没有了，就像抽真空似的，忽然间干干净净、毫无杂念了。

然后慢慢地，有个模模糊糊的影子从记忆深处跑了出来，像是拍立得吐出来的照片一样，一点一点变得清晰起来。

那个人还是从前学生时候的模样，清隽雅致的五官，干净澄澈的笑容，笑起来的时候会有一个浅浅的梨涡，不知情的人总会以为他温柔又平易近人。

孟唐。

她张了张嘴，却发现自己连他的名字都叫不出来，活像是缺氧的鱼，嘴唇一张一合也仍然觉得呼吸困难。

也不知道发了多久的呆，忽然间有人搭了只手在秦真的肩上，吓得她猛地挺直了背，"啊"的一声叫了出来。

拍她的是同办公室的黄衣，见她反应这么大，黄衣也吓一跳："怎么了你？叫你半天都不答应，想什么这么出神？"

秦真尴尬地笑笑："没，有点儿犯困呢。"

"那刚好，刘主任找你去办公室呢，哈哈，这下来精神了吧？"黄衣笑嘻嘻地拍拍她的背，神神秘秘地说，"别紧张，这次不是要训你，听说是公司来了贵客，指名要你去跟这笔大单子呢！"

所谓的大单子，其实不过是场飞来横祸。

秦真站在办公室外面敲了敲门，听见刘珍珠用前所未有的温柔语气对她说了声："请进。"

她浑身一哆嗦，默默地推门而入，不偏不倚正好跟坐在沙发上的人对上眼。

0.01 秒内，秦真一共受到了两次惊吓：第一次是被程陆扬脸上那和颜悦色的笑容给吓到了，第二次是被他一身火红的休闲运动服给吓到了。

刘珍珠未语先笑，以一阵令人毛骨悚然的呵呵呵当做前奏，然后亲热地对秦真说："这位是'拉驴哪'室内设计公司的程总监，今后就是咱们的合作伙伴啦，真真，快打个招呼！"

拉驴哪……程陆扬、站在程陆扬身后的方凯以及秦真都是虎躯一震，好端端的法语名字被刘珍珠女士一说出来，骤然平添几分乡土气息。

秦真还没来得及反应，就听刘珍珠又笑吟吟地向程陆扬介绍说："程总监，这位是我们公司售楼部的业务经理，秦真。"她朝秦真眨眨眼，"程总监看了下我们售楼部的履历，亲自点了你的名，要你跟进以后的合作单，还不快谢谢程总监给你这个机会？"

秦真艰难地朝沙发上坐得舒服随意的人看去，就看见程陆扬面上带着和蔼可亲的笑容，眼里光芒大绽，简直像是一匹扎进羊圈的狼。

"……"

有没有人能告诉她，这匹野狼为何会纡尊降贵跑到欧庭这种破地方来？

秦真的悲惨生活始于程陆扬和欧庭签订合作协议那天。

按照她的一贯作风，秦真十分完美地演绎了一场失忆大戏，厚着脸皮当做双方是第一次见面，敬个礼，握握手，大家都是好朋友。结果她嘴贱，被程陆扬那身火红火红的衣服给雷住了，出门的时候忽然唱起歌来。

彼时，刘珍珠脸都笑出褶子来了，正在夸奖程陆扬："程总监就是有眼光，这身红衣服多喜庆啊！"

红衣服？喜庆？程陆扬霎时顿住脚步，却听走廊上飘来秦真的歌声：

"燃烧吧！燃烧吧！火鸟！"

方凯绝望地闭上了眼，毫不意外地听见程陆扬手里传来"咔嚓"一声——圆珠笔悲壮牺牲。

于是紧接着，秦真就迎来了生命里的一场寒冬。

程陆扬让方凯告诉刘珍珠，他很欣赏秦真踏实稳重的工作态度，十分信任她，所以欧庭与 La Lune 所有的合作订单都交由秦真来跟进。

刘珍珠那个高兴啊，秦真是她带出来的人，如今受到贵人青睐，她也与有荣焉。

她甚至破天荒地娇笑着拍拍秦真的肩："我从一开始就知道你是个可造之才，我的眼光一向很准！"

"……"明明前两天还让她收拾包袱滚蛋的人居然好意思说出这番话！秦真掀桌而起，"主任请放心，我一定会好好努力！"

没办法，见风使舵向来是她的专长。

不过说起受到贵人青睐什么的，究竟是青睐还是白眼，恐怕就只有秦真自己说得清楚了。

于是她就这样开始欧庭和程陆扬那里两边跑，带着买了房的客户给出的要求跑到程陆扬面前作报告，然后又带着程陆扬那边给出的设计图返回欧庭，征询客户意见，如果双方都没有问题，就可以直接开始装修。

然而这工作说起来轻松，实则在程陆扬先生的操纵之下变得惨绝人寰起来。

秦真第一次带着设计图往 La Lune 跑的时候，被遗憾地告知："总监现在不在，请您晚点儿再来。"

当天下午，冒着灿烂得过分的太阳，秦真又跑去了公司，结果前台小姐还是遗憾地告诉她："不好意思，总监刚才还在呢，十分钟前已经离开公司了。"

就这样，秦真来来回回一共跑了四趟才见到程陆扬的面。

后来她学乖了，每回去找程陆扬之前，先给方凯打个电话，摸清了程陆扬的去向之后才出发。

连续几次被她顺利地交了差，程陆扬发现了古怪，眯眼问方凯："是不是你告的密？"

方凯："我就是老老实实地回答她的问题而已，不关我的事啊！"

程陆扬杀气腾腾地盯着"奸细"，又折腾出了一个新办法。

比如秦真趁着他在公司的间隙跑来办公室时，却被遗憾地告知："方凯没告诉你吗？那图还没做完呢，你怎么就跑过来了？"

"……"她忍了，方凯之所以没在电话里说清楚，除了受到贱人指使以外，绝对不会有其他的可能性！"那请问程总监多久能做完？"

"唔，明天吧。"

隔天，秦真又一次咬牙跑来，却听程陆扬云淡风轻地说："哦，我刚才发现那图还有个地方需要整改，你过两个小时再来吧。"

"……"

诸如此类的事件层出不穷。

秦真咬牙切齿，古人有云："唯女子与小人难养也。"

照她说，这世上没人比程陆扬更难养，真是苦了他的爹妈，上辈子不知道造了什么孽才养出这么个混账儿子！

不就背后引诱他的小助理说了他几句坏话吗？至于这么挤对她？

老被这么瞎折腾，秦真一个星期就瘦了好几斤，虽说瘦了是好事，但她心累啊！

周五那天，秉着"做人无下限"的原则，秦真在拿设计图的时候十分诚恳地对程陆扬致以十二万分的敬意。

比如方凯去档案室拿那几卷设计图的时候，她就在程陆扬的办公室东看看、西逛逛，然后闪耀着崇拜的星星眼："程总监您真是太有艺术气息了，这些古董肯定有挺长的历史了吧？"

程陆扬说："那是我闲着没事去陶吧做的，你哪只眼睛看着它们像古董了？"

"……"

又比如她探过头去看程陆扬正在修改的一张图，做西子捧心状天真无邪地说："这个阳台设计得真是太有内涵了！您还在这里独具匠心地设计了一个艺术气息浓厚的花瓶，简直是绝了！"

程陆扬说："不好意思，这是厕所，你口中的花瓶恐怕是马桶。"

"……"

屡次拍马屁都撞上了马蹄，秦真还越挫越勇，颇有再接再厉的意思，后来程陆扬终于不耐烦地抬起头来，冷冷地盯着她："秦小姐，人贵在有自知之明，你再三用你的热脸贴我的冷屁股，请问你问过我的屁股同不同意了吗？"

秦真的脸上红一阵白一阵的，终于霍地站起身来。

程陆扬淡淡地等待她的下文。

于是方凯推门而入的瞬间，就看见秦真十分尊敬地弯腰去问程陆扬的屁股："请问您老人家同意我用热脸对你致以亲切的问候吗？"

方凯："……"

程陆扬："……"

秦真微笑地直起腰来："它不说话就代表默认了。"从方凯手里接过这次的设计图，她再次含笑朝程陆扬挥挥手，"程总监再见，我下次再来问候您……和您的屁股。"

程陆扬彻底为这个女人的脸皮厚度颤抖了。

方凯则默默地在心里为她点了个赞，这才是职场精英、我辈楷模啊！

而走出公司的秦真终于没了笑脸，拿着文件袋在楼下站了很久。

握着文件袋的手指都有些发白，秦真深吸一口气，这才迈开步子往公交车站走。

她告诉自己：秦真，不要跟那个骄纵蛮横的男人计较，他是目中无人被宠坏了的大少爷，你根本没必要把他放在眼里。

可无奈程陆扬就跟眼屎一样，每次她上火的时候就牢牢黏在她眼睛里，赶都赶不走。

秦真觉得要是再这么下去，不是她拎着砍刀做掉程陆扬，就是程陆扬打120把她送进精神病医院。

HOW NICE YOU ARE
ONLY I KNOW

Chapter 04
也有一副好心肠

　　欧庭与 La Lune 的合作进展得很顺利，仅仅半个月后，第一套按照程陆扬给出的设计图所装修的房子就已经竣工了。

　　程陆扬带着方凯一同去欧庭的楼盘看看新装修的房子，结果恰好在楼下的大厅里碰上了秦真。

　　秦真是带客户来看房子的，那男人不是别人，正是上个月来找她看了七八套房子都不满意的人，临走前还摸了摸她的手，恶心得她晚饭都没吃下。

　　不知道他哪根筋不对，又心疼钱，又挑三拣四，结果这回又来看房子了，还偏偏指名找了她。

　　这已经是今天带他看的第三套房子了，秦真刚带他走进大厅，结果这家伙说他口渴，腿也酸了，想在大厅的沙发上歇会儿。

　　没办法，秦真只好亲自出去替他买了瓶矿泉水，递给他的时候，不知是有意无意，那男人又摸了把她的手。

　　秦真心一沉，迅速缩回了手，却听见那男人笑眯眯地问："秦小姐今年多大啦？"

　　"二十六。"

　　"哟，都二十六啦？看不出看不出，我看你皮肤那么白，身材又那么好，脸蛋也年轻漂亮，你不说我还以为你刚毕业呢。"话题的走向很令人反感。

秦真皮笑肉不笑，看了眼手表："张先生，都快十一点半了，不如我们看完这一套就去吃午饭吧？"

男人眼睛一亮："好啊，我正好饿了，秦小姐想去哪里吃？"

秦真"啊"了一声，很快笑起来："您误会了，我的意思是咱们各自去吃饭，要是您对今天看的哪套房子感兴趣，考虑好了，欢迎直接来公司找我。"

她这么一笑，眼睛弯弯的像月牙一样，讨喜可爱，再加上声音清脆好听，真是叫人心痒痒。

男人心猿意马地去握她的手腕："哟，我看看时间，还真十一点半了呢！"

借着看时间的幌子，那只遍布老茧的手将秦真纤细的手腕完全覆住了，并且还有意无意地轻轻捏了捏。

秦真脸色一变，想要缩回手来，却不料男人微微使力扣住了她的手，朝她呵呵一笑："秦小姐也别这么紧张，我就是想跟你交个朋友。只要一起吃顿饭，我一会儿就跟你去公司把单子签下来。"

秦真微微一顿，抬眼平静地看着他："真的只是吃顿饭而已？"

"当然。"男人嘴边挂着一抹笑意，又捏了捏她的手腕，这才慢慢地松了手，胸有成竹地望着她。

如果只是吃顿饭就能卖套房子……秦真看着桌上那串沉甸甸的钥匙，正欲点头说好，却不料另一个似笑非笑的声音就在此刻响起："面带猪相，心中嘹亮，果然是个猎艳老手！"

那声音太熟悉，秦真还没回头就已经意识到了来者何人，顿时脊背一凉。

程陆扬已经在大厅里站了好一会儿了，在秦真进门把矿泉水递给那个男人的时候，他和方凯就已经到了。

从男人摸她的手吃她豆腐那一刻起，程陆扬就停下了脚步，淡淡地看着这一幕，然后把两人的对话听了个一清二楚。

张姓先生霍地抬起头来，对这个出言不逊的家伙怒目而视："嘴巴不干不净的，你说谁呢？"

程陆扬眼神一眯，笑得那叫一个邪魅狂狷："谁动了邪念我说谁，谁对号入座我说谁！"

"程总监——"秦真慌慌张张地站起身来，一个劲儿朝他使眼色，想让他别搅这浑水。

谁知程陆扬压根没理会她的暗示，反倒笑得亲切和蔼："真真你别怕，我是来替你撑腰的，像这种打着买房子的旗号泡妞吃豆腐的流氓，来一个我替你赶跑一个！上回那个敢对你动手动脚的家伙现在不是还在医院里躺着吗？我办事你放心，谁要是欺负你，我保准让他竖着进来横着出去！"

姓张的一听，有点做贼心虚，再看对方是两个年轻小伙，穿得好，看着也很有气势，也就不敢声张了，只得对秦真匆匆忙忙地说了句："抱歉啊秦小姐，我还有事，先走了。"

说完也不顾秦真的劝阻，拎着黑色皮包就溜了。

"张先生！喂，张先生……"秦真喊也喊不答应，目瞪口呆地看着到嘴的鸭子飞走了，心都凉了半截，回过头去对程陆扬怒道，"程总监你是不是闲着没事心痒痒啊？平白无故跑来搅黄我的生意干什么？"

程陆扬收起了那副似笑非笑的样子，瞥了她一眼："搅黄你的生意？你倒是说说你是做什么生意的？卖房子？还是卖别的？"

秦真被他说得怒火中烧："你什么意思？"

"什么意思？为了卖套房子，你做出的牺牲可不小啊，又是摸手又是陪吃饭的，我看那男人是挺饿的，看你的眼神都恨不得把你生吞活剥了。我也就是路过，好心帮你一把，用不着感谢我。"说完，他潇洒地往电梯里走。

秦真一想到吃了亏还没把房子卖出去，真的很想冲过去把那个浑蛋乱刀砍死，可是一想到对方还是她的顶头上司，脚下又跟生了钉子似的挪不动了。

她的房子！她的订单！她的饭碗！她的奖金！她一个月还卖不出去几套房子，眼看着要成事儿了，居然被这么个不长眼睛的脑残搅黄了！

秦真捏着那串钥匙，气得想把电梯撬开，直接砸在程陆扬脸上。

虽然恨他恨得都快"脑花怒放"了，但隔天去程陆扬的办公室的时候，秦真又跟没事儿人一样了。

照例东瞧瞧西摸摸，程陆扬一看就知道她又在酝酿拍马屁的台词了，眯着眼看她今儿又打算说点儿什么。

连续几个星期了，这办公室就这么大，她几乎把每样东西都夸了一遍，程陆扬还挺好奇她把能说的都说完之后还能拿什么当话题。

结果秦真在办公室转了一圈，对着地板啧啧称奇："瞧瞧这地板多亮堂，擦得多干净！程总监就是有眼光，连打扫卫生的人都看得这么准，不是个中好手哪里擦得出这么晃眼的地板？"

程陆扬简直想为她怒赞一百遍，事实上却悠闲地往座椅上一靠，似笑非笑地问她："哟，秦经理不觉得我把你的生意搅黄啦？气消了？"

气消了？只要他一天没被人贩子装进麻布口袋卖到偏远山区去当小白脸，她就一天咽不下这口气！

秦真大义凛然地盯着他，挺直了背："程总监说哪里的话？商场上买卖不成仁义在，我哪会和您生气啊？何况您也是出于好心，帮我一把嘛。"

"哦，是吗？那我看这地板有点儿脏了，你帮我拖一拖。"

"……"秦真看着他脸上明摆着的揶揄，二话不说去茶水间拿了拖布，一言不发地拖起地来。

程陆扬就没见过这么能忍的人，偏不知道哪里来的冲动，想把这人的假面具撕开，于是又使唤她："去泡杯茶。"

"把垃圾拿去倒了。"

"桌子有点儿乱，整理整理吧。"

"……"

可是不管他怎么差遣，在他修改图稿的这段时间里，秦真始终任劳任怨地替他干活。

程陆扬终于放下了鼠标，看着秦真明明心里憋得慌，却还硬装出一副觐见贵人的笑脸来，嘲讽地问她："秦经理这涵养是从哪儿学来的？天塌下来都笑脸迎人，再怎么得罪你你也忍得下去，为了卖房子可以出卖色相，被那种猥琐恶心的中年男人摸一摸也在所不惜。说实话，我很想问问你的底线在哪里？"

他说得毫不委婉，眼里的轻蔑也没有任何遮掩，就这么直截了当地瓦解了秦真的假面具，秦真忽然笑不出来了。

自打她来了之后，办公室里好像从来没有此刻这么安静过，四目相对间，谁也没有说话，一个咄咄逼人，一个穷途末路。

秦真觉得脸上火辣辣的。

这么多年以来，她一直厚着脸皮装没事人，就算被打了脸，她还能笑呵呵地把另一边脸凑过去："不然您再接着打这边？"

一般说来，对方再怎么穷凶极恶也不好意思继续和她过不去了，毕竟伸手不打笑脸人。可是面对程陆扬这种揭穿老底的行为，她终于没法再装下去。

然后她收起笑脸，看着程陆扬嘲讽的目光，忽然问了他一个问题："尊严和面包，你选哪一个？"

程陆扬说："我用不着做这种虚拟的假设题。"他的表情很冷静，显然是料定了秦真的选择，眼神里难掩轻视，"因为在遇见秦经理之前，我还从来不知道身边有这种人，只要有面包啃，尊严就跟擦脚布一样不值钱，可以任人践踏。"

秦真的耳朵嗡的一下产生无数噪音，就跟耳鸣似的，脑子里乱哄哄的一片。

程陆扬还在继续挖苦她："当面一套，背面一套，在人跟前时嘴巴就跟抹了蜜似的，结果一转背就化身长舌妇，开始说三道四。秦经理不觉得你这种嗜钱如命、不要尊严又偏要卖弄口舌的拙劣行为真的很令人反感吗？"

秦真的指甲已经嵌入手心了，刺痛感一点一点地蔓延开来，但那种疼痛感完全比不上被人当面打脸的羞辱感来得强烈。

刚开始，她告诉自己既然忍了他这么久，不要前功尽弃了！

到后来，她只感觉到一股热血往脑子上冲，然后就再也控制不住地把手里的抹布朝着那张喋喋不休的臭嘴狠狠扔了过去。

当那块擦过地板又擦过桌子的黑漆漆的抹布温柔地堵住程陆扬的嘴时，办公室终于又安静下来。

秦真又笑了，一张脸灿烂得跟八九点钟的太阳似的，冲着程陆扬尽情绽放。

她说："你可能不理解我们这种穷人的悲哀，但是大多数时候，我觉得面包远比虚无缥缈的尊严来得实际。我可以为了填饱自己和家人的肚子暂时把尊严丢到一边去，也并不觉得这种做法有多可耻。"

她一边说一边绕过桌子走到了程陆扬面前，笑得更欢了："不过凡事都有例外，比如遇见的浑蛋令我忍无可忍，那我宁愿没面包饿死，也不愿意抛弃尊严放任他把人性的丑恶洒遍祖国大地。"

下一秒，秦真的黑色高跟鞋毫无征兆地踩上了程陆扬锃亮锃亮的高档手工皮鞋，就在程陆扬的吃痛声响彻办公室时，秦真拎起挎包淡定地走出了门，并且不忘朝着门外嘴巴张成 O 形的方凯温柔一笑，伸手替他抬起了摇摇欲坠的下巴。

方凯忽然想为总监大人高歌一曲，歌名叫《冲动的惩罚》。

潇洒地和程陆扬摊牌了之后，秦真在回公司的路上又开始捶胸顿足，以往遇见再刁钻的客户也能忍下来，怎么今天就被姓程的给激怒了呢？指不定这回要丢掉饭碗了！

她怨念了一路，可最后转念一想：要是有机会重来一次，她还会不会这么爽快地冲程陆扬再发作一次？

答案是肯定的。

很好，那就没有什么后悔的理由了。她一向认为尊严养不活人，只要在弹性限度以内，适当地割舍尊严也没有什么问题。然而程陆扬已经成功挑战了她的极限，忍无可忍，那就无需再忍。

可是当她心惊胆战地走进刘珍珠的办公室时，刘珍珠只是抬头问她："设计图呢？"

看她脸色不对劲，刘珍珠又问："怎么了？做错事被程总监教训了？"

没有预料中的指责，也没有类似于叫她收拾包袱滚蛋的言辞，秦真一愣，这才相信程陆扬没有打电话来告知之前发生的事。

可她还是胆战心惊地觉得这只是迟早的事，趁着"大姨妈"来的工夫请了几天病假，坐等凌迟处死的决议降临到头上。

刘珍珠又开始头疼："我说秦真你还真是幺蛾子不断，这段时间好不容易叫我松口气，你又要请假了，程总监那边叫我找谁替你啊？"

"我家'姨妈'每回来，都恨不得狠狠爱抚我一番，让我三天三夜起不来床。"秦真开始抹泪，"主任您行行好，让我回家和'姨妈'相爱相杀吧！"

"滚吧！替我问候你'姨妈'。"

秦真立马谄媚地上前抱大腿："我替我'姨妈'谢谢您！"

程陆扬被秦真气得一肚子火气，当场就拖着差点被踩残的脚回家去了。

方凯一路小跑胆战心惊地跟了上去，没办法，他这个助理兼司机必须选择在最危险的时刻迎难而上，否则总监就只能甩火腿回家了……

结果和想象中一样，他被虐得很惨。

因为在程陆扬心里，方凯和秦真就是一丘之貉，自打上回他俩在火锅店里穿连裆裤说他坏话之后，就被拉进了亟待处死的黑名单里。

方凯为了讨好他，替他把车门打开，程陆扬就冷着脸问他："我看起来很像杨过吗？断了手还是残了脑？要你多事？"

"……"

方凯屁颠屁颠地跑进驾驶室，动作干净利落地把门"砰"地一关，身后又传来冷得掉冰碴子的声音："不是你的车，摔坏了不负责是不是？"

"……"

他忙不迭地踩下油门，想着赶紧把这尊瘟神送回家去一了百了，结果程陆扬在惯性作用之下毫无防备地往前一倾，吓了一跳，愤怒地喝道："你在玩 QQ 飞车啊！"

方凯哭了："没，我玩的一直是跑跑卡丁车……"

程陆扬想掐死这蠢货的心都有了，但他觉得自己不能冲动，满腔怒火一定得留着明天见到秦真时再爆发，要是提前出气了，还怎么叫那个不知死活的女人生不如死？

然而他的心愿很快落空了，因为在接下来的一周里，秦真再也没有出现在他面前，取而代之的是秦真同办公室的另一名业务经理，黄衣。

程陆扬打电话给刘珍珠问情况，刘珍珠一边呵呵呵一边说秦真请了病假，然后又各种嘘寒问暖，叮嘱他春末别减衣服减得太快，免得伤风感冒。

就在刘珍珠絮絮叨叨这当头，程陆扬早就在第一时间把手机塞进方凯怀里，于是方凯一边默默擦泪，一边收听了将近十来分钟的健康知识讲座。等到对方那句"那我就不打扰总监您工作了"终于出口时，他又泪眼婆娑地把手机凑到程陆扬耳边。

程陆扬"哦"了一声："那行，就这样。"以表示自己一直在听。

方凯："……"

和秦真比起来，黄衣可就温柔安静多了，除了设计图的交接，顶多说两句"程总监好"和"程总监再见"。

因为设计图并非由程陆扬一个人做，大多是设计师们做好，而程陆扬做最后审阅。好几次黄衣等在程陆扬的办公室里等他审阅时，长达十来分钟的时间里，她都只是恭恭敬敬地等着，一言不发，不像秦真跟个话痨似的马屁拍个没完。

按理说程陆扬应该很高兴才对，可是不知道为什么，他觉得浑身不自在。

以前秦真拍马屁的时候，他可以肆无忌惮地对她实施人身攻击，而她不管被如何讽刺，也总是笑眯眯地点头称是，哪怕眼睛里都快喷出火来。于是就在文件交接的这点短暂时间里，他简直如沐春风、醍醐灌顶，任督二脉都被打通。

然而如今面对这样一个一声不吭的中国好员工，程陆扬就跟毒瘾犯了似的，憋得浑身难受。

他觉得他一定是太恨那个姓秦的女人了，不然不会因为骂不了她就浑身不自在。

就在程陆扬琢磨着哪天找个借口把她弄回身边继续他的人生修行时，他就碰见了这位阔别好几天，甚是想念的秦经理。

春末这几天阴雨连绵，看来是要趁着夏天到来之前最后一次降温以示存在感。

晚上的时候，程陆扬打电话让方凯替他买点挂面过来，家里的存货没了，做完设计图之后想加餐都没办法。

方凯的声音有点急："不好意思啊总监，我妈今天睡午觉的时候着凉了，上吐下泻的，我现在在医院陪她打点滴，一时半会儿走不开！"

程陆扬臭着脸说他："就你那点儿本事还照顾人，能养活自己都不容易了。"然后傲娇地挂了电话。

没有方凯，他只能打着雨伞出门坐出租车，在车上的时候给人事部打了个电话："张主任，你通知一下方凯，叫他明天不用来公司了。"

张主任大惊，一边支支吾吾的，一边想探一探总监的口风——小方同志怎么就惹到这尊大佛了？居然要被开除！

程陆扬深觉自己养了一群蠢货，没好气地说："他妈病了，就他那种胆小怕事的人，我怕他明天把我的工作全部搞砸！少说废话，叫他明天别来了！"

张主任连连称是："那……这算是旷工还是什么？是不是要扣工资？"

程陆扬放缓了语气，冷哼一声："他那点儿工资我也看不上，算大爷赏他的！"

一想到方凯那体弱多病还很依赖儿子的单亲妈妈，程陆扬就头大。

一通电话打完，他发现司机频频从后视镜里看他，于是不悦地瞪了回去："你老看我干什么？要是长相能传染，你再这么目不转睛地盯着我也不迟！"

司机只能朝他咧嘴笑："呵呵，呵呵……"

心理活动却是：哪里来的神经病……

程陆扬对金钱没什么概念，大手大脚的，原本是要买挂面，结果一路走到卖挂面的食品区，购物车里已经被随手丢进来的东西塞满了，还都是什么高级牛肉、进口食品。

结账的时候，后面的一个年轻女人频频打量他，还老是借着排队的机会挤上来跟他进行肉体接触，想来是对这个出手阔绰、衣着不凡的高富帅感兴趣了。

程陆扬火眼金睛，一早看出她超强的脑电波，就在她又"一不小心"踩了他一脚然后娇滴滴地道歉时，冷笑着问她："小姐，我国法律规定了性骚扰并非仅仅针对男性主动对女性实施的猥亵行为，你这么频繁地跟我进行肉体上的接触，你知不知道我可以告你性骚扰？"

"……"那女人连购物车里的东西都不要了，面红耳赤地奔走。

旁边的人都在窃笑，程陆扬目不斜视地拎着口袋边走边说："笑什么笑？没见过帅到叫女人主动扑倒的男人？"

就在程陆扬自信心十足地买完东西从超市出来的时候，终于看见了叫他"思念已久"的倩影。

公交车站就在超市旁边，他一手打伞，一手拎着购物袋，恰好看见一辆公交车停了下来。有个左脚残疾的农村妇女收起雨伞，艰难地往车上走，结果因为腿脚不便，连迈好几次都没迈上车，反倒被这场大雨淋了个透湿。

已经接近收班的时间了，司机不耐烦地凶她："你磨蹭什么啊？要上就上，不上就赶紧站到一边儿去，让别人上！"

那妇女身后几个排着队的乘客也开始抱怨，可越催促，她就越慌张，怎么也上不去，佝偻的背影看上去很是狼狈。

她甚至不断道歉，用不太标准的普通话说着对不起。

程陆扬看不见她的表情，但猜也猜到了她的脸色会有多丰富多彩。

就在这时候，却见车上忽然有个女人快步走到门口来，朝那个残疾妇女伸出了手："来，赶紧上来。"

她甚至主动挽起了那妇女被淋湿的手臂，使劲儿把她给拽上了车，然后还一点也不嫌弃她沾满泥点的衣服裤子，亲自把她扶到了座位上，这才重新下了车……原来那女人本来打算从后门下车，见到前门的那一幕之后，才走过去扶了残疾妇女一把。

因为这么一个小插曲，她原本干净整洁的淡黄色风衣也被打湿了，特别是之前贴着妇女手臂的那一块，颜色很深。

程陆扬脚步一顿，忽然没有再往前走。

他听见那个女人在经过前门的时候，很凶残地对公交车司机说了句："别以为今天下雨没打雷你就不会被雷劈！来日方长，早点准备好烧伤药！"

车上的人笑作一团，那司机骂骂咧咧地发动了车。

秦真打着把白色碎花伞，凶狠地骂了那没有公德心的公交车司机之后，走了没几步，忽然发现前面的路灯下面站了个人，身影笔直，身材修长挺拔，好像还目不转睛地看着她。

她定睛一看，立马扭头就走。

天，居然是程陆扬那尊瘟神！

就在她快步往反方向走的时候，那个阴魂不散的家伙居然跟了上来。

"秦经理。"程陆扬在后面不紧不慢地叫她。

秦真充耳不闻，十分潇洒地继续走。

程陆扬还是那么悠闲："我好像忘了点儿事啊，找个时间该去欧庭拜访拜访，跟刘主任好好叙叙旧。"

一句话的工夫，成功令秦真停下了脚步。

在家休养好几天，她的"大姨妈"还没走，今晚是白璐拜托她帮忙修电脑，要不她才不出门呢。天知道是撞了邪还是怎么着，居然遇见了瘟神。

人在越虚弱的时候想的事情越多，这几天她也在家窝着想了很多，一考虑到家里还有个学费那么贵的弟弟，爸妈那点儿退休工资根本不够用，整个人就无力了。

要是真的丢了工作，家里那三个人可怎么办？

于是她又劝自己，刘珍珠这么多天没打电话来骂她，那就证明程陆扬肯定没有把她得罪他的事捅出去。要真是有转圜的余地，那她就服个软，大不了道个歉，把现在的职务让出去，以后专专心心待在欧庭卖房子。

反正眼不见心不烦，程陆扬跟她又没什么深仇大恨，也不至于把她往死里整吧？

腹下还在隐隐作痛，"大姨妈"加上天凉下雨，她整个人精神状态都不大好。

多一事不如少一事，这么想着，她又转过身去，心平气和地看着程陆扬："不好意思，程总监，刚才对您不礼貌了，还望您多多担待。"

程陆扬挑眉，这女人终于又恢复了金刚不坏之身，开始大忍特忍朝着"忍者神龟"的路上一去不复返了？

他斜眼看她："嘴上道歉有用吗？"

秦真一愣，眼神往他手上看去，会意了，赶紧上前去帮着拎购物袋。

程陆扬往后退了两步，很嫌弃地看着她湿漉漉的手臂："少拿你刚才扶过人的脏手来碰我！警告你啊，要是你碰到我一根汗毛，我明天就让方凯去欧庭把你全身上下的汗毛都剃光！"

一时之间，秦真没有说话，就这么看着路灯下的男人。程陆扬长得很好看，个子高高的，身材也很修长，哪怕只穿着墨蓝色的衬衣，看着也像是从中世纪的油画里走出来的贵族。

他的五官很清晰，眼眸漆黑明亮，嘴唇轻薄光泽，定定地看着人的时候，会无端令人心跳加速。

可是这种人再好看又有什么用？

注意到他衬衫上镶金的扣子还在一闪一闪地朝她挤眉弄眼的，秦真还是没忍住，想了想，用比较缓和的语气说："不管是残疾人还是正常人，每个人或多或少都会遇到难堪的时候。当对方跟你毫无关系的时候，你可以站在一边看笑话，但要是对方是你的家人呢？你还会这么事不关己高高挂起吗？"

程陆扬看上去挺吃惊的，眉毛一抬："你在教训我？"

秦真不卑不亢："不敢，我只是就事论事而已。"

"她又不是你家人，你不嫌她脏？衣服湿了，身上还那么多泥点，腿脚不便受人嘲笑……我还没看出来秦经理是个这么热血的青年啊！"程陆扬的语气带着点儿嘲讽之意。

他不知道是哪根筋不对，哪怕心里不是这么想的，却偏要惹秦真生气。

然而这一次，秦真没有生气，反倒平静地抬头看着他："帮不帮是我的选择，嫌不嫌弃也是我自己的事，要是因为这种行为让程总监见笑了，那我道歉。下次我这么做之前，一定先看看您在不在场，要是您在，我就先叮嘱一句，让您提前把眼睛挪开，成吗？"

这番话说得心平气和，她甚至一点儿火气也没有，眼里波澜不惊。

其实也没什么，在她看来，程陆扬就是个不知人间疾苦的大少爷，从来不会体谅别人，总是以自我为中心。

既然他是个这样的人，她又何必跟他计较呢？说也说不通，倒不如敷衍了事，低个头，退三分，反正也不会少块肉。

程陆扬却一下子说不出话来，顿了顿，只听见秦真意兴阑珊地说："不好意思啊程总监，我身体不大舒服，恐怕不能跟您久聊了，先走一步。"

"怎么，你当我是瘟神？看了就想跑？"他心里不快，只当她是随便找个借口敷衍他。

然而秦真的肚子越来越难受，脑子也晕乎乎的，当下也顾不得许多，转身快走了几步，结果眼睛一花，一头往地上栽去。

随着她重重地倒在地上，手里的那把碎花伞也滚落在路边的积水里，泥泞的污水把她的淡黄色风衣染得污浊不堪。

程陆扬吓了一跳，赶紧走上前去："喂！秦经理！秦经理你怎么了？"顾不得她身上脏兮兮的污水，他把手里的伞和购物袋猛地扔在地上，蹲下身去把意识全无的她抱了起来，冲到马路中间拦车。

他头一回遇上这种事，心里怦怦跳个不停，慌张之际又忽然想起前几天刘珍珠的那个电话，她说得很清楚，秦真请了病假……

这女人是真病，不是假病。

坐上出租车的瞬间，他把秦真安置在自己身旁，急切地对司机吼道："去医院！"

医生问他："哪个医院？"

他都快气死了："最近的一个！"

察觉到手上湿漉漉的，他还以为是秦真身上的污水，结果掏钱给司机的时候，司机吓了一跳，见鬼似的问他："先生，你……你手上怎么全是血啊？"

程陆扬一僵，低头看着自己湿漉漉的手，有那么一瞬间，心跳都停止了。

秦真晕乎乎地醒过来的时候，眼睛被刺得睁不开，病房里白得耀眼，空气里还弥漫着一股消毒水的味道。

她躺在病床上，浑身都没什么力气，耳边却清楚地传来程陆扬和医生交谈的声音。

程陆扬问："她真的只是低血糖？"

"对。"

"休息休息，把血糖升上去就好了？"

"没错。"

"不可能！"程陆扬急了，"要只是低血糖的话，哪会大出血啊？你看看我手上这些！"

他急吼吼地探出手去给医生看，虽然他自己分不清血的颜色，但是司机都那么说了，肯定不会错！

医生看他急了，只得尴尬地跟他解释："先生你别紧张，病人正处于经期，你手上这个……多半是……"

没了下文。

长长的沉默之后，秦真听见程陆扬一字一句地问医生："经期？"

"……"

她浑身一哆嗦，面红耳赤地把头埋进了被子里。

开……开什么玩笑？居然侧漏了！

Chapter 05
总监心，海底针

程陆扬和医生说完话之后，黑着一张脸往走廊上的洗手间走去。

秦真听见脚步声远去，才尴尬地探出头来，面红耳赤地四处寻找手机。可是包里没有，床头柜没有，枕头旁边也没有。

她绝望了，难道是晕倒的时候一不留神掉了？

然后她听见门外传来了程陆扬回来的脚步声，吓得赶紧闭眼继续装晕。

程陆扬不紧不慢地走到床边，迟疑了片刻，伸手碰到了她的衣服。

秦真吓得想睁眼问他要干什么，可是一想到居然把"姨妈"侧漏到了他手上，顿时又浑身僵硬不敢睁眼了。

所幸程陆扬只是摸了摸她的风衣口袋，发现没有自己要找的东西以后，又无功而返地坐回病房里的那张双人沙发上。

秦真猜到他是想找她的手机，只可惜连她自己都不知道那家伙跑哪儿凉快去了。她听见他拨通了电话，叫了声方凯之后又好像想起了什么，顿了一下，冷冰冰地说："没事，打错电话了。"

她一头雾水地继续装睡，然后悄悄把眼睛睁开了一条缝，看见程陆扬坐在沙发上一动不动的，低头看着手机屏幕也不知道在想什么。

中途护士小姐进来问他："病人休息休息就没问题了，需要现在就出院吗？"

程陆扬看了眼床上的人，摇头说："让她睡一晚吧，我怕她回去又晕，直接死在家里了。"

护士小姐笑了："不是还有你在吗？你会照顾她的嘛！"

娇滴滴的声音，探寻的语气，一听就是在打探两人是不是男女朋友。

"我脸上写着'我是个大好人我最贴心最喜欢照顾人了'吗？"程陆扬不咸不淡地看她一眼，护士小姐脸一红，只得讪讪地走了。

秦真必须很努力地憋笑才能不破功，这个男人的毒舌技能实在是修炼到了炉火纯青的地步，完全不留情面地拒绝生人搭讪。

当然，她不会知道程陆扬打电话给方凯其实是想让他开车来送她回家，可是中途想起方凯的母亲还在生病，于是又作罢。

他没有任何朋友，低头看着手机屏幕一言不发时，眼神里其实带着嘲讽的意味。

这个世界上有几个人的手机里会仅存有四个联系人？又有几个人的通话记录里由始至终只有一个人？

程陆扬发现，除了方凯，原来他还真没有朋友。

不，连方凯也不是他的朋友……不过是上司跟下属的关系罢了。

秦真的手机掉了，程陆扬没办法联络她的家人，就这么把她扔在医院也不放心，只得守在病房里等她醒来。

一开始，秦真真的只是装睡，只可惜低血糖的症状还没过，腹痛加上头晕同时折磨着她，没一会儿居然真的睡了过去。

这一觉一直睡到第二天早上，她迷迷糊糊地睁开眼睛，在看见触目所及几乎都是刺眼的白色时反应过来，她这是在医院。

下意识地往一旁的沙发上看去，这才发现程陆扬正以一种光是看起来都觉得极不舒服的姿态仰靠在沙发上，身上披着昨天穿的黑色外套，眉头微皱地打着盹。

秦真愣了愣，他就这么守了她一晚上？

注意到他的长腿十分委屈地挤在茶几和沙发中间，然后茶几上又多了一个装满东西的塑料袋，秦真轻手轻脚地下床去看……呵，满满一口袋"姨妈巾"！啥牌子都有！

她忽然想起了什么，脸色一变，赶紧伸手随便抓了一包，撒腿就往进门左手边的厕所跑。而这点动静很快把程陆扬吵醒了，看见秦真的背影消失在厕所门后，他彻底清醒过来。

于是秦真从厕所后面探了个脑袋出来时，不偏不倚正对上程陆扬漆黑的眼珠子，她浑身一抖，听见程陆扬阴森森地问了句："换好了？"

"换好了，换好了！"她尴尬地连连点头，头上青烟四起。

这算个什么事？居然和一个大男人讨论起换没换卫生巾的问题！

秦真发现程陆扬的视线停留在她身上，于是低头一看，只见那件买了只穿过两次的淡黄色风衣已经皱皱巴巴的了，因为昨天倒在雨水里，大部分变成了脏兮兮的颜色，完全看不出买衣服时店员赞不绝口的女神风范……

所幸衣服长，还能遮住屁股，不然白裤子上留下的痕迹恐怕就要暴露于光天化日之下了。

她有些局促地走了出来，赔着笑脸，忽然不知道该说点儿什么。

几天以前，她还在程陆扬的办公室里对他大发雷霆，把脏抹布甩到他脸上不说，还毫不留情地用高跟鞋踩了他一脚。结果人家非但没去刘珍珠面前告状，借机搞砸她的饭碗，反而不计前嫌在她落难之际帮了她一把。

秦真觉得很玄幻，眼前这个人真的是程陆扬没错？

程陆扬从沙发上拎起自己的黑色外套递给她："既然醒了就回家去，穿上。"

秦真受宠若惊地摆摆手："不用不用，外面还在飘雨，您自己穿就好。"

程陆扬脸色一沉："你穿成这个样子要我怎么带你出去？知道的人理解我的高风亮节、助人为乐送伤残病患来医院，不知道的人以为我乐善好施，从哪儿拎了只乞丐跟着耀武扬威。"

"乞丐也是人，量词也不能用只……"秦真又没忍住纠正他的冲动。

程陆扬臭着脸冲她说："你少给我扯嘴皮子！我可是你的救命恩人，让你穿你就穿，让你走你就走，废话那么多做什么？"

秦真忍了，刚才软化的内心一下子又威武雄壮起来，怀着不穿白不穿、穿了就给他毁了的心态接过那件昂贵的外套。

程陆扬很高，衣服的长度刚好到她的大腿，完美地遮挡了身后的尴尬。

趁着程陆扬办理出院手续的工夫，秦真又去洗手间里整理了一下，镜子里的女人脸色发白、眼睛浮肿，头发也乱糟糟的，毫无光泽。

她叹口气，拧开水龙头洗脸，洗到一半的时候又听见不知什么时候回来的程陆扬语气不善地质问她："冷水热水？"

她撒了个谎："热水。"

程陆扬昨晚又不是没进过洗手间，知道水龙头里没热水，于是眼睛一眯，站在门口冷笑一声："秦经理，我救你是出于人道主义，你要是自己不爱惜自己，下次就别晕在我面前，免得我白费力气。"

水龙头里的水冷冰冰的，秦真的脸上还在滴水，却不可抑制地发烫再发烫。她想说什么，最后又深呼吸忍住了，转而放缓了语气："对不起，下次我注意。"

注意什么？不晕在他面前？

程陆扬轻而易举看出了她的隐忍，眉头一皱，毫不客气地说："有什么就说出来，别总是童养媳似的有苦说不出，活像我往你嘴里塞了黄连。上帝赐你一张嘴不是为了让你打哑语的。"

很好，他要听发自肺腑的实话是吗？

秦真甩了甩手上的水珠，漫不经心地说："我知道啊，上帝赐你一张嘴不就是为了让你学会吐象牙吗？"

"……"程陆扬难得被人堵住了嘴。

偏秦真还露出一个笑容来，诚挚恳切地望着他："不好意思啊程总监，是您让我说实话的。"

最终，浑身散发着生人勿近气息的程陆扬夺门而去，还扔下一句冷冰冰的诀别语："我真是吃饱了撑的才把你送来医院！"

秦真不说话，却在他走了以后忽然捂着肚子坐在沙发上，眉头皱成一团。

刚才摸了冷水，没想到"姨妈"这么快又开始磨人了。这才是小姐的身子丫鬟的命，来个"姨妈"就跟生孩子一样！既然都生成这种娇滴滴的矫情命了，这种时候不是该有个言情剧男主来拯救她吗？

偏就她运气好，男主没来，来了个恶毒男配！

她还捂着腹部低着脑袋等待缓过这一阵，结果有人去而复返，不知什么时候又站在了门口，冷冰冰地问她："你走不走？"

秦真诧异地抬起头来，就看见程陆扬穿着墨蓝色的衬衣站在那里，表情极不耐烦，但就是没有扔下她离去的打算。

说真的，她绝对没有想到他会回来找她。

秦真张着嘴看着他，却见他一边低低地骂着什么，一边走到她旁边朝她伸出手来："那么多人看见我把你拎进来，要是你死在这儿，我也脱不了干系！"

极为拙劣的借口，也不知道是解释给谁听的，但秦真还是愣愣地扶住了他的手臂站起身来，跟着他往外走。

他那张嘴就没停止过对她的人身攻击，偏手上稳稳地扶住了她，甚至任由她把大半的身子都靠在他身上。

秦真觉得那些恶毒的话听起来也没那么糟糕了。

出门招了辆出租车，一路上程陆扬都不太想搭理她，像是对自己这种不得不做好人的行为深恶痛绝。

秦真慢吞吞地说了句："谢谢您啊，程总监。"

程陆扬反问她："谢我什么？吐象牙给你找乐子？"

"谢谢您昨晚把我送到医院，谢谢您之前没跟刘主任告的状，还有，谢谢您送我回家。"她难得低声下气，这次没有隐忍也没有难堪，而是真心诚意地道谢。

这个男人性格恶劣不假，但帮了她也不假。

程陆扬就跟听了什么叫人掉鸡皮疙瘩似的恶心话一样，迅速把头扭到窗外："谁送你回去了？别想太多，顺路而已。还有，你要真感谢我，麻烦你替贵嘴拉上拉链，少说点儿言不由衷的话我就谢天谢地了！"

秦真条件反射地附和道："好的好的，以后我一定注意！您对我的大恩大德我没齿难忘，今后一定努力工作回报您——"

"秦真！"程陆扬终于忍无可忍地转过头来喊了她的名字，"我刚才说什么来着？"

他说什么来着？

秦真一愣，随即脸一红："是是是，我不说了，不说了……"

他一路把她送到家门口，然后目不斜视地让司机掉头。

　　秦真已然意识到他那句"顺路"根本就是假话，于是笑着朝他喊道："程总监慢走，谢谢你啦！"

　　蓝色的车子跑了好长一段路，程陆扬从后视镜里看了一眼，发现秦真还在原地朝他挥手，忍不住皱眉骂了句："蠢货！"

　　司机呵呵笑："先生是心疼女朋友吧？"

　　我心疼你全家！程陆扬冷冷地瞪了司机的后脑勺一眼，气势汹汹地在心里骂了回去。

　　"大姨妈"走后，秦真又恢复了生龙活虎的糙汉子状态。

　　首先趁着病假的最后一天和闺密白璐一起杀进商场，血拼了一番，然后坐在小吃街上一家一家吃个遍。

　　白璐是在银行做会计的，薪水优渥，特别鄙视秦真买衣服专挑打折的买，吃东西也只来小吃街，高档一点儿的餐厅完全不去。

　　见秦真喜滋滋地拎着那堆战利品，白璐忍不住嗤她："行了吧你，三个袋子的东西加起来还不如我一条丝巾贵，我说你什么时候才能停止这种自虐的行为？"

　　秦真瞪眼："什么叫自虐？我这叫勤俭持家，厉行节约。别看你的丝巾那么贵，你问过人家戴你脖子上愿意不愿意了吗？"

　　这话听着耳熟，秦真想了想，才反应过来自己把程陆扬那句"你问过我屁股同意不同意了吗"拿来用了。

　　白璐一副恨不能把丝巾取下来勒死她的样子，恨铁不成钢地戳了戳她的肩膀："你完蛋了你，一天到晚就想着为你家那三口省钱，穿的用的都比乞丐好不了多少！你说你这样子，哪个男人看得上你啊？以前那个娇滴滴水灵灵的秦真哪儿去了？那时候你还有勇气追一追孟唐那种人物，现在的你拿得出脸去追一追楼下的保安大叔我都佩服你胆量可嘉！"

　　秦真脸一黑："你故意的是不是？"

　　"我故意什么了我？"

　　"你故意提他！"

　　"他是谁啊？哪个他？"白璐装糊涂。

　　"你信不信我跟你拼命啊？"秦真把手里的手抓饼朝她嘴里塞。

　　"我天，口水！你的口水还在上面！想毒死我还是怎么的？"白璐手疾眼快地抓住她的手，一副冤枉的样子，"大姐你找对重点了吗？我的重点是孟唐吗？我明明是想提醒你，以你现在的水平就适合跟保安叔叔组个队成个家立个业，结果您老对人耿耿于怀念念不忘一往情深至死不渝，你怪谁呢？"

秦真怒了，拎起大包小包起身就走。白璐见她急了，只得扔下钱，起身去追。

"秦真！"

"闪一边儿去！"

"喂，不带这样的啊！这么多年的友情就毁在孟唐的名字上了？提一提怎么了？好了好了，大不了以后不提他行了吧？我不说孟唐了，真不说了！"白璐去拉她的手臂。

"再说我恨你一辈子！"秦真狠狠瞪她。

白璐不是不知道她的禁忌，以前也很刻意地避免在她面前提到孟唐两个字，天知道今天是哪根神经不对，非要刺激她。

讨好地替她把大包小包拎过来，白璐一边走一边叹气："不是我说你，都这么多年了，早该把他忘到'好忘角'去了，怎么还老是惦记着？是个伤口也该结疤了——"

"你还说！"秦真凶她，"还有啊，好望角是那个忘吗？"

"行行行，不说，不说了啊！不愧是咱伟大的语文课代表，咱班当初最有文化的就是你了！"白璐哄她，却忍不住在心里暗暗着急，隔了好一会儿才假装漫不经心地提了一句，"前几天在 QQ 上看见班长说要办同学会，你做好心理准备啊！"

"不去。"秦真干脆利落地拒绝了。

"得了吧你，干吗不去？李老师可是钦点了你的名字，谁叫你是她的心肝宝贝语文课代表？"

提到李老师，秦真又软下来。那个温柔又和蔼的班主任在知道她的家庭条件之后，整个高中阶段对她好得跟亲妈似的。她小的时候就有低血糖的毛病，高考那段时间，李老师还每天叫她去办公室吃鸡蛋补充营养。

办公室的老师还戏称她是李老师的小女儿。

如今李老师想见她，她去还是不去？

秦真一时无言，半天才低低地说了句："我知道你在担心什么。"

无缘无故为什么提起孟唐？还一口一个，频率比当初考四级的高频词汇还高，还不都是想让她克服这个毛病，同学会的时候少点儿尴尬？

白璐看她又从生龙活虎的样子消沉下去，忍不住重重地朝她脑门上戳了戳："秦真你知道我认识你这么多年最恨你什么吗？你当初借我钱吃我饭蹭我奶茶用我开水从来不记得，可你连那个人哪天穿了哪件衣服、上讲台时一步要走几步路、一上午要去几次厕所都记得清清楚楚，你说你这人怎么这么死脑筋啊？该记的记不住，该忘的半点儿也忘不掉，我真想扒开你的脑子看看你的脑回路是咋长的！"

秦真精神恹恹地回她一句："像你这种没心没肺的人是没法理解我这种有情有义的好姑娘的！"

白璐真想顺手把她推到马路中央为民除害。

周一的时候，秦真先回公司报到，然后拎着去干洗店溜了一圈的黑色外套往程陆扬那里去了。

刘珍珠正在茶水间倒水，出来的时候刚好看见她手里拎着纸袋往电梯里走，端着杯子指了指："什么东西？"

"程总监的衣服。"秦真老老实实地说。

刘珍珠一口茶水喷了出来："好啊，出息了！什么时候学会送礼了？"

"不是送礼，是程总监的衣服，穿过的！"秦真着重强调后三个字。

刘珍珠眯眼，狐疑地问："程总监的衣服怎么会在你这里？"

"……"秦真一时卡住，转而飞快地看了眼手表，"呀，到时间了，再不去程总监又要骂人了！"

跑了老远都能感觉到刘珍珠女士炙热的目光，秦真毛骨悚然地感叹自己的顶头上司原来是匹披着中老年妇女皮的狼。

一路坐公交车到了 La Lune 楼下，反正这种时候市中心怎么着都会堵上半天，出租车也不见得比公交车快多少。

秦真拎着纸袋坐在座位上发呆，视线落在衣领上的那一行小小的银色斜体英文字母上，开始无聊地琢磨这究竟是法语还是德语。

她一度想选择一门外语当专业，因为嘴皮子溜，从小学什么像什么，每年春晚过后，她准能模仿上一小段相声小品里最精彩的片段，逗得全家人哈哈大笑。

秦真的外婆年轻时学过俄语，就爱拉着她秀一秀。她也就十分配合地一口一个"啊外婆你好棒"或者"外婆我好崇拜你嘤嘤嘤"，外婆就会一边笑一边戳戳她的脑门，末了说一句："我家丫头就该学外语，今后读大学了可千万要听外婆的，瞧你这语言天赋，准是遗传了你外婆！"

只可惜她连大学的门槛都迈不进，拿着录取通知书在家痛哭一场，然后平静地接受了父母的决定——放弃大学，把读书的机会让给她那天资聪颖的弟弟。

彼时外婆已经去世了，没有人会再摸着她的头，笑眯眯地夸她有语言天赋。她收起那些天真无邪的童年记忆，转而一头扎进了复杂的社会，在白璐以及其他高中同学高高兴兴地跨进大学校门时，不得不一遍又一遍从别人的冷眼中学会如何适应社会，如何放下曾经的骄傲，将自己更好地融入小市民的人生。

所幸她那个天才弟弟不负众望，从小学起就一路过关斩将拿下奥数、英语竞赛等诸多奖项，到了初中更了不得，拿下了全国物理竞赛一等奖。

于是秦真也就释然了，当初弟弟也哭着闹着要让她读大学，她仗着年纪大，硬是把机会让给了他，天知道做出这个决定花了她多少勇气。

还好，还好秦天争气。

大中午的阳光普照，天气又暖和，公交车上的人都昏昏欲睡，秦真也出神地回想着这些杂七杂八的事。

公交车到了中途的一个站，有人上了车，走到她身旁的时候冷不丁问她："请问纸袋能挪一挪吗？"

"噢，好的——"秦真回过神来，赶紧把身旁空座上的纸袋拿起来，抬头对那个人笑一笑。岂料笑意还没抵达眼底，她就猛地愣在那里。

就好像刚才还阳光和煦的天空突然一下塌了下来，顿时天崩地裂，日月无光。

公交车上那么嘈杂，还反复播放着一些说不出名来但人人耳熟能详的歌。可是秦真的耳边忽然一下什么声音都没有了，"嗡"的一声，像是有人把所有介质都抽走，于是再也没有任何声音可以传播到她的耳朵里。

她甚至死死揪着装衣服的纸袋，就这么错愕地望着眼前的人，然后慢慢地吐出两个字："孟唐？"

短短两个字像是花光了她全部的力气，他的名字明明陪伴她度过了七年青春时光，甚至一路从她还扎着天真无邪的公主辫起，像首唱不完的歌一样单曲循环到她学会熟练地对着镜子化妆那一天。

可是如今，再一次说出这两个字，她竟然嗓子发干、喉咙紧涩，就好像是深埋地下已久而全身血肉萎缩后的木乃伊，从头发丝到脚趾头，没有哪一个地方可以动一动。

她眼睁睁地看着那个无数次出现在梦里的少年以成熟男人的姿态就这么凭空出现在她面前，带着一如既往干净温和的眼神，五官英俊一如从前。

孟唐站在她眼前，一身温和的灰色针织衫竟然让她产生了一种刺眼的错觉。

就好像全身上下都在发光。

她连牙齿都在发抖，血液一路叫嚣着狂奔到心脏。

扑通，扑通。

这是一个怎样突然的重逢？

而在这样犹如好几个世纪般漫长的时刻，她听见面前的男人用清冽温润甚至带有那么几分浅浅笑意的声音惊讶地对她说："你认识我？"

窗外阳光明媚，一切都美好得不太真实。

而秦真坐在原地，明明不太怕冷的她头一次感受到了寒冷刺骨的严冬滋味。

犹如晴天霹雳，犹如突坠冰窖，犹如心肌梗塞，犹如血栓发作。

不是没有想过有朝一日重逢时的场景，哪怕没有真的在一起过，她也幻想着他会走向她，微笑地叫着她的名字，像是阔别已久的老同学。

毕竟他们从初中到高中都是一个班的，偌大的 B 市，几万名同龄学生，这也是一种缘分。

然而秦真无论如何都没想到，真正重逢的这一天，他竟然真如想象中那样笑得干净美好地望着她，只可惜出口的却是一句令她魂都差点丢了的话。

"你认识我？"

换种说法，这句话的意思是：请问我认识你吗？

他不记得她了。

她曾经暗恋七年的人不记得她了。

……

有那么一瞬间，秦真很想哭。

她暗恋孟唐七年，可是只有她自己知道，在那七年之后的又多少年里，其实她一直没有忘记过他。

所以其实算起来也许根本不止七年。

她悲哀的、无可救药的、无疾而终的初恋。

秦真在一瞬间感受着山洪暴发、飓风突起、火山喷发以及各种自然灾害同时袭来的可怕感觉，却见面前的男人忽然间低低地笑起来，无可奈何地坐在她旁边，转过头来叹口气。

"你知不知道你现在的样子活像是讨不到糖果的孩子？"那样温柔和煦的嗓音在耳畔响起，秦真几乎以为自己出现了幻听，然而紧接着孟唐便以无比熟稔的姿态证实了这一幕，因为他对她弯起嘴角，无比肯定地吐出两个字，"秦真。"

于是秦真骤然回魂，就跟被召唤师召唤而来的神兽一样敏捷迅速。

她忽然意识到，孟唐在跟她开玩笑，他从一开始就认出了她。这也就证明在这么漫长的时间里，他一直记得那个叫秦真的老同学。

孟唐问她："你去哪里？"

她答："La Lune 室内设计。"

"你在那里上班？"孟唐的语气有点诧异。

"不是，我负责我们公司和那边的合作。"

孟唐莞尔："这么多年不见，你都已经是个能干的事业型女强人了。"

秦真红了脸，勉励克制住不知往哪里放的手脚，强装镇定地说："就是个业务员罢了，根本没办法跟你比的。"

"你知道我的状况？"孟唐扬起了眉毛，明明只是一个小小的动作，不知道为什么被他做出来就可以拥有行星撞击地球般的功效，掀起一片少女情怀。

秦真承认了："你那么厉害，先是考上了首都大学的法学专业，然后又被导师推荐去斯坦福大学硕博连读，谁会不知道？老同学里都传开了，美名远扬的孟教授已经成为我们炫耀的资本了。"

孟唐笑起来，右脸露出了那一个浅浅的梨涡，像是斟满了全世界最醉人的芬芳。

秦真的心已经快要跳出喉咙了。

然后两人像是所有阔别重逢的老同学一样进行了非常平和的交流，就在公交车停下来的时候，孟唐出言提醒她："到站了。"

秦真笑着起身下车，不忘回头对他挥挥手，笑容满面地说了句："再见！"

孟唐也笑着对她说："同学会见。"

她一直笑靥如花，直到公交车消失在视线里，整个人才慢慢放松下来，嘴边的笑意也消失不见。

等待那么多年，换来了一次平和温馨的谈话。

不足十分钟，熟稔亲切，却又疏离客气。

她和她心心念念的人终于破天荒地在一起坐了一次，这是曾经的她梦寐以求很多年的事情，每回都盼着老师能把她调到他身边去当同桌。

然而在他们当同学的七年时间里，他身边的人来了又走，却始终没有轮到她。

是巧合，也是遗憾。

秦真吸了吸鼻子，忽然红了眼睛。

这大概是混迹职场这么多年的她唯一保留下来的一丁点儿少女心了，关于她的初恋，关于孟唐二字。

她拎着纸袋转过身来，却猛然发现路边停着一辆黑色的宾利，程陆扬坐在车里，从开着的窗口看着她，也不知注意她多久了。

她猜刚才自己傻乎乎地朝公交车上的孟唐挥手，然后久久不愿离去的痴情场景也被他尽收眼底了。

在亦步亦趋地跟着程陆扬往大厅里走时，秦真忍不住为自己解释说："刚才碰见一个老同学……"

"是吗？"程陆扬似乎并不感兴趣，淡淡地看她一眼，踏进电梯。

"因为太久没见，所以就忍不住缅怀了一下同学情谊。"她又补充着，跟着踏进电梯。

"哦。"

"所以站在那儿发呆不是因为舍不得，其实就是一时之间感慨万千，人嘛，年纪大了总会多愁善感一番。"她继续打哈哈。

"看得出。"程陆扬居然十分配合。

于是秦真露出一抹笑容，今天的程总监真是破天荒的可爱。

却听可爱的总监大人露齿一笑，漫不经心地说："秦真，我有没有说过，今后别在我面前说言不由衷的话？"

"……"

"你说谎的时候，脑门儿上就刻着四个大字：我是骗子。"程陆扬没了笑脸，很快走出电梯，扔下一句，"是个人都看得出你对车上的老同学念念不忘余情未了一往情深海枯石烂，你当我和你一样出门不带智商？"

"……"又一次被狠狠地羞辱了。

接下来的日子里，秦真和程陆扬的相处还是一如既往地充满跌宕起伏的剧情感。

程陆扬的嘴还是那么贱，秦真的脾气还是那么好，随着熟悉度逐渐上升，秦真已经逐渐适应了程陆扬的说话模式。

虽说程陆扬嘴毒，但是心肠不毒，甚至偶尔还会表露出一点善良的影子来。

比如方凯的妈妈经常生病，他基本十天半个月就会请一次假，而程陆扬从来不扣他的工资，总是一副国家领导人的样子很炫酷地说："算大爷赏你的！"

比如天气热起来了，她每回到公司的时候，方凯都会给她端来一杯冰咖啡，帮她一解暑气。刚开始她以为是方凯的好意，感激得不知道说什么好，而后某天来得早，看见方凯从楼下的咖啡店里端上来三杯咖啡的时候，才得知原来那是程陆扬的吩咐，他们三人一人一杯，没有谁被落下。

再比如有一次她刚从公交车上下来，就看见程陆扬在公司门口弯腰朝一个乞讨的老人手里塞了几张粉红色的钞票。那老人眼睛瞎了，只摸得到手里的钱，也没来得及感受面额是多少，就一个劲鞠躬道谢。

秦真震惊地站在原地，看着程陆扬走掉之后，老人猛然间摸出了手里究竟有多少钱，整个人都僵住了。

那一刻，她心里冒出两个念头：第一，真是个高富帅！第二，程陆扬是不是还有个双胞胎兄弟？

这个人好像变得越来越不像曾经认识的那个程陆扬了，只除了嘴贱一如既往。

反正秦真是越来越不怕他了。

La Lune 跟不少中小型房地产公司都达成了协议，并且因为程陆扬带领的一群设计师都是经过他亲自挑选的，设计出来的房屋布局与以往传统的装修风格有很大不同，充满年轻时尚感，在业内的名气也渐渐大起来。

而这一次，程陆扬的成功与远航集团无关。

短时间内，程陆扬变得越来越忙。秦真要来公司找他一次，还得提前好几天预约。

初夏的时候，市中心新规划的一批电梯公寓竣工，程陆扬更是忙得不可开交，秦真来取设计图的时间也改成了晚上。

她经常能看见程陆扬在办公室里专注地看着电脑屏幕，间或移动鼠标修改些什么，十分辛苦地在加班。跟着一起辛苦的还有方凯小助理，因为程陆扬负责装潢设计，配色却由方凯来完成。

她敲敲门，以一副老熟人的语气问他："哟，总监大人又在加班了，今儿又赚了几百万啊？"

程陆扬瞥她一眼："不多，刚好买得起几百万个你。"

"……"

然后秦真就坐在办公室里等着拿设计图，顺便把欧庭那边送来的客户文件给程陆扬报备一下。

有一天拿了好几个文件袋来，为了区分户型，颜色各不相同。她把文件袋递过去，解释说："红色的是一百平方米以内，蓝色是一百到一百五，绿色是一百五到两百。"

程陆扬的手僵在半空，然后以平常的口气说："桌上有笔，你帮我标注一下。"

秦真又耐心地重复了一遍顺序："红色的是一百平方米以内，蓝色是一百到一百五，绿色是一百五到两百。我觉得这个挺好记的，没必要标注。"

程陆扬径直从笔筒里拿了支笔出来，简短地命令道："标注。"

秦真觉得奇怪，抬头看他，却发现他的脸色阴沉沉的，只得接过笔来耐心标注。扫了眼他身上穿的橘红色休闲服，她还颇有闲心地开了个玩笑："总监你今天穿得真风骚，普通人都不敢把这颜色往外穿呢，简直闪瞎眼。"

程陆扬很快问道："什么颜色？"

"啊？"她还在低头标注，随口笑道，"橘红色啊，你又不是不知道。穿着这套衣服出去，除非是色盲，不然谁看到这颜色都会笑你风骚又高调。"

不待程陆扬反应，秦真又继续兀自说笑："说起来我早就想问你了，那么灿烂鲜艳的衣服就你敢往外穿，每天照镜子的时候也不怕闪瞎自己的眼睛？虽说你穿起来也很好看，但难免太招摇过市，叫人以为你是内心缺点儿色彩，不然干吗把自己打扮得这么花枝招展的？活像是生怕别人不知道你对色彩具有超强辨识能力——"

程陆扬脸色骤然变了，忽然打断她的话，冷冷地说："你可以走了！"

秦真刚写完最后一笔，闻言笔尖一顿，顿时在纸上染出了一个黑漆漆的小圆点。她诧异地抬起头来，却见程陆扬面无表情地看着她，黑漆漆的眼珠子里盛满怒意。

"程总监——"她已经熟稔到可以毫无顾忌地对他发问了。

可是还不容她提问，对方已然指着门的方向，一字一句地对她说："麻烦你，立刻出去！"

Chapter 06
像个孩子一样

秦真觉得莫名其妙。

她试着揣测程陆扬的心意，于是开口问他："是不是我什么地方做得——"

"出去！"再一次，程陆扬一字一句地对她说，目光冷冽得像是刀子一样。

"我只是开玩笑而——"

"出去！"

"你能不能听我把话——"

"你是不是听不懂人话？"程陆扬完全没有听下去的欲望，不管是语气还是眼神都没有一丁点儿温度。

秦真终于再也没办法好脾气且厚脸皮地继续赖着不走了，她拿起桌上装有设计图的文件袋，一言不发地转身就走。

子曾经曰过：唯女子与小人难养也。

可是今天她算是彻彻底底看明白了，小人也好，女人也好，没人比程陆扬更难养！

就在她耗费几个月的时间好不容易离他近一点了，可以友好平和地相处下去了，他却忽然莫名其妙地对她发了一通火。

不管她再怎么自诩女金刚、糙汉子，可她毕竟还是个女孩子，被人指着鼻子让她滚，简直是瞬间自尊全无。

秦真死死捏着文件袋，步伐很快地消失在电梯里，明亮的灯光下，她的自卑渺小无所遁形。

是她错了，她才是得了便宜还卖乖，给几分阳光就灿烂。

她怎么会忘了呢？他可是高高在上的程家二少爷，心地善良跟她无关，关爱弱者也跟她无关，买咖啡什么的真的就只是乐善好施。她凭什么以为自己能和他友好相处，像是朋友一样？

秦真在电梯里站了很久，最后才走出去。

而办公室里，程陆扬冷着一张脸立在窗前，因为楼层太高，从窗口看下去，人影只有一个小黑点那么大。

以往他会让方凯把秦真送回去，然后开车回来接他，可是今天方凯又因为母亲的身体不好请假了，就连程陆扬自己也得坐出租车回家。

墙上的时钟发出轻微的嗒嗒声，极有规律，程陆扬烦躁地扫了一眼，发现已经是晚上九点钟了。

La Lune 虽然位于市中心，但是这条街算是大公司云集的商业街，这个时间大家几乎都下班了，街上的人少得可怜。

想到那个女人家住二环路以外，偏僻得就跟偏远山村似的，他站在原地阴沉了将近一分钟，这才抓起桌上的手机和钥匙走出办公室。

秦真很生气，走在空荡荡的街上有种孤魂野鬼的感觉，这个点公交车也没了，偏偏这个地方又不好打车。

她想快点走到人多一点儿的地方去，于是选择了从一条比较窄的巷子往另一条热闹的街穿过去，谁知道意外就发生在这时候。

秦真走得很快，毕竟是小巷子，哪怕有路灯，一个人走着也怪可怕的。

结果走到三分之一的地方时，身后忽然有人飞快地冲了过来，一把抢了她手里握着的手机，然后朝着出口不要命地奔去。

一个月前在雨夜昏倒那天，秦真才丢了旧手机，现在这个是她牙齿都快咬碎才狠心买来的 Note3，想着业务需要，买个破手机屡屡送修还不如一次性换个好点的。

眼下被人抢了，秦真的心都提到了嗓子眼，想也不想就朝着那个戴帽子的人追了上去，嘴里大喊大叫着"抓小偷"。

那人也被她吓了一跳，跟了她一段路，见她一个弱女子，想着抢了手机她大概也是没勇气追上来的，于是瞧准了时机下手。谁知道她不要命地追了上来，嘴里还可劲儿嚷嚷着。

出了巷子可就是人群热闹的中心街了，万一有人狗拿耗子，说不定他就栽在这儿了。这么想着，那个男人倏地停住了脚，回过头去看着朝他跑来的秦真。

秦真倒是不知道他为什么停下来，谨慎地停在离他几步的地方，凶巴巴地吼道："把手机还我！"

男人笑了："还你？你做梦呢？"

声音粗哑，棒球帽压得低低的，阴影遮住了面容。

那个手机几乎花了秦真一个月的工资，她心疼又气愤，瞧着手机被他握在手里，想也不想就冲过去抢。那男人没想到她这么大胆，居然被她扑了个措手不及，险些叫她把手机又抢回去。

秦真对着他又打又踢，铁了心要抢回手机，嘴里一个劲儿喊着救命。那男人一见巷子另一头有人跑来，心里也是又惊又怕，霍地从裤子口袋里拿了把水果刀出来，恶狠狠地要秦真滚蛋。

秦真重重地踹了他的膝盖一脚，死咬着嘴唇一把夺过手机，然后转身就跑。哪知道那男人一把揪住了她的衣领，恼羞成怒地挥刀而下。

转身的时候，秦真尖叫一声，却在一瞬间看见了已然跑到她面前的程陆扬，千钧一发之际，程陆扬也顾不得那么多，将她朝身后猛拽一把，替她免了挨刀的劫难。

然而事情没完，一刀没扎中，眼见着还来了救兵，歹徒火了，索性一不做二不休朝着程陆扬重重刺过去。程陆扬又不是超人，也没练过武，一个躲闪不及，下意识地举起右手挡了一下，于是一声古怪的闷响，那把刀子插进了他的手臂。

歹徒在他的吃痛声里拔出刀子就跑，秦真慌了神，尖叫着问程陆扬怎么样，也顾不得歹徒如何了。

昏黄的路灯下，程陆扬的手臂汩汩地往外渗血，白衬衣被染得鲜红一片。虽然看不见伤口，可光是看着刚才歹徒那一下子也知道他伤得不轻。

秦真都快哭了，这个时候才知道害怕，颤着声音问他有没有事。

程陆扬简直服气了，没好气地冲她吼道："哭个屁啊哭？刚才为了个手机跟歹徒拼命的时候怎么不知道哭？"

他的手臂简直又麻又痛，还能清楚地感觉到温热的液体飞快地往外流逝。在秦真茫然失措的反应下，程陆扬扭头往巷口走。

"你去哪儿？"秦真哑着嗓子跟个无头苍蝇一样跟了上去。

"医院！"程陆扬咬牙切齿，"有的人想看着我失血过多而死，我偏不遂她的意！"

程陆扬招了辆出租车去医院，秦真十分乖巧地跟了上来。

挂号的时候，秦真急急地追上去："我来吧？"

程陆扬没理她。

挂完急诊进去拍片的时候，秦真又扒拉着门框问他："要我陪你吗？"

程陆扬"砰"的一声把门关上了。

医生说伤了筋骨，得立马处理伤口，然后打上石膏，秦真急得不行，像是热锅上的蚂蚁团团转。

程陆扬不耐烦地吼了句："来个人把她拖出去成吗？在这儿看着碍眼！"

进医院的时候是九点半，等到程陆扬从治疗室出来时已经是十一点半了。

苍白的灯光下，秦真抱着手臂坐在走廊的长椅上，表情极为不安。听见脚步声，她霍地抬头朝他看过来，在见到他包得跟粽子似的右手之后，眼泪汪汪地站起来。

程陆扬几乎以为下一秒她就要哭出来。

认识她这么久，要么看见她"忍者神龟"的一面，要么看见她女超人似的跟外卖小哥或者歹徒宁死不屈地搏斗的场面，何曾见过这副小女人的委屈模样？

程陆扬不说话，就这么看着她。

一米六左右的矮个子女人，长得清秀漂亮，眼睛很大很亮，会让人想到小时候玩的玻璃珠。要说惊艳，其实也没有，顶多是清秀佳人，身子还瘦不拉几的。皮肤苍白而不够红润，看着像是很久没晒过太阳。

要不是她这副泫然欲泣的表情，他还从来没有像现在这么强烈地意识到，原来这家伙也是个女人！

也许是骨子里的雄性激素作祟，程陆扬微微一顿，脸色没那么难看了，只是凶巴巴地问她："你摆出这么一副'友谊地久天长'的表情，我是要死了还是怎么着？"

秦真亦步亦趋地走到他面前，低头小心翼翼地看了眼他包着纱布打着石膏的手臂，眼里闪烁着亮晶晶且可怜巴巴的小星星。

程陆扬直觉她要安慰自己感谢自己，于是已经做好了接受这一枚好人勋章的准备。岂料秦真却委屈地开口了，出口就是一句："蚊子好多，我被咬死了……"

她居然是因为这个才露出这种表情的？！

"……"程陆扬怒极反笑，"要真把你咬死了，简直是喜大普奔！我一定申请给它评个见义勇为为民除害奖！"

然后转身就往药房走。

秦真欲跟上去，结果被医生揪住了："哎！那个小姑娘，你过来一下！"

"啊，可是我朋友——"她指指程陆扬，想说自己是跟他一路的。

"我知道那是你男朋友，看你那要哭的表情就知道了。"白大褂医生朝她招招手，"过来一下，我把养伤期间的注意事项跟你说一下，你男朋友是去拿药的，别怕，他跑不掉！"

"……"你怎么知道他跑不掉？残的是手又不是脚。

可程陆扬是因为她才受的伤，秦真没法子，只得就这么让人误会着，跟着医生走进办公室。

程陆扬用还没残废的左手拎着一堆药走回刚才的地方时，就见办公室内，秦真正规规矩矩地坐在桌前听医生讲话。她甚至拿出随身携带的记事本，十分认真地做着笔记。

医生说："绷带不许解，平常就得这么挂在脖子上，免得又牵动了筋骨。"

秦真很乖地点头，一笔一画记上。

"这期间可能会有点儿疼，要是病人忍不住，你就哄着，绝对不许他提前拆石膏！"

提行继续记。

"因为伤的是右手，日常生活里的很多琐事儿可能做起来都有点儿麻烦，比如洗头洗澡。这几天天气还不算热，尽量克服一下，不要洗澡。往后天气热了，你就替他仔细点儿擦擦身子，实在要洗澡也得注意不能碰到水。"

提笔写到一半，秦真愣住，抬头张着嘴望着医生。

医生接触到这样的表情，停了下来："怎么，有问题？"

秦真摇摇头，继续做笔记，想着到时候可要把注意事项统统给方凯看一遍才是。

程陆扬在走廊上站了一会儿，看着她埋头认真做笔记的姿态，有些走神，然后走到了大厅中间去等她。

等到秦真拿着笔记本走出来时，程陆扬还很不耐烦地瞪她一眼："磨蹭什么呢？知道我等你多久了吗？"

"医生在叮嘱我一些注意事项。"秦真加快速度，几乎是小跑到他面前。

程陆扬也不说话，就这么往外走。秦真也就亦步亦趋地跟着，看着他包得滑稽可笑的手臂，一时之间有点儿不知道说什么好。

走出医院以后，程陆扬伸出左手拦了辆空车，秦真也跟着他钻进去。

对上他诧异的目光，她解释说："医生说你伤了右手，很多事情都不方便。今天方凯不在，我先送你回去，看看有没有什么需要帮忙的。"

"怎么，打算帮忙气死我？"

一路上程陆扬没少嫌弃她，可她居然一副乖巧小学生的模样，不管他说什么都用那种真挚诚恳的小眼神望着他，程陆扬直接语塞。

终于到了他家公寓楼下，秦真先下车，伸手去扶他。

程陆扬没吭声，也没把左手递给她。秦真索性在他艰难地弯腰跨出车门的时候，主动伸手扶住了他的左边胳膊。

程陆扬很别扭，身子也僵硬了一瞬间，但是破天荒地没有出言讽刺。

公寓处于市中心一个环境优美的小区，绿化很好，沿路都是林荫小道。

秦真执意要把他送回家，坚持要亲眼看他洗漱完毕才肯走，程陆扬没好气地凶她："知道的人以为我现在就是残了只手，不知道的还以为我全身瘫痪了！你非得这么一根筋？"

秦真走在他身侧，撇嘴抬头说："我也是担心你啊！"

她看见面前的男人表情微微一顿，连步伐都慢了一拍，又不解地问了句："怎么了？"

程陆扬很快转过头去："你还好意思说担心我？要不是你为了个破手机把歹徒惹火了，我至于断只手？"

他没敢去深究刚才的一刹那晃神是因为什么，然而秦真口中的担心二字对他来说确实太过于奢侈，似乎很多年没有听人说起过了。

原来还会有人担心他？

真是件不可思议的事。

这么想着，他居然低低地笑了起来，秦真吃惊地看着他的侧脸："你笑什么？"

他说："有人担心我，我高兴成不成？"

虽然还是那种尖酸刻薄的语气，带着几分漫不经心的敷衍意味，但听起来总有那么几分不对劲。

秦真望着他在路灯下被林叶的光影染得有些模糊柔和的侧脸，真心诚意地说了句："今天真的很谢谢你，要不是你，恐怕现在我都躺在医院里了。"

"言不由衷的话还是少说为妙，不然……"程陆扬侧过头来，习惯性地和她抬杠，然而对上那双明亮柔和的眼睛，剩下的话一下子说不出口了。

秦真非常诚恳地望着他，脸上没有笑容，而是认真道谢的表情。

路灯的光线透过林叶间隙照下来，影影绰绰的，显得不太真实。

她很快咧嘴一笑："喂，我是真心的！"

程陆扬定定地看她片刻，然后又把头转了回去，从鼻子里哼了一声："谁知道呢？"

秦真"扑哧"一声笑了出来，难道人受了伤，连智商也跟着变低了？跟个小孩子似的，一点儿威慑力也没有了。

秦真很吃惊，没想到程陆扬这么个一点儿也不平易近人的人居然拥有这么温馨漂亮的家！墙纸是淡黄色的刻有简约花纹，地板是纯白透亮的大理石，墙上挂着一些很有情调的油画，比如蔚蓝色的深海，比如开得粉红一片的玫瑰。

撇去昂贵精致的家具不说，他的公寓很大，充斥着温馨的家的味道。

夜风掀起白色纱质窗帘，秦真忍不住感叹了一句："我现在可算相信你是做室内设计的了！"

她十分主动地跑进卧室替程陆扬铺好被子，然后又端茶送水地把他大概会用到的东西都摆出来。

"水壶在哪里？"她从厨房里探出头来，得到回答后，很快捧着装满水的水壶来到客厅，放在茶几上。

"我可以看你的冰箱吗？"得到首肯后，她又兴致勃勃地进了厨房，看着偌大的冰箱里摆放着整整齐齐的食材，忍不住惊叹一声，"妈呀，真是太齐全了！"

程陆扬看她跑上跑下，忙得不可开交，嘴里还不断冒出恭维话，倚在门框上得意地笑了，只可惜笑到一半就听她说了句："方助理真是太能干了！"

方助理？关方凯什么事？

程陆扬的笑容僵在唇边："他哪点能干了？"

"这么多食材，他每天肯定都很费心思地给你做吃的！"秦真在冰箱里扫了一圈，没发现自己要找的东西，只得遗憾地说，"可惜你的手不方便，这些东西都用不上，明天早上的早餐怎么解决？不然我下楼去给你买两包速冻水饺，这样比较方便，你早上煮一煮就能吃了。"

程陆扬径直走到她面前，"砰"的一声把冰箱门关上："不需要！"

秦真吓一跳，这才注意到他的脸色又不好看了："你又怎么了？"

"我怎么了？"程陆扬气闷，冷笑两声，也不解释就往客厅走。

秦真只当他又发神经了，赔笑追上去："速冻水饺比较方便嘛，我也是考虑到你的手啊！不然……"她灵机一动，"你要是不想煮水饺，那我明天早上给你送早饭来吧？"

程陆扬脚下一顿，秦真没来得及刹车，险些撞上他的背。

"那就这么说定了吧，刚好你还有些图没给我，明天早上我来给你送早饭，然后咱们一起坐车去公司拿。"她笑得一脸讨好的意味，眼睛弯弯的像月亮一样。

程陆扬居高临下地瞥她一眼："随你的便。"

伸手不打笑脸人，他才懒得跟这种人计较！

那种傲娇的表情尽显脸上，秦真很辛苦地憋着笑，看他喝着她倒的水，拿起她摆在手边的书。最后磨磨蹭蹭又过了一会儿，她看了眼时间，觉得也不早了，就问他要不要换衣服洗漱。

程陆扬的脸又垮了下来："怎么，想趁机占我便宜？"

一副全天下人都觊觎他的美貌的样子。

秦真哭笑不得："是是是，我仰慕你很久了，特想占你便宜。"一边说着，她一边往门口走，"你今天穿的是衬衣，解扣子应该也比较方便，既然不愿意，那你就小心点儿自己换衣服。时间不早了，我也先回去了。"

程陆扬张了张嘴，半天才说出一句："半路上遇到歹徒，记得拔腿就跑。鸟为食死，人为财亡！"

秦真呸了一句："就不能吐一次象牙吗？"

赶在程陆扬暴走之前，她十分敏捷地跑出了门，把他的反击关在了屋子里。

回家的时候，她笑着想，果然是个还没长大的小孩子，活脱脱一个被宠坏了的富二代……不过心肠也不见得很坏。

她明明跟他在办公室吵了一架，他最终却追了出来，想必是不放心她一个人回家。看见她跟歹徒动手，想也没想就替她挡了一刀，说明他做的事情完全是出于本能。临走之际，虽然他嘴上说着什么死不死亡不亡的话，但总归是在提醒她注意安全。

想了想，她掏出手机给他发了条短信：程陆扬，我们还是和平相处吧？

没过多久，手机屏幕亮了，那边的总监大人用左手不太熟练地回了四个字：你想得美！

秦真"扑哧"一声笑出来，心情愉快地把手机收了起来。好吧，看在他替她保住了手机的分上，她就大人大量地不跟他计较了。

第二天早上，秦真起了个大早，瞧着冰箱里没什么存货了，就在楼下的包子店里给程陆扬买了包子和豆浆。

结果到了公寓时，程陆扬开门看见她手里的东西之后，黑着脸又"砰"的一声把门关上了。

秦真气绝，大清早的给他买早餐，结果吃了顿闭门羹是什么意思？于是朝着门铃猛按，直到屋里的人再次黑着脸把门打开，没好气地吼她的名字。

赶在他炮轰她之前，秦真率先开口："程陆扬你太没有礼貌了！我大清早不辞辛劳地替你送早餐来，你就是这么对我的？谢谢都不说一声就算了，居然还当着我的面把门给关了，你父母没教过你什么叫做礼贤下士吗？"

程陆扬的视线停留在她手里热气腾腾的包子和豆浆上："我从来不吃这种不健康的食物。"

他是真没想到饿着肚子等了半个小时，居然等来她在路边摊买来的包子豆浆。

没跟他计较那出类拔萃的曲解能力，秦真钻进了屋子："行了行了，下次我不送这个了，主要是冰箱里没存货，也没办法亲自做早餐。"

她替他拿了盘子和筷子，笑眯眯地摆上了桌，还把自己那一份也摆了出来："一起吃！"

谁知道程陆扬看都不看她那可爱的包子，径直走到电磁炉前面开火，单手从柜子里拿了一袋手工拉面出来，然后又往锅里接水。

"怎么了？"秦真走上前去，"凑合一下不行吗？干吗非得自己做？也不嫌麻烦！"

程陆扬瞥她一眼："外面的包子用的是什么肉你知道吗？循环使用的食用油里有多少致癌物质你知道吗？面粉发酵的时间太长会发酸，添加化学物质可以抑制酸味你又知道吗？"

"……"

"听说我家楼下以前有个小孩特别喜欢吃包子。"

"然后呢？"

"然后他死了。"

"……"

程陆扬又不理她了，自顾自地做自己的事，秦真百无聊赖地坐回餐桌前，拿起包子咬了一口，最终还是没有继续吃。

他都说得那么可怕了，吃得下去才有鬼了！

她发着愣，单手撑着下巴看程陆扬做饭。哪怕只有一只手，他的动作也娴熟好看，显然厨艺不会差到哪里去。

锅里煮着拉面，另一个电磁炉上则是热得刚好的橄榄油。他把鸡蛋打入了油里，扔掉蛋壳后，又用左手端着平底锅晃了晃，一股鸡蛋的香气顿时在空气里弥漫开来。

秦真看得出神，惊觉像程陆扬这样的大少爷竟然会做饭，并且动作还这么熟稔，简直出人意料。当然，最吃惊的莫过于在他单手完成这一切之后，端着自己那碗面坐到餐桌前面来，还冷淡地对她说了句："面煮多了，自己去锅里盛！"

而秦真走到炉子前面时，却发现锅里的面不多也不少，恰好可以再盛一碗。色泽好看的番茄与金黄色的鸡蛋平铺在淡黄色的拉面上，光是看着就快流口水了。

她端着面走回餐桌，又看了眼无人问津的包子豆浆，果断埋头吃面。

味道非常好，还很有家的味道，秦真抬头看着程陆扬姿态好看地吃着面，忽然明白了昨晚他为什么气呼呼地关掉冰箱门。

她笑着夸他："真的好好吃！程总监你的手艺简直快跟高级餐厅里的大厨媲美了！"

程陆扬瞥她一眼："说得就跟你在高级餐厅里吃过番茄蛋面似的。"

秦真笑眯眯地望着他，也没点破他骤然缓和的紧绷神情和脸庞上那微微的红色，又状似不经意地补充了一句："你肯定比方助理能干多了！"

程陆扬的心情在经历了包子事件的低谷以后，再创新高，跟着太阳公公一起飞上了树梢。

其实也不是很难接近的一个人，嘴里说着比谁都刻薄尖酸的话，可是行动总是体现出了他的言不由衷。

秦真渐渐发现了程陆扬的秘密。

因为他的手受伤了，方凯家里又有个体弱多病的母亲，也不方便家里和老板这边两头跑，于是出于愧疚和感激心理，秦真便承担了照顾程陆扬的部分责任。

包括送早餐，偶尔往他家跑一次，替他洗洗衣服、打扫房间之类的。

出人意料的是像程陆扬这种有钱人居然没有请保洁人员定期打扫屋子，问起这个问题时，他只是嫌弃地说："不习惯陌生人在我家里东晃西晃。"

秦真在受宠若惊地意识到原来自己已经不算是陌生人之后，又对他的了解多了几分，原来大少爷也有自己收拾屋子的好习惯。

在程陆扬手臂受伤的第三天晚上，秦真接到了他的电话，他在那头语气急躁地让她过去一趟，具体也没说是因为什么。

秦真一头雾水地赶过去，却发现程陆扬尴尬地拎着裤子，说是皮带和拉链卡住了，而他一只手根本解不开。

看着程陆扬那种屈辱的表情和"老子要不是找不到人了绝对不会找你"的眼神之后，她开始止不住地笑，眼见着程陆扬一张英俊的脸涨得通红，最终一边笑得浑身颤抖，一边哆哆嗦嗦地伸手去帮他解皮带扣。

程陆扬一忍再忍，却见她因为笑得浑身发抖而导致动作不利索，解了半天都没解开，反而在他十分尊贵且无人敢冒犯的部位磨蹭良久。他一把捉住秦真的手，恶狠狠地吼了一句："你是故意的吧？"

"啥？"秦真抬头问他。

程陆扬的眼睛几乎可以喷出火来："你是故意想摸一摸我家程骄傲吧？"

一句话笑得秦真死去活来，坐在地板上压根站不起来，她边笑边喘着气："程骄傲？怎么不叫程自豪？"瞥了眼他的腰部以下，她继续作死，"男人只有硬气才能骄傲起来，你现在这样子看不出什么，顶多只能叫程腼腆啊……"

程陆扬掀桌而起，恨不得掐死这个女人。但高贵如他，怎么能脏了自己的手？于是果断用左手拉着秦真往门口走，开门把她往外一扔，然后"砰"的一声合上了门。

眼不见心不烦！

岂料门外忽然响起了敲门声，伴随着一声比一声大的深情呼唤："程陆扬！你的皮带还没解开！"

"程陆扬！你是不是要上厕所啊？你家程骄傲需要我！"

"程陆扬——"喊到第三声的时候，大门霍地开了，程陆扬气势汹汹地伸出完好无缺的左边爪子，一把把她揪了进去。

"给我闭嘴！"他把她扔在沙发上，面红耳赤地吼道，"你故意丢我人是不是？"

喊得那么大声，整个楼道里都回荡着她的声音，只要有人路过就保准会听见，他的一世英名也会毁于一旦。

而秦真笑得肚子痛，看他暴躁成这样，终于大发慈悲替他解开了皮带扣，拯救了身陷水深火热中的程骄傲……或者说是程腼腆，谁知道呢？

程陆扬很憋屈，也不知道是被尿憋的，还是被秦真气的。

原本五月初的时候就说好要开同学会，然而因为相隔十年，曾经的高中同学各自离散，通讯方式也几乎都换了，哪里那么容易全部通知到？于是一拖再拖，一直到了六月的尾巴，姗姗来迟的聚会终于到来。

同学会那天上午，秦真一如既往地在办公室里汇报这一周的客户要求，程陆扬则坐在桌后听着。结果她说着说着，忽然卡住了。

程陆扬抬头看她，却只见到她愣愣地盯着手里的资料神不守舍的样子，面上带着难以置信的表情。

他问："怎么不说了？"

秦真的手微微抖了一下，然后才若无其事地继续念着资料上的信息："世纪花园一期13号楼，户型大小一百四十七平方米，跃层式……"那些再熟悉不过的信息被她一个字一个字念出来，然后终于轮到了令她颤动不已的那一栏，"客户姓名：孟唐。"

说完这几个字，整个办公室都安静下来。

秦真怔怔地盯着纸上的字，觉得世界真是太奇妙了。

居然是他？

在之后的客户信息汇报过程中，秦真频频出岔子，不是这里念错就是那里遗漏。

程陆扬皱眉，不客气地质问她："你昨晚没睡觉？"

"不是……"

"精神状态糟糕成这样还来上班，你的职业素养在哪里？"

秦真强打起精神，望着总监大人又一次强势起来的气焰，赶紧道歉：

"下次不会了！"

她看了看表，已经十点过了，同学会虽然定在十二点开，但毕竟去得太晚也不好，于是跟程陆扬请了个假："我中午有点儿事，今天暂时进行到这里行吗？"

程陆扬扫了她一眼："看你这状态，留在这里也只是浪费我的时间。"

意思很明显：你可以滚了。

秦真早就习惯他那张嘴了，出门之前不忘提醒一句："今天已经到复查的时间了，记得准时去医院啊！"她还抬了抬右手示意。

程陆扬说："工作的事情记得不牢，这些琐事反倒一件不忘，看来你们公司给你的工资确实太少，让你怨念成这样！"

秦真哈哈笑着，朝他挥了挥手："那我先走啦！"

而程陆扬倚在靠背上，看着自己"残疾"了将近一个月的右手，想起秦真为他做牛做马了这么长时间，眉毛松动了些。

吃苦耐劳，任劳任怨，做事情手脚麻利，脾气也很好，其实还是有优点的……只是体现得不够明显。

出了公司，秦真深吸一口气，打车去了白璐家里。

开门的时候，秦真被白璐吓了一跳。眼前的美人儿穿着黑色的真丝长裙，腰际收得十分巧妙，将身材衬托得十分好看。不过可怕的是她脸上的面膜，惨白惨白的怪是瘆人。

一见她还穿着职业装，白璐就开始翻白眼："我说秦真你还真是条汉子！这么多年才开一次同学会，你就打算穿这样去见人？"

"我今天还上班呢，刚从程陆扬那里直接过来的。"秦真走进厨房倒了杯水，还没喝完就被白璐强行拉去了卧室。

白璐把她恶狠狠地按在梳妆台前面坐下来，指了指上面的一堆瓶瓶罐罐："自己先打个底，我去给你找衣服！"

她和秦真的身材差不多，一米六左右的个子，只是秦真比她要瘦一点。

就在她翻箱倒柜的时候，秦真一边拿湿巾擦脸，一边说："随便挑一件就行了，化妆其实也可以免了的，反正我也不会久留。"

她已经打定主意，这次去就是看看各位老师，特别是她的李老师。午饭吃完就走，不会多留。

　　毕竟当初那个火箭班里就她一人没有上大学，其余的多多少少也在各行各业取得一定成绩，最不济也是个白领，像白璐一样。她一个低端房地产公司跑业务的小职员，虽说表面上还被称为秦经理，但大家都是出入社会已久的人了，不会不知道她的真实情况。

　　她不想表现得格格不入，或者直白地说，在这样一群精英里，她其实很自卑。

　　白璐替她找了一套白色的小裙子，Ochirly 的无袖套装，胸口缀着蝴蝶亮片，简单大方。秦真皮肤白，也适合这种清新的风格。

　　待秦真换上衣服之后，白璐一边替秦真化妆，一边说："你留多久，我也留多久，反正咱俩肯定得一直待在一起。"

　　也不多说，简简单单一句话就表明了她的态度——不管怎么样，她都会陪着秦真。

　　好朋友也许就是这样，很多时候不会甜言蜜语地哄你，甚至偶尔还会斗嘴吵架，可是她永远能从三言两语里听出你此刻的心情，然后用最平常最不起眼的方式安慰到你。

　　秦真笑着从镜子里看了眼白璐："嗯，我知道。"

　　打扮得漂漂亮亮的也有漂漂亮亮的好处，毕竟这一次的同学会不可避免地会见到那个人，她心心念念了那么多年，也不希望自己以一副邋遢的形象出现在他面前。

　　秦真看着镜子里慢慢漂亮起来的自己，苦笑了片刻。

　　她也就只有这张脸还算对得起观众了。

HOW NICE YOU ARE
ONLY I KNOW

Chapter 07
往事难忘不能忘

多年前，尚且年轻的同学们聚在一起时，会兴致勃勃地聊着八卦哈哈大笑，没有谁顾及形象，张牙舞爪也是青春的标志。

多年后，老同学们再聚一堂，有人西装革履，有人裙摆飞扬。五光十色的大厅不同于陈旧熟悉的教室，将曾经的熟稔亲切都照成白炽灯下的苍白陌生。

秦真和白璐坐在一起，同桌的还有几个叫得出名字的同学，将近十年过去，能记得名字都已经很了不起了。

不知道是谁把地点选在了这样一家昂贵的会所，金碧辉煌的包间大厅，极尽奢侈的陈设，光是坐在这里都令人有些不适应。

秦真和白璐来得算是比较早的，坐在不起眼的角落里，看着大家小范围地聚在一起聊天，来来回回钻进耳朵里的都是那么几个词：工作、薪水、结婚、孩子。坐在一起的有曾经的学习委员，陈涵，秦真之前在地方电视台上看见过她，当上了新闻主播，漂亮得脱胎换骨，跟从前那个不起眼的学霸压根扯不上边。

秦真偷偷瞄了她几眼，怀疑她整了容，否则以前的塌鼻子怎么瞬间就与胸部一起高耸起来？又不是气球，打个气就噌噌噌地胀大。

就在众人说话间，又有人陆陆续续来了，秦真的心一直悬在半空，直到那个人的身影终于出现在门口。

其实根本用不着她不时地往门口瞟一眼的，因为就在孟唐出现的第一时间，已然有人高声喊起来了："哟，快看，咱们孟大教授终于来了啊！"

一时之间，所有人的目光都转向了大门口，而那个男人穿着白色的银扣衬衫，下着一条黑色休闲西裤，整个人如同从水墨画里走出的人物，举手投足间都散发出从容淡雅的气质。

他没有穿西装，因为夏末的温度仍旧很高，只有有意炫耀自己事业有成的男人才会顶着酷暑穿上厚厚的西装来参加聚会。

秦真注意到他的袖子一如从前，被整齐地挽至小臂上，那枚精致的铜扣十分温顺地将挽起的部分固定住，像是在做一个重复多年以至于熟稔到习以为常的动作。

她知道也许全世界就只有她一个人会无聊到把这种小细节也记得清清楚楚的地步了。

这样想着，她趁着所有人的目光都集中在孟唐身上时，也抓紧时间贪婪地将他看了个够。

岂料孟唐露出一抹微笑的同时，视线竟然掠过她的脸，然后停顿了片刻，那眼神像是在说："又见面了，秦真。"

秦真陡然间红了脸，手脚都不知往哪里放。

班长站起身来迎接他，想将他引入最中间那一桌，毕竟他现在是国内著名的法学教授，更是这群老同学里最出类拔萃的一个，理所当然应该被聚光灯笼罩。

孟唐却摇摇头，视线在人群里慢慢扫了一圈，然后似是不经意地朝着秦真那桌看了一眼："我坐边上就好。"

"哪能让你就这么跑掉啊？坐中间坐中间！一会儿老师们都坐中间呢，孟大教授哪能蹲角落数蘑菇呢？"班长嘴皮子翻得快，"没见咱们当初的班委都坐在中间的？"

"那……"孟唐似乎想了想，才笑道，"语文课代表和学习委员可没坐中间呢。"

班长朝秦真那里一看，为了把孟唐留在中间，几步就走了过去，强行把秦真和陈涵给拽了过去。白璐十分主动地跟了上来："不带这么歧视平民的啊！我也要跟着凑热闹！"

"行行行，你凑你凑，没说不让你凑！"见孟唐终于挨着秦真坐了下来，好歹是留在了这一桌，班长终于笑眯眯的了。

只有白璐偷偷地在桌下捏了捏秦真有些发凉的手，像是不经意地和她对视一眼。

班长心血来潮地要大家都说说近况，秦真越发不自在起来。

到她的时候，她还没开口，就听见班长调侃说："哎，秦真，到你了到你了，你还没说你现在在干吗呢。当初咱们班的大文豪，怎么，现在是不是成文学家了？"

秦真没读大学的事情没多少人知道，班长又是男性，自然跟女人不一样，不会东打听西打听的，还真不知道秦真现在的职业。

在座的都是小有成就的人，就连坐在她身边的白鹭也是银行会计，工作稳定，薪水优渥。秦真有些尴尬地捧着茶水，笑着说："什么文学家不文学家，我现在在房地产公司上班。"

班长愣了一下，反应过来："你是在帮他们做广告策划？也行啊，房地产可是好项目，你文笔好，做创意设计也很适合啊！"

"没，我就是卖房子的。"秦真还是笑。

"这样啊……"班长好像是在绞尽脑汁想下文，"卖房子也好啊，这个，卖房子的话，以后咱们要是买房子也可以来找你，你还能帮忙打个折呢！"

"好啊……"秦真微笑着和他开玩笑，岂料陈涵却忽然打断了她的话。

"房地产开发公司是私人企业，一般职员没办法自作主张给你打折的哦！"陈涵笑着指出班长的错误，一针见血得就跟在播新闻似的。

"一般职员"四个字说得委婉动听，秦真捧着茶杯的手微微一紧，很明显地感觉到大家沉默了片刻。

于是她那句"好啊"的玩笑话也当真变成了一个笑话，只不过好笑的成了她，好像她是在打肿脸充胖子，明明没那个本事还非要为了面子硬撑。

陈涵又说："除非你认识老总，打折的事儿可能还有点儿希望。说到这儿，哎，秦真你是在哪家房地产开发公司呢？前段时间我做了个这方面的新闻，说不定我还认识你们老总呢。你是在远航集团上班吗？"

"没有远航集团那么有名，只是家普通的小公司。"她平静地抬头，没有看见轻蔑的目光，也没有看见不屑的表情，但是众人的沉默也十分成功地令她心里一窒。

不像其他人说话时那样，每个人都笑着参与，笑着打趣，轮到她了，他们就无话可说只能沉默以对了。

到底还是格格不入的。

曾经的他们只是成绩上有十名的差距，而今呢？他们的人生早就在分岔路口沿着不同的轨迹悍然奔走，他一路走向辉煌，她则走向了平庸。

差距不是一般的大，哪里只是当初的十名之隔呢？

她低头看着浅黄色的茶水泛着淡淡的雾气，捧到嘴边打算喝一口，却冷不防在下一秒听见了孟唐的声音。

他说："秦真，其实之后可能还要请你帮我个忙，我还得多多仰仗你才是。"

大伙都不明就里地望着他们。

秦真的茶杯也在嘴边顿住，然后她慢慢地抬起头来看着身侧的人，只见孟唐对着她笑得干净温和，眼里是春风一样的和煦柔软。

他说："我在欧庭买了套房子，之后要在 La Lune 装修。售楼部的主任告诉我，你在负责这个项目，所以……"那个笑容有逐渐扩大的趋势，好看得令人屏息，"所以之后我可要好好跟你拉近关系了，秦经理。"

大厅里的冷气开得很足，茶杯在手里散发着温热的雾气，那种温热的感觉也一路蔓延到了心里。

他是在帮她走出刚才的尴尬吗？

秦真有些不知所措地望着他，片刻之后才笑道："好啊。"

这才敢若无其事地直视他，然后惊觉他离她这么近，明亮澄澈的眼睛里竟然只有她一个人。

有那么一瞬间，她觉得心里冒出了好多好多粉红色的小泡泡。

然后她听见陈涵笑着问孟唐："呀，我以为你只是回来办事，原来真打算在这里安家了？叶落归根吗？"

孟唐点头："在外面很久了，还是更喜欢熟悉的地方……还有以前的老朋友。"

陈涵连说话的姿态都那么好看，新闻主播就是不一样，清清楚楚地知道自己哪一个姿态哪一个角度示人最优雅。她从盘子里挑了颗糖剥开来，自然又放松地打趣说："不过这么急着买房子，是不是打算既然已经立了业，现在就得抓紧时间成家啦？"

言下之意无非在暗示孟唐是不是在为婚姻大事做打算了。

大家都对这个问题产生了无与伦比的好奇心，白璐瞟了秦真一眼，发现她也倏地紧张起来。

孟唐还是那么浅浅淡淡地笑着，语气自如地应了一句："是啊，被你猜中了。"

"咔嚓"一声，秦真的心一下子结了冰。

0.01秒内，秦真的脑子里凭空出现无数声音。

他有女朋友了。

貌似不止是女朋友，还是未婚妻。

他要成家立业了，这个意思也就相当于他要结婚了对吧？

她坐在那里，明明只是短短的一瞬间，脑子里却像是被人按下了快退键一样，十年前的事情以肉眼难以分辨的速度咻咻闪过眼前。

他们从初一开始成为同学，而早在小学六年级时，她就已经认识他了——如果单方面地认识也能叫认识的话。

那时候的孟唐已经是老师偏爱的宠儿了，传说中的天才少年，总是在各大考试里霸占着年级第一的宝座。不仅如此，他还拥有令人羡慕的特长，小小年纪钢琴就过了八级，代表学校参加了各大比赛，一路过关斩将，以沉稳的姿态夺得无数奖杯。

那个时候，秦真真的很嫉妒他，因为每次看见升旗仪式上顶着万千星辉走上主席台的家伙，就觉得这种小孩儿生来就是招人掐的！

其实她乐感也很好啊，要不是家里没条件送她去学钢琴，哼，说不定站在台上的人该是她！

小学升初中，她幸运地考入了重点中学，还进入了火箭班，结果不偏不倚发现坐在前桌的人竟然是那个招人掐的小孩儿。当然，孟唐一如既往表现得十分出色，不张扬也不高调，一路稳稳霸占学霸宝座，同时也霸占了女孩子们早熟敏感的心。

秦真又发现一个事实，这家伙不光站在台上招人恨，连后脑勺都长得特讨人厌！光是坐在他后面都得死死压制住内心的冲动，才不至于拿出自动铅笔往他后脑勺上猛戳猛戳。

她很理智，她年纪还这么小，前途一片光明，绝对不能因为戳后脑勺把人戳死了而进局子，不然她爹娘该多伤心啊！

有时候对一个人的关注有很多体现形式，就好像别的女孩子对孟唐的关注表现为喜爱和崇拜，而秦真可能是因为内心的汉子基因蓄势待发，所以表现为嫉妒和仇视，就跟有人天生仇富是一回事。

可是后来有一件事情让她的表现形式发生了质的飞跃。

初一上学期的某一天轮到她做值日，结果放学以后她蹲在后门抹墙角的瓷砖时，因为个子矮小，被桌子给挡住了。锁门的阿姨没看见她，居然把她给锁在教室里了。

后来秦真发现自己出不去了，慌得不行，趴在窗户那儿对着外面大喊大叫，可是放学都接近半个小时了，谁还会在学校里逗留呢？门卫室离教室又那么远，当真是喊破喉咙也没人来救她。

冬季的天黑得早，很快教室里就暗了下来，而整栋楼的电源都已被切掉，秦真只能孤零零地待在窗口用已经沙哑的声音继续喊叫，一个没忍住就哭了出来。

她都不知道自己会不会冻死在这儿，爸爸妈妈会不会来找她。特别是想起中午妈妈做的葱油饼还给她留了一个在冰箱里，弟弟馋得要死，要是她就这么死了，岂不是便宜秦天了？

越想越伤心，她哭得特别凄惨，像是被人遗弃的小狗。

教学楼隔了条小道就是围墙，围墙外面是校外的居民区。当时孟唐刚好去老师家练完琴，背着书包走在路上，冷不丁听见有人在哭，抬头一看，居然发现有人趴在自己教室的窗户上哭得肝肠寸断。

他仔细瞧了瞧，认出那是自己后座的小姑娘，特别高冷的一人。别的小姑娘对他都是笑靥如花的，就她从来不爱搭理他。好几次他回头的时候，甚至发现秦真拿着自动铅笔对着他的后脑勺比比画画，眼神里饱含恶意，特像要恶狠狠地戳死他。

然后他就对着秦真招手，大声问她："你哭什么呢？怎么还没回家？"

秦真定睛一看，居然发现了救星，当下也不顾那是自己讨厌的人了，扯着嗓子叫道："救命！我被关在教室里了！"

后来孟唐很快跑到了门卫室，带着阿姨把秦真从黑漆漆的教室里拯救了出来。

阿姨絮絮叨叨地念着："小姑娘也真是的，放学了不好好回家留在教室里干吗呢？要不是这小家伙来找我，你就得被关一晚上了！"

秦真红着眼睛、哑着嗓子对阿姨说："你关门的时候都不看看我！我在做值日啊，呜呜呜，做不完明天要被老师骂！"

然后她一个人可劲儿地边哭边念，一会儿说教室里冷死了，一会儿说冰箱里还有她妈做的葱油饼，也不知道被秦天偷吃了没，要是真被偷吃了，她回去准得跟他干上一架。

特别令人哭笑不得的一个孩子。

孟唐跟门卫阿姨说了再见，就带着秦真一起回家，小姑娘哭哭啼啼的，他没办法，只好去拉她的衣袖："快回家吧，都这么晚了，再不回去你爸爸妈妈肯定着急了。"

秦真把他甩开："男女授受不亲！"

他又好气又好笑，察觉到她冷得鼻尖都红了，就去路边的包子铺买了一杯热乎乎的豆浆塞进她手里。

秦真又饿又冷，也没跟他客气，咕噜咕噜就往下喝，结果被烫得龇牙咧嘴的。

孟唐笑啊笑，毫无疑问又被她凶了一顿，最后就这么听她念念叨叨的，把她送回了家。

如果硬要为两人贴上一个标签，那么内容可以是如下几种：

一、巧妙得令人难以置信的小学校友、初中前后桌、高中同学。

二、交集并不算多的家庭优渥的高冷小男生和小家小户的平凡小姑娘。

三、在自己都不知道是为什么的状况下，一路暗恋对方，但至今仍然是普通老同学的青年男女。

其实喜欢上他的原因有很多，但是秦真一时之间来不及去回想，就又被拉回了现实。

这一桌炸开了锅，老同学们终于恢复到了高中时的八卦热络状态，合起伙来拷问孟唐。

"什么时候的事儿？"

"多久请我们吃喜糖？"

"好哇，这么多年高冷地不常跟我们联系就算了，连这种事情都要到定下来的时候才透露，孟唐你太不够意思了！结婚的时候我肯定不给红包！"

……

那些嬉笑的言语一个字一个字钻进秦真耳朵里，但她只有一个念头：他要结婚了，新娘不是我。

明明前一刻还在为他的温柔体贴而感动不已，差点潸然泪下，这一刻却只能为自己的初恋无疾而终而悲伤逆流成河。

这究竟是什么事儿啊？

然后她就听见孟唐用那种好听到令人浑身酥软的声音回答："那可不成，不给红包不让进门。"

班长怒吼："你小子都那么有钱了，还在乎这点儿份子钱？"

孟唐悠然道："我是不在乎，可你怎么知道新娘子不在乎？"

"这就替老婆说起话了！真是重色轻友的渣男！"班长很想扎小人。

而秦真一直没加入大家的唇枪舌战，只是配合地露出一脸笑容，直到孟唐忽然转过头来望着她："装修的事情可能还要麻烦你，我希望你能帮忙参考参考，毕竟 La Lune 那边的联系全靠你。如果你不嫌麻烦，还请你多多帮忙。"

秦真从来都知道自己没办法拒绝他，何况他的眼神是那么诚恳真挚，面容英俊得像是儿时读过的童话里走出来的王子。

她只能含笑点头，说："好，没问题，包在我身上。"

那一刻，孟唐倏地笑起来，笑容灿烂得日月无光，他还说："那我替她谢谢你了。"

还替未婚妻谢谢她呢！多么友好和善的感谢词！一字一把刀子，统统戳进秦真的心坎里，感动得她差点热泪盈眶了。她还真的特别感动地点点头："我去上个厕所，一会儿回来跟你继续说啊！"

临走时，白璐揪住了她的手，她特别淡定地笑道："没事儿没事儿，我去上个厕所，你别跟来，我一会儿就回来。"

那眼神几乎是求救的信号了，似乎是在乞求白璐留在这里就好，千万千万不要此地无银三百两地跟过去。

她得一个人静一静，这时候谁都别来安慰拥抱，不然肯定得难过死。

然后她就走向了包间外面的洗手间，又怕遇见熟人，于是干脆跑进了一部空着的电梯，一口气按了顶楼，门一关就蹲在地上不动了。

暗恋七年是件多可怕的事情她不知道，反正白璐曾经无数次恨恨地骂她，说她没出息，喜欢就要说出来，哪怕被拒绝也没关系，一刀砍下来总好过被慢慢地凌迟致死。

可是她没有说过，因为她其实一直相信孟唐是知道她的心意的。

就好像当你喜欢一个人的时候，你对他笑的弧度、说的每一句话、做的每一个小动作以及每一个最细微的表情都在告诉他你是多么多么喜欢他。因为站在面前的是他，所以你变得不一样了，举手投足都小心翼翼，眼神里充满了不一样的情愫。

聪明如他，怎么可能看不出来呢？

可是他没有回应过她，从头到尾都没有，她又何必去捅破已知结局的面纱呢？

他不喜欢她，多么明显的事实？

而今，他笑着感谢她愿意为他的新房跑腿帮忙，甚至还代他的新娘子多谢她。

秦真的眼泪忽然就涌出来了，因为这不只是她失恋的表现，根本就是他不在乎她，一丁点儿都没有为她着想过的表现。

他知道她喜欢他，却当着那么多人的面对她说这些表面带笑、内在为刀的话，难道不知道她也有心，她也会难过吗？

他这么做唯一的理由就是：他由始至终都不在乎她的想法，更不在乎她是否会受伤。

秦真一直觉得自己坚强又勇敢，也许别的优点不明显，但是忍耐力超强这一点是不容置疑的。可是当情绪到达这种濒临崩溃的地步时，一颗眼泪就足以淹没她所有的伪装。

她埋头哭起来，啜泣声很明显，一下一下回荡在狭小的空间里，像是被人遗弃的动物。

而不知什么时候，电梯门忽然"叮"的一声开了。

秦真埋头哭得正欢，完全没有察觉到站在门外的人。而当那人用疑惑的声音叫出她的名字时，她才花着一张脸抬起头来，泪眼婆娑地发现人生果然没有最悲催，只有更悲催。

因为站在她眼前居高临下望着她的不是别人，正是她的头号冤家：程陆扬。

猛然间看到那张泪眼婆娑的大花脸，程陆扬有片刻的愣怔。

认识秦真这么久以来，还从来没有看见过她这么狼狈的样子，哪怕是上回她晕倒在大街上，也绝对是被枪毙一样"啪"的一声十分干脆利落地"倒地身亡"。

而此刻，她白皙的面庞上遍布泪痕，甚至还有更多晶莹剔透的珠子在睫毛上摇摇欲坠，啪嗒、啪嗒……他发现自己居然出现了幻听！

事实就是秦真这模样真的糟到不能再糟了。

他有那么点儿担心，于是走进电梯问她："你怎么了？"

秦真还蹲在原地，模模糊糊地从嘴里蹦出几个字："遇见坏蛋了……"

程陆扬一惊，不假思索地问她："你失贞了？"

"……"

这是要多腹黑的思想才能在顷刻间把"遇见坏蛋"和"失贞"联系在一起？

秦真伸手去擦眼泪，却无论怎么擦都擦不干，她觉得自己一定是把这么多年的眼泪都积攒在一起了，不然不会水龙头失灵一样瞬间变身玻璃心少女，哭个没完。

程陆扬刚跟人谈完合作的事，谁知道出来就碰见她这副要死不活的样子。要是直接假装没看见，又难免觉得心里过不去，于是没忍住多管闲事的冲动。

他伸手去拉秦真："先起来，有什么事情回去再说，在公众场合哭哭啼啼像什么话？丢死人了。"

秦真被他拉起身来，缩回手来捂住脸："谁让你看了？丢死人了你就走远点儿，别理我啊！"

虽说是在反驳，但到底还是有气无力的，也就少了那么几分气势。

她根本不知道自己该怎么办才好，喜欢那么多年的人要结婚了，今后说不定还要跟她有所接触，怎么，还想带着心上人到她面前遛上几圈，秀个恩爱吗？

她发现自己居然悲哀地对孟唐产生了一种怨恨的心态，怨恨他不顾自己的心意，怨恨他假装若无其事地请她这个尴尬的暗恋者负责装修他的新房。

也许是心理暗示太过于强大，曹操不用说，光是想想就到了。

电梯重新回到一楼时，程陆扬带着她往外走了没几步，居然碰见了从包间里走出来的孟唐。

孟唐先去洗手间找了一圈，叫了几声，没发现秦真在里面，于是跑来走廊上找。

结果终于让他找到了秦真，却发现她泪眼婆娑地站在另一个男人身后，面上俱是泪痕。

他慢慢地停住了脚步，叫了一声："秦真？"

而秦真就这样带着一脸泪渍毫无防备地闯入他的眼底，狼狈得连呼吸都快停止。她已经慌乱到来不及分辨对方眼里的情绪，也来不及分析孟唐那种瞬间阴沉下去甚至有些心慌的表情是怎么回事，只是本能地抓住了程陆扬的手臂，乞求似的低喃一句："带我走！"

她的手指拽得很用力，程陆扬的眉头都皱了起来，侧过脸去看她，却只看见她脸色发白，眼里全是惊慌失措的神色。

她甚至像是躲在他身后一样，浑身都有点儿发颤。

于是程陆扬定定地看了孟唐一眼，毫无疑问地明白了前一刻她口中的坏蛋是谁。甚至不需要提醒，他就想起上一次在公司楼下的车站前面，秦真曾经一动不动地站在原地看着公交车把她朝思暮想的人带走，那种不舍又惆怅的表情……无疑也是因为这个男人。

程陆扬的表情慢慢冷下来，就这么一言不发地瞥了孟唐一眼，然后目不斜视地带着秦真往大厅走。

"秦真！"孟唐的声音越过走廊传进秦真的耳朵里，她脚下一顿，差点就停下来了。

可是她不敢——他刚刚宣布了即将结婚的喜讯，她就哭成这个样子，只要不是脑残都能想明白这是怎么回事。

她又怎么敢停下来？

她就这样死死地抓着程陆扬的手臂，姿态僵硬地随着他一起走出大门。室外的燥热扑面而来，却像是救命稻草一样拯救了她差点被冷气冻伤的心。

程陆扬一路带着她走进了路边那辆黑色的宾利，在方凯想打招呼又不敢的憋屈表情里，面无表情地吩咐道："开车。"

"去哪儿？"方凯迟疑地问，眼神好奇地往秦真脸上瞧。

"回家。"程陆扬的眼神像刀子一样往方凯脸上戳，方凯赶紧回过头去。

车内气氛一片凝滞。

秦真慢慢地放松下来，靠在座位上，转过头去看着窗外一晃而过的风景，闭上了眼睛。

今天真的是太狼狈了。

狼狈到家了。

可是这种因为丢脸或者差点被识破内心感情而产生的羞耻感，却远远不及发现自己再也没有机会和理由去喜欢那个人的恐慌感来得强烈。

就要和那段隐秘的感情道别了，然后不顾内心意愿为之强行画上句点。

七年，甚至远远超出七年，被她那执迷不悟的性子生生延长到了十四年。

想到这里，又一颗泪珠从紧闭的眼皮下跑了出来。

她觉得鼻子有点堵，呼吸也很沉重，身侧的人也许能够轻而易举就听到她这种类似于哭音的呼吸声……可是她管不了那么多了，何况在程陆扬面前哭总好过在那个人面前哭。

长长的沉默里，有一只手伸到了她面前，伴随着程陆扬低沉悦耳的声音："秦真。"

她的呼吸一顿，睁眼一看，蒙眬的视线里竟然出现了一只修长好看、指节分明的手，手心正中摆着一包纸巾，而手的主人就这么稳稳地托着它。

她颤着睫毛抬头去看，却正好看见程陆扬安静的侧脸——他目不斜视地望着正前方，丝毫没有转过头来窥探她狼狈模样的意味，而是正襟危坐，哪怕姿态其实很随意、很好看。

阳光从他左手边的窗户照进来，在他长而浓密的睫毛下投下一圈阴影，破天荒地有了些许温柔的气息。

秦真迟疑着，从他手心里接过那包纸巾，低声说了句："谢谢。"

秦真来过程陆扬家很多次，可是没有一次踏上过二楼的书房和小阳台。

程陆扬把她带到那个十来平方米的室外阳台上时，随手指了指藤椅："坐。"

秦真恍惚地看着被阳光照得有些灿烂耀眼的花草，忽然有点搞不懂这个男人了。

他像个独行侠一样活在这个世界上，就好像没有朋友没有亲人，嘴巴坏到极致，属于那种相处一次就会令人想要避而远之的类型——哪怕他还有一副不容忽视的好皮相。

可就是这样一个独行侠拥有一个温馨到令人羡慕的家，陈设与色调皆是最温暖美好的那一种，就连这个半空中的小花园也叫人啧啧称奇。

秦真没有坐，而是愣愣地看着这个被收拾得整齐可爱的地方。程陆扬索性走到她身旁，把一只洒水壶拎给她："不想坐的话就帮忙浇水吧。"

她接过了水壶，看他又重新拎起一只，然后跟在他身后走到那些花花草草前，慢慢地把壶里的水倾倒出来。

空气中有一种草木的香气，钻进鼻子里会令人觉得很舒服，就好像身心也能跟随这些花花草草一样舒展在阳光下，毫无牵挂。

程陆扬背对她，淡淡地说了两个字："说吧。"

她知道他在问她发生什么事了，迟疑了片刻道："你不会想听的。"

那种酸掉牙的暗恋故事……

程陆扬转过身来瞥了她一眼："你是我肚子里的蛔虫？怎么就知道我不想听了？"

秦真拎着水壶没说话，看他又走远了一些，去给边上的月季浇水，终于还是没忍住，开了口。

一讲就是那么多年的心酸往事，就好像是把所有的伤疤都掀开一遍，把自己最脆弱的一面暴露于人前。

她才说了个开头，就忐忑不安地看着程陆扬忙碌的背影："你不会往我伤口上撒盐吧？"

程陆扬头也没回地哼了一声："伤疤就是拿来揭的，多撒几把盐就不会痛了。"

秦真忽然笑起来，笑过之后终于轻松了很多。

有没有一个人会蠢到她这种地步？对孟唐从一开始莫名其妙地厌恶变成了忍不住持续关注，然后在这样的关注之下，发现了他所有美好的特质，最后无可救药地喜欢上了他。

他写得一手好字，特别是毛笔字。他的爷爷很擅长书法，所以在这样的家庭熏陶下，他也慢慢地练就了出色的书法功底，就连性子也染上了几分不属于那个年纪的安静沉稳。

他谦虚好学，没有架子，不管是谁去问题，他都会耐心讲解。好多次她坐在他后座，听他认真温和地为别人一步一步叙述解题过程，都有一种冲动，想要拿着折磨她大半天的数学题去找他求助，可是最终都忍住了……因为她的数学糟糕到一路奔走在及格边缘，她很怕自己愚钝的大脑会自动屏蔽掉他天才的思维信号。

从初中到高中，她就这么一路暗自庆幸自己和他待在同一个班里。

她每天坐校车上学的时候可以看见他，上课走神的时候可以看见他，去食堂吃饭的时候可以看见他，甚至体育课坐在树荫下和白璐聊天的时候也能看见他——他会打篮球，可是背影干净挺拔，和任何一个挥洒臭汗的男生都不一样。

孟唐就是一个这么特别的存在，特别到霸占了她的心脏十四年。

程陆扬在浇花的过程里只问了一句话："为什么不告诉他？"

秦真沉默良久，才低低地笑出声来："全世界都知道我喜欢他，就他不知道。是不知道，还是假装不知道呢？"

她不聪明，也不是天生的好演员，对一个男生的执着与痴迷不需要过多解释就能被身边的人看出。而当好事的女生好几次半开玩笑半认真地当着孟唐的面说出类似于"秦真好像喜欢你"或者"喂，孟唐，你看秦真又在偷偷看你了"这样的话时，孟唐的反应永远是微微一笑，回过头来与她对视一眼，然后云淡风轻地该做什么做什么。

"他怎么会不知道我喜欢他？"秦真走到那堆花草中间，远远地朝着这座城市望去，"他只是不在意罢了。"

说得伤感，说得意兴阑珊。

程陆扬手里的水壶终于被他以比较残暴的姿态重重地搁在桌上，他转过身来，眯着眼睛看着秦真这种伤心人肝肠寸断的模样，一字一句地说："他不是不在意，恰好相反，他是故意的！"

HOW NICE YOU ARE
ONLY I KNOW

Chapter 08
最凶恶的温柔

秦真像是被人拔掉插头一样，呆呆地站在原地，动弹不得。

而程陆扬一步一步走到她面前，一针见血地说："你又不是傻子，难道看不出那个男人的用心险恶吗？"

秦真张着嘴，重复了一遍："用心险恶？"

"难道不是？"程陆扬居高临下地直视着她，揭穿了事情的真相，"如你所说，那个孟唐是个高智商的天才，哪怕没有情商，也不可能看不出你喜欢他。而他那么多年就这么眼睁睁看着你单相思，从来不回应你——"

"那是因为他不喜欢我！"秦真争辩说。

"是啊，不喜欢你所以不回应你，那他为什么不干脆点儿拒绝你？"

"那是……那是因为他知道那样做会伤害我！你以为谁都像你一样说话不经大脑，不顾别人的感受？"

程陆扬惊讶地笑起来，眼神锐利地锁定了秦真的眼睛："伤害你？长痛和短痛哪个更伤害人？就像你说的那样，一个人喜欢另一个人，眼神、动作、表情、言语，包括姿态在内，无一不是在透露这份感情。而那个男人看出了你的感情，却不点破、不回应，反而变本加厉地对你好。你不是说了吗？你有低血糖，没吃早饭所以无精打采的时候，他一言不发地去给你买了面包，你感动得要死。你数学差，老师不喜欢你，没带作业的时候他就把自己的给你，才让你逃过一劫。他既然不喜欢你，无事献殷勤，非奸即盗——乱给你好感，这不是用心险恶是什么？"

"不是这样的！你胡说八道！"秦真差点跳脚，有那么一刻，程陆扬那张英俊帅气的面庞变成了头上长犄角的魔鬼。

"不是这样？你又不是傻子，不会不知道我说的有没有道理，你只是不愿意接受事实罢了。"

"你少自作聪明！他只是因为心地善良才为我做那些事情，绝对不是你说的这么……这么……"她在努力找一个合适的词，生怕这个词若是太恶劣太卑鄙，就会对她心中的孟唐造成不可弥补的伤害。

"这么虚伪，这么自私，这么心机深沉。"程陆扬好心地替她把话说完，"这个世界上有很多自以为是的人，明明不喜欢对方，却可以悠然自得地看着对方为自己挣扎彷徨。他只需要稍微说几句话，做一点儿小事，你就会高兴得跟中了五百万似的；而他只要稍微跟别的女人走近一点儿，做出哪怕一丁点儿亲密的举动，你就会伤春悲秋到好像宇宙都要毁灭了一样。我有没有说错？"

秦真失声了。

她想到了那些年里，每当她看到孟唐温柔地对前来问题的女生微笑时，她心里那种火灼一样的滋味。

她也想到了孟唐每次默默地把数学老师要的答案递给她时，她顺利回答完毕坐下来后的雀跃心情。

好多次好多次，他毫不计较地帮了她，就好像全天下最好的前桌一样，没有理由，不计回报。

也有好多次好多次，她看着他把对她的好同样施加在别的女生身上，然后辗转反侧一整夜，唉声叹气到天亮。

她还在努力说服自己："不是这样的，他不是那种人。他只是……"

这种自欺欺人的包子心态简直不能忍！程陆扬接嘴道："只是个烂好人，怡然自得地接受他人崇拜喜爱的目光，像是台下的观众一样看着你们手舞足蹈，演一出暗恋的好戏。他有那么多年的时间和机会可以告诉你，他不喜欢你，一句话就可以让你从这种卑微的暗恋里解脱出来，可是他没有，还让你沉迷其中十四年！你说，你还要多少证据才肯相信他根本不是男神，只是个小人？没事儿，我可以一个一个帮你列举。"

一字一句都这么饱含恶意，生生撕裂她所有表面上已经结疤的伤口。

秦真整个人都慌了，抬头惊慌失措地盯着程陆扬："你闭嘴！不准说了！"

"嘴长在我身上，你说不准说就不说？秦真，我是为你好，早日帮你认清他的真面目，你要是不接受事实，就会一直这么活下去，永远走不出孟唐的阴影！你看清楚他是个多么虚伪的人，利用你的感情获取满足感，他根本不在乎——"

秦真一个字都不想听下去，恨不能一巴掌招呼过去，好叫这个自以为是的人把嘴闭上。

程陆扬还在喋喋不休，她索性一把抓起他的手，凑到嘴边重重咬了下去。

"嘶——"程陆扬倒吸一口凉气，吃痛地一把推开她。而秦真踉踉跄跄地后退几步，毫无防备地踩上身后的花盆，狼狈不堪地跌入了那堆花草之中。

程陆扬没想到自己会把她推倒，赶紧上前去扶她，岂料秦真扑倒在那片花草里忽然没了反应。

就在他心头也跟着一窒时，却看见那个女人伏在地上无声地哭起来。

是真的一点儿声音也没有那种哭法，只是单纯地伏在泥土上无声地啜泣，纤细瘦弱的背影一下一下颤抖着，活像是全世界都抛弃了她。

程陆扬脚下一顿，伸到一半的手忽然间也再难移动半寸。

他看见过秦真很多模样，或忍耐力超强地对付像他一样吹毛求疵的人，或强忍不适笑颜以对那些在买房子的过程中有过分举动的顾客，或忍无可忍终于包子大翻身，一吐恶气，或不要命地为了一个手机和持刀的歹徒争抢。

可是从来没有哪一刻，她像现在这么无助，脆弱到好像一句话的重量都能轻而易举压垮她。

她这么哭了好一会儿，终于带着哭音低低地说了一句话："你为什么要拆穿我……"

"我是为你好。"他也终于放低了声音。

"你以为我是傻子，是不是？我没有判断能力，我鬼迷心窍，我蠢到全世界的人都能看出他对我的拖延策略，就我一个人沉迷其中、无法自拔……"她哭得上气不接下气，"你只会说他自以为是，其实自以为是的根本就是你！"

如果你不拆穿我，那么留在我心里的永远是最美好的初恋回忆。

可你偏偏要把人性最丑陋、最脆弱的一面揭露出来。

秦真哭累了，也不顾泥土有多脏，忽然傻里傻气地把脸贴了上去，就像要一头憋死在里面一样。

程陆扬一惊，赶紧上前拉她，却被她任性地甩开："滚！你给我滚！"

他难得不跟她计较，只是拽着她的手臂用力拉她起来。男人的力气毕竟要大很多，秦真很快就被他拖起身来，只得用力挣扎，想要脱离他的辖制。

挣扎间，程陆扬忽然吃痛地叫了一声，秦真这才停下动作，发现自己无意中重重地打在他刚取掉石膏的右手臂上。

可是即便如此，程陆扬的左手仍旧拽着她的手臂，目光定定地看着她。

真滑稽，一脸的泥土和眼泪混合在一起，浑身脏兮兮的，说她是捡垃圾的都侮辱了垃圾。

他很爱干净，从来不愿意碰这种脏兮兮的东西，按理说他应该立马嫌弃地松手走掉，然后呵斥她滚出他家的……可是他没有。

这是秦真难得一次在他面前显露出最真实的性情来，没有那些虚与委蛇的假面具，没有各种忍气吞声的违心话，狼狈又可笑，却无比真实。

这么多年里，程陆扬都很难看到有人能够全然坦诚地对待他，方凯算是一个奇葩了。可是今时今日，这个最爱忍气吞声装模作样的女人卸下了防备，把最真实的一面展露在他眼前。

而在她哭得这么伤心的时候，却因为他的一声吃痛而立马停了下来，眼里带着一闪而过的愧疚和担忧——这些都是他能够敏锐地捕捉到的。

他发现自己忽然说不出那些恶毒的话了。

这样僵持了片刻，他拉着秦真往客厅走。秦真也像是反抗累了一样，任由他把她拉到沙发上按下来。

片刻后，他拿着一套干净的衣服和一条浴巾去而复返，沉声命令道：

"去洗澡。"

秦真闭着眼睛不理他，像是疲倦到了极致。

程陆扬看着她这种意志消沉的样子，心头烦躁，觉得她还不如像刚才一样歇斯底里地反抗一次，于是又气冲冲地拉着她的手，把她推进了浴室："给你十分钟的时间把自己整理干净，下午是工作时间，你再这么跟我怄气，我打电话给刘珍珠扣你的工资！"

秦真条件反射地动了一下，然后就看见陆扬"砰"的一声在她面前把门合上。

她手里是他硬塞进来的衣服和浴巾，左手边有一面镜子，清晰地投影出她的狼狈滑稽。她慢吞吞地把衣服和浴巾放在平整的大理石洗漱台上，终于还是依言行事。

而程陆扬坐在沙发上随手拿起本杂志看，没一会儿，忽然听见茶几上的手机响了。

非常经典的哆啦A梦的主题曲，幼稚、老套、滑稽、不成熟……这是程陆扬对这个铃声的全部评价。

他拿起来看了眼，发现屏幕上闪烁着两个字：孟唐。

几乎是条件反射，程陆扬十分淡定地接通了电话，用那种清淡悦耳的声音问了声："谁？"

孟唐觉得有点奇怪，其一，同学会的时候大家明明交换了手机号的，他还为了房子的事情特意给秦真打了个电话，看着她存起来的，怎么会一转头就没了？难道她把自己删了？

其二，他打的明明是秦真的电话，接起来的却是个男人……莫非正是刚才从会所里把她带走的那个男人？

孟唐迟疑了片刻，还是温和地说："我是孟唐，请问秦真在吗？"

程陆扬还是不动声色地问："哦，你找她有什么事？"

"我想亲口跟她说，不知道方便把手机给她吗？谢谢。"孟唐礼貌地说。

而程陆扬在听到这么教养良好的口吻时，气不打一处来，这姓孟的跟程旭冬有什么两样？不管面对谁都能拿出这种骑士风度来，别人他管不着，但秦真他必须管！

这心机重的男人对她好了那么多年，心知肚明她对自己的满腹爱恋又不拆穿，就这么平白无故地任她醉倒在他的"温柔善良"之下无法自拔，简直就是个自以为是的伪君子！

怎么，现在又要打电话来拜托秦真他的新房装修的事了？想带着未婚妻来秀恩爱看她嫉妒的样子？

程陆扬此生最恨虚伪的骗子，当即柔情万种地一笑："抱歉啊，秦真在洗澡呢，现在以及接下来的几个小时里都不方便接听你的电话，有什么事情可以现在跟我说——"他顿了顿，假意看时间去了，"噢，不过也不能超过十分钟哟，她马上就要洗好了呢！"

那语气要多风骚，就有多风骚。

孟唐声音一滞，片刻之后才若无其事地问了句："请问你是？"

"程陆扬。"报上自己的名号后，程陆扬又骚包地叫起来，"啊，真是不好意思，真真她出来了呢！就这样，不跟你说了！"

然后轻快地挂断了电话。

看着手机上那个碍眼的名字，又想到刚才秦真那副伤心欲绝的模样，程陆扬十分果断地将孟唐拉入了黑名单。

哼，他就是太好心了才会帮她！感动中国没把他拉进候选名单真是可惜了，要他说，那什么颁奖词绝对应该写成：他，一个英俊潇洒、玉树临风的柔情男人，牺牲自己的清白名誉与高贵节操，只为搭救为情所困、无力挣脱的大龄失恋女青年！

而手机那头的孟唐对着屏幕一动不动地看了好一会儿，终于收起手机走回了大厅。

程陆扬这个名字他不会不知道，特别是在他选择了与欧庭合作的 La Lune 室内设计品牌的情况下。区区一个业务经理怎么会和程远航的儿子走这么近？业务合作？

无稽之谈。

想到这里，他的脸色沉了下去。

老同学们喝醉的不少，班长已经有点醉意了，但还在着急地问："怎么，找到秦真了没？李老师也是，说病就病，昨天打电话的时候还好好的，怎么今儿就住进医院了？秦真以前和她最亲了，这事儿不通知她说不过去！"

孟唐的表情不似先前那般柔和，反而带着点儿若有似无的冷意，声音也低沉不少。

他看了眼秦真和白璐空出来的座位，又收回视线："不用叫她了，我们去就行。"

"为什么不叫她？"班长拿起手提包，跟他一起往外走，"李老师不是早就想见她了吗？忽然脑溢血发作，也不知道情况如何，这时候把秦真叫过去不是挺好的吗？"

"她来不了。"孟唐的声音破天荒地显露出一丝烦躁的意味，步伐很快地往外走。

班长一下子噤声了，看出他的背影明摆着写着四个大字：生人勿近。

程陆扬说："给你十分钟的时间把自己整理干净！"

而半个小时过去了，秦真还没从浴室里出来。

程陆扬在外面砰砰敲门："你死在里面了？"

水花声戛然而止，秦真有气无力地说了句："马上就好。"

等到她换好那件宽松了不止一号的衣服，拎着一旦松手就会立马顺着双腿滑到地上去的短裤走到客厅时，程陆扬扫了一眼她湿漉漉还在滴水的头发，从手边甩了一条准备好的毛巾给她："我还以为你在里面割腕了。"

"反正不是我缴水费，不洗白不洗，洗就洗个痛快。"秦真接过差点甩到脸上的毛巾，毫无形象地一手拎裤子，一手擦头发。

程陆扬嗤她："看你穷成这副德行，要不要小爷可怜可怜你，赏你几张'毛爷爷'？"

秦真把毛巾随手往茶几上一扔，坐在他旁边不紧不慢地说了句："你以为几个臭钱就能践踏我的尊严？"下一秒，她厚着脸皮地摊开手来，"好吧，踩轻点儿！"

程陆扬把手里的杂志"啪"的一声打在她手上："我说你这人怎么这么没自尊呢？刚才还哭得稀里哗啦的，怎么这会儿就又嬉皮笑脸了？做人不求棱角分明，好歹别圆滑得骨气都没了啊！"

一副恨铁不成钢的样子。

秦真收回手来，懒洋洋地往沙发上靠去："生活将我们磨圆，是为了让我们滚得更远……没听过这句话吗？"

程陆扬嫌恶地看她一眼，起身朝厨房走的同时说了句："那你赶紧的，有多远滚多远！"

然而这话说出来一点儿威慑力都没有，甚至，在他走进厨房的同时，面上竟然有了些许放松的表情，像是在为秦真终于没再一副要死不活的样子而松口气。

他一边操着还在隐隐作痛的手下厨，一边十分淡定地告诉自己："本少爷这是大发慈悲可怜失恋人士，不然打死我也不会替她做饭！"

结果等他终于把海鲜面摆上桌时，走到客厅一看，才发现秦真居然就这么倒在沙发上睡了过去。

敢情他好心好意地在厨房替她做晚饭时，她居然就躺在沙发上优哉游哉地睡大觉？

程陆扬想把她摇醒，然而刚蹲下身去，就看见她哪怕在睡梦中也极为不安地翻了个身，眉头微微蹙着，嘴里不清不楚地说了句话。

他仔细分辨，发现她一连说了两句："我没钱了，别找我要。"

当真是个俗人，他还以为她对那个孟唐爱得那么痴情，至少也该叫两声他的名字来听听，结果做梦都在谈钱。

这么想着，他又站起身来，回卧室拿了床干净的凉被来替她搭上。

他只是不想有人病死在他家里，仅此而已！

秦真是在将近八点的样子醒来的，窗外的天已经黑了一半，墙上的时钟嘀嗒嘀嗒地走着，屋子里静悄悄的。

她坐起身来，看了眼身上的凉被，然后拎着裤子四处寻找屋子的主人。

在一楼搜寻一圈都没发现人影，她又噌噌噌爬到了二楼，终于在书房里看见了程陆扬。

彼时，程陆扬正在打电话，面对窗外的夜幕低垂，只留给秦真一个侧脸。出人意料的是他竟然戴着一副黑框眼镜，配上这身白T恤和黑色棉质家居裤，看起来多了几分学生的味道，少了几分平日的疏离感。

秦真听见他用一种烦躁不安的声音对那头说："对，下降得厉害，起初我以为是近视，结果发现眼镜也不管用。"

说到这里，他倏地把黑框眼镜取了下来，不耐烦地往地上一扔，啪嗒的声音惊得秦真站在门口没敢吱声。

"什么意思？要做详细的检查？上一次是你跟我说什么问题都没有的，怎么又要我来做检查？"他的声音饱含怒意，面部线条紧绷得厉害，又恢复了那副生人勿近的模样，"别吞吞吐吐的，有话就说！"

不知道那头的人又说了什么，他忽然一下站定不动了，然后嗓音低沉一字一句地说："你是说，我有可能什么颜色也看不到？不是红绿色盲，也不是色弱，而是完完全全的……"

那两个字终究没有说出口，他沉默了片刻，忽然挂断了电话，再也不听对方啰啰唆唆的长篇大论，"砰"的一声把手机给砸在了墙上。

惊人的力道毫无疑问地把手机给五马分尸了。

震惊之下，秦真以迅雷不及掩耳盗铃之势躲在了门边，没有让他发现自己，心脏怦怦跳动了片刻，她无声无息地又悄悄回到了客厅。

她好像撞破了一个惊天大秘密！

程陆扬的眼睛发生了病变？所以……她恍然间想到了手机被抢的那天晚上，她不过是在办公室里拿他的衣服颜色开了个玩笑，当时他那么大的反应，直接呵斥她出去。

他是色盲？或者说他正在一点一点变成色盲？

她愣愣地坐在沙发上，忽然间一个字也说不出来。

她想起方凯说过他时常穿那些颜色各异的鲜艳服装，并且毫不自知自己因此成了人群的焦点。她曾经以为那是他骚包，就爱标新立异、招摇过市。

他从来不开车，按理说他这种身份，加上方凯又经常请假，如果会开车的话行动起来也方便得多……可他从来没有要学车的打算。

还有很多次她把文件袋交给他的时候，就算只有两个颜色，他也执意要她在文件袋上标注文字。一旦她嫌他麻烦，他的脾气就会变得十分糟糕。

……

他真的是色盲，或者说……色感极差极弱。

秦真坐在没有开灯的客厅里，消化着这个无人知道的秘密。

过了大概十来分钟的样子，程陆扬从二楼下来。看见秦真木讷地坐在沙发上发呆的样子，他顿了片刻，才走进客厅，问了句："又在为你无疾而终的初恋伤春悲秋？"

左手在墙上随意地按了一下，客厅顿时明亮起来。

秦真抬头看他，发现他又恢复了一贯吊儿郎当的样子，双手随意地插在裤子口袋里，完全没了刚才的烦躁和愤怒。

她拎着裤子站起来，大言不惭地说："我饿了，有吃的没？"

程陆扬瞥她一眼："搞清楚这是谁家！有也不给你吃！"

"大爷你行行好，看在我失恋的分上赏口饭吃吧！"看他一副若无其事的样子，于是她也不要脸地假装什么都没听见，"你看这裤子腰这么大，好歹让我把肚皮撑圆，它才不会往下掉了啊！"

程陆扬瞥她一眼，带着她往厨房走，指了指桌上已经凉了的海鲜面："自己热！"

秦真后知后觉地看着桌上两碗不知道什么时候做好但是一口没动的海鲜面："你刚才做的？我睡觉的时候？"

程陆扬哼了两声，表示回答。

"那你干吗不吃啊？"她拎着裤子去热面，实在嫌麻烦，就把裤子的腰际打了个结，然后双手操作。

程陆扬就这么站在门口看着她忙忙碌碌的样子，也不说话，只是定定地看她热面。

她穿着他宽大的衣服裤子，显得很滑稽，头发也松松散散地披在脑后，一点也没有平时那种职业女性的模样。她甚至十分随意地一边开火一边哼歌，完全没了下午时的伤心欲绝。

他也不知道为什么看她睡着了，他也就没有吃面的心情了，总觉得一个人坐在偌大的餐桌前面吃饭是一件很可笑的事情。

这大概就是方凯多次送他回来时，他会殷勤到可怕地把方凯强行扣留下来，然后亲自下厨做两人份晚饭的理由。

不愿意一个人面对空空荡荡的餐桌，不愿意一个人吃着热气腾腾的食物。

海鲜面重新热一次就糊掉了，面疙瘩黏在一块，鱿鱼也不再鲜嫩得恰到好处。

程陆扬本来没什么食欲，结果看到秦真呼啦呼啦吃得欢快，也就夹了一筷子塞进嘴里。

相比起他的优雅姿态来说，秦真压根毫无吃相。

他忍不住又说她："有时候我真怀疑你妈把你生下来的时候是不是忘了掀开尿布看一眼，才会导致性别错乱，错把你当成汉子来养，害得女孩子该有的文雅你一点儿没有。你好歹掂量掂量自己胸前那两坨肉，再考虑要不要把自己划分进一马平川好男儿的行列好吗？"

秦真把面汤一块儿喝下去了，才抬头满足地说："我自己爽到就好，本来也不是什么千金小姐，何必把自己搞成小姐的身子丫鬟的命？"

程陆扬嗤她："难怪孟唐看不上你！"

本来也只是无心一说，他素来口无遮拦惯了，但这话一说出口，就连他自己也发现了不妥。

秦真的神情如他所料黯然了一点，但还是无所谓地问了他一句："你觉得要是我吃饭文雅一点儿，说话斯文一点儿，难道他就会看上我？"

程陆扬没说话。

"看得上早就看上了，看不上的话，我说什么做什么也影响不了他一分一毫。"秦真端着空碗往水槽走，"别一副逞了口舌之快又后悔莫及的样子，你都说我是汉子了，当汉子的自然要真性情。难过归难过，哭完了也就好了。"

这么说着，她还回过头来冲程陆扬笑了，最后洗完碗还刻意坐到他对面，非常认真地说："其实你说得很有道理，我只是一直不愿意承认而已。"

程陆扬抽了张纸巾擦擦嘴，站起身来居高临下地望着她："所以呢？"

"所以——"秦真也跟着站起身来，忽然毫无征兆地张开双手抱住了他，在他瞬间石化的动作和僵掉的表情里低低地说了句，"谢谢你。"

那是一个真心诚意的拥抱，很轻很轻，她甚至都没有用力，只是微微贴上了他的身体。

程陆扬倏地浑身一僵，被这样一个毫无征兆的拥抱弄得不知所措，幸而片刻之后，她就后退两步，回到原地。

秦真故作诧异地指着他的脸："咦，你脸红了？"

程陆扬的脸色瞬间臭了一万倍，恶狠狠地瞪她一眼，转身往客厅走去。

秦真跟了上去："谢谢你自作聪明的善举，我这才明白授人以鱼不如授人以渔的道理。"

程陆扬停下脚步，喋喋不休的秦真又一次撞上他的背，吓了一大跳。

他转过身来看着她："秦真，我发现你特别会蹬鼻子上脸，给你点好脸色你就敢造次！哪天要是给你架战斗机，你是不是就要爱国主义情怀泛滥，直接开去钓鱼岛把无关人等统统杀回老巢？"

秦真摊手："我们不是朋友吗？朋友难道不该有什么说什么，开开玩笑互相吐槽吗？"

"谁跟你是朋友了？"他一脸嫌恶，"你见过高富帅和　丝女当好朋友的？"

"我以为你没那么肤浅，不会用这种毫无意义的外在条件来衡量一个人的内在。虽然我是穷了一点，但我自忖交朋友的真心绝对不会比别人差，甚至比起那些对你有所图谋的人来说，我更光明磊落！"秦真大义凛然地说。

看她一脸严肃认真的样子，程陆扬忽然笑了，指了指厨房的方向："去，拿两瓶酒来。"

秦真屁颠屁颠地捧着两瓶认不出牌子的啤酒回到客厅时，他接过一瓶，从茶几下面的抽屉里拿出开瓶器，轻而易举地打开了盖子。等到把酒递给秦真，换另外一瓶还没开盖的酒时，却见秦真摆摆手："那么麻烦做什么？"

她豪迈地把酒瓶子凑到嘴边一咬，然后把盖子吐在手心里，一脸得意地晃晃酒瓶。

程陆扬痛心疾首地摇头："果然是条汉子！"

两人就这么坐在沙发上喝酒，程陆扬顺手打开了音响，柔和轻盈的音乐充盈了整个屋子。

他喝了一口啤酒，懒洋洋地靠着沙发，头也不回地对身侧的人说："你真的要和我做朋友？"

"我以为我们已经是了。"

"真稀奇。"他低低地笑起来。

"有什么稀奇的？"

"近十年来，你是我的第一个朋友。"

秦真愣住，转过头去看着他，却只看见他含笑的侧脸。他微微抬头看着头顶那盏暖黄色的灯，长长的睫毛有些颤动的痕迹，像是被风吹过的柳枝。

"你怎么会没有朋友？"她困惑地望着他，"你长得这么好看，家里那么有钱，事业那么成功，虽然说嘴巴坏了一点儿，脾气差了一点儿，但想和你套近乎的人绝对可以装上几卡车……"

怎么会没有朋友呢？

"因为没有人真的接近过我。"他答得轻松，转过头来看着她，"因为我从来不允许任何人走近我，了解我，然后和我熟络到可以称为朋友的地步啊。"

除了方凯。

但那也只是上司和下属之间的关系，称不上朋友。

秦真茫然地问他："为什么？"

"为什么？"他好像想了想，然后才笑着回答她，"因为秘密太多，不希望被人发现。"

他把酒凑到嘴边灌了几口，喉结颤动了几下，性感得无可救药。

在这样一个夜幕低垂的晚上，秦真愣愣地看着程陆扬，忽然觉得他果然不再是以前她印象里那个坏脾气的大少爷了。

他有弱点，有秘密，少了几分高高在上的意味，却平白多了几分人情味。

他所说的秘密那么多，分不清颜色也算其中之一，那她算不算是发现了他的秘密呢？

她忽然举杯和他碰了碰，清脆的声音里，咧嘴一笑："既然都是朋友了，那你介不介意我们交换一下秘密？"

程陆扬挑眉，却在还未回答时就被她打断。

"我先开始。"她非常主动，"我家有两个孩子，我和我弟弟秦天。他小我九岁，今年刚刚十七，在上高二。我高中毕业那年，因为家里经济条件很一般，没有办法同时承担我的大学学费和他私立学校的费用，所以最后我放弃了读大学，出来工作。"

程陆扬摩挲着手里冰凉的酒瓶，忽然低低地笑了："弟弟？原来你也是……"

"也是什么？"

"没什么。"他喝了口酒，没有想到原来秦真和他一样并非独生子女，而是活在他人光芒笼罩之下，相形见绌的那一个存在。

秦真看出了他眼里的一点儿端倪，于是解释道："我和我弟弟关系很好，不是你想象的那样。虽然我为他放弃了读大学的机会，但是我一点儿也没怨他，毕竟他成绩好，把钱花在他身上也更值得。"

程陆扬只当她在自欺欺人，看她一眼："你真无私。"

秦真气绝："我是说真的，毕竟是亲姐弟，要是因为这一点就怨恨他，那我这个当姐姐的岂不是太幼稚了？家家有本难念的经，这种情况下当然要做对大家最好的选择啊！"

"那为什么不是他放弃私立学校的机会，选择一个普通学校？这样你也可以继续读你的大学了。很多话说起来好听，但漏洞太多。就好比为什么遇到这种需要牺牲一个、成全另一个的情况，做出牺牲的就是你，成全的就是他？"程陆扬的话锋忽然变得犀利起来，面上的笑意也带着嘲讽的意味。

秦真一愣，片刻之后敏感地开口问他："你是不是……是不是也有兄弟姐妹？"

程陆扬"嗯"了一声："有个哥哥。"然后在她没来得及回应的时候，又添一句，"非常非常优秀的大哥，就好像全世界的太阳都笼罩在他一个人身上的那种人。"

秦真看着他那种随意又放肆的姿态，头一次感觉到其实这个人根本没有他表面上活得那么肆无忌惮。他笑得张扬又随心所欲，骨子里却是一种深沉到没法倾诉的苦闷与寂寥。

至少他跟他哥哥的关系一定不像她和秦天一样要好。

这么想着，她眨着眼睛嘲笑他："你还好意思说呢？如果全世界的太阳都笼罩在他一个人身上，那你呢？你这种随时随地帅瞎人眼的贵族姿态又是怎么回事？"她非常鄙夷地瞪他一眼，"我知道，你不就是想让我说一句全世界的月亮都笼罩在你一个人身上吗？"

程陆扬失笑："你没见过他，至少对我父母而言，程旭冬是一个比我好太多太多的儿子。我无数次听他们说，要是我和我大哥一样就好了，可我做不成他，所以只好继续当这个叫人失望的儿子。"

他淡淡地笑着，又喝了一口酒，眼睛黑漆漆的一片，带着点说不出的好看意味，仿佛有星辉闪烁一般。

长长的沉默里，谁都没有说话，只剩下音响里反复回荡的那首温柔的歌。

> This is why I always wonder
> I'm a pond full of regrets
> I always try to not remember rather than forget
>
> This is why I always whisper
> When vagabonds are passing by
> I tend to keep myself away from their goodbyes
>
> Tide will rise and fall along the bay
> and I'm not going anywhere
> I'm not going anywhere
> People come and go and walk away
> but I'm not going anywhere
> I'm not going anywhere
> ……

那个温柔的女歌手低声唱着长长的岁月里，人们来来去去，而她哪里都不去，一直停留在那里。

非常应景的一首歌，就好像程陆扬此刻的心情一样。

秦真觉得他就是歌里那个执着的人，也许全世界都在随着时间而改变，他的外表也一样成长起来，可是心境仍然停留在一个孩子的状态——自卑、敏感、倔强、孤勇。

其实这样故作无谓的姿态才最叫人明白，他其实比谁都要渴望父母的认可与偏爱。活在哥哥的光芒之下，他做不成真实的自己，因为没有人给予他支持与鼓励。

她一时之间同情心泛滥，忽然握住他的手，非常非常坚定地对他说：

"其实你根本不需要做任何人的影子。"

程陆扬诧异地转过头来望着她。

"这样的程陆扬就已经很好了啊，做自己爱做的事情，靠着自己无所顾忌地生活着，比起那些按照父母安排的道路一帆风顺走下去的人，这样真实地活着不是更有意义吗？"她就跟个热血青年一样望着他，眼睛亮晶晶的。

程陆扬忽然笑了起来，伸手捏捏她的脸："这句马屁总算拍对了，我就不跟你计较是不是言不由衷了！"

秦真笑眯眯地蹭蹭他："那你可以跟刘珍珠女士提一提涨工资的事吗？"

"滚！"

本来是她提议交换秘密的，结果到最后不知道怎么的，说秘密的基本只有她一个人，程陆扬大多时候四两拨千斤地就混过去了。

她不满意："为什么只有我一个人在说啊？你的秘密呢？"

"我什么时候答应过你要和你交换秘密了？"他斜眼看她。

"我明明说……骗子！"秦真发现上当了，扔掉空酒瓶，借着酒意朝他伸出了魔爪，却在扑到一半的时候，忽然发现"啪"的一声，四周陷入一片黑暗。

她一惊，在目标顿时消失不见的时刻，径直将程陆扬扑倒在沙发上，两人结结实实地倒在一起。

不知道是她的嘴唇亲到了他的胸膛，还是他的手臂蹭到了她的胸，总之一片混乱之中，她慌慌张张地爬了起来："怎么了怎么了？"

"我被人非礼了。"他十分淡定地回答道。

秦真脸上爆红："我是说怎么忽然停电了？"

"大概是保险丝烧断了。"程陆扬从茶几上把秦真的手机摸了过来，然后打开了电筒功能，"跟我过去看一下。"

秦真脸红脖子粗地跟着站起来，结果在经过茶几边上的时候，一不留神撞在了桌角上，疼得她龇牙咧嘴地捂着大腿蹲下身来。

程陆扬哭笑不得地转过身，蹲下来挪开她的爪子："我看看。"

昏暗的手电筒光芒下，她看见那个男人认真地蹲在她面前，仔细地替她看了看被撞到的地方，然后才无可奈何地直起腰来。

　　"没什么事儿，就是擦破点儿皮。"他把手递给她，"拉着我走，你不熟悉屋里的摆设，别还没挣扎出门，就把自己给撞死在这儿了。"

　　秦真拉上他温热的小臂，正感动间，却听他又添一句："人死有重于泰山，或轻于鸿毛，你这么个德行，死了埋你都是浪费土地。"

　　"……"

HOW NICE YOU ARE
ONLY I KNOW

Chapter 09
黑夜里的光

怎么会有这样的人呢?

秦真替程陆扬举着手机,看他十分从容地修着刚才被烧断的保险丝,那种熟稔的动作令她忍不住走神。

难道不该是养尊处优的大少爷吗?哪怕和父母关系不好,也不至于接地气到这种程度才是啊!

上得厅堂,下得厨房,养花弄草,家务全包……而今竟然还能以娴熟的姿态修电路、接保险丝,如此全能的选手竟然还是出身金贵的大少爷,简直叫人不能忍!

她对程陆扬的好奇心在一瞬间上升至顶点,除了嘴巴毒以外,他的一切都堪称完美,这样一个孩子,为什么父母会不喜欢?

而程陆扬接好保险丝之后,回头便看见秦真失神的模样,伸手弹了弹她的额头:"发什么愣呢?赶紧去开灯!"

好像在不知不觉间,两个人忽然熟络起来,像是多年的好友……虽然程陆扬本人是坚决不会承认这一点的。

时钟指在十点整的时候,秦真才想起该回家了。

程陆扬想说不然就住一晚上好了,反正扔进洗衣机转了几圈的衣服还没干,可是一想到孤男寡女的,传出去对她的名声也不好,就没有开这个口。

他拎着两只空酒瓶陪秦真走出门，借口说酒瓶子留在家里臭死了，必须得立马扔出去，于是就这么慢悠悠地陪她走到了小区门口。

保安跟他打招呼："哟，程先生啊？送女朋友回家呢？"说完还对着秦真笑。

秦真也笑眯眯地说："没，他扔垃圾，顺路送送我。"

保安大叔呵呵直笑，也不点破垃圾站明明就在反方向的事实，只是若有所思地看了秦真一眼。这姑娘身上还穿着程先生的衣服呢，还否认个什么劲儿？

秦真也不知道这身尴尬的打扮出卖了自己，一路被送上出租车还在朝程陆扬挥手，笑得跟朵花似的。

程陆扬看她穿着他的衣服还在拼命朝他挥手，模样很滑稽，忍不住就笑了出来，无可奈何地伸手朝她挥了挥。

路灯下的他身姿挺拔，穿着浅色系的家居服，修长的身影在地上投下了模糊的影迹，竟然有那么几分说不出的温柔。

秦真一下子忘了把手缩回去，怔怔地看着他笑得毫无防备的模样，心跳居然有点快。

这天晚上秦真睡得很香，不知道是酒精起了作用，还是程陆扬的安慰起了作用，总而言之，她以为的失眠完全没有到来。

隔天早上，她甚至对着镜子里精神不错的人打气：今天肯定会是美好的一天！

结果事实证明，失恋者普遍患有轻度臆想症。

当天中午，就在她笑脸盈盈地按照刘珍珠给出的地址赶到欧庭的新楼盘时，还没和客户交谈上几句，竟然看见大厅里走进一男一女。

女的是她的同事黄衣，男的不是别人，正是之前两次对她施以咸猪手并且被程陆扬讥讽得颜面尽失的那位张先生。

秦真本来要和身边的李女士一同走进电梯了，看见这一幕，情不自禁地停下了脚步。

黄衣的表情看上去有点着急，步伐也挺快的，而姓张的男人也不紧不慢地跟了上来，脸上带着不怀好意的笑容，嘴里还叫着："黄小姐走这么快做什么啊？我都快跟不上你了，难道你这是害羞不成？"

黄衣尴尬地笑着："我就是想赶紧带您看下一套房子。"

"急什么急嘛，我都不急，你也用不着赶时间。"姓张的干脆伸手来牵她，"来来，慢慢走啊，别害羞！"

被他碰到手，黄衣就跟受惊的小动物一样，迅速缩回了手，往旁边快走几步。

"反应这么大做什么？我又不会吃了你。"男人笑呵呵地望着她，一脸饶有兴致的表情。

秦真一看这场景，气不打一处来，赶紧又从电梯前面快步赶回大厅，把黄衣护在身后，朝那个姓张的不客气地吼道："你干什么你？"

黄衣素来胆子小，不是她这种剽悍的女汉子，平常在办公室里都是秦真帮她跟一群毒舌的同事还嘴。眼见着黄衣受了委屈，这不，秦真的"男性雄风"又出来了。

那姓张的一见是秦真，眼珠子一转，还笑着说："哟，今天护花使者不在啦？要是秦小姐怕这位黄小姐抢了你的生意，不如你陪我去把上次说好的那顿饭吃了吧？"

压根就是个臭不要脸的流氓！

秦真气不打一处来，指着大门外冲他尖酸刻薄地说："我们欧庭不欢迎你这种色狼，麻烦您不管是看房子还是看大姑娘，下回都换家公司，成不？"

她发觉自己跟着程陆扬混了几天，居然混出点傲娇的脾气来！

姓张的大概也是第一次见到她发火，还吃了一惊，纳闷前几次吃了亏都闷着不吭声的人怎么今儿就　毛了，还当她是有同事在，所以故作矜持，于是笑着又说："秦小姐别这么开玩笑嘛，咱们都是老熟人了不是？走走，大中午的，赶紧去吃个饭，下午继续看房子！"

秦真被他这厚颜无耻的技能给惹毛了，气不打一处来："看个鬼啊看！你长的两只眼睛看的是房子吗？全程朝着人女孩子身上瞅，恨不能抠出来贴人身上，当人是瞎子还是什么？"

黄衣怕事，更怕给她惹麻烦，赶紧拉住秦真的手小声说："好了好了，说几句就成了，别吵起来了……"

"咱怕他不成？"越是见着黄衣害怕，秦真的胆子越是大了起来，有种母性的光辉和人性的高尚充斥心口，干脆卷袖子示威，"你走不走的？不走我报警抓你了！"

姓张的傻眼，怎么病猫一下子变成母老虎了？但毕竟理亏的是他，这么一闹，眼看着保安和电梯门口的人都朝他看过来，只得"呸"了一声，掉头就走。

秦真转身问黄衣："没事儿吧？"

黄衣连连摇头："没事儿没事儿，多亏有你在，不然我都不知道怎么办才好！"

秦真拍拍她的手："下回遇见这种人，直接叫他滚蛋，不滚就打110，千万别跟他客气！"

说得就跟自己多有脾气似的，也不想想之前几次她是怎么忍气吞声当包子的。

而后陪李女士看房子时，那个三十来岁的温和女人忍不住夸她有侠义风范，直夸得秦真面红耳赤，不好意思极了。

这次看房因为途中的小风波竟然变得异常顺利，李女士为人也不挑剔，又欣赏秦真的勇敢泼辣，十分爽快地就看中了这套房子，把这笔单子应承下来。

秦真都快高兴坏了，这可是卖房这么多年来最顺利的一次！

然而一整天的好心情没能坚持过晚上十点，当她加完班，哼着歌从欧庭走出来，正准备去路口坐出租车时，还没转过街角，忽然有人一把拉过她的手，将她重重地压在路边的电线杆上。

姓张的在这里等了她很久了，好不容易才逮着机会把她辖制住，哪里容她轻易挣脱？一边伸手去堵她的嘴，一边踹了她的膝盖一脚，嘴里骂骂咧咧地沉声喝道："贱女人，装什么贞洁烈女呢？上回不是还勾引我，要陪我吃饭吗？我告诉你，你好好配合，卖个一两套房子不成问题！你要是再敢狂，我叫你吃不完兜着走！"

他下手极重，一只爪子掐住秦真的胳膊，几乎要把她的手拧断了，痛得她叫也叫不出来，更没办法挣脱。

秦真都快吓哭了，只凭本能拼命挣扎着，可她人瘦，压根挣扎不过来，更无法和这个肥头大耳的男人抗衡。

情急之下，她只能不再反抗，假意认命地闭上了眼睛。

姓张的见她这副模样，还以为她妥协了，笑了几声，就在夜深人静的街角开始抚摸她的身子。而秦真浑身颤抖，慢慢地把左手伸进了裤子口袋里，浑浑噩噩地按下通话键，也不管对方是谁，在感受到手机微微颤动之后，明白求救电话算是拨通了。

她像是顺从地对男人眨眨眼，然后竟然配合地应和了他的动作，那男人一下子兴奋起来，松开了捂住她的嘴，低低地笑了："我就说啊，只要你听我的话，好好陪我，我肯定让你满意！"

秦真不知道手机那头的是谁，也不知道对方能不能听见这边的对话，只能颤声说："你不能强迫我，不然我可以报警的！这里是我们公司楼下，到处都有监控，你不要跟自己的前途过不去！"

"行了吧你，这时候还跟我装什么呢？好好享受享受，你拿你的钱，我买我的房，这不是皆大欢喜吗？"

秦真终于再也忍不住，又开始拼命反抗，大声哭喊着："救命啊！有没有人救我！求你放过我！滚开啊！"

嘴里胡乱叫着，她转身欲跑，却被那男人一把拽住手臂，扑倒在地。

街对面的行人注意到了这一幕，震惊地看着他们，秦真还在哭喊，却听扣住她的男人恶狠狠地冲那些人嚷嚷了一句："两口子吵架，有什么好看的？给老子滚！"

"我不认识他！"秦真浑身都快散架了，嗓子也沙哑得厉害，这么喊着，又被身上的人重重地踹了一脚，忍不住失声痛哭出来。

电话那头的程陆扬拿着手机，整个人都绷紧了，霍地站起身来，快步朝会议室外面冲去。

等他赶到欧庭所在的环贸大厦外面时，街上行人很少，昏暗的路灯下并没有秦真的影子。

他听见有几个站在路边聊天的老人唏嘘着说："现在的年轻人哟，真是不得了，小两口吵个架都吵到大街上来了！"

"可不是嘛，那男的还真凶，居然打老婆！"

"我看那小姑娘也真可怜，摊上这么个凶神恶煞的老公，踹了她好几脚呢，怎么哭那男的都不放过她！"

程陆扬浑身的血液都凝固了，猛地冲上去问那几个人："她人呢？她人在哪里？"

老太太一头雾水地问他："什么她？谁？你在说啥呢？"

"就那个被打的女人啊！刚才她还在这儿给我打电话，现在到哪里去了？"程陆扬几乎是用吼的朝她们喝道，声音大得吓死人。

"走了啊，刚才就被带走了！"老太太吓了一跳，指了指街角。

程陆扬青筋直跳，什么叫被带走了？街上这些人都是傻子不成？竟然就放任那个浑蛋欺辱她，然后把她带走？

一想到刚才电话里传来的那个女人的哭声，他简直手脚发凉。

程陆扬茫然又愤怒地站在原地，有种无力感慢慢地爬上他的脚，然后一路飞快地蔓延到全身每一个角落。

她在最危急的时刻选择把电话打给他，而当他不顾一切赶过来时，却发现她已经被欺辱她的人带走了……

程陆扬几乎说不出话来，呆呆地站在原地，脑子里一片空白。

那个老太太好心地问他："小伙子没事儿吧？那小姑娘是你谁啊？看着怪可怜的，被老公欺负成那样，咱们几个老太婆老胳膊老腿儿的也不好上去劝架……"

叽里呱啦一大堆，程陆扬根本听不进去。

老太太见他像是受了天大的打击，赶紧安慰他："没事儿没事儿，派出所的都来了，小姑娘肯定没事儿的！"

程陆扬回魂了，霍地抬起头来："你说什么？什么派出所？"

"不知道谁报的警，咱们几个还没来得及打电话呢，派出所的公安就来了。"老太太指了指转角处那条街，"瞧见没？那男人没找对地方打老婆呢，这条街走到尽头就有家派出所，开车的话一分钟之内就赶得过来。刚才我们正打算打电话，警车就直接开过来了——哎，你跑什么跑啊？"

老太太没说完话，就见那个英俊好看的年轻人转身就朝街角跑去，速度简直杠杠的，没被选进国家队当真遗憾。

程陆扬的心都快从嗓子眼儿里跳出来了，一路奔进街尾的派出所，被民警拦下来也不管不顾，一个劲儿往里冲。

派出所里人不少，亮着灯的屋子好几间，他连闯了几间都没发现秦真，就在差点被人轰出去的时候，终于在最左边的屋子里看见了人影。

本来还打算见到她的第一时间拎着她的衣服恶狠狠地骂她一顿，一个女人三更半夜加什么班？有没有半点儿安全意识？既然知道要加班，难道都不知道提前预约出租车？

他有一大堆尖酸刻薄的话憋在肚子里，打算一见到她就来个炮轰二百五，可真到了这一刻，他居然一个字都说不出来了。

白炽灯下，那个女人捂着脸坐在靠墙的长椅上，有个女民警蹲下身来替她擦药。她的裤腿被卷到了大腿处，露出来的部分到处是淤青和擦伤，因为皮肤白，看起来格外触目惊心。

她今天原本穿了件白色的短袖上衣，结果被人扯得皱皱巴巴的，衣服也变得东一团黑西一团黑的，脏兮兮的像个乞丐，肩膀那里还脱了线，露出了白皙小巧的左肩……以及细细的肩带。

程陆扬心头一紧，几步走了上去，喊了声："秦真？"

他能感觉到面前的人僵硬了一刹那，然后慢慢地放下手来，一张白皙的面庞上满是惊慌失措，颧骨处甚至有一处触目惊心的擦伤，细细的血珠正往外渗。

见到他来了，秦真终于忍不住掉下眼泪，明明有好多话想说，可此刻也只能抽抽搭搭地哭着，一句话都说不出来。

眼泪掉落在伤口上，想必痛得紧，她的表情一下子更可怜了，泪珠大颗大颗往外滚。

程陆扬听到她小声地抽噎着叫出他的名字："程……程陆扬……"

黑漆漆的眼珠子里充盈着模糊的水光，都快看不清原本的神采了。

他怒从中来，把西装外套脱下来搭在她身上，然后霍地扭头看着被手铐铐在桌子前面做笔录的男人，认出他就是上回在欧庭的楼盘对秦真动手动脚的人，一言不发地几步走了上去。

那男人背对他，正唯唯诺诺地接受民警询问，岂料忽然被身后的人揪住了胳膊，瞬间就被拉离了凳子。

他还没看清是谁把他拉了起来，就被程陆扬一拳重重地砸在了桌上。民警的本子和笔统统掉在了地上，民警本人也惊得霍地站起身来。

办公室里一共就两个民警，女警官负责给秦真上药，男警官负责做笔录，眼下见到程陆扬这种暴力行径，纷纷朝他喊道："赶紧停下来！"

程陆扬理都没理他们，只回头问秦真："哪只手？"

秦真泪眼婆娑地望着他，嘴巴张得大大的。

"哪只手碰的你？"程陆扬咬牙切齿地又问一句，一把抓起男人没被手铐铐在栏杆上的左手，"这只？"

秦真惊呆了，还是没有答话。而那个男人也开始拼命挣扎，他一只手被铐在墙上的栏杆上，动弹不得，打起架来自然吃亏。

程陆扬火气冲上脑，想也不想就又一拳朝那个男人脸上招呼过去："打死你个臭不要脸的！叫你欺负女人！叫你色胆包天！"

姓张的吓得哇哇大叫："救命啊！杀人了！警官快救我啊！"

程陆扬一拳接一拳地砸在他身上，杀猪似的叫声响彻屋内。

两个民警都冲过来拉住了程陆扬，不让他继续打人。

男警官着急地喊道："你冷静点儿！这里是派出所，有什么事情交给警方解决！再闹事的话，信不信我把你一块儿铐起来？"

程陆扬一边挣脱，一边怒吼："抓我干什么？这种人渣就该挨打！看我不打死他！"

屋子里乱作一团，简直是场闹剧。隔壁很快又有民警闻声而来，一边加入扑倒程陆扬的行列，一边劝他不要冲动。还有民警把姓张的那男人的手铐给松开，推搡着他往隔壁走，远离这个愤怒的男人。

程陆扬自己都不知道哪里来这么大的火气，一直骂骂咧咧，直到秦真一瘸一拐地从椅子上下来，伸手拉住了他："我没事！真的没事！"

他刚才还在剧烈挣扎的动作一下子停了下来，民警见他没那么激动了，也慢慢松开了他。

秦真一边擦眼泪，一边勉强朝他笑："你看，我好端端的，真没什么事儿！"

肩膀露了一半在外面，衣服也破破烂烂的，腿上脸上都是伤，就连拉住他的那只手也因为跌倒时与地面摩擦而渗出了血……这哪里是没什么事儿的样子？

程陆扬很想骂她，这种时候是装包子的时候吗？

可是她信誓旦旦地望着他，哭得脸都花了还在劝服他，这让他觉得窝火，因为他骂不出来，也没办法再怒气滔天地揍人了。

最后，程陆扬破天荒地打了个电话给程旭冬，让他来派出所解决这件事，自己则带着秦真先去医院。

程旭冬很快开车赶到了，西装革履地走进屋子，浑身带着温和内敛的贵气。

程陆扬只扔下一句："那个人渣在隔壁，你要是没把他送进局子关个痛快，我就亲自把他揍进医院躺个痛快！"

说完，他也没理会程旭冬饶有兴致的表情，拉着秦真出门之后，非常干脆地问她："背还是抱？"

秦真傻眼了："什么？"

"你的脚压根不能走，背你还是抱你？"他耐着性子重复一遍。

见秦真还是一副傻愣愣的样子，他索性走到她面前，弯下腰来，背对她说："上来！"

秦真像是做梦一样被他背着朝门外走去，脸上的伤口火辣辣地疼，膝盖上也一跳一跳的。可是程陆扬稳稳地背着她，嘴里还叮嘱她："揽住我的脖子，看你虚弱成这副要死不活的样子，别掉下去摔死了！"

嘴还是一样贱，可动作毫不含糊，甚至小心翼翼地避过了她受伤的所有部位，牢牢地背着她。

刚才的惊险场景还历历在目，被人侵犯的可怕感觉犹在心头，可是这样安静的夜晚，在那样一个噩梦之后，连她都不敢相信竟然是程陆扬接起了那个电话，然后大老远地赶了过来。

路灯把他们两个的影子拉得很长很长，在地上拖成了亲密无间的姿态，然后晃晃悠悠、晃晃悠悠地往前走。

秦真慢慢地把脸贴在他的背上，感受着薄薄的衣料之下他温热的体温，终于忍不住哭了出来，一下一下，极为厉害。

她是真的以为自己要完蛋了，被那个人渣侵犯，然后一辈子都怀有这种恶心又可怕的经历。

当时街上的人那么少，她无助地看着那些人，听着他们说这是一场家暴事件，没有一个人上来施以援手，只觉得整颗心都在往下沉。

而警车就在那个时候赶到，在她被人拳脚相加时，有人拉走了她身上的人，把她扶上了车。然后她大脑空空地坐在那个屋子里，捂着脸惊恐又害怕，完全没有回过神来。

直到程陆扬终于赶到。

直到他叫了她的名字，然后冲动地冲上去对那个男人拳脚相向。

秦真终于找回了些许理智。

而眼下，他就这么背着她，一言不发地朝前走，背影坚实得好像不管发生什么事情他都能挡下来。

她的眼泪哗哗往下掉，甚至染湿了他的白衬衣，啪嗒、啪嗒，眼泪十分清楚地落在他肩上。

程陆扬的手臂紧了紧，揽着她的腿没有说话，只是步伐又快了些，半天才问出一句："是不是很痛？"

她一个劲儿摇头，哭得更厉害了，只抽抽搭搭地说："不去医院！"

"伤成这样，怎么能不去医院？"

她还在晃脑袋："不去医院！"反反复复都是这句话。

他也没有再跟她拧，反而破天荒地顺从了她的要求："行，不去医院，不去医院。"像是哄小孩子一样，他说，"我去给你买药，咱们回家抹药，行吧？"

夜风把他的声音吹到耳边，温柔悦耳得像是一首从未听过的歌谣。

秦真把脸贴在他的背上，无声地哭着，可是一颗悬在半空的心忽然间踏实下来，仿佛刚才的一切灾难终于离她远去。

程陆扬感受着背上的温热泪水，已经不知道该说些什么了。他从来就不知道该如何去安慰一个人，眼下也无力得要命。

他只能在昏暗的路灯下背着她一步一步走着，然后告诉她："走到街口我们就打车回去，快了啊，别怕。到了你家附近我们就买药，疼不了多久的！"

秦真一个劲儿点头，然后一个劲儿哭，虽然连她自己都不知道究竟在哭什么。

真是一个糟糕到离谱的夜晚。

下了出租车之后，程陆扬小心地把秦真安置在小区门口的椅子上，然后去几步以外的药店里卖药。

从药店回来，他看见秦真极为不安地朝他这个方向张望，像是个受惊的孩子，生怕被人丢下。而当他把视线落在她身上时，她就装出一副镇定自若的模样来。

明明是个二十六岁的女人了，可是不知为何总让人觉得年纪小，大概是因为她看起来有点营养不良的样子，身体纤弱——这一点，刚才他背着她时也察觉出来了。

而昏黄的路灯把她的影子拉得更加细长，总有种下一秒就会消失的感觉。

他忍不住加快了步伐，匆匆走到她身旁，然后蹲下身去："上来。"

她摇摇头："能走，你扶我一下就好。"

然后就一瘸一拐地搭着他的肩，带他往自己家里走。

小区在二环路以外，但绿化很好，夜里安安静静的，只有喷泉的声音。

秦真在他的搀扶下慢慢地走着，然后轻轻地说了句："我工作了这么多年，花了全部的积蓄，还在银行办了贷款才在这里买了套房子。"

程陆扬不知道她为什么会忽然提到这个，但她肯开口说点儿什么总比一直哭好，于是"嗯"了一声。

"我过得很拮据，因为父母都是下岗工人，退休工资不高，而弟弟又在私立学校读书，学费高得吓人。我每个月的工资都要上交很多回去，有时候家里有急用，我连自己的生活费都留不够。"

她的声音很轻，像是一不小心就会被风吹走似的，于是程陆扬也忍不住屏息听着。

她说："我不是不知道晚上一个人走很危险，只是想着欧庭离家不远，半个小时也能走回来，就心疼那点儿车费，想着……"她低低地笑起来，脸上还是湿漉漉的，"大晚上的预约出租车很贵，五十块钱都够我吃好几天了，我真的舍不得。"

她停在这里，于是程陆扬又"嗯"了一声，以表示自己在听。

走进楼道的时候，秦真问他："你是不是觉得我很抠门，很蠢？"

程陆扬迟疑了片刻，点了点头："没错。"

秦真有点沮丧，连声音都低了八度："我就知道你这种大少爷不知道我们穷苦老百姓的艰苦。"

谁知程陆扬却眉头一挑，似笑非笑地说了句："你又怎么知道我不知道？"

见秦真站在他身旁不说话，他又说："每个人有每个人的人生和活法，旁人无权干涉。蠢也好，聪明也罢，都是自己的选择。就好比你的日子过得紧巴巴的，我却穿得光鲜亮丽，其实本质上没有太大差别，各自有各自的苦恼，只是谁也不清楚对方在为什么发愁罢了。"说到这里，他忽然对她淡淡地笑了，"我曾经也过过苦日子，信不信由你。"

秦真愣愣地看着他，被他这么忽如其来的一段挺正经的话给弄得又惊又疑。

借着楼道里的灯光，她看见程陆扬的睫毛像是刷子一样浓密纤长，在眼睑处投下一圈温柔的痕迹，还间或有微微晃动的意味。

他扶她走进电梯，表情严肃认真，眼神里是一望无际的墨一般的黑色。

有那么一刻，她觉得程陆扬变得很不一样，非常非常不一样。

到家之后，程陆扬小心地把她安置在沙发上，然后打开那些药膏，用棉签替她上药。

先是膝盖、小腿，然后是手肘，听见她发出"嘶"的吃痛声，程陆扬放轻了动作，看得出还是有点儿紧张。

估计这位大少爷没有什么伺候人的经验，所以上药的动作笨拙又生涩，慢吞吞的没有一点儿技术含量。

秦真痛得眼泪一直在眼眶里打转，却自始至终没有哭出来，只是红着鼻子一吸一吸的。

好不容易把身上的伤口都解决了，程陆扬又换了根棉签，重新挤了药膏出来，坐到她身旁，小心翼翼地凑近她："脸上也要抹。"

秦真条件反射地往后一躲，却被他捉住了手臂："别动。"

于是她一顿，愣愣地坐在原地，没有了动作。

程陆扬离她很近很近，左手还轻轻地握着她的手臂，温热的体温也传到了她的皮肤上。而他的右手拿着棉签，以愈加娴熟的姿态替她颧骨处的伤口上药，动作极轻极轻，像是生怕弄疼了她。

那种力度轻得几乎有些痒，她忍不住颤了颤，却感觉到棉签一顿，面前的男人有些紧张地问她："弄痛你了？"

两人的距离近得可怕，就连他说话时吐出的温热气息也毫不意外地抵达了她的面庞，像是这个季节的夜风一般带着白日里阳光的余温，也温暖了她的面颊。

秦真犹如做梦一般抬头望他，却发觉他的眼眸明亮安稳，仿佛夜里寂静无垠的海面，隐隐闪烁着星光。但那种亮光也是极轻极浅的，稍纵即逝，若隐若现。

可是不管怎样，他的关切与小心翼翼是毫无保留的，她甚至可以清晰地感觉到他细微的表情变化。

心脏像是被小猫的爪子挠着，一下一下，极为清晰的感觉，一点点紧缩起来。

是痒，还是别的什么？

半晌，她才回过神来，慌乱地摇头说："没有，不痛……"

程陆扬只当她是在给他面子，于是又放轻了力度帮她抹药："抱歉，我会轻一点儿的。"

这样的抹药过程持续的时间并不长，可是对秦真来说变得格外漫长，那双好看的眼睛一直目不转睛地锁定她的脸，而他们离得这样近，越是在意，越能感觉到他微微的鼻息。

屋子里很安静，她几乎能听见自己逐渐响亮起来的心跳声，怦怦，怦怦，响彻胸口。

面颊越来越烫，她都快要坐立不安了，最终忽然伸手捉住了他还在上药的手腕："可以了！"

她勉力稳住心神，假装若无其事地对他笑："差不多了，不用再抹了！"

程陆扬以为是抹药的时候她疼得厉害，所以才不愿继续，于是也不强求，问了句："洗手间在哪儿？"

她指了个方向，却没料到他从洗手间拧了湿毛巾出来，又一次回到她身边，拉着她的手开始替她擦那些脏兮兮的地方。

她几乎要惊得跳起来了，特别想问一句："程陆扬你是被琼瑶剧男主角附身了吗？"

可是程陆扬只是按住她，眉头一皱："别动，你都遍体鳞伤了，难道想自己动手？"抬头瞟了眼她见鬼似的神情，他不悦地眯起眼睛，"怎么，本少爷大发慈悲救济一下灾民，值得你露出这种撞鬼的样子？"

秦真总算松口气，这才是程陆扬好吗？再这么柔情万种下去，她都快吓得抱住他的身体不断摇晃着呐喊："程陆扬你怎么了？你快回魂好吗？世界需要你，没有你的嘴贱皮厚，该怎么衬托他人的温柔善良？"

她这样可笑地想着，却不得不承认，看似嘴贱毫无口德的他其实拥有一颗柔软而真实的心。

这个夜晚总归是过得有惊无险，离奇得要命。

程陆扬见秦真受了惊，秉着好人做到底的原则伺候她上了床，替她搭好了被子，转眼却看见她露出了那种恍惚又依恋的神情，忍不住一愣。

这下子方觉自己好像一不留神做得太多，孤男寡女共处一室，他还这么神奇地贴心照料她，简直太不符合他的作风了。

他顿了顿，收回替她掖被子的手，直起腰来："很晚了，我先走了。"

秦真忽然出声叫住他，看他背影一顿，然后慢慢说了句："谢谢你。"

程陆扬回头瞥了她一眼："谢我？大姐，我麻烦你长点儿心，下回别为了那么点儿小钱牺牲色相成全他人了！这个社会没你想象中那么单纯美好，你什么时候能学会保护好自己，免得我开会开到一半还得冲出来英雄救美，我才谢谢你了好吗？"

他还是那么会挖苦人，秦真却"扑哧"一下笑了出来，然后成功地看见他黑了脸，一副"我究竟是在骂你还是给你讲笑话？你居然笑得出来！这不科学"的表情。

她把头缩进被子，却一不小心碰到了脸上的伤口，疼得"嘶"的一声倒吸口凉气。

"愚蠢！"她听见程陆扬忍无可忍地骂了一句，然后终于离开。

屋子里静悄悄的，只剩下他渐渐远去的脚步声。秦真就这么缩在被窝里，听着逐渐远去的声音，一动不动。

忽然，那个声音停了下来，她的心跳也顿时漏了一拍。

随之而来的是程陆扬扯着嗓门的说话声："明天放你假！不用顶着那张破相的鬼脸来见我了！"

　　他明明在骂她，她却忍不住笑成了一朵花，把头探出被子也朝他吼道："你又不是我老板！你说放假就放假，刘珍珠女士扣我工资怎么办？"

　　程陆扬具体说了什么她没听清，只知道他似乎又被她的"愚蠢"给弄得一肚子火气，气呼呼地出了屋子，"砰"的一声把门关了。

　　秦真也不顾脸上的伤口，就这么无声地笑着，最后抱着被子安心地睡了。

　　她从来就不是那种娇气的女孩子，不会因为一时的不幸或小灾小难伤春悲秋很久，譬如孟唐带来的伤口，譬如今天遇到的突发事件。

　　因为她清楚，你无法预料生活会以怎样的面目示人，但重要的不是它如何对待你，而是你会如何回应它。

　　她活在当下，而非过去——这就是她的回应。

HOW NICE YOU ARE
ONLY I KNOW

Chapter 10
泼妇小姐与孩子气先生

第二天早晨，秦真刷牙的时候破天荒地对着镜子里的自己发起愣来。

除了脸上那道擦伤，其余都还是挺拿得出手的，她伸手摸了摸自己的脸。

其实也不是抗拒找个对象，可总是觉得婚姻并不是简简单单地找个伴侣，若非在心灵上惺惺相惜，今后的日子要如何朝夕相对？难道真的仅仅是找个一起吃饭一起睡觉一起满足生理需求的小伙伴？

过去是对孟唐念念不忘，所以其他男人都看不上眼，那现在呢？

有那么一刻，秦真忽然觉得很迷茫。

隔天是周六，白璐打来电话提醒秦真该回家看她爸妈了。

秦真放了一天假，落下了一些进度，正坐在沙发上对着笔记本核对这个月的卖房信息，接到电话才想起这事，一拍脑门，赶紧把笔记本搁在身旁。

"你不说我都忘了！"她往卧室跑，打算拎件像样的衣服。

周一是她家祝云芝女士的生日，因为那天是工作日，她肯定没时间回去，所以老早就和白璐说好了，赶在周六周日回去给祝云芝庆祝。

出门之前，秦真给祝云芝打了个电话："妈，我和白璐今天回家吃饭。"

她的老家也属于 B 市，但仅仅是 B 市边上的一个小县城，划在 B 市名下而已。从 B 市过去还要走高速公路，一路要花去三四个小时的时间。

祝云芝立马就笑起来："多久到家呢？午饭赶得及吗？"

"赶得及，白璐开车呢。"秦真单手穿衣服，结果擦到了手肘上的伤口，疼得龇牙咧嘴的。

祝云芝听出了不对劲："怎么了？"

"没，撞到柜子了，疼。"秦真随口编了个理由。

"行，那我赶紧跟你爸去市场买点儿菜，等你俩回来吃顿好的！"

话音刚落，秦真就听见她在那头扯着嗓门叫老秦。

老秦是秦真的爸爸，全名秦剑锋，和祝云芝一样都是下岗工人。两人就如同全天下最普通的父母一样，上了年纪有些唠叨，可是对儿女的爱都是不变的。

挂了电话之后，秦真对着穿衣镜发了一会儿呆，才发现这条裙子没法遮住手肘上的擦伤，只得又换了下来，重新选了一件中袖的衣服和一条比较宽松的七分裤。

汉子就汉子吧，总比让他们担心来得好。

秦真打开车门坐进去的时候，白璐正数落她慢得跟蜗牛一样，岂料话刚说到一半，忽然看见她脸上的擦伤，不禁一愣："你的脸咋回事？"

"被狗咬了。"秦真坐定，把安全带系上，"你还别不信，真是被疯狗咬了，还差点把贞洁一块儿咬掉！"

"……"白璐简直不能忍，"大姐你能说人话吗？我们还能好好地用人类的语言进行文明的交流吗？"

"好好好，我说！就是前天晚上遇到个色狼，你知道的，就三番五次找我买房子，借机对我动手动脚那个。"

"这跟你脸上的伤有什么关系？他这次不动手动脚了，改用啃的？"白璐狐疑地问她。

秦真对着后视镜看了眼自己的伤口："没，周四白天的时候，他找上了我们办公室的黄衣，女孩子胆子小，被他吓得不轻，我就帮她把那禽兽赶跑了。结果晚上的时候他居然在公司楼下等我，当场就要把我给扑倒玷污了。要不是后来有人报警，今天你见到的就已经不是完整的我了……"

"你居然没跟我说？"白璐气炸了，"秦真你还真把自己当条汉子是不是？什么叫女孩子胆子小，你就帮她把禽兽赶跑了？你能把自己也当成个女人吗？有你这么奋不顾身上去帮人，结果把自己给送入虎口的吗？"

"是狼口，色狼之口。"秦真还有心思纠正她。

白璐气得伸手掐住秦真的脖子，晃得她头晕眼花："那个死变态现在在哪儿呢？带我去找他！"

"送公安局了，不知道现在在哪儿。"秦真好说歹说，好不容易把这事儿压了下来，但遇到白璐这种强势的女人，她只得认命，一路听着唠叨赶向了老家。

半路上，白璐非要她打电话问问程陆扬那个姓张的现在怎么样了，秦真磨不过她，只得掏出电话拨通了程陆扬的手机。

大清早的，程陆扬的手机忽然响了。

他迷迷糊糊地翻了个身，用被子把脑袋盖住，无奈魔音不绝，响个不停。

他费劲地探出手来，闭着眼睛在床头柜摸索了一阵，然后想也不想就把电话掐了。

哪个神经病的大周六打电话来扰人清梦？

短短几秒钟之后，电话又响了起来，大有主人不接电话就不屈不挠地死磕到底的架势。

连挂三次，那人都不死心，程陆扬终于睁开眼睛，怒气冲冲地把手机拿到眼前，却只看见一串熟悉的号码——来自他的父亲大人，程远航。

他的表情顿时僵了片刻，毫不迟疑地把手机调成振动，重新黑了屏幕，又把手机扔回了床头柜上。闭眼片刻之后，又慢慢地睁开来，再也睡不着。

自那次争吵之后，这是程远航第一次给他来电话。

没一会儿，手机停止了振动，大概隔了一分多钟，又一次响了起来。他以为还是程远航打来的，岂料拿起来一看，才发觉是陆舒月。

看来夫妻俩是坐在一起给他打的电话，知道他不愿意接程远航的，当妈的立马跟着打了过来。

程陆扬看着屏幕一动不动地僵持了好一会儿，终于平静地接了起来："喂。"

方凯收到总监大人的命令后，赶紧奔过来紧急待命，开着车送他回程家大宅。

今天的"boss"特别有范儿，面色高冷地坐在后座上把玩手机，一副小言里霸气总裁的模样。

程陆扬扫了他一眼："你妈最近身体怎么样了？"

方凯正欲回答，忽听程陆扬的手机又欢快地响了起来，于是赶紧闭上嘴。

程陆扬低头一看，秦真？

刚好车到了程家大宅外面，程陆扬下了车，先示意方凯把车开回去，然后才朝着大门走，接通了手里的电话："喂？"

在白璐的示意下，秦真迟疑地问了句："我想问问，那天那个姓张的现在怎么样了？"

"哪个姓张的？"程陆扬显然没有意识到她在说什么。

家里的阿姨替他开了大门，他走过休闲厅的时候，看见程旭冬和程远航父子俩正在玩牌，于是停在休闲厅门口，没有进去。

窗帘大开，室内开着空调，一室阳光明亮又温暖。

好像是程旭冬故意出错牌，让了程远航一手，然后当父亲的就在儿子的孝心之下得胜，忍不住露出了难得的笑容。

他微微眯起眼来，看着父子俩相视一笑的和谐一幕，听见秦真在对面说："就是……就是那个色狼啊！"

程旭冬察觉到门口多出一个人，侧过头来看，诧异地对他露出一抹笑意："陆扬回来了？"

刚好陆舒月也端着果盘走到门口，见到小儿子，笑得整张脸都散发出一种喜悦的气息："陆扬？"

如此美好的一幕，一家人和乐融融……但那是在他出现之前。

程陆扬看见程远航一见他来了，就很不自然地眯起眼来，习惯性地在看见他的那一刻收起了柔和的笑容，摆出一副严肃的模样来，而眼神里还带着上次吵架之后留下的尴尬。

程陆扬慢慢地踱进了屋，站定，用那种漫不经心的声音对秦真说："你等等，我问问程旭冬。"

微微将手机拿离耳边，他问程旭冬："那天逮进公安局的那个王八蛋怎么样了？"

程旭冬微微一笑："我让人告他性骚扰，并且把他以前的事都翻了出来，昨天下午刚刚把他送进城南那边。"

城南那边代指监狱。

"几年？"

"能待到他在里面长毛。"

程陆扬微微挑眉："长毛？"

"他猥亵过小女孩，只是当时没有证据。"程旭冬不紧不慢地笑着，"我帮了他一把，好人做到底，送佛送到西。既然他想进局子，你又开了这个口，我自然成全他。"

程陆扬定定地看了他一眼，然后又接起电话，用一种玩味的语气问对面的人："都听见了？我那个浑身都笼罩着金光的大哥神通广大，替你报了这个仇，需要亲自感谢他吗？"

秦真赶紧摇头："不用了不用了，你替我谢谢他就好，还有啊……"她顿了顿，特别认真地说，"还有，我要谢的是你。"

"谢我做什么？我可没那个本事帮你把那浑蛋送进城南，还判了个能长毛的罪名。"

"反正就是谢谢你。"秦真笑起来。

在这种当爹的完完全全被当空气的情况下，程远航的表情一点一点沉了下来，听着程陆扬还在懒洋洋地与对方调侃，他终于忍不住开口说："回来这么久，你打算一直打电话打下去吗？"

声音很严厉，还带着微微的怒气。

程陆扬好似这才看到他一样，惊讶地挑眉转过头对上他的视线："哟，这不是程老爷子？"

手机慢慢地拿离了耳边，但依然没有挂断。

那头的秦真一怔，也没有挂电话，只是听着他们的对话。

程远航恼羞成怒："什么叫程老爷子？程陆扬，你懂不懂孝道？见了你爹不叫人，还这么大放厥词——"

"远航！"陆舒月把盘子重重地放在桌上，一把拉住他的手臂，"你之前怎么答应我的？"

对上妻子警告的眼神，程远航微微一顿，终于收敛了脾气，冷声道："你看看你的好儿子，一回来就阴阳怪气的！"

程陆扬似笑非笑地看着他："不叫你程老爷子，那该叫你什么？你忘了？上回是你对我说，要我今后别把自己当成你的儿子，我这不是谨遵谕旨吗？"

"你——"程远航脾气不好，被他这么一刺，气得脸色大变。

"旭东，带你弟弟去客厅！"陆舒月截断他的话，赶紧吩咐当大哥的把弟弟带走，然后自己来对付这糟老头子。

她简直想给这父子俩一人一耳刮子抽上去，根本是两头牛！两头冥顽不灵、毫不长进的牛！

程陆扬对陆舒月要尊敬很多，看她也气急了，于是笑了两声，自己转身去了客厅。

秦真在那头试探性地叫了声："程陆扬？"

他这才记起自己还没挂电话，想到刚才那番对话落入她的耳里，他眉头一皱，立马掐断了电话。

秦真听着手机里传来的嘟嘟声，慢慢地转过头来看着白璐。

白璐一边开车一边问她："问出结果了？怎么样了？"

她愣愣地回答："程陆扬让人把他送进城南监狱了，说是能待到他长毛。"

白璐猛地踩了刹车："啥？这么快就送进监狱了？你说的程陆扬该不会是你那个嘴巴贱到叫人想抽烂的总监吧？"

秦真点头。

这个事实简直叫白璐瞠目结舌："好家伙，他来头可真不小，几句话工夫把人给弄进监狱了……那人看上你简直是不长眼睛，倒了八辈子的霉！哈哈哈，我居然开始同情他了……"她一个人絮絮叨叨了半天，忽然狐疑地盯着秦真，"不过你这一点不开心的样子又是怎么回事？"

秦真又看了眼后视镜，她有不开心吗？

回家的一路上，她都有点慢半拍，耳边还回响着方才从程家听来的对话。

这种剑拔弩张的气氛是怎么回事？她还从来没在自己家里体会过这种

氛围，那还是一家人之间的对话吗？

这么想着，她又记起了上回程陆扬给她讲述的关于大哥的故事，寥寥数语，充满羡慕。

他究竟是生活在一个怎样的家庭里？

秦真承认，自己因为程陆扬而有些走神了。

他似乎有很多秘密，而她竟然产生了一种想要追根究底的好奇心。

祝云芝坐在沙发上看电视，平均每隔五分钟看一次墙上的挂钟，好不容易听见门铃响了，噌的一下从沙发上站起身来，冲着书房里的秦天嚷嚷道："快点快点，赶紧去给你姐开门！准是她和白璐到了！"

秦天从一堆书本里直起腰来，一边用手刨了刨那头短得要命的板寸头，一边趿拉着拖鞋往门口走："每回秦真回来，你都一副迎接领导人的架势，你这差别待遇够明显的啊！"

祝云芝噌噌噌地从客厅大步流星地走过来，手里的电视遥控器朝着秦天的屁股不轻不重地砸了一下："滚蛋吧，你小子连你姐的醋也吃！别忘了当初要不是你姐放弃读大学的机会，哪里来今天的你啊？"

"还都是你听了人家说私立学校好，非得把我弄进去，不然秦真哪里用得着放弃大学？"秦天眉头一皱，"每次都把错往我身上推。"

"嘿，你倒是找得着人怪啊！"说起这件事，祝云芝有点心虚，于是又推了秦天一把，"废什么话呢？赶紧开门去！"

秦天开了门，瞧着门外比他矮了整整一个头的秦真和白璐，双手随意地往裤子里一插："半个月不见，你们俩又缩水了？"

祝云芝又一巴掌朝着他的后脑勺拍了下来："你小子今天吃错药了？没大没小！"

"他一直就这样好吧？"秦真一边笑一边和白璐进了门；换完鞋后，直起腰来仰慕了一下弟弟的海拔，"我说你是不是吃了催长素之类的？怎么半个月不见，又长了一头？现在得有一米八了吧？"

只穿着简单白T的大男生故作无奈地叹口气："听说身高和智商成正比，看样子我不长成下一个姚明实在是对不起我的智商。"

说完，他还特别遗憾地看了看秦真和白璐，像是在为她们的智商而悲伤。

　　秦剑锋从厨房里探了个头出来，身上还围着围腰，手里也拿着锅铲，却还不忘对着女儿和白璐灿烂一笑："回来了？"

　　一屋子飘荡的饭菜香气是秦真最为熟悉的味道，她深吸一口气，露出了喜悦的笑容："嗯，我回来了。"

　　一家人外加白璐热热闹闹地吃了顿午饭，饭后聊了会儿天，秦真和白璐一起出门逛街，商量着给祝云芝买样生日礼物。

　　腿都逛酸了才相中一块价格中等的玉佩，是块晶莹剔透的如意，秦真趴在玻璃柜上仔细地看了半天才选出来的。

　　白璐眼都不眨地把钱付了："改天请我去万达吃海鲜，这玉佩算我们俩一起买的，一人一半。"

　　她是知道秦真的状况的，要是今天把钱付了，恐怕接下来半个月都得吃泡面。

　　晚饭的时候，两人把礼物拿了出来，祝云芝高兴极了。这么多年她一直很节约，舍不得买这种珠宝玉器什么的，于是饭也没吃就往卧室走，非要把玉佩给放进盒子里，说是改天拿到昭觉寺里开个光，开光之后再戴。

　　见她那么宝贝这块如意，整顿饭的工夫都三句不离它，洗碗的时候，秦真看着哗啦啦的水流发起呆来。

　　其实生在不那么富裕的家庭也有好处，好比这么一点儿小事情也足够妈妈开心那么久。要是换作程陆扬他们家，恐怕这种价格的玉佩根本就不被放在眼里，更别提令人喜笑颜开了。

　　正出神，外面的祝云芝见她愣着没动作，就心疼地朝她叫了一句："发什么呆呢？水费涨价了，你悠着点儿用啊！"

　　秦真哭笑不得地赶紧继续洗碗："行行行，你瞎操什么心呢！这点儿小钱也值得你动肝火……"

　　"这点儿小钱？每天从这儿多花几毛钱出去，银子可就哗啦啦全流走了！"祝云芝瞪她，"都多大的人了，还不知道勤俭持家的道理，今后我看谁肯娶你！"

　　秦真一听到这句话就头皮发麻，还没来得及转移话题，果不其然就听见当妈的开始提这桩话茬："说到成家的事儿，不是我说你，你年纪也不小了，怎么连个男朋友都不找？每回有朋友给我介绍，结果一打电话给你，不是说有事就是说要加班，你难道打算这么单身一辈子？"

"妈——"

"我可告诉你啊，女孩子过了二十七就不好嫁人了，你现在都二十六了，你叫我这么大年纪的人还整天为你操这心，你觉得你孝顺吗？"祝云芝把中年妇女的更年期综合征发挥得淋漓尽致，念叨个没完。

秦真恨不能在手上安几个马达，轰隆隆就把碗给洗了，赶紧逃离这种可怕的催嫁攻势。

只可惜她压根逃不掉，就连洗完碗之后，也被迫和白璐一起坐在沙发上接受祝云芝的教育：男大当婚女大当嫁，嫁不出去叫人笑话。

秦真耷拉着脑袋不断点头称是，这时候手机忽然响了。

她如获大赦地跑到阳台上接电话，却听见方凯着急地问她："秦经理，你现在有空吗？"

被老妈催着嫁人算是有空还是没空？

秦真反问一句："有什么事吗？"

方凯像是急得焦头烂额了，赶紧解释说："是这样的，刚才总监给我打电话，听着像是喝醉了，老说胡话。但我妈这几天老毛病又犯了，老是呼吸不畅，离不得人，我得看着她。不知道你有没有空，我想让你去帮忙看看总监怎么样了。"

方凯的母亲身体一天不如一天，肺病外加风湿，其他小毛病也不断，严重起来还可能呼吸不畅，经常半夜被送进医院。

秦真觉得有点莫名其妙，程陆扬也是个成年人了，喝点儿酒怎么了？

"你是不是有点儿小题大做了？他喝点儿酒而已嘛——"她试图安抚方凯。

结果方凯已经急得忍不住打断她了："问题是他还一个人在外面，喝得家都找不到。你知道啊，他又是那种从来不看交通信号灯的奇葩，仗着自己长得帅，以为全世界都不敢撞他，我怕他万一出了什么意外……"

秦真语塞，这倒是，方凯还不知道程陆扬分不清颜色，所以压根没法分辨红绿灯。而且以他那种奇葩的性子就算是没有因为红绿灯被司机撞死，也很有可能因为嘴贱而惹怒他人，万一对方恼羞成怒，开车从他身上碾过去的可能性还是非常大的……

她十分心虚，怎么这时候还有工夫说冷笑话自娱自乐？

缩头看了眼客厅里还在严肃教育白璐的祝云芝女士，心下也隐隐担心着程陆扬，她不再迟疑，爽快地答应了方凯："行，你把地址发过来，我马上赶过去。"

她进屋一把抄起白璐的手，十分严肃地告知妈妈，因为朋友出了点儿事，她和白璐今晚不得不赶回去。

坐上车以后，白璐松口气："还好你机智，随便找了个借口逃出来了。"

秦真在第一时间系好安全带，皱眉解释说："不是借口，是真的，程陆扬喝醉了，一个人在大街上晃荡，没人管他。赶紧开车，我得帮方凯找到他。"

白璐一愣："帮方凯找到他？方凯是你的谁啊，他叫你帮你就帮，这种忙怎么好帮啊？一个大男人喝醉了酒，关你屁事啊！"

秦真急了，倏地回过头去瞪着白璐："你开还是不开？"语气恶狠狠的，非常可怕。

白璐懒得搭理她，一边发动汽车，一边嘀咕了几句："神经病！明明是自己担心他，还非得做出一副是在帮方凯的模样……"

闺密这么多年，秦真的神经紧绷起来是什么状态，她能不知道？

按照方凯给的地址往市中心的广场赶时，已经是晚上十点了。

途中，秦真给程陆扬打了无数通电话，程陆扬最后才慢吞吞地接起来，用那种不正常的醉醺醺的语气问了一句："干吗？"

声音拖得老长老长，像是大舌头。

她沉声喝道："你在哪里？"

程陆扬晕乎乎地看了看四周："万达……广场？不对，我干吗要告诉你？"

"就给我待在那儿别动！"听他这种醉得跟二百五似的口吻，秦真劈头盖脸地骂过去，"程陆扬，你多大个人了？大晚上的一个人喝醉酒在街上乱晃，真当自己帅得全世界人民都能敞开怀抱保护你？你知不知道你这么做很危险啊？"

程陆扬愣住了，像是被她吓得不敢开口。

秦真不耐烦地又问："你为什么喝酒？"

本来也没想他会认真回答，她只想知道他究竟醉成什么样了，岂料那边的男人居然底气不足地大着舌头说："和……和他们吵架了……"

一边说还一边打酒嗝。

喝醉酒的程陆扬竟然变得十分乖巧听话。

秦真瞬间反应过来他口中的"他们"指的是谁，上午和他通电话时，他在程家大宅和父母在一起。

她又问："为什么吵架？"

程陆扬像是思考了片刻，费劲地说："不记得了……他们骂我！"特别委屈的声音，说完还求救似的加了一句，"你帮我骂回来好不好？你那么泼妇，肯定能赢的！"

"……"秦真很想骂脏话，到底谁骂起人来更泼妇更可怕啊？"行行行，你给我老老实实待在广场上不许动！等我啊，我马上赶过来！要是我来了发现你不在，等我找到你就等着被泼妇骂街吧！"

程陆扬被唬住了，弱弱地问了一句："那……我想尿尿怎么办？"

"……"这男人喝醉酒是变弱智了吗？！秦真好想死，冲着那边忍无可忍地吼了一句，"我叫你待在广场上别走，没叫你不准上厕所啊！"

"可是你说不许动啊，不许动不就是一步也不能挪吗？"程陆扬特别理直气壮地反问她。

"那你就憋死好了！"秦真愤怒地挂了电话。

汽车在高速路上飞驰，白璐淡淡地侧过头来瞥她一眼："老实交代吧，什么时候生的？"

"什么意思？"秦真的语气还很糟糕。

"呵呵，看你对程陆扬这态度简直跟当妈的对亲生儿子一样，你什么时候瞒着我偷人生了野孩子？老实交代吧！"白璐跟看神经病似的看她一眼，"吼得那么撕心裂肺，他跟你到底啥关系啊？"

秦真简直不想搭理她，倏地转过头去看着窗户外面，把车窗放下来呼呼地吹着风。

车行在高速路上，一开窗，大风猛烈地刮进来，噪音大得吓人。

白璐愤怒地吼她："秦真你忘了吃药是吧？高速路上开什么窗户啊！"

　　秦真没说话，手里紧紧抓着的手机却忽然又响了起来，她低头一看，发现是班长，于是茫然地接起电话。

　　"秦真？"那头的人问她。

　　"是啊，这么晚了打来有什么事？"她一边把窗户重新合上，一边问。

　　章钟林的语气很急："还说呢！之前孟唐打电话给你你也不接，你知不知道李老师住院了？脑梗阻呢，明天就要动手术了！这几天孟唐一直在联系你，结果你的手机一直打不通。我问你，你到底要不要来看李老师？她怕得不行，我们现在都在医院安慰她。"

　　秦真瞬间愣住了："李老师住院了？什么时候的事？"她整个人都震惊了，像是在消化章钟林的话，"还有，孟唐什么时候联系过我？我压根没接到他的一通电话！"

　　"胡说，我刚才还看见他一直打给你，怎么可能没联系过你？"章钟林很急，可是说到一半，手机忽然被另一个人拿了过去。

　　秦真心乱如麻，却忽然听见那头传来一个熟悉的声音："来了医院再说吧，李老师对手术有畏惧心理，你来劝她，她应该会好过一些。"

　　那声音温和清澈，如同春日的湖水，如同高山的清风。

　　秦真一怔，几乎不知道该作何回应。

　　孟唐又补充了一句："脑部梗阻很严重，手术风险也比较大，秦真，你最好亲自来一趟，免得……给自己留下遗憾。"

　　秦真都不知道自己是怎么挂断电话的，只是用一种近乎于做梦的惶恐语气对白璐说："李老师脑梗阻住院了，明天动手术，风险很大，不一定能……能成功……"

　　白璐的表情也一下子变了，二话不说加快了车速："去医院！"

　　那天在同学会上，几乎是秦真前脚刚走，她后脚就追了出去，自然也不知道李老师生病住院的事情。

　　而今恩师有事，白璐自然也是心急的。

　　然而就在汽车一路跨越高速公路，沿着孟唐给的医院地址飞驰的同时，还有另一个醉醺醺的男人非常听话地坐在广场的长椅上，一边正襟危坐地东张西望，一边告诉自己不可以乱动，不然泼妇小姐会来收拾他的。

　　他并不擅长喝酒，也很少喝酒，而今一沾酒却喝得酩酊大醉，思维模式简直像个小孩子。

小孩子天真又单纯，对待他人给予的承诺是毫无怀疑的，就像此刻的程陆扬，满心以为只要等下去，那个吩咐他不可以乱跑、要一直等着她来接他的泼妇小姐就一定会来。

夜里有一点降温的趋势，风也慢慢吹起来了，他坐在长椅上皱了皱眉，可怜地缩了缩脖子，却又很快抻直了。

他怕泼妇小姐万一来了看不见他，那可怎么办？

到达医院之前，秦真心乱如麻地拿着手机翻了半天，结果意外发现孟唐的号码不知为何跑到了黑名单里。她一愣，又把通话记录翻出来看，终于发现孟唐在被拖入黑名单以前的最后一通来电，时间不偏不倚恰好是同学会那天下午。

五点半……那时候她正在程陆扬家洗澡。

手上一顿，秦真似乎明白了什么。

医院的大门近在眼前，她松了安全带，一把按住白璐正欲拔车钥匙的手："我进去就好，你现在立马赶去万达广场，程陆扬还在那里。"

白璐一愣："你要我去接他？"

"有问题吗？"

"当然有，问题是我压根不认识他啊！"白璐翻白眼。

"这个时间点，广场上也没多少人了，你只用找一个喝醉酒的男人，放眼望去最帅的那一个就是他了。"秦真开了车门，临走之际不忘叮嘱一句，"找到他了就把他带来医院接我，然后我们一起把他送回家。"

她挥挥手，匆匆忙忙地朝医院里赶去。

病房里的李老师模样很憔悴，看了令人鼻子发酸。

恩师与她记忆里的模样相去甚远，岁月在她身上留下了深深浅浅的足迹，那些皱纹和银发都足以证明她的日益迟暮。

病房里没几个人，只有章钟林、孟唐、陈涵，还有李老师的丈夫。

见秦真来了，李老师一下子睁大了眼，然后开心地笑起来，有些吃力地朝她招招手："秦真来了？赶紧过来！"

连说话都有气无力的，秦真一边走到病床旁坐下，一边伸手去拉她的手。

那只手枯瘦纤细，像是没有生命力一般。

李老师瘦了很多，看上去像是只剩了一副骨架子，但因为秦真的到来，她反而精神了不少，絮絮叨叨地开始讲从前的事情，从秦真作文竞赛拿奖一直说到孟唐的光辉事迹。

孟唐和章钟林一直安静地听着，陈涵也坐在床边，时而笑着说几句话。秦真反而只能一直笑，连话都找不到一句。

她觉得眼眶隐隐有些发热，因为这些年来她一直自卑于这捉襟见肘的尴尬现状，所以不仅没有与过去的同学有多少联系，就连昔日的恩师也觉得于心有愧，自然也断了联系。

逢年过节发条短信也不敢署名，只说是曾经的学生，因为她知道，要是李老师知道短信是她发的，恐怕立马就会打回来。

然而眼下，李老师握着她的手，特别怀念地说起从前的事情，哪怕精神不太好，也一直望着她。这一刻秦真才明白，师恩与母爱一样，不会因为人的身份地位高低而有所差别，所以不管她是跑楼盘的还是更为高端的职业，眼前的人和那种慈爱的目光都不会因此有半点改变。

半个小时以后，护士小姐推门进来，说是老人明天要进行手术，需要好好休息，希望探访者改天再来。今天因为患者心理状态不好，已经破格让大家留过了探访时间。

见李老师也露出了疲倦的神情，大家纷纷站起身来道别。

临走之际，秦真抱了抱李老师，却意外听见她在耳边说了一句："我一直很想你。"

那语气很怅然，遗憾之中又隐隐透露出几分欣慰，秦真一下子红了眼眶，抱着她纤弱的身子，低声说了一句："我也是。"

一直到秦真走出病房之后，还能从玻璃外面看见她吃力地朝他们挥手。

几个人走在病房的走廊上，谁都没有说话。

秦真情绪低落地垂着头，直到手里的手机猛地振动起来，她打起精神接了电话，听见白璐在那边说："OK 了吗？需不需要我也上来？"

她说："不用了，我们刚好出病房了，你接到他了吗？"

"那当然，我办事你放心！"白璐回过头去，看了眼闭目靠在座位上的男人，瞧瞧这鼻梁多挺，看看这脸蛋多冷酷帅气，"照你吩咐的，我把最帅的那一个给你拎过来了！"

秦真松口气："我马上下来了，等我一下。"

白璐收起手机，却听见身侧的男人闭着眼睛淡淡地说了句："你认错人了。"

"你以为我会相信一个酒鬼的话？"白璐忍不住再三打量他，这家伙长得可真好看，简直像个明星似的。

"你哪只眼睛看出我是个酒鬼了？"那男人慢慢地睁开眼睛，转过头来眼睛一眨不眨地盯着白璐，眼珠子像是黑曜石一般纯净幽深，好似要将人的灵魂都吸进去。

"反正你说什么都没用，老老实实待在这儿，等着你'亲妈'来了再说。"白璐十分好心地拍拍他的脸，"瞧瞧这英俊的小脸蛋儿，多好看呀？就被你活生生地糟蹋了，可惜啊可惜，毒舌外加酒鬼，这属性还真奇葩。"

那男人眯眼瞧瞧她，也不说话，索性又一次闭起眼睛，像是在乖巧地等待秦真的到来。

挂了电话以后，秦真跨进了电梯，而孟唐走在她身旁，忽然侧过头来问她："有人接你？"

她抬起头来，对上那双漆黑温柔的眼眸，愣了一下："嗯，白璐在楼下等我。"

不知道是不是她的错觉，孟唐的表情似乎有一刹那的放松，然后他低低地笑起来："我还以为……"

"以为什么？"秦真有些不解。

"没什么。"孟唐对她微微一笑，眼里顿时绽放出万千星辉。

电梯里一时无人说话，章钟林觉得气氛有些沉默，于是试图和身旁的陈涵说话。

也就在这时候，秦真想了想，有些歉意地对孟唐说："那个，不好意思啊，我不是故意不接你的电话的，实在是有人恶作剧，把你的电话给拖黑了……"

孟唐一顿："是那天在同学会上把你带走的人？"

秦真眼睛都睁圆了："你……"你怎么知道？这句话差点脱口而出，还好她脑子转得快，赶紧说，"你开什么玩笑？他跟你无冤无仇的，干吗这么对你？"

程陆扬在帮她放下这个人，而她也明白他的好意，断然不能让他背这个黑锅。

孟唐不置可否地笑了笑："我以为他在宣誓主权，不让别的男人接近你。"

秦真顿时反应过来孟唐误会了她和程陆扬的关系，正欲解释，却又忽然住了口。

她何必解释？解释就代表她对孟唐还抱有希望，她难道还在期盼着他们之间能发生点儿什么？

电梯门开了，白璐的车就在外面等着，秦真回过头来朝大家挥挥手："我先走了。"

她知道孟唐一定也开了车来，章钟林和陈涵自然能跟着他一起回去。

结果没走几步，忽然听见孟唐在身后叫她："秦真！"

她回过头去，怔怔地看着那个站在路灯下的人，白衬衣，黑西裤，面容被昏黄的灯光染得温柔又模糊。

心下忽然就快了几拍，像是有人投下一颗石子，激起涟漪数圈。

孟唐走到她面前，忽然问她一句："拉出来了吗？"

她不解："啊？"

"我是说——"孟唐从她手里拿过了手机，莞尔地朝她晃了晃，"从黑名单里拉出来了吗？"

他就站在她面前，面容英俊好看，笑容不真实得像从油画里走出来的人。秦真听见胸腔里传来了奇怪的声音，像有人把记忆里那些有关他的片段全部硬生生地抠出来了一样。

曾几何时，他每每回头把数学习题册递给她时，也会露出这样的笑容。

她不会做，他就沉默地帮助她。

就好像每天清晨坐公交车上学的时候，他总是恰好站在她身侧那个位置，车上人满为患，他却有意无意地替她挡住那些拥挤的人群，留给熬夜看小说的她一个安心打盹的安稳空间。

公交车一路走走停停，她偶尔睁开眼睛，总会看见身姿挺拔的他，穿着干净的白衬衫，察觉到她的注视以后，总会低下头来对她温和礼貌地笑。

那个笑容就如同现在这样，美好，温暖，带着岁月变迁也不曾带走的干净纯粹。

秦真的心跳沉沉的、钝钝的，甚至又想起了程陆扬说过的那些话。眼前这个人一而再再而三地对她露出这样令人迷恋的一面，究竟是因为老好人对每个人都这么温柔和善，还是故意要让她走不出那段感情，以满足自己的虚荣心？

见她静静地看着他不说话，孟唐低头摆弄她的手机，轻而易举地从黑名单里把自己拉了出来，然后把手机放回她的手心。

指尖触到她柔软的肌肤，温润轻盈，像是有蝴蝶飞出她的掌心。

孟唐伸手想同过去一样摸摸她的头发，却因她下意识的后退动作停在了半空，他顿了顿，才缓缓将手收了回来。

他朝白璐车里看了一眼，低声说："房子的事，我稍后联系你。"

秦真的眼神慢慢冷却下来，却笑着说了声："好。"

房子的事……果然还是因为有求于人，所以才摆出这样一副老同学见面分外情深的姿态？

她安安静静地望着孟唐温润如玉的面容与那抹浅浅的笑意，忽然觉得心脏一阵紧缩，这就是她放在心上念念不忘那么多年的人？

无情又无心。

HOW NICE YOU ARE
ONLY I KNOW

Chapter 11
心动只是一瞬间的事

　　秦真想起了还在车上的程陆扬，醉成那种二百五的姿态，恐怕不会太好过，于是朝陈涵和章钟林挥挥手，三步并作两步，大步流星地来到车边。

　　她敲敲窗，看见白璐费力地探着身子把副驾驶的车窗打开，视线自然而然地落在了靠窗这边那个闭着眼睛的男人身上。

　　英俊冷冽的面容，坚毅优美的曲线，西装革履，神情倨傲……等等，这是谁？

　　秦真愣住，又朝后座看了眼，发现空空如也，于是怔怔地问白璐："人呢？"

　　白璐也是一惊："什么人呢？不是在这儿吗？"她指了指坐在身旁的男人。

　　"他是谁啊？我不是让你去接程陆扬吗？"震惊之下，秦真终于意识到白璐接错人了，一想到程陆扬在万达广场孤零零地等了几个小时，心下顿时一紧。

　　可她又不能怪白璐，人大晚上的开车去替她接人已经够任劳任怨了，她还能埋怨不成？

"我现在立马过去找他！"秦真转身往医院外面的车道上走，步伐很急很快，想要拦车去万达广场。

白璐赶紧开车跟了上去，按响了喇叭："上来，我送你去！"

秦真看了眼副驾驶座上那个男人，刚才闻到一股酒味，看样子也是个醉鬼，只得说："你把你接错的人给处理好，我自己去接程陆扬就好。这么晚了，我们还大老远赶回来，恐怕你的车也没什么油了。"

说着，她已经招手拦下了一辆空车："你到家了记得给我打个电话！"

白璐绝望地坐在那里，看着身边从天而降的祸害，岂料这祸害却忽然睁开了眼睛，侧过头来好整以暇地盯着她，薄唇一掀，不紧不慢地吐出一句："Hi？"

白璐艰难地挤出一抹笑容："那什么，真是不好意思，我认错人了……"

男人微微一笑："我刚才说什么了？"

"……"她要装失忆。

见白璐一脸悲催的表情，那男人抬头看了眼手腕上的手表，云淡风轻地说："陪你耗了这么久，酒意也退了。作为时间赔偿与精神损失费，劳烦你载我去吃个夜宵，今晚这事我既往不咎。"

他的语气与动作看起来都不似普通人，白璐心头也觉得尴尬，毕竟逮错了人，不容分说把他拽上了车，还无论如何都不信他说的话……

她毅然点头："行，去哪儿吃？"

那男人微微一笑："你决定。"

眼眸里有浅浅的光华流转，意蕴无穷。

而白璐一边开车，一边嘀咕："明明就是按照她的吩咐逮了个最帅的来，居然也会搞错……"

她只顾着专心开车，却没有发现身侧的男人唇边那抹慢慢晕开的笑意。

秦真赶到万达广场的时候，跳广场舞的人已经散了很久了，商场和餐厅早就关了门，偌大的广场上空空荡荡，只剩下 LED 屏幕在三楼上闪闪发光。

天气好像变了，等到她下出租车时，已然感觉到有几颗雨点打在脸上，风也呼呼地刮着，行人皆是神色匆匆的模样。

　　她站在广场中央东张西望，借着路灯的光芒寻找程陆扬的身影。这场雨来得很急，很快就从豆大的雨点变成密集的阵雨，噼里啪啦往她身上打来。

　　她漫无目的地快步走着，焦急地四处张望，转头间才恍然发现那个人的身影。

　　在那盏昏黄的路灯下，程陆扬非常端正地坐在长椅上，任由雨点湿了衣服也岿然不动。他只穿着一件白色的T恤，灰色的棉质休闲裤，看起来像是个居家大男孩。

　　整个广场上只有几个疾步走过的身影，偏他如此可笑地端坐在那里，傻得连躲雨都不知道。

　　秦真心头一顿，脚下也跟着顿住，片刻之后，终于朝那盏路灯跑去。

　　她的衣服和头发都被打湿了，可眼前的人比她还要狼狈，漆黑柔软的发丝湿漉漉地贴在脸上，白色的T恤完全湿透了，还有水珠顺着下巴淌下来，一路沿着胸口滑下去。

　　见她来了，程陆扬忽然像个孩子似的笑起来，眼睛亮晶晶地望着她："你来了？"

　　面颊还很红，说话时酒意浓浓，天知道他究竟喝了多少酒！而且喝了酒也就算了，竟然还坐在这里淋雨？

　　秦真气得凶他："你有病啊？都下雨了，不去躲雨坐在这里干什么？"

　　程陆扬局促不安地站起来，手脚都不知道往哪里放，嘴里嗫嚅道："我……我怕你找不到我……那你就要……就要淋雨了……"

　　秦真整个人僵在原地，压根没有料到他会说出这样一番话来。她从来没见过如此神志清明的酒鬼，竟然在喝得烂醉的情况下还能这么替人着想。

　　程陆扬还在局促地望着她，眼珠子黑漆漆的，睫毛上还泛着雨水的光泽，因为雨势太大而滴落下来，整个人像是个孤零零的孩子。

　　秦真的心不知为何忽然有点酸，她没去深究，只是一把拖着他的手去寻找躲雨的地方。察觉到程陆扬步伐跟跄，她微微停住脚步，扶住了他的肩膀："能走吗？"

　　像是惦记着她在电话里说过的那些狠话，程陆扬小声嘀咕了一句："我说不能走的话，你是不是会收拾我？"

那种小心翼翼的语气和神情令人整颗心都塌下去一块，柔软得说不出话来。

秦真不知道胸口忽然升腾起的那阵愧疚是怎么回事，只能凶恶地用手肘在他胸前不轻不重地撞一下："叫你大半夜的喝成这副德行！叫你下雨了也不知道找个地方躲起来！叫你这么大个人了还总让人担心！你给我等着，看我收不收拾你！"

说得气势汹汹的，但实际上下手的力道很轻。

程陆扬被她扶着没头没尾地乱跑一气，最终被她推搡着躲进了路边的电话亭。

如此狭窄的空间里，两人不可避免地近距离接触了。秦真能闻到他身上浓浓的酒味，一抬头就看见他那黑漆漆的像宝石一样纯粹透明的眼睛。

程陆扬有些不安地低头望着她，小声说："我以为……以为你不会来了……我等了好久，又冷又难受……"

语气慢慢地变得很委屈，又因为染了醉意，一字一句都显得模糊而柔软。

秦真忽然间不知道该说什么，只得安慰似的说一句："怎么会呢？我这不是来了吗？"

也不知道是在安慰他，还是在安慰自己。

程陆扬的睫毛上有水珠慢慢滚落下来，渗入眼眶里很难受，他忍不住抬手揉揉眼，模模糊糊地说了一句："以前她说会来找我的，可我等了很久都没等到她，每年都一样……"他把手放下来，眼睛不知道为什么变得红红的，是因为雨水还是因为别的什么？秦真不得而知。

"她是谁？"秦真怔怔地问他。

"陆舒月。"程陆扬很气愤地说，片刻之后又颓丧地垂下眼睛，"他们都是骗子，说好会来接我，可是从来没有来过……"

他的状态完全就是个小孩子，失望、颓丧、伤心、任性……还很受伤。秦真不知所措地望着他，却见他忽然又笑起来，毫无征兆地伸手环住她的背，将她抱了个措手不及。

秦真大惊失色，还以为他要酒后乱性了，正欲挣脱出来，却听他高兴地说："幸好你来了，我就知道你不会丢下我的！"

那种语气她还从来没从他口中听到过，至少清醒状态下的他从来不会这么说话，这么欣喜若狂，这么感动万分，这么真实简单。

她的手已经抵在他的胸口了，却无论如何没能推开他，反而慢慢地放松下来，划至他的背后，然后一下一下拍着他。

她说："嗯，不会丢下你的，当然不会。"

于是程陆扬很快笑起来，最终和她一起坐在电话亭里，等待雨停。因为喝多了，他很快就靠在玻璃上睡了过去，只剩下秦真一动不动地看着他，看着他湿漉漉的头发和睫毛，还有微微起伏的胸膛。

虽然不愿意承认，但是这个嘴巴很贱脸皮很厚性格很糟糕的男人的确拥有一副好皮囊。隔着不远不近的距离，她用指尖在半空中沿着他的面部轮廓一点一点勾勒下来，从眼睛到鼻尖，从嘴唇到下巴。

宛若冬日里的雪山，拥有与太阳交辉的璀璨夺目。

宛若悬崖上的松柏，虽孤零零的不易接近，却以昂扬挺拔的姿态伫立在空中，令人挪不开眼睛。

她静静地望着他，听着外面稀里哗啦的雨声，却忽然感觉到一阵前所未有的放松。

在这个狭窄拥挤的电话亭里，连她自己都觉得茫然，为何心情竟像是坐在午后的阳光下喝咖啡一般轻松惬意。

就好像所有的压力和烦恼都不翼而飞，她只用放松地坐在这里，看着一个所有面具都被剥落的男人在她面前显露出最脆弱的一面。

这样想着，她的手指微微一动，在半空中停留了几秒，然后微微探过去，小心翼翼地触碰到了他的睫毛。

湿漉漉的，像是早晨的露珠。

她坏心眼地沿着他的睫毛一路划下来……呀，皮肤很好嘛，鼻子也真的很挺！

这是一种毫无意识的举动，就好像好奇心上来了，于是就随着自己的心意随便乱来，反正程陆扬喝醉了嘛，不会和她计较。

而手指划到他的唇边时，他好像忽然感觉到了痒，于是一把拽过她的手腕，迷迷糊糊地往身边一拉，秦真就这么猝不及防地扑倒在他身上，胸口居然和他的胸膛完全贴合在一起……

她大惊失色地抬起头来，看见程陆扬傻愣愣地睁开眼来，用那种毫无防备的信赖眼神看着她，然后又惊又慌地问她："怎么了？"

好像不甚明白她为何会忽然跑到自己身上来。

秦真愣了三秒之后，迅速爬了起来，面红耳赤地说："雨小了！赶紧的，我们出去拦车！"

然后看也不看程陆扬，匆匆忙忙地拉着他往外跑，挥手、上车，所有动作一气呵成。而电话亭在身后逐渐变成了一个小黑点，最后终于消失不见。

程陆扬安安静静地坐在她旁边，像个乖巧的孩子，什么也不问。而在秦真心里某个地方，也许是知道刚才失神的那三秒钟里，她为什么没来得及推开他。

因为那时候她在想，这样漂亮的眼睛，要是轻轻地亲上去，会是怎样一种感受？

把一个浑身酒气的醉鬼扶到床上需要花费多少力气、消耗多少卡路里？

秦真好不容易才把程陆扬给推到床上去，还得气喘吁吁拉开衣柜替他找干净的衣物，这么湿淋淋地睡过去，恐怕第二天早上他就得被 120 送进医院。

程陆扬扑在床上一个人嘀嘀咕咕地说话，秦真倒是没去注意他在说什么，因为她的注意力已经全被这一柜子颜色各异的衣物给吸走了。

程陆扬的衣柜是一个大大的衣物间，拉开门之后，可以看见各类衣物归类挂在两侧。秦真张着嘴扫视一圈，红橙黄绿青蓝紫……彩虹之子这个称号果然不是浪得虚名啊！

她忍不住开始想象程陆扬一天一个色系地在公司里走时，沿途员工那精彩纷呈的表情，这大概是他们见过的最骚包最张扬的总监了。

可是咧嘴笑的同时，她心里又隐隐有些酸涩，只因张扬和骚包其实并不是这个男人的本意，他也许比谁都更渴望正常的色系搭配，只可惜他的眼睛不允许。

看着那些颜色惨不忍睹的西装，以及撞色撞得面目全非的套装，她摇了摇头，只拿了一套干净的家居服出来，扔在床上那家伙身上："赶紧的，把衣服换了！"

说完就往外走，在门口等了几分钟也没听见有动静，于是又推门探头进去："换好了没？"

床上的家伙毫无反应。

秦真走到床边去推他："喂，叫你换衣服啊！"

程陆扬迷迷糊糊地把头抬起来，睡眼惺忪地发出一个单音："啊？"

秦真气绝，索性自己动手扒他的衣服，三下五除二把白 T 恤给脱了下来，然后把灰色的棉质上衣扔他脑袋上："赶紧穿上！"

"好困……"程陆扬看她一脸凶巴巴的模样，只得可怜兮兮地动手穿衣服，湿漉漉的头发被弄得乱七八糟的，与平常整洁干净的样子相去甚远。

秦真一开始只觉得酒鬼太可怕，可看他换衣服的时候才注意到一个问题……她居然硬生生地从一个大男人身上把衣服给……扒了下来……

视线沿着那张好看的面庞一路向下，她发现看似修长纤瘦的程陆扬竟然拥有令人吞口水的好身材，肌肉恰到好处，弧线优美性感。有水珠从头发上滴落下来，沿着脖子一路滑到胸口，然后继续向下，被人鱼线给吸引过去。

果然是夏天到了，热死人了！

秦真面红耳赤地去开空调，回过头来的时候，程陆扬已经十分自觉地把裤子也换好了。

他顶着乱糟糟的头发端坐在床上，仰起头来问她："可以睡了吗？"

亮晶晶的小眼神里仿佛还有星星在闪烁，秦真怀疑他把自己当成了妈，于是咳嗽两声："头发还是湿的，你等等。"

念在前几天她受伤的时候他对她的悉心照料，她也从卫生间里拿了条浴巾出来，走到床边去替他擦头发。

喝醉了的程陆扬当真是个听话的孩子，她让不许动就乖乖不动，让他坐好就正襟危坐，只间或打个喷嚏，然后从浴巾下面露出那种亮晶晶的小眼神，对她笑得又傻又天真。

秦真有些哭笑不得，心下柔软了几分，而擦到一半时，程陆扬更是忽然间伸手环住了她的腰，一下子把脸贴在了她的腹部。秦真浑身一僵，手上的动作也停了下来。

她听见他小心翼翼地问了一句："这一次你不会忽然跑掉了吧？"

"……"

那声音慢慢地软下来，带着点儿说不出的委屈和幽怨："你说过要我在书店等你的，结果再也没有回来，我等你那么久，天都黑了……"

她猜他是把她当成了陆舒月，他的母亲。

程陆扬久久没有得到自己想要的回答，情绪低落下去，然后慢慢地松开了她，抱着被子把自己裹成一团，闷闷地说："既然迟早要走，那你现在就走！"

秦真拿着浴巾不知说什么好，却看见他隐隐有些颤抖。

他……他不会哭了吧？

她无语地扶额，酒精的力量究竟是有多强大啊？居然把那个拽得上天下地无所不能的家伙变成了一个智商为负数的小孩子！

心下还是有些可怜他的，她叹口气，打算上去劝劝他，结果刚掀开被子，忽然看见程陆扬以迅雷不及掩耳之势跳下床，冲向了洗手间……片刻之后，大吐特吐的声音传了过来。

秦真愤怒地直起腰来，原来是她脑洞开太大……

程陆扬进了洗手间很久，久到她忍不住走到门边去看，看见那家伙对着马桶吐得丧心病狂，整个洗手间都是酒味。

他吐的只有液体，其余什么东西都没有，她猜到他大概什么都没吃，空腹喝酒最伤胃了。

等到他什么都吐不出来时，她才慢慢地走进卫生间，也没嫌弃他脏，就这么把他扶回床上，然后打冷水替他洗了把脸。

程陆扬很快睡了过去，只是睡得不太安稳，睫毛隐隐颤动，像是随时会醒过来。

她叹口气，低低地说了句："这次又是因为什么吵架呢？"

是因为那个优秀的大哥，还是因为他那臭得像茅坑里的石头似的脾气？

明明比谁都渴望亲情、渴望关爱，却偏偏装作毫不在意的模样，她从电话里就听出来了，可他的父母听不出来……多可笑的一家子。

　　秦真磨蹭了很久，直到程陆扬完完全全睡熟了，她才替他把湿的衣物扔进洗衣机，然后又跑到他的衣柜参观了一阵子，最后把洗干净的衣服都晾好了，这才离开。

　　因为不放心他，她甚至走到楼下又买了一袋醒酒药，以防他第二天早上头疼，结果返回时才发现自己没有他家的钥匙。叹口气，她把药挂在他的门上，才重新离开。

　　最可笑的是一直到这时候，她才发现自己还穿着湿漉漉的衣服，忙活了大半夜，这身衣服居然快给她穿干了……简直是人体烘干机。

　　因为太累太疲倦了，她回家冲了个热水澡就倒在床上，一分钟都没到就睡了过去。

　　明明精神已经很不好了，她竟然还做了个梦。梦里那个酒鬼和她还在电话亭里，她一不小心重演一次被他拉到身上的场景之后，程陆扬那张好看的脸居然急剧放大，然后把眼睛凑到她的嘴边，十分得意地问她："怎么，你不是想要亲亲看吗？来啊，给你亲一口，要不要试试？"

　　第二天早上醒过来时，她大惊失色地盯着天花板发呆良久，模模糊糊记起这个梦……可是到底亲了还是没亲？哪有这样的！前半部分明明记得很清楚，怎么最关键的结尾部分偏偏不记得了？！

　　不对，重点是为什么一颗心扑通扑通跳个不停啊？

　　秦真烦躁地冲进厕所洗漱，结果好死不死发现"大姨妈"又来了，整个人无力地坐在马桶上，抱着面红耳赤的脸长吁短叹。

　　正发疯之际，忽然听见手机响，她赶紧冲进卧室，铃声在她拿起手机的一刹那戛然而止，她默默地看着来电人的名字，闭了闭眼，然后拨了过去："喂，孟唐吗？"

　　程陆扬头痛欲裂地睁开眼睛，胸口闷闷的，坐起身来的时候还摇摇晃晃的。

　　他坐在床边发了好一会儿呆，模模糊糊记起了昨晚的一些场景，但也只是很朦胧的记忆，譬如他坐在广场上等秦真，譬如他们淋雨跑进出租车，再譬如她似乎替喝醉的他擦了头发？换了衣服？洗了脸？

　　很多片段都只是一晃而过，他晃了晃脑袋，像是要把那种晕乎乎的感觉赶走，然后看了眼床头柜上的钟，走进了衣物间。

原本还有些眩晕的大脑在看见周遭的一切时瞬间清醒过来，他定定地站在原地，缓缓伸手拿过一套西服上的便利贴，上面用秀气纤细的字体写着两个字：白色。

下一张：黑色。

再下一张：红色。

……

所有的套装与西服上都贴着一张小巧的便利贴，无一例外以那种清秀的字体标明了颜色。

他姿态僵硬地沿着衣物间走了一圈，也看清了所有的标签，就连鞋子和围巾也被她细心地做了标记……有一条微不可见的细缝从心脏正中碎裂开来。

她发现了？

她知道了他的秘密！

但她究竟是怎么知道的？

程陆扬如遭雷击地站在原地，阴晴不定地看着这一屋子的便利贴，脑子里嗡嗡作响——难道是他昨晚喝醉了一不小心说出来的？

手上的那张便利贴轻飘飘地掉落在地上，他闭了闭眼，慢慢地走了出去，拿起床头的手机，拨通了那个熟悉的号码。

电话那头，那个女人用一如既往亲切爽朗的声音说："喂，你醒啦？"

"……"他忽然间不知道该如何开口。

秦真噼里啪啦地又来了一大串问题："怎么，头还痛不痛？昨晚你喝那么多，东西也没吃，还淋了一晚上的雨，现在感冒没？"

他吸了吸鼻子，开口想说话，这才发现喉咙沙哑难受，显然是肿了。

秦真听见他发出一个嘶哑的单音，一副"我就知道"的语气："行了行了，快去门外看看，我昨晚买了药给你挂在门上了，感冒药和醒酒药都有。赶紧吃了，免得病情加重！"

他一边往门外走，一边问她："你现在在哪里？"

"我在……"她忽然间顿了顿，才若无其事地说，"你忘了吗？我有个老同学也在欧庭买了房子，他对装修的要求比较高，所以现在在陪他看房子的细节呢。"

程陆扬刚好打开门，指尖在触到那个白色的塑料袋之前忽然顿住，声音一冷："你说什么？"

"啊？就是我老同学——"

"那个姓孟的？"程陆扬的语气变得非常不友善，本来就粗哑的嗓音硬是把这句话说得犹如从嗓子眼里挤出来的似的。

"你赶紧吃药，我不跟你说了！"秦真怕他在电话里说出点儿什么来，孟唐又在她旁边，万一听到就尴尬了，于是果断挂了电话。

那边的程陆扬听着手机里传来的忙音，拎着塑料袋重新进了屋，"砰"的一声把门合上。

很好，那个姓孟的还有脸来找她？

呵呵呵，撞枪眼的事情没有他程陆扬怎么能行？姓孟的要撞，他不去开这一枪简直对不起那浑蛋！

这么想着，程陆扬把塑料袋重重地扔在茶几上，然后面色阴沉地进屋换衣服。

那满柜的便利贴令他心烦意乱，而心底深处还有一种山摇地动的感觉，像是深埋已久的秘密忽然被人挖掘出来的恐慌感，间或夹杂着一种不知所措的情愫。

她为什么要这么做？为什么要帮他做这些？

他烦躁地揉揉头发，穿好衣服走进客厅，本欲直接拿起钥匙走人的，可是视线落在钥匙旁边的塑料袋上时，又忽然顿住了。

指尖僵硬了片刻，最终还是触到了袋子里的药，他慢慢地拿出那些药盒，看着上面熟悉清秀的字迹：一天两片、一次三颗……每个盒子上都有不一样的标注，但相同的是那个笔迹。

程陆扬平生一恨进医院，二恨吃药，可是沉默了片刻后，竟然破天荒地倒了杯温水，按照那个女人的吩咐全部把药吃了下去。

温热的水滑进嗓子时，他忍不住想，她昨夜是冒着怎样的大雨跑去给他买药的？

他怕苦，就连喝杯咖啡也习惯性地要加三颗糖，可是眼下，喝着一直以来最厌恶的药，好像感觉也没有那么苦了。

他告诉自己：喝药是为了迅速恢复作战能力，呵呵，那姓孟的丧心病狂，明明有了未婚妻还来勾引他那脑残志坚的秦经理，绝对该被枪毙！秦真那蠢女人也是，明明知道那男的不安好心，居然也顾及什么同学情谊！

这么想着，他"砰"的一声把水杯放在桌上，大步流星地朝门外走去。

孟唐买的房子是欧庭最新的一个楼盘里最贵的户型，跃层式，面积大约有一百五十平方米。

秦真和他约在楼下见面，远远地就看见孟唐站在花坛前面，打着把深蓝色的格子雨伞。朦胧细雨中，他身姿挺拔地立于葱郁翠绿的林木之下，面容沉静好似画中人。

秦真的脚步顿了顿，握着伞柄的手也不由得一紧。

这场面太熟悉，熟悉到让她有种重回过去的错觉。

高二那年，因为她贫血，而食堂里的伙食不好，李老师特别批准了她走读的申请。某个夏夜的晚自习之后，外面下起了瓢泼大雨，她拎着书包在教学楼的大厅里站到所有住校生都慢慢走光了，却仍然没能等到雨停。

她是坐公交车上下学的，早上出门比较匆忙，没料到今天会下雨，雨伞也忘在家了。眼下除了等待似乎别无他法，只是再这么耽误下去，恐怕会误了最后一班公车。

她深呼吸了好几次，打算冒雨冲向出校门左转几百米的公交站，最终都因为雨势太大而没勇气迈开步子。

就在她万分沮丧地盼着老天爷能稍微体谅她，让她早点儿回家吃上热乎乎的饭菜时，有个熟悉的声音在背后响起："没带雨伞吗？"

她吓了一跳，回头却发现孟唐站在她身后，手里拿着把深蓝色的格子雨伞，唇边挂着一抹浅浅的笑意。

没等她回答，孟唐已经把伞撑了起来，走到她身旁："我刚才去办公室问题，出来晚了，你没带伞的话，刚好一起走。"

和她一样，孟唐也是走读生，他的父亲是大学的数学老师，每晚在家辅导他的功课更方便。

孟唐的笑容如此温和，那句"一起走"也并非询问，而是肯定句，秦真不由自主迈开了步子，和他一起踏入雨幕之中。

最后一班公交车果然已经走了，下雨天出租车几乎都载着乘客，两人只得走路回家。

　　朝思暮想的孟唐就走在她旁边，规律的步伐声传入她的耳朵，雨水滴答滴答落在伞上，道路两旁的树木也在雨水的拍打下飒飒作响，一切都像是一首令人魂牵梦萦的交响乐，响彻秦真十七岁的夏日。

　　她忍不住祈祷时间走慢一点儿，这样才好留给她多一秒的时间和他共同走过这段短短的路程。

　　只可惜半个小时很快过去，两人有一搭没一搭地说着话，很快走到了孟唐居住的小区外面。秦真原以为他会把伞借给她，让她走完剩下的路程，岂料他却连步伐都没有停下来，带着她径直走过了小区的大门。

　　她疑惑地问他："你不回家？"

　　孟唐低下头来看了眼手腕上的表，抬头若无其事地说："刚好我要去超市买点儿东西，送你一段路。"

　　秦真已经不知道该用怎样的语言来形容此刻的心情了，又惊又喜？感谢公交车下班这么早？还是感谢他刚好要去超市买那个必需品？

　　可是直到孟唐又花了半个小时的工夫一路把她送回家时，她才从恍若做梦的状态中清醒过来，意识到沿途已经错过了无数家超市，而他的终点根本就是她住的小区。

　　她站在单元门前，呆呆地望着还在雨幕之中的他，却不知道该说什么。

　　孟唐笑着问她："怎么还不进去？"

　　借着头顶昏黄的灯光，她注意到他的左边肩膀已经湿透了，白色的衬衣变得清晰透明，湿答答地贴在左肩上。

　　秦真张了张嘴，最后只说出一句："谢谢你……"

　　孟唐没说话，身子微微前倾，微笑着摸了摸她的头："赶紧上楼吃饭吧。"看着她点了点头，这才转身离去。

　　而秦真就这样呆呆地站在楼道前面，看着他颀长挺拔的背影逐渐远去，眼睛也一点一点红了。

　　她觉得在这样的年纪遇见这样美好的男孩子，实在是像童话一样的故事。

　　而就在那个身影即将消失在小区门口时，孟唐却忽然回过头来，像是有预感一般与她的视线交会在一起。隔着雨幕，明明看不太清楚，可她就是无比确信孟唐对她露出了惯有的那种笑容。

他用没打伞的那只手朝她挥了挥，像是让她赶紧上楼，而她也傻气地一个劲儿朝他挥手，最终踏进了漆黑一片的楼道。

她没有出声惊动那敏感得一听声音就亮起来的灯，而是蹑手蹑脚地往上爬，像是这样小心翼翼就可以藏起自己那扑通扑通乱跳的心脏。

她喜欢他，谁都不知道。

……

隔着遥远的时光，秦真顿住半天的脚步在重回现实的那一刻又迈了出去。她看见孟唐对她露出了熟悉的笑容，哪怕当初的少年早已成为今日英俊成熟的男人，可是那眼神里的和煦与唇边的温暖一分不减，好似冬日的阳光一般柔软清新。

孟唐打着雨伞朝她走了几步，用那种带着笑意的声音叫了一声："秦真。"

像是读书时代每次回头将数学练习册递给她时那样，眼睛里只有她一个人。

秦真心神大乱，有一种分不清现实与回忆的慌张感，最终只能死死捏着手心，对他露出一个笑容："等了很久了？"

他摇头，说没有。而她故作镇定地和他一起踏入大厅，直奔主题。

她不断深呼吸，告诉自己：秦真，那些都是过去的事情了。程陆扬说得对，孟唐绝非善类，更不是你一直幻想出来的那个温柔少年。

他已经有未婚妻了，如今对你笑也好，对你温柔也好，那都纯属礼貌，或者现实一点儿来说，是为了要你帮忙。

醒醒吧，别这么矫情了，十四年都过去了，昔日的少女心早已荡然无存，已经没资格这么伤春悲秋了。

她秉承职业精神，和孟唐一起参观了他的新房，并且中肯地提出了装修意见。

"阳台很大，并且向阳，没被对面的房子挡住阳光，你可以尝试在这边做一个空中花园，不大不小刚好合适，肯定很好看。"她想起了程陆扬的家，忍不住笑起来，指了指角落，"喏，那里可以安个水池，养点儿鱼什么的，家里也会多点儿生气。这边可以摆些盆栽，夜来香和月季都挺好，赏心悦目又好闻……"

说着说着，她发现自己滔滔不绝讲的全是程陆扬家里的摆设，而提到他，不知为何心情无端好起来，就连刚才孟唐带来的惆怅也消失了很多。

她忽然停下来，意识到了一个问题。

从什么时候开始，她对程陆扬的一切这么上心了？

孟唐一直专注地望着她，听她像个小女生一样喋喋不休地讲着自己憧憬的房子，而见她忽然停下来，忍不住出声询问："怎么不说了？"

她尴尬地笑起来："明明是你的房子，我在这儿指手画脚的好像不太好。"

"没什么不好。"孟唐走到她身旁，两人就这么面对面地站在阳台门口。

因为外面在下雨，所以不好再往外走，于是玻璃门把雨幕与干燥的室内隔成两个世界。她抬头看他，却意外地看见他眼里清晰的影子……依旧像从前那样，全世界只剩下她的身影。

秦真忍不住后退一步，想要说点儿什么来破除这种沉默到诡异的气氛，孟唐却在这时候开口道："我叫你来，本来就是想知道你的想法。秦真，其实这次我回来——"

突然间，一道刺耳的铃声打断了孟唐的话，秦真抱歉地从挎包里摸出手机，看见程陆扬的名字后，抬头抱歉地望着他："不好意思啊，我接个电话。"

孟唐也看见了屏幕上的名字，顿了顿，合上了嘴。

秦真只用了一分钟不到就结束了这通电话，原因是怕孟唐听见程陆扬在对面阴阳怪气地讽刺她居然和这么一个坏心肠的男人讲什么同学情谊。她十分果断地赶在程陆扬发脾气之前掐断了电话，然后若无其事地回过头来对孟唐笑道："刚才说到哪里啦？你继续！"

孟唐看着她还没来得及收起的生动表情，忽然间就说不下去了。

该说什么？

其实这次我回国不是为了别的，只是为了你？

其实我这些年一直孤身一人，也对你的情况了如指掌？

其实一直以来并不是你在单相思，我比你想象的还要在乎你，在乎到算计到了每分每秒，以及我们今后的每一个可能性？

……

他可以把法律的漏洞算得一清二楚，也可以把对方律师在法庭上可能出现的一切攻击和反驳预料得分毫不差，可是关于爱情，关于人心，他失败得彻底。

不为别的，就为秦真在短短一分钟的时间里对那个叫程陆扬的人所表露出来的关心与在意。

她问他头还疼不疼、嗓子痛不痛、是不是感冒了，她说她淋雨连夜替他买药挂在门口，她说她帮他把衣服洗了，就挂在阳台上……短短几句话令孟唐再也开不了口。

可是他是谁？在他的字典里从来没有放弃两个字。

孟唐沉默了片刻，继续若无其事地询问她关于装修的意见。秦真见他这么鼓励，也就没再顾及那么多，专业地以多年来的售楼经验给他提一些中肯的建议。

将近十来分钟过去了，她也说得口干舌燥，喝了口包里准备好的矿泉水，抹抹嘴巴："差不多就这些了，多的我也提不出来了，毕竟我不是专业搞装修的，就是个卖房子的罢了。"

孟唐露出惯有的笑容，忽然转过头问她："你觉得这套房子怎么样？"

"很好啊！"秦真不假思索地回答。

"好在哪里？"他不紧不慢地追问。

秦真想了想："位置好——因为它坐落在市中心。户型好——因为它设计得非常合理。环境好——毕竟这个小区的绿化是出了名的。还有主人也好——因为是个肯花大价钱搞装修的，房子一定会很漂亮。"

她努力表现出一个老同学应有的友好态度，因为程陆扬让她要学会放下，而学会放下的最好方法，不是逃避这个人和关于他的所有过去，而是用正确的态度去面对他。

可是在她不懈努力之时，孟唐仅用一句话就摧毁了她的全部心血。

明亮的房间里，他忽然深深地望进她的眼里，用那种温柔的声音对她说："你喜欢就好，因为它本来就是为你准备的。"

短短一句话，让她震惊地站在原地，来不及消化这句话的含义，只能怔怔地抬头看他，试图去分析这句话的语意关系以及前后逻辑，可是大脑似乎发生了故障。

他说什么?

她喜欢就好?

因为房子本来就是为她准备的?

秦真震惊到连包里的手机铃声都难以令她回魂,只是惊呆了似的望着孟唐。

整整五分钟,电话响了无数次,她却像是感官完全消失了一样站在那里。

孟唐给了她五分钟的时间消化这一切,然后才开口说:"秦真,接下来的话,请你仔细听我说。我曾经喜欢你,从初中开始,一直到高中毕业,我一直喜欢你。甚至毕业以后,我到了国外读书,都一直没有变心。也许你不知道,我在国外的这些年一直密切关注你的情况,你在做什么、和什么人做朋友、身边有没有伴侣……这些我都知道。在向你解释清楚之前,我只想告诉你,我并没有所谓的未婚妻,甚至没有一个女朋友,因为我回国来的一切都只为了你。我希望你能考虑我,和我在一起。"

而同一时间,虚掩的门外,在两分钟前终于千辛万苦找到这里的程陆扬亲耳听到了孟唐的这段话。

那张总是傲慢又不可一世的面庞忽然间沉了下去,冰冷得仿若寒冬里不化的坚冰,而那双修长好看的手也已经紧紧握成拳头。

一种没来由的滔天怒火瞬间燃烧。

那个姓孟的说什么?

整整十四年过去,他令屋内的女人念念不忘了那么久,而今她终于准备要放下他,去迎接属于自己的人生了,他竟然又跑来她面前说这些蛊惑人心的肮脏话语?

卑鄙!恶心!

程陆扬想用全世界最难听的语言去攻击他,因为秦真是那样好的一个人,好到随便一个不认识的残疾女人她也会伸手相助,好到下雨天不顾自己却为了他这样一个总是对她恶语相向的浑蛋奔波忙碌到半夜,好到可以不计较姓孟的冷眼旁观她陷入单相思苦恋十四年,仍愿意继续帮他的忙……

而他何德何能，值得秦真这样对他？

最令人忍无可忍的是，他竟然还敢来招惹她！？

程陆扬像是紧绷的弦，再也按捺不住心头的怒火，"砰"的一声踹开了虚掩的门，大步冲了进去。

明亮的房间里亮着一盏吊灯，像是要将窗外的疾风骤雨纷纷赶走一般，独留下一方安稳干燥的空间。

秦真恍若在梦中，耳边尚且回荡着孟唐温柔深情的话语，眼前是他好看得不染一尘一垢的干净容颜。

那些她过去以为的关于单相思的"事实"在被她盖棺定论多年以后，忽然间被全盘否定，而那个始作俑者告诉她：其实他也喜欢她。

秦真的大脑一片空白。

而这时候，大门口忽然传来重重的推门声，下一秒，程陆扬以凛冽灼人的姿态冲进屋子，在看清孟唐的第一时间毫不犹豫地一拳朝他砸过去。

这一拳来得又快又猛，孟唐压根没得及反应，就被重重地打了脸，一个踉跄退至墙角。

秦真惊叫了一声，却被程陆扬猛地拽住了手腕，被他挡在身后。

素来好脾气的孟唐也变了脸色，右手捂在受到重击的侧脸上，视线定定地锁在程陆扬牵着秦真的那只手上，眼神也逐渐冰冷下来："你有什么资格对我动手？"

"凭你对这个女人这么多年的不闻不问，凭你仗着她对你的喜爱狼心狗肺地让她一个人受苦，凭你恬不知耻地以为自己是绝世情圣，只要回国说点儿好话就可以弥补这么多年对她的漠视和绝情！"程陆扬浑身散发着一种圣斗士般的火光，眼神里更是喷出熊熊烈焰，"姓孟的，你以为你是谁？你不要别人的时候，就可以像扔垃圾一样把人晾在角落里；等到你想起来了，忽然心血来潮了，别人就活该在被你晾了那么多年以后眼巴巴地接受你的告白，跪下来顶礼膜拜对你高呼万岁？"

这么说着，他又忍不住要冲上去打人。

孟唐已经完完全全站直身子，用一种冷漠而带着敌意的眼神看着他："我们的过去关你什么事？程先生，你未免管得太宽了。"

程陆扬简直想要仰天大笑："过去？你们有什么过去？你也好意思提

过去？你和她在一起过还是对她许诺过什么？你连她的喜欢由始至终都没有响应过，如此窝囊变态、丧心病狂地让她深陷泥沼，自己却冷眼旁观，你还有脸提什么过去？"

他指着孟唐的鼻子，一字一句咬牙切齿地说："我程陆扬平生最恨你这种自以为是的人，仗着有点儿资本，就以为全世界都该围着你打转！你当初既然没有回应过她，让她伤心难过了那么多年，现在哪怕有半点儿羞耻心和人性，也不该虚情假意地再来招惹她！你这个禽兽！人渣——"

"你说够了没有？"孟唐所有的涵养都被程陆扬给消磨殆尽，温和的面容也变得冰冷肃杀起来，他朝前走了一步，越过程陆扬的身影望着怔在原地的秦真，眼神里带着些许歉疚，却毫不退缩地说，"我只想告诉你，秦真，我刚才说的话都是真的。"

程陆扬对他这副情圣姿态简直忍无可忍了，当下又一次扬起拳头想动手，却被身后的秦真一把拽住了手腕。

"程陆扬！"她的声音又急又尖，显然是慌了，手上也用力地拽着他，努力想把他拖回来。

程陆扬的脚步顿时停住，没有再往前踏。

"不要再打了！"她死死地抓住他的手，用一种勉力维持出来的镇定语气说，"可以了，我们走吧，好不好？快点儿，该走了！"

程陆扬的拳头僵在半空中，最终重重地落在腿边。他牵着秦真的手，面对孟唐一字一句地说："今后要是再让我看到你打这个女人的主意，姓孟的，你自己准备好棺材，我会亲自来替你盖上。"

孟唐静静地站在原地，看着秦真和程陆扬携手踏出大门，整个人一动不动，眼神里闪过很多复杂的情绪。

他也想追上去，可是现在的他没有立场，更没有资格。

如果当初他没有做出那种自私的决定，是不是结果就会不一样了？

他闭了闭眼，忽然觉得这屋里的灯光太刺眼，把人的丑陋与无助照得无处遁形。

程陆扬一口气大声地说了那么多话，刚拉着秦真走进电梯，就剧烈地咳嗽起来。嗓子又肿又痛，咳起来的感觉真是要命。

秦真下意识地去替他拍背："怎么了——"

话还没说完，那只手就被程陆扬凶狠地挡开了，他憋着一口气忍住咳嗽，忍无可忍地朝面前的女人吼道："怎么了？秦真，我一直以为你就是处事风格像包子，没想到你脑袋里根本就装了只包子！我之前跟你说的还不够多吗？那个姓孟的怎么对你，你难道不清楚吗？我都说了他的房子不用你来操心了，你眼巴巴地跑来做什么？讨人嫌吗？啊？"

因为一口气说太多，他又开始剧烈地咳嗽，一张脸也不知是因为生气还是咳嗽而涨得通红。

秦真怔怔地站在原地，忽然间不知道该说些什么。

程陆扬好不容易止住咳嗽，深吸一口气，大概是看见她的脸色苍白得离谱，终于把语气放缓了那么一丁点儿："人活一辈子，如果所做的每一件事情都是按照别人的心意、所说的每一句话都要顾及别人的感受，那你这辈子究竟是为谁而活？你顾及同学情谊没错，你选择笑脸迎人也没错，可是秦真，你好好想想那个男人对你做了些什么，对待他这种人有没有必要委屈自己？"

他转过身去看着她，一字一句地说："从今以后，不要再见他，不要再管他，房子的事情交给我，你重新把他拖黑。"

顿了顿，他惊觉自己似乎暴露了什么，于是又咳嗽两声："上一次我把他拖黑也是为你好，谁让你擅自把他拖出来的？"

电梯到了底层，他率先走出门，而秦真慢慢地走在离他几步的地方，就这么沉默地看着他的背影。

他还在咳嗽，看来感冒很严重了。

他随手拿了两件搭配起来不那么赏心悦目的衣服裤子，看来是出门时太心急，没来得及仔细斟酌。

他的头发左边有一点儿微微翘起，大概是没梳头就跑了出来，径直奔来欧庭的楼盘找她。

她出神地想着这些无关紧要的细节，然后才注意到他走出大厅之后，停在了那几级楼梯上方，回过头来看着她，特别理直气壮地说："我没带伞。"

撑开手里那把不怎么大的淡黄色碎花雨伞，她走到程陆扬身旁，把伞柄递给了他。他非常自然地接了过来，和她一起走入雨幕中。

大概是刚才在电梯里他说得太多、情绪太过于激动，眼下一时之间忽然有些尴尬，只能默默地走着。察觉到秦真的步伐似乎慢得有点儿离谱，他终于转过头去问她："怎么了？"

这才发现她的脸色真的很难看。

难道病的不止他一个，还有她？

秦真伸手抚在小腹上，摇摇头："老毛病。"

程陆扬顺着她的手一看，反应过来她所谓的老毛病是个什么意思，当下也不多说："出了小区就打车回去，忍一忍。"

可是接下来，他的脚步慢了不止一点儿，每每察觉到她的眉头微微皱起，就立马换用龟速前进，直到她的眉头再次松开。

秦真抬头，看见那把小巧的女士雨伞几乎有三分之二罩在她的头顶，而他频频转过头来看她，一边斟酌她会不会淋雨，一边从她的表情观察她此刻的感受。

细细密密的雨点不可避免地飞在她穿着职业套装和丝袜的腿上，而同一时间，也有更多的湿意沿着喉咙一路涌上来，却不知为何违背了生物原则，径直抵达了她的眼底。

程陆扬忽然伸手拉住她："小心！"

她朝他那边偏离几步，这才注意到脚下的那处积水。他的手掌温热而有力，牢牢地扣在她的手腕上，一如他将她从孟唐面前带离时那样。

秦真慢慢地抬起头来，怔怔地看着身侧的人。这一幕似曾相识，在十多年前的夏夜，也有一个少年走在她身侧，为她撑起了遮风挡雨的伞。

孟唐甚至比程陆扬要沉稳很多，每一步、每一句话、每一个表情都令人如沐春风，从心底微笑出来。

可是此时此刻，她惊觉不够成熟的程陆扬反而令她忍不住想哭。

他的小心翼翼，他的温柔细心，他的情绪失控，他的大发雷霆，甚至于他的嘴贱毒舌……所有的一切令她真实地感觉到了来自这个男人的关心，不同于孟唐的温柔，程陆扬的温柔是特别的，却又令她完完全全迷失其中。

她问他："为什么跑过来？"

"担心你。"程陆扬的回答是这样的，"担心你被那个不安好心的男人骗走。你脑子不好使，性格也包子，怎么能眼睁睁看着你被人欺负？"

她毫不意外地又被损了一通，却没跟他计较，只是又问一句："为什么担心我？"

程陆扬倒是被这个问题问得一愣，然后才理直气壮地回答："是你说的要和我做朋友啊，我好不容易答应你，肯定说到做到对你好！"

他的眼里是毫无防备的坦诚，百分之两百的诚意。

而秦真愈加感觉到眼底热辣辣的一片液体就要汹涌而出，就好像她已经无法抵抗这样的关怀与保护，和他相处的每一分每一秒都好像有一只无形的手不断地将她朝他的世界拉去。

程陆扬这个人，表面上看起来像是坚硬又扎人的榴莲，闻着臭臭的，看着也不想接近。可是一旦剥开外壳，就会发现他柔软细腻的内心。

她仰头看着这样的他，看着他柔软漆黑的发梢，看着他英俊细致的五官，看着他干净透明的眼眸，看着他握着雨伞的好看手指……终于有眼泪"吧嗒"一声从眼眶滑落。

如鲠在喉。

终于在此刻认清自己的心，原来她已经无可救药地喜欢上了这个叫程陆扬的男人。

一个人对另一个人产生好感是一个很漫长的过程，可是心动只是一刹那的事情。

只需要一秒钟，当你仰头望进他眼底，发现那里只有自己的身影，整颗心都为之颤动起来。

于是你终于发现，心动的感觉来势汹汹，超越了一切看似不可跨越的因素。

意识到自己喜欢上程陆扬这个事实以后，孟唐突然告白带来的冲击也变得没有那么震撼了。

只是秦真需要时间好好想想，要怎么处理自己的这份心思，毕竟在谁看来，她和程陆扬都不是一个世界的人。

想到这里，她忍不住又有些沮丧。

秦真跟着程陆扬坐进出租车，听他老神在在地对司机报出他家地址，这才忍不住插了句嘴："不送我回家啊？"

"你刚才还那么神勇无敌女金刚的，用得着我送你回家？"程陆扬坐在她身边，没好气地瞥她一眼，"去我家把饭吃了。"

"我家又不是没有饭，干吗要去你家吃饭？"

"如果你说的是你那满柜的泡面和速食米饭之类的，嗯，挺适合你的。"

"你什么时候看到的？"

"上回去你家给你抹药的时候，顺便看到的。"

秦真转过头去看窗外，脑子里又浮现出那个夜晚的场景，他小心翼翼地替她上药，模样谨慎得像个生怕做错事的孩子……难道是从那个时候开始喜欢他的？

程陆扬在她身旁念叨着："身为一个女人，家里没有半点健康食品，满柜都是防腐剂和食品添加剂，你要想当条汉子你早说啊！缺那点儿手术费，小爷我家大业大，随随便便捐点儿钱给你也够你去泰国走一趟了。怎么样，考虑考虑？"

秦真倏地转过头来对他怒目而视。

"哟，这还瞪上了？那你说我哪点说错了？"程陆扬还很认真，"秦真我跟你说，要不是把你当朋友，这些口水我还压根不想浪费。你说说你，哪有一个女人从来不管理自己的皮肤的？你看这里，还有这里——"他伸手去戳她的脸，"这么大年纪还长痘痘，你可别告诉我这是青春痘！"

秦真恼羞成怒地躲闪开来："这是更年期痘，可以吗？"

程陆扬又伸手去扯她的嘴角："从见面第一天起，你就无时无刻不在向我证明你的牙尖嘴利。我问你，你上回跟送外卖的在公司楼下吵架的时候，有没有看看周围的人是怎么看你的？贪图小便宜就算了，你说说你这嘴是咋长的啊？那些女孩子说不出口的话怎么就这么流畅自然地被你吐出来的？要不咱们去牙科看看，是牙口出了问题还是怎么的？"

司机师傅已经憋笑憋得浑身颤抖了。

秦真火大了，一巴掌照着他的脑门儿拍下去："程！陆！扬！"

程陆扬开始捋袖子还击，可是最终只是在她的额头上不轻不重地弹了一下，看她可怜兮兮地揉着那块瞬间红起来的皮肤。

虽然说她不像女人，但其实她的皮肤还是很好的，至少光滑白皙，除了那一两颗因为熬夜而长出来的痘痘。

他低头看了眼她的小腹："还痛不痛？"

秦真一愣，这才发现跟他一疯起来，连老毛病都被抛到脑后了，他却还记得……

她松开揉额头的手，低低地说了句："不痛了，注意力一转移就直接忘了痛。"

"要不怎么说你是条汉子呢？"程陆扬嗤她。

最后下了出租车，两人一起往他住的地方走。

雨还在下，一把碎花伞压根遮不住两个人，但秦真的身上几乎没有雨水，反观程陆扬……她心情复杂，却又不知该说些什么。

踏进电梯里，她低头看着自己的脚："今天，那个，谢谢你了……"

"谢我干什么？"程陆扬漫不经心地按下电梯按钮。

"谢你生病了还跑来帮我，让我不用尴尬地面对孟唐。"

程陆扬从光亮的电梯门上看着秦真低头道谢的模样，沉默了片刻，在电梯门"叮"的一声打开时才说："秦真，有的事情帮得了你一次两次，却帮不了你一辈子。如果你不想再为他伤心难过，就自己走出来，否则谁也帮不了你。"

他大步走出电梯，留下秦真怔怔地看着他的背影，最终才回过神来跟了上去。

程陆扬叫她来吃饭，原因之一在于她"大姨妈"来了，不舒服，不适宜留在家里吃那些没有营养还对身体有害的速食食品；原因之二在于，关于他衣柜里那满满当当的便利贴，他必须问个清楚。

他把秦真带进书房："电脑在那儿，柜子里也有书，你自己看看怎么打发时间。"然后就进了厨房。

秦真看着他整整一面墙的书，一个人在书房里瞎转悠。程陆扬大部分的书是和室内设计以及房屋布局有关的，她看不起劲来，于是又跑到了厨房。

那个男人围着围裙在白色的大理石台前忙碌，背影看上去多了几分温柔的意味，天蓝色的围裙系在腰上，看起来也多了几分俏皮。

秦真索性站在厨房门口定定地看着他，看他动作娴熟地操作着，看他像个孩子一样在一盘菜出锅时尝上一口。

她听见他用一种愉悦满足的声音说："果然是上得厅堂、下得厨房的必备好男人。"

秦真终于忍不住"扑哧"一声笑了出来，而这笑声成功惊动了背对大门的人。

程陆扬转过身来，臭着脸问她："笑什么笑？有意见吗？"

"没意见，没意见。"秦真慢悠悠地走到他旁边，端起那盘宫保鸡丁往餐桌旁走，"像你这种上得厅堂、下得厨房的男人，我哪里敢有意见啊？"

"……"程陆扬的眼神像刀子一样朝她脸上唰唰唰射来，双颊却隐约有点儿红。

"咦，你害羞了？"秦真故意揶揄他。

"滚！大夏天的，我在厨房里待这么久，这是给热的！"他凶恶地指着自己的脸，再三强调，"热的！热的知道吗？"

秦真笑弯了腰，岂料笑得太厉害，一阵暖流哗啦啦从小腹往下坠，沉甸甸的疼痛感也跟着上来了。她脸色一变，笑不出来了。

程陆扬一把捞过餐桌下面的椅子，把她按了下去："笑笑笑，报应来了是不是？"

他走到电磁炉边上，端起牛奶锅往一只干净的碗里倒什么东西，秦真却注意到了餐桌上那只亮着屏幕的平板电脑，定睛一看，网页上写着以下字样：痛经时喝什么会减缓疼痛？

而这时候，程陆扬也端着那碗东西走到她身旁，重重地搁在桌上，一把夺回平板电脑，凶恶地朝她吼道："干什么干什么？窥窃他人隐私是犯法的知道吗？"

秦真怔怔地抬头看他，毫不意外地看见了他红得厉害的耳朵。

程陆扬目光躲闪地收起平板电脑，故作生气地说："赶紧喝了，别在我面前要死不活的，看着都够了！"

他转身重回橱柜边上，又开始忙忙碌碌地做起事来，边做还边唠叨："我忙得要死，没工夫搭理你！"

话还没说完，一个土豆骨碌碌从他手上滚下来，而他手忙脚乱地去捡，耳根子更红了。

　　秦真慢慢地把手里那碗颜色浓郁的汤汁喝了下去，甜甜的，好像有红枣在里面。温热的感觉一路从喉咙蔓延下去，瞬间蔓延到了四肢百骸。

　　她抬眼看着柜台边上的程陆扬，睫毛微微颤动两下。

　　这难道是刚从一个泥沼爬出来，就立马掉进另一个泥潭的节奏？

　　吃饭的时候，客厅里隐隐传来电视里嘈杂的声音，秦真站起身来准备去关掉电视，结果程陆扬制止了她："不用，让它开着。"

　　秦真说："又没人看，开着多浪费电啊！"

　　"又没花你的钱，我乐意行不行？"程陆扬答得生硬。

　　秦真自讨没趣了，只得重新坐下来吃饭，嘴里嘀咕着资本家就是奢侈，不知民间疾苦，就会挥霍钱财。

　　程陆扬反唇相讥："秦真你真是越来越像我妈了，管这管那，什么都管。要不，我把存折和银行卡也拿给你，你替我保管着？"

　　"行啊，你要有这意愿，我自然乐意替你管着。虽说自己没那么多存款，好歹每天看着也能刺激刺激我这早年夭折的自尊心和上进心啊！"她恬不知耻装厚脸皮。

　　程陆扬姿态优雅地放下筷子，扯了张纸巾擦擦嘴："行啊，没问题，只是我妈老早就说过，这存折和银行卡只能给两个人保管。一是她老人家，另一个是我老婆，你打算挑一个对号入座？"

　　秦真一口饭卡在嗓子眼儿里咽不下去了。

HOW NICE YOU ARE
ONLY I KNOW

Chapter 12
相亲总动员

"鉴于我亲妈还在，估摸着你是想当后一个了。"程陆扬摸摸下巴，仔细打量着秦真，"这长相吧，小家碧玉勉强过关。至于这身材……"他摇摇头，"看着就没几斤肉，手感不好，抱起来不舒服，压着的话就更不舒服了。"

这话的颜色太重了，秦真涨红了脸。

"这性子也是，贪图小便宜，掉钱眼儿里了，还爱斤斤计较。我说什么就老想着跟我对着干，一个钉子一个眼。"综上所述，程陆扬笑眯眯地摇摇头，"咱俩不适合，你还是趁早死了这条心吧！"

他总是这么变着法子损她，特别是成了朋友以后，更是肆无忌惮，想说什么说什么。

秦真知道自己被他戏弄了，按理说应该和以前一样理直气壮地和他争辩一番，看谁噎死谁。可不知怎么的，被他这么一说，她反而一个字也说不出来了。

就好像一桩心事被他戳穿了，顿时无言以对。

程陆扬看她埋头往嘴里扒饭的样子，无语地说："你这是刚从非洲回来还是怎么的？饿得连嘴都不还了，就知道吃！"

秦真勉强把米饭都扒拉进嘴里，含含混混地说了句："要你管！"

程陆扬撇嘴，伸伸懒腰走进客厅，秦真却呆呆地坐在桌前半天，好不容易把嘴里的米饭都咽下去。

吃得太猛，明明可口的一顿饭也变得难以下咽起来。

她默默地把桌上的残局收拾了，洗碗的时候又发起呆来，水龙头哗啦啦流不停，她条件反射地想把水量关小一点儿，手伸到一半又缩了回来。

资本家的钱多的是，她又不是他的谁，何必替他省钱？

秦真回到客厅时，程陆扬不在沙发上，电视依旧开着，这时候恰好是一个戏曲节目，画着大花脸的花旦咿咿呀呀唱个不停，闹得人耳根子疼。

她依稀想起好多次来程陆扬家的时候，他明明没在看电视，却总要把音量调得很大，脑子里隐隐约约蹦出了一点儿头绪——他是觉得这屋里太冷清，所以希望看起来热闹一些？

这样解释似乎说得过去了。

她还在盯着电视出神时，程陆扬出现在卧室门口，出声拉回了她的思绪："秦真，你过来一下。"

她依言走了过去，却见程陆扬指着大开的衣物间，淡淡地说了一句："不打算解释一下？"

满眼的彩色便利贴密密麻麻地贴满了衣柜，看着有些触目惊心。

秦真表情微微一僵，不自然地笑了笑："闲着没事就帮你整理了一下……"

"你怎么知道的？"程陆扬打断了她。

秦真有些局促："上次来你家时，在书房门口不小心……不小心听见的。"

于是程陆扬倏地记起了那通电话，那天医生告诉他，他的色感处于不断减弱的状态，也许在不久之后就要成为全色盲。

他定定地看着秦真，却见她心虚地抬头看他一眼，然后又猛地低下了头。虽然只有一刹那，可那双眼睛里的怜悯同情被他一清二楚地尽收眼底。

她还在尝试着安慰他："其实色感也没那么重要的，至少你什么东西都看得见，对颜色也有印象。总不能因为成了色盲，就不知道树是绿色的、天是蓝色的吧？在男性里面，红绿色盲的发病率是百分之七，概率还是很高的，所以全色盲也没那么可怕，毕竟——"

"你说够了吗？"程陆扬忽然间语气森冷地打断她的话。

一直以来他小心翼翼地保护着这个秘密，父母不知道，程旭冬不知道，就连与他共事多年的方凯也不知道。

他找了诸多理由来掩饰自己色感不好的事实，比如大牌的总监需要司机，怎么能亲自开车？比如坏脾气的老板必须衣来伸手、饭来张口，哪怕是简简单单地拿个有颜色的文件夹，也绝对不能亲自动手。

他原本就是个爹不疼娘不爱的人，要是连生理缺陷也一起曝光于众人眼前，只怕会收获更多的嘲笑或怜悯。

无论哪一个，都是他绝对不希望看见的。

而眼下，他的秘密竟然被这个女人偷听了去……程陆扬整颗心都变得焦躁不安起来。

秦真被他的语气唬得一愣，抬头就看见他阴沉的表情，还以为他是在难堪，赶紧出言安慰："色盲真没什么的，一样过正常人的生活，没有任何区别。以前我读初中的时候，同桌也是个红绿色盲，但是我们一直不知道，要不是后来生物学了那一课，就连他自己都不会发现自己有这毛病——"

色盲、正常人、毛病。

这样的字眼令程陆扬的呼吸都沉重起来，他忍无可忍地打断秦真，指着大门的方向："出去！"

秦真整个人都怔住了，呆呆地看着他。

"谁准你偷听了？谁要你多事了？谁要你同情我了？"程陆扬暴躁地随手扯下几张便利贴扔在地上，他的力道很大，但纸张很轻，落地时也轻飘飘的。

这样的举动却让秦真动弹不得，难堪得像是被人用耳光重重地砸在脸上。

她嗫嚅道："我只是……只是担心你……"

"我说过需要你担心我吗？谁需要担心了？"程陆扬的声音沙哑难听，整个人都处于暴怒状态，"秦真我问你，你是我的谁？你凭什么偷听我的电话？你凭什么乱动我的东西？我是不是色盲跟你有什么关系？你不觉得自己很多事吗？"

那么多的反问句一个接一个劈头盖脸地砸在秦真脸上，而更多的重量是砸在她心里的。

她呆呆地看着程陆扬，只觉得脸上火辣辣的，然后眼睛也变得酸涩起来。

程陆扬看着那双震惊的眼眸，已经难以承受那其中包含的各种情绪，只得再一次指着门口："出去！"

秦真咬紧牙关，猛地冲向客厅，拿起自己的包就往外走，走到大门口时，她回过头去看着卧室门口的男人，一字一句地说："是我自作多情，吃饱了撑的才会管你！你放心，从今以后我都不会这么厚颜无耻地担心你了！"

砰——她关门的声音极其响亮，像是打雷一般响彻屋子。

电视里还在放戏曲，咿咿呀呀的唱戏声像是看不见的手指一般拨乱谁的思绪。程陆扬在卧室门口站了好一会儿，才烦躁地走到茶几边上，拿起遥控器按下了电源键。

脑子里乱糟糟的，他烦躁地揉着头发走进洗手间，洗了个冷水脸，结果抬头时不偏不倚看见了放在洗漱台上的雨伞……属于秦真的碎花伞。

窗外的雨还噼里啪啦地打在雨棚上，像是没个完，而他看着镜子里那个恼羞成怒的自己，满脸都是水珠……那个女人没有带伞就冲了出去，也许此刻也和他一样狼狈。

她穿着职业套装，裙子短得可怜，还来着"大姨妈"，老毛病又犯了。最要命的是她为了省钱一定舍不得坐出租车，所以还要步行到公交车站……

程陆扬几乎是咬牙切齿地骂了一句脏话，终于拿起雨伞追了出去。

他这算什么？

犯贱？

绝对是犯贱到了一种无药可救的地步！

程陆扬咬紧了后槽牙，气势汹汹地往外赶，电梯里没人，到了一楼大厅也没人，打着伞冲出大厅，所有人都在吃午饭，小区里也没什么人。

他打着雨伞快步往外走，走到小区门口时，门卫大叔一边吃盒饭，一边抬头笑眯眯地跟他打招呼："程先生出门呀？吃饭了吗？"

他心里急，也没回答就往外大步走去，结果街道两边都看遍了，就是没有秦真的影子。公交车站离这儿有好几百米的距离，她不可能跑得那么快，"大姨妈"来着的人没道理一秒变博尔特。

程陆扬茫然又急躁地在街上搜寻了一圈，终于想起了什么，又匆匆走回门卫室边上："师傅，你刚才看见一个没打伞的女人跑出来了吗？就是上回大晚上的陪我倒垃圾那个！"

门卫大叔一头雾水地摇摇头："没啊，这个点儿大家不是吃饭就是在家睡午觉，没几个人出门啊！"

程陆扬一愣，难不成……她还没出小区？

这么想着，他飞快地说了声谢谢，又朝里面跑去。

找了一圈，终于在娱乐设施那块小空地上看见了人影。

秦真淋了点儿雨，头发湿漉漉地贴在脸上，此刻正坐在儿童滑梯的城堡里，低着脑袋不知道在想什么。

程陆扬的脚步停在原地，不远不近地看着她，然后听见她的电话响了。

秦真用带着鼻音的声音接起电话，"喂"了一声，也不知道对方说了什么，她低低地应了一句："孟唐——"却不知道该说些什么。

程陆扬本来打算等她接完电话再上前去的，结果一听这两个字，气不打一处来，几大步冲了过去，一把夺过她手里的手机，果断地挂断了。

秦真震惊地抬起头来，就听他气势汹汹地朝她吼道："我跟你说什么了？让你把他拖黑！让你不要再搭理他！你把我的话当耳旁风还是什么？你把别人的担心都拿去喂狗了吗？"

委屈、愤怒、滑稽、可笑……各种情绪涌上心头，秦真也扯着嗓子对他吼了一句："关你什么事啊？"

眼见着程陆扬被她吼得一愣，秦真更是肆无忌惮地把他的话一句一句还给他："我说过需要你担心我吗？谁需要担心了？程陆扬，你不觉得你很多事吗？"

雨水噼里啪啦往地上砸，砸进积水里，溅起水花点点。

程陆扬撑着那把碎花伞站在原地，看着秦真冲他大吼大叫，最后干脆跳下滑梯，顶着大雨不顾一切地往外走。

他一把拽住她的手腕，一把把她拉了回来，也不顾她失去平衡一下子撞在他身上，只是一字一句从牙缝里挤出来："秦真，你去哪里？"

雨幕里，那个女人浑身湿透地望着他，红着眼睛凶神恶煞地挤出一句："你有什么资格管我？啊？你讲道理？你听劝？你友善地回应了他人的关心？"

程陆扬张着嘴愣在原地，被她瞬间红了的眼睛给唬住了。

秦真恨恨地瞪着他："觉得很无力吧？觉得好心被当成驴肝肺了吧？觉得成了东郭先生被畜生反咬一口了吧？程陆扬我告诉你，你活该！你活该你活该你活该！"

一连串的连锁袭击朝着程陆扬劈头盖脸地砸了过去，而他张了张嘴，终于一言不发地拖着秦真往家的方向走。

"你放手！"

"不放。"

"放手啊！"

"你想得美。"

"程陆扬我警告你你别逼我啊，逼急了我可什么事情都干得出来！"

"呵呵，那你倒是干啊！"

秦真急了，扯着嗓门开始叫："救命啊！来人啊！有人抢人了！"

程陆扬啪的一声顿住脚，将雨伞一扔，一手把秦真扛了起来，一手堵住她的嘴："给我安静点儿！"

……

午后的小区终于安静下来，程陆扬咬牙切齿地把绑架而来的"肉票"扛回了家。

程陆扬像丢麻袋一样把秦真扔在沙发上，然后凶狠地放话说："你今天要是再给我这么跑出去，看我不打断你的腿！"

秦真浑身湿淋淋的，气势却一点儿也不落下，索性跳起来，冷笑两声就往门口走。

程陆扬气坏了，迅速追了上去又把她扛回来扔沙发上，秦真再跑，他再扛……这种愚蠢行为一直重复上演了好几次，秦真终于火大了。

她穿着鞋子跳起来，站在程陆扬那米白色格子布艺沙发上，踩出几个脏兮兮的脚板印儿，然后指着程陆扬的鼻子骂道："我问你，你还讲不讲道理了？"

　　程陆扬看着那些脚板印儿，气得一把拽着她往洗手间走，推搡着她进去，然后从架子上取下干净的白色浴巾，一把罩在她脑门儿上："看看你这样子！像是个来'姨妈'的女人吗？啊？"

　　见她把浴巾从脑袋上取下来扔进他怀里，他又开始凶狠地捋袖子。秦真以为他要打她或者用浴巾憋死她，脑子里的血一下子冲了上来，她死咬着嘴唇瞪着他，气得浑身发抖。

　　她想好了，程陆扬要是真对她动了手，她这辈子都不会再搭理他！

　　什么情情爱爱都见鬼去吧！她是瞎了才会觉得他是个好人，被猪油蒙了眼才会对他有刹那的心动！

　　她还在乱七八糟想个没完，岂料程陆扬真把手伸向了她，却并不是打她，而是重新拿起浴巾替她擦头发，一手揉搓着浴巾下的发丝，一手紧紧拽着她的胳膊。

　　他的动作一点也不温柔，表情紧绷得像是一不小心就会把后槽牙给咬碎，可是就是这样阴沉着一张脸的他一言不发地替她擦着头发。

　　秦真惊呆了，忘了骂人，也忘了挣扎。

　　白色的浴巾把她的视线都遮住了，程陆扬一下一下擦着她滴水的头发，而她只能从浴巾下看见他穿着蓝色拖鞋的脚。

　　他的黑色西裤也湿了很多，贴在脚上看着都难受。

　　她不自在地动了动，却被他喝住："别乱动！"

　　他这么一凶，她的倔脾气又上来了，重新把浴巾扯下来，一把塞进他怀里："程陆扬，你少在这里当好人了！你既然拒绝别人的关心，又有什么资格做出一副关心别人的样子？这个世界上众生平等，哪怕你家大业大、有权有势，在人心上也得不到半点儿特权！我是人，不是你养的宠物，不是你高兴就可以称为朋友摸两下毛，不高兴就可以把我一脚踹到一边去，让我有多远滚多远！"

　　她闭了闭眼，把从头发丝滚到眼皮上的水珠给抹去，然后重新睁眼看着他："不是所有的话都是你由着性子想说就说，后悔了就可以收回去的。人心是肉长的，不像你的设计图可以一改再改，由着你的意思随意来。"

　　秦真从他身旁撞了过去，一言不发地往外走。

　　她觉得话说到这份上了，两个人这段所谓的友情估计也走到了尽头。

到底不是一个世界的人，她不拿他的工资，没有方凯那份好涵养，容不得他的少爷脾气。

只是到底还是心酸的，为她曾经有过的心动，也为他对她这种变化无常的反复行为。

可当秦真走到门口时，手腕却又一次被人拽住，正欲叫他松手时，却忽然听见身后的人艰难地说了一句："对不起。"

她的脚步生生顿住。

程陆扬握住她的手腕，像个局促的孩子一样，深吸一口气："我道歉，是我做错了，这样可以了吗？"

电梯门打开的时候，程旭冬刚好看见秦真从程陆扬的家里走出来，大门在她身后缓缓合上，遮住了程陆扬那张难过的脸。

他顿住脚步，凝神盯着这个狼狈的女人，认出了她就是那天晚上程陆扬慌慌张张赶去派出所接走的人，于是诧异地扬起眉毛，叫了一声："秦小姐？"

秦真抬起头来，看见那张和程陆扬有三分相似的脸，微微一顿，复杂的心情也被冲淡不少。

对于程旭冬喝咖啡的邀请，秦真尴尬地看了眼自己这身湿淋淋的衣服，委婉地拒绝了。

程旭冬表示理解，只不着痕迹地问了句："吵架了？"

秦真忙解释说："我们不是你想象的那种关系！"

见她急了，程旭冬反而笑了，饶有兴趣地反问一句："我想象的是哪种关系？"

"……"秦真噤声，发现她把自己绕进去了。

程旭冬笑："我开车来的，送你一程。"

"不用……"秦真还在拒绝，电梯里的人已经走了出去，没给她半点儿拒绝的机会。

从市中心开回她住的小区有半个多小时的车程，面对程旭冬这种商业精英，秦真多少有点儿不自在。

程旭冬却说："既然你和陆扬是朋友，把我也当大哥就好。"

　　秦真哪敢啊，和远航集团的未来大老板称兄道妹的，她自认还没那个本事。况且……想到她今后和程陆扬估计就要成陌生人了，她有些沮丧地回过头去看着窗外，没再说话。

　　程旭冬轻而易举察觉到了她的情绪变化，只微微一笑："陆扬的脾气很坏吧？"

　　"还好。"呵呵，很坏？明明应该是坏到前无古人后无来者了！

　　"其实他也就是嘴上爱损人，心里没有恶意的。"程旭冬帮弟弟说话。

　　秦真懒得敷衍，只在心里反驳，如果世界上人人都用他那种尖酸刻薄的方式待人处事，然后用没有恶意来为自己的行为解释，恐怕这个世界就乱套了。

　　没听见她的回应，程旭冬顿了顿，才问："陆扬告诉过你他以前的事吗？"

　　秦真僵了片刻，然后转过头来看着他："没有。"

　　很显然是有好奇心的。

　　程旭冬的目的达到了，眼下喝不喝咖啡都不要紧了，只是用平稳的声音简单地给秦真讲了一个故事。

　　有一对裸婚的青年夫妻，结婚时家境非常普通，但夫妻俩有抱负有理想，背上行囊从小县城走到了大城市，打算自己创业，用家里的那点儿老本去拼一拼。

　　正在生意越来越好时，他们又有了小儿子。公司成立初期，人手不够，业务又多，很多事情都要夫妻俩亲力亲为，而大儿子也不过八岁，勉强能照顾自己而已。这种时候，成日就会哭哭啼啼需要人看护的小儿子就成了一个包袱。

　　最后没有办法，夫妻俩把小儿子送回了县城里孩子的外公家，每月寄大笔大笔的钱回去，能够自己照顾自己的大儿子则跟在他们身边。

　　小儿子不满一岁就离开了父母，跟着孤身一人的外公一直生活了十一年，直到外公去世。

　　在他懂事以来，对父母唯一的印象就是这十一年里屈指可数的几次见面机会。每年过节他都会给父母打电话，一再听他们安慰自己："过年的时候爸爸妈妈就回来接你，到时候你跟哥哥一起陪在爸爸妈妈身边，好不好？"

小小的孩子一边哭一边在电话那头乖巧地点头："好！"然后在年复一年的等待中慢慢地长大了。

十一年里，他曾经有两次被父母接到城市里去过暑假，但生意越做越大的夫妻俩在整整一个暑假里也没和他见上几次面，反而只有一个哥哥陪着他。后来送他回县城时，当妈的怕年近八岁的他黏人，不让她走，更是把他留在了冰激凌店里，直到坐上大巴车以后，才给他的外公打电话。

在这样的十一年里，从起初满怀欢喜地等待到最后终于意识到父母的敷衍与谎言，他总算不再对父母抱有任何期待，而是像颗悬崖边上的种子一样茂盛生长，由着自己的性子肆意蔓延，孤僻而傲慢。

父母的生意越做越大，他的物质条件日益优越，可是内心对亲情的渴望从未停止……

程旭冬的故事讲完时，车也已经开了很远。

秦真怔怔地盯着前方的道路，毫不意外地猜到了这个故事的主角是谁——身旁坐的人是故事里的大儿子，而那个刚刚得罪她气得她甩手走人的家伙就是小儿子。

她忽然笑了："你不觉得这个故事可以写成剧本拍成连续剧在央视黄金时段播出吗？"

素来爱笑的程旭冬却没有笑，而是慢慢地把车停在路边，转过头来对她说："准备好了吗？最戏剧性的部分还没到，听完以后，大概你就不会纳闷为什么程陆扬的性格会像现在一样尖锐带刺了。"

分别时，秦真和程旭冬挥挥手，然后在他的坚持下拿着他递来的伞胆战心惊地回了家。

那是一把符合他气质的纯黑色名贵雨伞，伞柄上的标志秦真不认得，但是说实话，她很想扑到雨伞上跟它角色互换一下，谁叫这伞看起来比她值钱多了！

她小心翼翼地把雨伞捧回家，恭恭敬敬地把伞大人晾在客厅里，还拿毛巾一点一点把雨水给擦干了。

而这天晚上，秦真捧着被"大姨妈"蹂躏的肚子毫无疑问地失眠了，但是失眠的原因除了身体不适之外，更多的却是程旭冬讲的那个故事。

秋天已经来了，窗外的阴雨连绵不断，顺着屋檐一路吧嗒吧嗒坠在雨棚上，声音细碎聒噪得不让人入眠。

秦真翻来覆去大半夜，脑子里一直像是放电影一样循环播放着程旭冬讲的那些片段，一幕一幕极为清晰。她甚至脑补了程陆扬小时候的模样，一个拥有漂亮眼睛的小男孩，笑起来的时候会有阳光绽放，刹那间融化一整个寒冬的凛冽。

她睁着眼睛望着黑漆漆的窗外，想着那个十一岁的孩子坐在外公的病榻前，哭着给父母打电话的场景，可是整整一夜，一直到外公的呼吸渐渐微弱下去，电话始终处于忙音状态。

那个时候，他在想些什么呢？

外公的病已经跟了他大半辈子，半年前医生就说了，老人家年纪大了，动手术也没太大作用，好好在家养着，按时吃药，能撑多久是多久。

十一岁的孩子亲眼目睹了至亲的逝世，看着外公因为肺病大口大口地喘着气，终因呼吸不上来挣扎着窒息而亡。

屋里的白炽灯就这样开了整整一天一夜，而程陆扬依外公所言躺在他身旁陪伴他，一直到老人停止呼吸。这期间因为恐惧和害怕，程陆扬一直目不转睛地盯着那盏灯，浑身僵硬，直至第二日被人发现。

程旭冬说，由于长时间让眼球暴露在白炽灯下，程陆扬在接下来的一段时间里出现了短暂的失明现象，却一个字也不肯说，成日呆呆地坐在那里，任谁说话也不搭理。后来父母带他去看了最好的医生，经过治疗以后，视力终于恢复。

然而那个孩子的性格一直停留在了儿时的孤僻状态，不愿意交朋友，和所有人保持距离，与父母的关系尤为僵硬。

后来他被父母接到 B 市念初中，从那时候开始住校，高中毕业后，父母按照他的意愿把他送去英国念书，主修建筑与室内设计。

再后来他回来了，依旧以孤僻高傲的性子面对所有人，包括他的亲人。

……

秦真实在睡不着，披了件外套走到阳台上，一股凉意朝她扑来，间或夹杂着些许飘进来的雨滴。

　　她失神地望着一片雨幕中的夜景，隔着高高的楼房，一路望向了自己也不知道的地方。半晌，她才发现那是市中心的方向，夜色沉沉里，那个人现在在干什么？

　　她很烦躁，自己不是该生他的气吗？怎么听了个故事以后就忽然不生气了，反倒对他又是担心又是同情？

　　程陆扬说了，他不需要她的担心和同情，她这种行为简直就是犯贱！

　　可是秦真转念一想，又总觉得程陆扬在说那些话的时候，眼睛里其实闪烁着难以掩饰的脆弱和害怕。他渴望亲情，渴望被关爱，可是童年的经历又让他害怕被抛弃，那么不去拥有也许就不会失去，这大概就是他把所有人都排斥在外的原因。

　　秦真拢了拢身上的外套，程陆扬，你现在睡了吗？

　　程陆扬一个人暴躁了一晚上，最后把方凯找来家里，说是老早买回来的麦克风还没用过，得试试音。

　　结果方凯在外面敲了半天的门，也没人来应，只得拿出备用钥匙自己开门，没想到一进屋，差点没被吓死。

　　程陆扬居然自己把麦克风给倒腾上了，正光着脚丫子站在沙发上瞎吼呢。

　　见方凯来了，他又拉着方凯一块儿唱。

　　这么折腾一晚上，好不容易等到程陆扬唱累了，倒在沙发上睡着了，方凯才得以解脱，替他搭了床凉被撒腿走人。

　　人活一辈子，赚钱当真不容易，特别是碰上个大魔王老板，简直虐身又虐心。

　　而大半夜的，程陆扬睡得迷迷糊糊时，忽然听见手机响了。

　　客厅里一片漆黑，他又感冒了，脑袋昏昏沉沉的，坐起身来四处找手机。最后发现声音是从茶几上传来的，他伸手去够，结果光脚丫子一脚踩中地上的麦克风，啪叽一下摔了个狗啃屎。

　　这下子程陆扬彻底清醒了。

　　他吃痛地捂着下巴站起来，骂骂咧咧地伸手拿起手机，看清楚了屏幕上闪烁的三个字：坏女人。

　　前一刻还紧紧皱起的眉头倏地松开，他慌慌张张地把手机凑到耳边：

"喂？"

声音因为唱了一夜和原本就感冒显得有些沙哑，却难掩其中的欣喜和诧异。

那头的秦真顿了顿，才说："睡了吗？"

他赶紧摇头："没睡没睡。"

听他声音确实沙哑得厉害，秦真忍不住问他："给你买的感冒药吃了没？怎么感觉越来越严重了？"

程陆扬把客厅的灯打开，一边去厨房倒水，一边说："吃了，已经吃了。"

然后又端着水杯回来，把茶几上的药咕噜咕噜吞了下去。

秦真听见喝水的声音，好笑地问他："什么时候吃的？"

"刚才……"

程陆扬把水杯放下，不知怎么有些紧张。他走到落地窗前，拉开窗帘看着外面灯火辉煌的夜，半晌才说："打电话来……有什么事吗？"

这一问倒是把秦真给问倒了，是啊，她打电话干什么？

顿了顿，她回答说："今天我碰见你大哥了。"

程陆扬呼吸一滞："然后呢？"

久久没听见秦真回答，他的声音骤然低沉下来："他跟你说了什么？"

又是那种生怕秘密被人揭穿的语气，隔着遥远的距离，秦真却分辨出了他此刻的心情，最后笑了笑："没说什么，就是告诉我你脾气不好，要我多担待。"

程陆扬松口气，口气也变得拽了起来："他倒好意思说我，活像他自个儿脾气多好！你是不知道，程旭冬那人表面上温文尔雅，实则笑里藏刀。不知道多少女人被他伤了心，见他一天到晚对她们笑得好看，就以为他对她们有意思，结果——啊，对了，他和孟唐是一路货色！"

说到这里，他猛然警醒起来："喂，秦真，我说你可悠着点儿啊！别以为我哥对你微笑就是对你有意思，他那纯属是礼貌，OK？还有啊……"

这么絮絮叨叨的程陆扬可真是难得，感冒过后的声音虽然低沉沙哑，却带着点儿朦胧的柔软触感，会让人想起夜晚的萤火虫，又或者是早晨的薄雾。

秦真忍不住笑了起来。

程陆扬却被她的笑声惊住了，猛地顿住话头，然后迟疑地问了句："你……不生气了？"

"当然生气！"秦真斩钉截铁地说，她听见程陆扬在那头低低地骂了句，忍不住又笑起来，"但我决定给你一个将功赎罪的机会。"

"秦真你还真是会蹬鼻子上脸啊！我什么时候低声下气跟人道过歉了？告诉你，你是第一个，就别在那儿绷面子了行吗？"程陆扬又抬高了声音，可半天没听见电话那头的回答，又迅速弱了下来，"怎么个将功赎罪法？"

秦真在阳台上无声地笑弯了腰，程陆扬啊程陆扬，根本应该改名叫程傲娇或者程笨蛋才对！

"我还没想好，想好了再告诉你。"秦真望着雨水滴答的夜色，忽然把声音放柔了几分，"睡吧，不早了。"

程陆扬哼了一声："大半夜的把我吵醒，说几句话就想挂了，你耍我是吧？"

秦真一愣："你不是说还没睡吗？"

"我——"程陆扬卡住，最后理直气壮地说，"你把我吵醒了，我肯定没睡了啊，难不成是梦游跟你讲电话？"

秦真打了个喷嚏，他又立马问她："你现在在哪里？"

"阳台上。"

"降温了你不知道？外面在下雨你不知道？大晚上的跑阳台上去干什么？"他忍不住凶巴巴地吼她，"我说秦真你什么时候能长大啊？一天到晚叫人担心，你是觉得别人太闲了，活该成天对你念叨是吧？"

"程陆扬。"秦真的声音软软的。

"干吗？"程陆扬倒是没好气，凶得要命。

秦真饱含笑意地问他一句："你担心我？"

"废话！"

"那我要是不听话，继续在这儿站着，然后要你别管我，滚一边儿去，你什么心情？"

"想冲过去打死你的心情。"

"那就对了，你叫我滚出你家，少管闲事的时候，我就是这种心情。"

程陆扬一下子噎住了。

秦真的声音像是来自很远的地方，温柔又朦胧："你关心我和我关心你的心情都是一样的，如果想要我乖乖听你的话，不跟自己的身体过不去，那你也得答应我，以后再有什么事，不要拒绝我的关心。"

"……"

"你说过我们是朋友，那么朋友之间的感情应该是相互的，而不是单方面的。何况有的事情两个人一起分担，总好过你一个人强撑着，对不对？"

程陆扬站在落地窗前，听着秦真不疾不徐的说话声和均匀的呼吸声，心里有个角落柔软得一塌糊涂。

屋内灯火通明，窗外夜色温柔，就连扰人心神的阴雨也变得美丽起来。

半晌，他弯起嘴角，低声说："对。"

这一夜，明明没什么话题好说的两个人破天荒地打了好长时间的电话。

程陆扬问她："是不是肚子还疼，睡不着？"

这时候的秦真已经钻进被窝了，低低地应了一声，脸上还是有点儿发烫。

这叫什么事儿啊，每次"大姨妈"来了都有他的参与。

程陆扬说："上床了没？"

"嗯。"

"被子呢？盖好了没？"

"嗯。"

"那行，你先就这么睡吧。"

秦真好奇："那你呢？"

"等你睡了我再睡。"程陆扬在沙发上找了个舒服的位置躺下来，随手从茶几上拿了本书，"你不是睡不着吗？那我看书，等你睡着了再挂。"

"大哥，有你这么浪费电话费的吗？"秦真一头黑线。

"你管我呢！"程陆扬笑了，"行了，睡你的，想说话了就直接说，我听着的。"

秦真一颗心扑通扑通的，有种温暖的情绪在胸腔里发酵，眼看着就要蔓延出来。

　　她一直知道程陆扬是个外表冷漠但是内心细致入微的人，可是当他毫无保留地把这样的温柔体贴送给她时，她却觉得心里十分复杂。

　　是高兴的、喜悦的、忐忑的，同时也是惴惴不安的。

　　她枕在枕头上，听着那边偶尔传来的翻页声，越发睡不着了。

　　过了半天，她低低地叫了声："程陆扬？"

　　"还没睡？"他反问她。

　　"睡不着。"秦真翻了个身，这么打着电话睡得着才有鬼！"不然你给我念念你在看什么书吧？"

　　程陆扬哼了一声："就知道使唤我，好吧，我今天心情好，你等着！"

　　他还装模作样地清了清嗓子，秦真也就洗耳恭听，可是无论如何也没料到，他一开口竟然会是一口流利的英式英语。

　　"Everybody in our family has different hair. My Papa's hair is like a broom, all up in the air. And me, my hair is lazy. It never obeys barrettes or bands."

　　……

　　"But my mother's hair, my mother's hair, like little rosettes, like little candy circles all curly and pretty because she pinned it in pincurls all day…"

　　秦真已经很多年不碰英语了，哪怕这一段其实很简单，她也只能听懂个大概。可是程陆扬的声音低沉悦耳，像是来自遥远的星星，带着璀璨的星光和温柔的光辉。

　　在他停下来时，她小声问他："能解释一下是什么意思吗？"

　　程陆扬含笑说："那你得叫声'程大爷行行好'才行。"

　　她呸了一声。

　　程陆扬笑起来，还是给她翻译了一遍。

　　这是一本儿童读物，诗歌式的散文。作者以孩童的口吻写了一本日记，题目叫《芒果街上的小屋》。

　　而他念的这一章是关于头发的，其中一段温暖可爱的文字叫秦真的心都柔软了几分：

　　妈妈的头发，好像一朵朵小小的玫瑰花结、一枚枚小小的糖果圈儿，全都那么卷，那么漂亮……当她搂着你时，你觉得无比安心，闻到的气味又那么香甜，那是一种待烤的面包暖暖的香味，那是当她给你让出一角被窝时，和着体温散发的芬芳。你睡在她身旁，外面下着雨，而爸爸打着鼾。哦，鼾声、雨声，还有妈妈那闻起来像面包的头发！

程陆扬的声音沙哑又低沉，还带着那么点儿鼻音，在这样的情况下，秦真像是回到了很多年前，看见了那个童年的程陆扬。

他渴望亲人，渴望父母，更渴望被关爱。

她在被窝里裹成一团，轻轻地叫了他一声："程陆扬。"

他也就停下来，用鼻音应了一声："嗯？"

"晚安。"她的声音小小的，还带着一种依依不舍的情绪。

程陆扬笑起来："舍得睡了？"

舍不得，一点儿也舍不得……秦真无不遗憾地偷偷叹口气，却对电话那头的人说："嗯，我困了，都睡吧。"

他还在生病，不能再熬夜了。

程陆扬笑了："好，你先挂。"

她狠了狠心，一口气按下挂断，然后惆怅又心满意足地盯着屏幕半天，这才睡了。

那头的程陆扬却捧着手里那本淡黄色的小书又看了半天，终于回了卧室。

妈妈的头发真的是这个味道吗？他其实也是好奇的。

拥有了一个放在心上的人是种什么滋味？

好像在一片无垠的旷野上奔跑，累得气喘吁吁地停下来时，毫无顾忌地仰躺在稻田之上，然后看见天空中的云彩不断变幻，像是要从苍穹上坠落，以亲密的姿态覆盖在你身上。

这一刻，你会觉得全世界其实也不过你所看见的天空这么大。

这一刻，你觉得这片众人欣羡的蓝天其实也可以被你一个人所拥有。

所以当秦真想到程陆扬时，就会觉得全世界都跳进了她怀里。

每一天毫无新意的工作也因为能与他相见而变得非同寻常起来，她像是刚刚陷入热恋的少女，每天都从欧庭飞奔向程陆扬所在的地方，离开时也总是依依不舍。

周六那天，秦真接到妈妈的电话，让她回家吃顿饭，她欣然答应。

可是就在她花了好几个小时抵达县城的家里时，先前的喜悦全不见了，原因是家中除了父母和秦天以外，还多出一个陌生人。

祝云芝殷勤地拉着她的手，要她和那男人一同坐在沙发上，然后介绍说："这是小邵，隔壁赵妈的侄子，来，秦真，赶紧打个招呼！"

妈妈把他们赶出门去吃饭，相亲的目的一览无遗。

对方就是一个非常普通的青年，在一家保险公司当主管。

秦真兴致缺缺地和他说着话，一顿饭吃得无精打采，却还得笑脸相迎。

聊天之余，她还忍不住佩服她妈的眼光，保险公司主管配她这个房地产公司经理，简直是绝配啊！

可是看着对方那缺乏男子气概的吃饭姿态和他局促又不自然的谈话方式，秦真很难想象自己今后要和这种人共度余生。

吃完饭后，她很礼貌地谢绝了邵峰把她送回家的提议，表示公司有事，她得立马赶回 B 市。

男方大概也看出了她的兴致缺缺，又礼貌地说了几句之后，就此和她分手。

秦真一个人在街上走了很久，直到天都黑了，把周围熟悉的地方都逛了个遍，这才打道回府。

祝云芝显然已经从邵峰那里听说了两人的进展，开门的时候脸色阴沉得不像话，待她进门，合上门的瞬间就忍不住嚷嚷起来："我说你像话吗秦真？我好不容易才给你安排了这次相亲，你居然吃了饭就跑了？"

秦真把包放在沙发上，脸色也有点不好看，但还是放低声音说："妈，我不想相亲。"

可想而知又是一顿好吵，当妈妈的句句不离终身大事，秦真累了，最后索性闭上了嘴，踏着夜色匆匆离开。

这个时间段，回 B 市的大巴车早就没了，坐出租车的话不知道又要花去多少钱。

秦真烦躁地拦了辆空车，只得硬着头皮坐上去，报了地址。

无奈福无双至，祸不单行，等到她跨越了大老远的距离回到小区门口时，才发现包里的现金没带够。

司机一脸警惕地望着她，像是生怕她赖账，秦真哭笑不得地又合上包："那什么，师傅，你还是再载我一程吧！"

她把程陆扬家的地址报上，然后掏出手机给他打了个电话，小声地说明了自己的尴尬处境。

没一会儿，车停在了程陆扬住的小区外面，而他穿着一套深蓝色的休闲卫衣，像个大男孩似的站在路边，见到她探出窗口挥手，往前走了几步，把准备好的钞票递给司机。

秦真拎着包跳下车来，在看见程陆扬的那一刻忽然意识到一个问题：是从什么时候开始，当她遇见这种窘迫的状况时，第一个想起来的人竟然从白璐变成了他？

HOW NICE YOU ARE
ONLY I KNOW

Chapter 13
我很在意你

出租车师傅收了钱以后，总算心满意足地把车开走了。

程陆扬双手随意地插在裤兜里，侧过身来斜她一眼："我说，你该不会是心疼车费，所以故意开到我家门口来，找我掏这点儿钱吧？"

秦真撇嘴："我还没穷到这种地步好吗？"

"那你现在打算去哪里？"

秦真一愣，这才反应过来一件事："我就不应该下车啊！直接找你要了钱，让师傅再开回我家才对！"

程陆扬哈哈笑："全宇宙的智商都被你拉低了！"

见秦真有些懊恼，他莞尔："走吧，我先送你，路上看见空车了招个手就行，这里不太好打车。"

于是程陆扬陪着秦真往来时的方向慢慢走着。

他问秦真："今天回父母家去了？"

她闷闷地应了一声："嗯。"

"玩得开心吗？"

"嗯。"

程陆扬侧过头去，看见她低着脑袋看着地上的影子，侧脸看上去绷得紧紧的，很有几分郁闷的样子，忍不住严肃地叫了一声："秦真。"

"啊?"听他这么认真的口吻,秦真抬起头来看他。

程陆扬安静地望着她,不疾不徐地说:"有人跟我说我们是朋友,朋友之间的感情应该是相互的,而不是单方面的,我记性不好,忘了这个人是谁了,不知道你记不记得?"

"……"

"还有啊,那个人还说,有的事情两个人一起分担,总好过一个人强撑着,你觉得这话耳熟吗?"

"……"

"我想想她还说了什么来着。"程陆扬还在佯装苦恼地思索着。

秦真"扑哧"一下笑出来,给了他一个不轻不重的手肘攻击:"得了吧你,这么爱演怎么不去进军好莱坞啊?"

程陆扬遗憾地摊摊手:"小爷我这么帅,特怕去了以后被潜规则,那多不划算?我可是卖艺不卖身的好男儿!"

贫嘴的话说完以后,他还是回归了正题:"说吧,发生什么事了?"

秦真叹口气,把妈妈擅自为她安排相亲的事给说了出来。

程陆扬听得啼笑皆非:"所以那个男人怎么样?有没有我这么帅,这么有人格魅力?"

"呸!"秦真没好气地瞪他一眼,"少往自己脸上贴金!"

可是走了几步,她忍不住又惆怅地想,要真有他一半好,那也不错啊!

程陆扬催促她说说那个男人的情况,秦真心不在焉地把邵峰的长相和具体情况都描述了一遍。

"所以他很瘦很娘,只是个普普通通的跑保险的?"这是程陆扬得出的结论。

秦真翻白眼:"别看不起跑保险的,我不也就是个跑楼盘的?"

"那不一样!"程陆扬说得斩钉截铁的。

"哪里不一样了?"

"当然不一样了。"程陆扬伸手搭在秦真的肩上,"你是我程陆扬的好朋友,那种丢进人群里找半年都找不出来的人哪能跟你比啊?"

秦真一时没说话,因他这样突如其来的亲密举动而怔住了,心下一时五味杂陈。

她穿着一条小 V 领的裙子，领口开得不大不小，却足以留下裸露的肌肤与他的那只手臂亲密相贴。

他没心没肺地和她说着话，全然没有男女之嫌的意识，想必是把她当成了极为亲密的人，并不在意这些小节。

她应该开心的，整颗心也随着他的呼吸与贴近怦怦乱跳起来，可是他的话又无比清晰地落入耳里——他说她是他的好朋友。

好朋友而已。

秦真抬头看着漆黑的夜空，忽然说："明天天气一定很好。"

程陆扬也随着她的视线看过去，但见繁星满天，如同黑幕之上的颗颗钻石，璀璨夺目，禁不住感叹一句："总算放晴了，这几天一直下雨，我都快发霉了！"

秦真却怔怔地看着这样美丽的夜空，一时之间无言以对。

要跟谁说呢？其实她反倒很喜欢这段时间以来的雨水充沛，哪怕她其实并不是一个喜欢下雨天的文艺青年。

她一向喜欢阳光明媚的好天气，总觉得心情也跟着一块儿晴朗起来。可是若没有这几日的阴雨连绵，又怎么会有程陆扬和她的点点滴滴呢？

他担心她淋雨，担心她受凉，打着雨伞去雨中找她，还和她可笑幼稚地吵架争辩……如果没有这场持续几天的大雨，也许他们仍旧是从前那对距离很近又很远的上司与下属，而非今日的朋友。

两人走了很远，也不知道到底错过了多少辆出租车。

程陆扬见她一直闷闷不乐的，还以为她在烦恼祝云芝逼她相亲的事，忽然兴致勃勃地转过头来对她说："我有个好主意，在 La Lune 待了那么久，商业合作那么多，好歹条件好的单身男人我也认识一大把，不如我帮你物色物色？"

秦真的心跳骤然停下来，呆呆地抬头看他："啊？"

而他忽然对她笑起来，用一种"不要太感谢我"的眼神望着她："我认识的人一定和你妈介绍的不在同一个水平线上，保准你拎回家以后，你妈会满意得逼你塞红包给我这个大媒人！"

秦真发现，自从认识程陆扬以后，她失眠的次数变得越来越多。

有时候是高兴得睡不着，翻来覆去想着他，想他的毒舌，想他的细心，她甚至会在脑子里重播一次次和他相处的场景，然后琢磨出无数句可以回应他的毒舌的话，兀自懊恼：啊，当时我其实应该这么回答他的！

有时候是心酸得睡不着，抱着枕头恨不得把自己憋死在里面。如果说孟唐是她眼睛瞎了才会喜欢上的人，那么程陆扬一定是她连脑子都坏掉才会喜欢上的人。因为至少孟唐和她还有那么一星半点儿过去重合在一起的，可程陆扬呢？

呵呵，远航集团的少爷，La Lune 的"boss"。

而今晚，她注定要在郁闷里辗转反侧了。不为别的，就为她喜欢的人兴致勃勃地要给她张罗对象……

秦真长吁短叹了大半夜，打了个电话给白璐，劈头盖脸就是一句："我要死了怎么办白璐我好想死啊我不想活了！"

白璐莫名其妙地被人从睡梦里吵醒，还是这么劲爆的开场白，一个鲤鱼打挺坐起身来："怎么了你？犯病了还是被人侵犯了，这么想不开？"

秦真捂着心脏悲伤地唱了一首歌："我爱的人，不是我的爱人，他心里每一寸都属于另一个人……"

白璐忍不住骂了句："神经病，好好说人话会死吗？"

正说话之际，白璐那边忽然传来一个悦耳动听的男声："谁的电话？"

秦真也是一惊："你在哪里？"

白璐支支吾吾地说："在家啊……那啥，是电视里的声音。"

那个男人不高兴了，声音骤然低沉了好几倍："我是有多见不得人，嗯？"

秦真这次肯定白璐身边绝对躺了个男人，顿时悲从中来，觉得没有办法继续和她交流了。试问在她失恋之际，身为亲密好友的人大半夜居然和一个男人在家厮混，这算怎么一回事？

简直是戳人痛处、揭人伤疤、伤天害理、伤风败俗！

她把电话一挂，手机也给扔到脚那头，悲痛欲绝地抱起枕头朝着脑袋压了下来。

世界上最遥远的距离不是生与死，也不是我站在你面前你却不知道我爱你，而是明明我爱你，你不知道就算了，还要给我介绍对象！

没过多久，秦真终于还是没忍住，回家跟妈妈道歉，然后和好如初。当然，和好如初的代价就是开始了天天相亲的悲惨人生。

忙里偷闲和白璐一起出门吃夜宵时，白璐看她一副心不在焉的样子，提起了上回大半夜那通电话的事。

秦真顿了顿，才说："其实就是发了个神经，喜欢上一个跟自己不在同一个世界的人。"

"哟，看韩剧了吧？那家伙难不成来自星星？"白璐嗤她，"都什么年代了，还同一个世界，整个地球村都在唱《同一首歌》，谁管你一个世界还是两个世界啊？驴子和马都能生出骡子来，你们又没跨越物种，干吗不能在一起？"

说到这里，她忽然反应过来什么："我说，你是不是喜欢上程陆扬了啊？"

秦真一惊，赶紧四下看看："小声点儿会死啊？"

一副被戳中心思的紧张模样。

白璐问她："那家伙知不知道你一天到晚忙着相亲？"

秦真兴致缺缺地戳着碗里的糯米丸子："谁知道呢。"

"那他知道你喜欢他吗？"

"知道个鬼。"

"喂，我说大姐，你还没告白就打算放弃了？"白璐翻白眼，一巴掌呼在她头上，"这什么胆子啊！好歹被拒绝了再放弃也不迟啊！实在不行，霸王硬上弓，叫他对你负责！"

霸王硬上弓？秦真猛地想起一件事来，眯着眼睛盯着白璐："那天在你旁边说话的男人是谁？"

"啊？什么男人？"白璐开始支支吾吾装蒜，"都跟你说了是电视里的声音啊！"

"少来！"秦真终于找到了转移话题的机会，开始借题发挥，严刑拷问。

可是只有她自己知道，心里面有个角落始终在意着程陆扬。

她就是胆子小，就是没自信，就是自卑得连一句喜欢都不敢跟他说。

就好像她妈妈给她找的相亲对象都是和她一个层次的一样，她也清楚地意识到了自己和程陆扬之间的差距，那不是只要勇敢就可以跨越的。

那天晚上，她和白璐坐在公园的长椅上聊天，一人一瓶啤酒。

白璐坦白从宽，交代了自己和半路冒出的男神不可思议的结合史，原来那位男神就是她替秦真去万达广场接程陆扬那天抓错的醉鬼。

而轮到秦真的时候，她只是一边笑一边列举了几个事实：

程陆扬的衣柜里装着名贵品牌为他量身定制的西装衬衣，而她的衣柜里是五件加起来都比不上白璐脖子上那条丝巾的便宜货。

程陆扬的一只牛奶杯子动辄几百，而她的杯子是买果汁的时候超市搞活动送的。

程陆扬出门不坐宾利就坐出租车，而她只能走路或者坐公交车，实在不行坐了出租车，就要肉痛一晚上。

……

那么多的差距横亘在两人之间——

"而你叫我告白？"她好笑地问白璐，然后喝光了手里的啤酒，"可我有自知之明，他不是来自星星，却比星星离我还要远。"

仰头望着满天繁星，她像个傻瓜少女一样扯着嗓门儿吼着："明天又是个好日子，相亲的帅哥啊，麻烦你长得好看点儿吧！"

白璐翻白眼，还是默许了她发神经的行为："吼吧吼吧，大晚上的没人认识你，勉强允许你拉低我的格调。"

秦真兀自哈哈笑着，对着那片星星又开始嚷嚷："给我一个帅帅的小哥吧！不用帅到惊天地泣鬼神，有程陆扬一半帅就好了！"

最好有他一半毒舌，有他一半细心，有他一半英俊，有他一半暴躁。

最好会穿得花枝招展地进出公司，被人指出骚包的时候会　毛，会突然间暴走着叫你滚蛋。

最好自恋得前无古人后无来者，把所有人的不友好目光都视为"他们嫉妒我"，然后张扬又高调地过自己的小日子。

最好……

最好那个人是翻版程陆扬，哪怕及不上他，至少能让她从中看见他的影子。

秦真把啤酒罐重重地扔向不远处的垃圾桶里，可是运气差了点儿，易拉罐从垃圾桶上反弹回来，又骨碌碌滚到她的脚边。

她气得狠狠踩下去，罐子可怜地扁了。

秦真消停了一晚上，只和白璐待在一起，没有去参加相亲晚宴。白璐把她送回家以后，看她打着酒嗝倒在沙发上胡乱唱歌，拧了条毛巾来给她擦脸。

结果秦真以为她是程陆扬，一把抱着她哭爹喊娘，句句都在骂程陆扬是个没良心的浑蛋，辜负她的少女心，长成这样还出门随意勾引无辜少女，简直罪大恶极。

白璐被她弄得哭笑不得，最后摸出她的电话，找出了程陆扬的电话，在秦真又一轮的哭天喊地里拨了过去。

她问："是程陆扬吗？"

程陆扬一愣，看了眼手机屏幕，是秦真的电话没错，于是礼貌地问了句："请问你是？"

"秦真的朋友，我叫白璐。"白璐自报家门，然后停顿了大概十来秒，让那头的人有机会听清楚这边的嘶吼，最后十分痛心疾首地说，"你听见了吗？"

程陆扬果然虎躯一震："秦真她怎么了？"

"她心情不好，喝多了。"

程陆扬猜测："她妈又逼她去相亲了？"

"何止啊，这周以来天天相亲，每晚都跟不同的男人共进晚餐，燕瘦环肥，夜生活多姿多彩呢！"白璐暗示他，"你就没点儿想法吗？看她这么辛苦地奔波在寻找人生伴侣的路上，你就站在那儿没反应，不打算拉她一把？"

程陆扬会意了，言简意赅地说："我明白你的意思了，麻烦你把电话给秦真。"

白璐满意了，把手机递给秦真："喏，程陆扬的！"

秦真浑身一颤，小心翼翼地捧过手机："喂？"

只听见程陆扬在那头义正词严地说："你每天去相亲，为什么不告诉我？烦心成这样，喝酒就能解决问题吗？秦真，我以前说你把脑子放在家里忘了带出来其实是个非常严重的错误！我根本不该那么说，因为你不止在外没脑子，在家也一样没有！"

"……"

一片寂静中，程陆扬叹口气："行了，别相亲了。"

秦真的心颤巍巍的，在半空中晃啊晃啊，借着醉意，她迷迷糊糊地想着，难道他终于开窍了，要阻止她去相亲了？

下一秒，电话那头总算"开窍"的程先生非常严肃地说："你妈介绍的那些哪能看得进去啊？明天开始，我来帮你安排相亲。"

程陆扬说到做到，第二天中午就拉着下班的秦真去相亲了。

相亲之前，他瞄了瞄秦真这身黑不溜秋的职业套装，特别恨铁不成钢地拉着她去市中心换身行头。

"我连相亲都没答应你，你这还蹬鼻子上脸要给我换战斗服了？"秦真无精打采地被他拖出公司。

"你也知道是战斗服？好歹是我程陆扬介绍的，你就穿这身出去见人，指不定把我的脸丢到哪颗星球上去了！再说了，每一场相亲都是一次战斗，为了保存血条，取得战斗的最后胜利，咱们得把装备搞好！"

"人民币玩家是可耻的！"

"等你被人民币玩家轮了一百遍经验清空以后，也会禁不住心向往之了。"程陆扬把她拎进一家名牌商店，特别大牌地朝长腿店员说，"挑一套适合她的。"

店员热情得不得了，一个劲儿询问秦真有什么要求，然后一套一套指给她："这件怎么样？小姐您皮肤白，很适合宝石蓝。"

"不然这条裙子呢？您人瘦，穿上去凹凸有致。"

秦真转过身去，看见程陆扬宾至如归地坐在柔软的真皮沙发上，银灰色的衬衣把他的气质烘托得宛若王者，黑色的休闲西裤也穿出了一股……禁欲又性感的味道？

她感到很绝望，她真不应该多事把他的衣柜给归纳一番，要不然他穿着花花绿绿的彩虹套装出来，她就有充足的理由指责他："你这身造型这么犀利都敢出来见人，我这套衣服又有什么问题？"

彩虹之子配黑寡妇，这敢情好！

程陆扬看她郁郁寡欢地看着自己，还以为她是心疼钱，十分豪爽地摸了张信用卡出来，在半空中朝她晃了晃，意思很明显：我给钱，你安心挑！

秦真顿了顿，由着长腿美女给她随意搭配了。

不管是谁介绍的对象，总而言之一句话，她怎么着都得相亲。既然都是相亲，见她妈介绍的那些人和见程陆扬介绍的那些人，又有什么区别呢？

她拎着长腿美女搭配的衣服进了更衣室，发了片刻的呆才开始换衣服。

她明明应该为程陆扬殷勤地替她介绍相亲对象而感到悲伤，现在却因为在他的陪同下一起买衣服而感到雀跃……

程陆扬还是第一次陪女人出来买衣服，看着秦真以不同的造型慢吞吞地从更衣室里走出来，倒也觉得新鲜。

长腿美女一直在旁边充当解说员："这条裙子比较贴身，能够突出女性的曲线美，喏，小姐您侧面照照镜子，是不是显出了腰身，看起来特别婀娜多姿？"

秦真有些尴尬地从镜子里看着程陆扬，他的眼里流露出赞赏的目光，笑眯眯地说："买！"

鉴于店员搭配了那么多套，程陆扬就让秦真每套都去试试，从套装到裙装，从内搭到外套，只要他觉得好看，统统是豪爽地挥挥手，一个字："买！"

秦真听得心惊胆战："就吃一次饭，买那么多干什么？每隔五分钟去洗手间换一次装？"

"这叫做好打持久战的准备！"程陆扬选了最初那条裙子作为今天的战斗装备，让秦真换上以后，带着她走向了不远处的一家餐厅。

"发工资了我就还你钱。"秦真看了眼他手里那堆袋子。

"不用，反正钱放在那儿也是闲着，穿你身上还比较有存在感。"

"一定要还。"秦真坚持，心下想着他又不是她的谁，哪能让他给她买衣服？

这么想着，心里又不止塌陷了一两寸。

在电梯里的时候，程陆扬问她："有口红吗？"

"有。"

"抹点儿，看起来气色会好点儿。"

她依言拿出来，却苦于没有随身携带镜子，迟迟不知道如何下手。

程陆扬自然而然地接过口红，一手抬起她的下巴："别动。"

秦真浑身一僵，看着他的面容无限接近，然后……生涩地亲手替她抹口红。

这么近的距离，她看见他的睫毛又长又密，像是两把刷子，几乎遮住那双眼睛里一闪而过的温柔。他的指尖触及她的肌肤，小心翼翼的，像是对待多么珍贵的宝贝。

秦真眨了眨眼，看见他的面容又一次缩小，把口红还给她，满意地说了句："好了，这下能见人了！"

走出电梯之前，他甚至侧过头来认真地看着她："不管你见到的是什么人，身份地位或者职业比你高出多少，你要记住，没有什么人是你配不上的。"

他含笑在她脑门儿上弹了一下："别发呆，我是认真的，首先你要相信自己是独一无二的，然后才能让别人觉得你值得拥有最好的一切。"

秦真一眨眼，差点就掉下眼泪来了。

要怎么告诉他呢？她想拥有的最好的一切就是像此刻这样和他静静地面对面站着，听他用难得温柔的语气和她说话，眼睛里只有她一个人的影子，别无其他。

可程陆扬露出一口大白牙，笑得特别英俊地对她说："走,该相亲了！"

走进大厅，程陆扬指了指餐厅左侧靠窗的一张桌子，那里已经坐着位西装革履的年轻男人。隔着远远的距离，秦真没看清他的长相，但也能模模糊糊地从轮廓上感觉到这不是一般人。

"上市公司的财务部经理，叶成谦，今年二十八岁，长得很帅——"程陆扬介绍到一半的时候忽然卡住，然后补充一句，"当然，比我还差那么点儿。"

他指了指桌后面隔着雕花玻璃的卡座："我就在那桌吃饭，有什么事随时呼叫我。"

秦真还没来得及说上一句话，就被程陆扬推了出去。

她紧张地走了几步，又回过头来看他，却只看见他扬起嘴角朝她安心一笑，笑容里有无声却安稳人心的力量。

秦真心里一酸，转过头朝叶成谦的桌子走去。大厅里的柱子是镜面玻璃的，映出了她那身黑色的小裙子，整个人看起来修长纤细，清丽可人。

她觉得自己难得穿这么贵的衣服，难得这么好看，一切都是拜程陆扬所赐，却是为了让她美丽给别人看，这叫她无论如何也开心不起来。

叶成谦也注意到了径直朝自己走来的秦真，微微一愣，起身对她露出了浅浅的笑容："你好，我是叶成谦。"

英俊好看的面容，热情四溢的笑容，瞬间安抚了秦真忐忑不安的心。

从替秦真物色好相亲的对象那一刻起，程陆扬从来没觉得生活这么有动力过。外面阳光明媚，天朗气清，而秦真在他的打扮下穿上了性感又好看的裙子，最后还在他那番差点把自己感动哭了的大道理之下挺直了腰杆，走向了战场。

从带她踏出公司大门的那一刻，一直到餐厅的电梯门打开，一切都和他预料的分毫不差，他可爱的秦经理果然是块被隐去光芒的璞玉，如今被他一精心打扮，漂亮得简直可以拉出去当模特。

唉，当真有种吾家有女初长成的感觉啊！

可是当秦真终于转过身去，走向他亲自物色的帅哥叶成谦时，程陆扬忽然觉得哪里怪怪的。

他看着秦真的背影，忽然开始思考一个问题——这裙子为什么会露肩？那团白皙细腻的肌肤就这么暴露在外，嗯……不妥，不妥。

就这么站在原地，他看见叶成谦眼里露出了惊艳的神情，然后站起身来对他的秦经理笑得摇曳生姿，又一个问题冒了出来——这家伙笑得这么猥琐，看起来有几分人面兽心，该不会对秦真动什么歪脑筋吧？

下次物色对象时，还得再三斟酌才是。

有服务员见程陆扬站在那里发呆，很快走到他身旁，笑着问他："先生，用餐吗？"

程陆扬这才回过神来："预订了的，我姓程。"然后走到了与秦真仅有一座之隔的卡座里，随随便便点了几道菜，凝神听隔壁桌的对话。

开胃小菜上桌时，他一边伸筷子夹菜，一边听叶成谦自我介绍家里的情况："我家就我一个独生子，父母健在，和我住在一起。"

听说叶家父母挺强势啊，住在一起的话，以后秦真嫁过去，这种包子性格肯定会吃亏！不妥不妥。

他吃着嘴里的泡椒花生，皱起眉来。

叶成谦又说："我在 B 市一共有三套房子，想着如果今后结婚了，妻子要是不愿意和我父母一起住，也可以分开住的，不要紧。"

什么？随随便便就可以为了妻子抛开年迈的父母，贪图自己享乐？呵呵，这种人品真的没问题吗？不妥不妥。

他心不在焉地又夹了一筷子塞进嘴里，噗地一口吐了出来，赶紧灌水——夹到泡椒了，辣死人了！

叶成谦微笑地看着面前的女人，越看越满意，从家庭一路谈到人生理想，谈到对孩子的教育理念，然后谈到了为孩子计划好的幼儿园、小学……甚至一路计划到了大学。

秦真被他的热情吓了一跳，赶紧说："叶先生，你都不问问我的工作吗？"

叶成谦莞尔："这个重要吗？"

"这个……这个怎么不重要了？"秦真一头雾水，以往和祝云芝介绍的对象相亲时，这个可是至关重要的问题。

叶成谦看她怔住的样子，忽然间反应过来了，于是笑着解释说："不管你现在从事什么职业，今后要是和我结婚了，都会辞职回家当全职太太，所以我觉得没什么必要在这个问题上纠结啊！"

秦真彻底愣住了。

隔壁的程陆扬终于忍不住了，"砰"的一声扔下水杯，沉着脸走到两人桌前，拉起秦真的手："行了，相亲时间到，走吧！"

秦真吓一跳："你怎么出来了？"

叶成谦也愣住了："程总监？你怎么来了？"

程陆扬皱眉嫌弃地看他一眼："都已经二十一世纪了，你还一心想着女人就该在家生孩子做家务，有这种思想该去日本娶个温柔小妻子才是。不好意思，我们秦经理志存高远，是绝对做不来这种全职太太的！"

他拉着秦真的手，十分豪爽地走出了餐厅。

秦真哭笑不得地被他拽着走："你这样也太不礼貌了！"

"怎么就没礼貌了？言简意赅阐述清楚你俩不合适的理由，然后走人，有哪里不对？"程陆扬顾及她穿的高跟鞋，慢下脚步。

"相亲的人是我和他，至少也得我来说明我们俩观念不一致，不适合继续相处，你这么突然跑出来也太突兀了。"

程陆扬斜眼看她："那你的意思是你还想回去继续和他亲密友好地交谈？"

"那倒不是。"秦真不知为何忽然笑了，"既然你都觉得不合适，那就算了。"

这样再好不过，由他开始，由他终止。看得出他是真的在意她，生怕介绍了不适合的人会委屈了她。

HOW NICE YOU ARE
ONLY I KNOW

Chapter 14
全世界都配不上她

秦真本来以为相亲的事没有结果，程陆扬也就该停一停了，反正他贵人多忘事，成天还要打理那么多事，哪里有闲工夫管她这点儿小事呢？

可程大爷在这事儿上还真就认真了，捧着方凯连夜整理出来的候选人资料，有板有眼地坐在办公室审阅。

有了第一次的失败经验，他高举知错就改的伟大旗帜，坚持百里挑一、精挑细选，自忖以他这火眼金睛，就不信选不出个如意郎君。

隔壁负责校对的李蜜捧着一堆核对完毕的图纸进来交差时，眼珠子又开始例行乱瞟，从程陆扬的发型一路瞟到衬衣下看不出什么的胸肌，然后又从幻想中的八块腹肌一路瞟到他手上和桌上的那堆资料……顿时愣住。

像是履历一样的资料密密麻麻地印在白纸上，可公司最近不招人啊！

她又仔细瞧了两眼，在看清楚那些照片清一色是俊男帅哥，且年纪都和总监差不多时，顿时惊恐了。

而程陆扬正皱眉仔细斟酌着，一边用指尖轻轻敲桌子，一边自顾自地对一旁的方凯说："这个李健不行，看起来跟个白斩鸡似的，恐怕肾虚，那方面估计不太行。"

方凯的脑袋埋得低了一点。

"张毅超也不行，有钱是有钱，但喜欢在外面乱来，我以前经常在那些不三不四的酒吧里看见他。"

您要是不去那些酒吧，又怎么能看见人家去了？

方凯的脑袋又低了一点。

"啊，还有这个吴卓越也不行啊，看看这尖嘴猴腮的样子，一看就是好色的家伙。上回北门那边有块地竞标，他不是也去了吗？一劲儿对着礼仪小姐搔首弄姿的，什么东西！"

方凯抬头看着李蜜惊悚的表情，终于忍不住清了清嗓子。

程陆扬抬头，看清了办公室里多出来的人，疑惑地问了句："戳在这儿干吗？"

"哦哦，我送图纸来！"李蜜赶紧目不斜视地挺直腰，然后匆匆出了门。

方凯默默地望着她离去的方向，觉得今日之后，随着总监性取向的"真相大白"，自己的人气可能会水涨船高。

他默默地理了理衬衫，对着透亮的窗户比了个"V"，露出一口白牙森然一笑。

妈，您的儿媳妇有望了！

而程陆扬耐着性子把一摞资料都看完，以种类繁多的理由排除了一堆候选人，同时对候选人的品头论足也没有停止，在他一句"这人鼻子太大，像法国人，不要"之后，方凯纳闷地问："长得像法国人不好吗？国际范儿，多洋气啊！"

程陆扬瞪他："长得都这么不爱国，你还指望他爱国爱家爱老婆？"

"……"方凯憋笑憋得好辛苦。

又有一次，程陆扬二话不说排除了一位五官都长得很端正的先生，方凯又问："这回毛病出在哪儿？这位先生长得正直又善良，挺不错的啊！"

程陆扬呵呵一笑，指着照片上的人："这穿的是什么？哪个村的村服？我可不希望秦真以后和他一起穿着情侣村服，扭着秧歌来见我，到时候我岂不是还要一人准备一朵大红花给他们戴在胸口？指不定他们还会骑着牛来见我。"

"……"方凯已经开始在心里表演胸口碎大石了。

在程陆扬的百般挑剔之下，厚厚一摞纸最后也没剩几张。他烦躁地把纸重重搁在桌上："全市那么多业界精英，当真找不出个像样的吗？"

方凯嘀嘀咕咕地说："可是总监，这些已经是非常好的了，金无足赤，人无完人，谁就没个缺点呢？"抬头看了眼程陆扬的表情，他还是没忍住，把话说了出来，"说实话，虽说您说的都是事实，可秦经理也不见得就没有缺点啊！她学历不高，工作不好，脾气虽然好，但发作起来也不一般，遇到大场面还会畏手畏脚，没有足够的自信心……"

对上程陆扬杀人一般锐利的目光，他把那些没数落完的缺点统统咽回了肚子里，然后小声说："当然，她优点也是很多的……不过这些人配她也已经绰绰有余了，要真有家世外貌人品都出类拔萃的，有什么道理会看中她呢？顶多看在您的面子上和她见见面，但是真的能接受她吗？"

程陆扬的表情迅速沉了下去，眼看就要反驳方凯，可是张了张嘴，到底没能说出一句反驳的话来。

因为他发现方凯说得很对，对得他压根没处挑刺。

可即便是这样，他仍笃定地说："就凭她是秦真，是我程陆扬罩着的人，她就值得最好的男人。那些凡是因为她的学历、工作或者家境就看不起她的人，压根不配得到她，只有像我这种高层次的有为青年才是她的真爱！"

方凯见他脸色臭臭的，没敢再还嘴。

程陆扬不知是在安慰自己还是安慰方凯，继续说："秦真是个好姑娘，对人对事都诚心，肯定会有好男人排除万难看出她的好的，现在苦点儿替她把把关，也好将来她拎着流鼻涕的孩子来我面前哭诉老公不疼她。"

想到那样的场景，程陆扬不知怎么的有些烦躁。

他告诉自己别瞎想，秦真一定会拥有一个如意郎君的，从此过上灰姑娘似的幸福生活，一家和睦，笑口常开。

没过几天，秦真下班后正在公交站台等车时，一辆白色的汽车停在了她的面前。

坐在驾驶座上的孟唐把车窗降了下来，对她说："我送你。"

秦真下意识地拒绝了："不用，我坐公交车就好。"

谁知道孟大教授不达目的不罢休，反而微笑着问她："秦真，我是豺狼虎豹吗？"

"……"你比豺狼虎豹更可怕，你是老奸巨猾的狐狸！

"不管上次的事情你怎么想，凡事总要给人一点儿余地吧？我只希望你给我一个解释的机会，至少把该说的都说清楚，这样我也没有遗憾，你也会踏实很多。"见秦真有所动摇，孟唐乘胜追击，"我不是个死缠烂打的人，如果在说清楚以后，你依然明确地拒绝我，我也不会再让你为难。"

他是律师，懂得如何揣测对方的心情，也懂得如何劝服对手。

秦真咬唇想了想，最终坐上了他的车。

他说得对，事情总要解决，倒不如把话说清楚，免得徒增尴尬。

咖啡馆里放着慵懒舒雅的英文歌，厚重悠长的女声令人心情愉悦，浑身每个细胞都放松下来。

秦真刚开始还是有些不自在的，可一杯温暖的咖啡在手，甜甜的奶油入口，她很快就放下了那点儿不安，对孟唐笑了笑："有什么话就说吧。"

孟唐的神情很复杂，对上秦真温柔的眼睛，斟酌了片刻，才开口："那天我说了那番话，你不生气吗？"

秦真"哦"了一声，尾音轻轻扬起："你为什么觉得我该生气？"

"正如那天那位程先生所说，我在你对我怀有仰慕之心的时候刻意忽略了你的心意，却又在你打算过自己的新生活时，跑来你面前说些令你困扰的话——"孟唐低声笑了笑，"就连我自己也觉得这种行为很卑鄙，你生气也是理所当然的。"

他的笑容一如既往的好看，眼神里却带着无可奈何的意味。秦真注意到他握着咖啡的手有些用力，指尖微微泛白，忍不住失神，大律师也会有紧张的时候？

顿了顿，她说："我承认一开始我很生气，但并不是你说的那个原因。没错，大家都知道我以前喜欢你，这点我也不否认，你要是不喜欢我，那就是我自己傻，可你明明看出了我的心思，还一如既往对我好，甚至从初中一路好到高中，让我继续对你保持这种求而不得却又不肯死心的心态，这点就让人不能理解了。"

她喝了口咖啡，像是找到了宣泄口，继续理直气壮地说："有人跟我说过，在喜欢和不喜欢这种事情上，人应该有决断力，喜欢就是喜欢，不喜欢就赶紧说清楚，否则冷眼旁观他人对你念念不忘，这就是一种虚荣自私的表现。鉴于那些年里你对我的种种不回应，我可以理解为你并不喜欢我，可不喜欢的话，你就不该对我好，送我回家、借我习题、在公交车上帮我挡住人群好让我安心睡觉……这些行为都不该有。你可以说这是同学爱，可明知道我喜欢你，你不觉得这种同学爱就显得太多余了吗？"

孟唐像是很诧异秦真会一口气说这么多，张了张嘴，又闭上了。

秦真看着他，很认真地说："而你那天说的话就更让人摸不着头脑了，你说你从以前开始就喜欢我，但从初中到高中，那么长的时间里你从来没有回应过我，甚至毕业之后还出了国，跟我毫无联系。现在隔了十多年，你回来了，居然跑来我面前说你喜欢我，你觉得正常人谁会信你？"

孟唐放下手里的咖啡，望进她的眼睛里，还是那种温和清淡的声音："都说出来了吗？"

"什么？"秦真扬眉。

"你的疑问和埋怨要是说完了，接下来就轮到我了。"这是孟唐的开场白，不疾不徐，带着十二万分的真挚诚恳。

然后秦真就等来了她苦等十四年的真相和答案。

孟唐说他从很早很早的时候开始，就注意到她了。在所有喜欢他或者想与他在成绩上一争高低的女生里，秦真绝对是很特别的一个例外。她从来不会主动找他聊天，也不会在他打篮球的时候跑到操场上去送饮料，更不会像那个年纪的女生一样时常缠着他，问些"你喜欢谁"或者"谁谁谁是不是喜欢你"这种没营养的问题。

秦真想起了以前的自己，胆小平庸，各方面都不太出色，她倒想有那个胆子去接近他，可在繁花锦簇的孟唐粉丝团的光芒下，她只敢躲在角落里偷偷仰望他……嗯，是自卑得挺特别的。

孟唐说很奇怪，他觉得那个叫秦真的小姑娘可能是真对他不怎么上心，可是坐前后桌那一段时间吧，每回回头都能看见她拿着铅笔或者圆规对他的脊背比比画画的，像是"一不小心"就会瞅准时机朝他恶狠狠地扎下来。

秦真有点儿尴尬，那段时间吧，其实她是因为自卑到无处发泄，所以把罪过都推给了前面坐着的那个天才少年——本来就是啊，要是他不那么优秀，也不至于衬托得她那么渺小平凡！

更何况每次数学老师对着她那惨淡的卷子恨铁不成钢时，总会说那么一句："你看看人家孟唐！"

看看看，看你个鬼啊，整张卷子都是钩钩，没有一点儿进步空间好吗？！

孟唐说后来有一天他练琴回家的时候，正巧发现了被困在教室里出不去的小姑娘，那个倔强的小姑娘头一次哭得那么伤心，眼泪鼻涕都混在一起，分不清谁是谁了。

他带着门卫阿姨去解救了她，像是英勇的王子一样，可是小姑娘不像个公主，没有扑上来崇拜地对他表示感谢之情，反而一路念叨着妈妈做的葱油饼可能被弟弟吃了，叫他哭笑不得。

秦真深刻地反省了一下吃货本性，原来一个伟大的吃货从童年起就已经在各方面初露端倪。

孟唐还说，他每天坐公交车上学时都会遇见那个小姑娘，不知道每天晚上干什么去了，早上总会在车上犯困。那么拥挤的人群里，她倒是能好端端地打盹，而他无数次替她挡住周围的人群，用手撑起一方安稳的空间。

这样的行为很傻气，一点也不符合他的风格。可是看见她睡得那么香，他的心情也在不知不觉中好了起来。他甚至会在她睡着的时候偷偷看她，长长的睫毛，细腻到毫无瑕疵的皮肤，还有略带婴儿肥的脸蛋。

秦真不自觉地摸了摸下巴上新冒出来的那颗痘痘，觉得孟唐一定会认为她在岁月的摧残中渐渐长残了……

几乎是把往昔峥嵘岁月都给回忆了一遍，然后孟唐深深地望着她，语气里带着一抹无奈："开始的时候是觉得年纪太小，早恋不合适，后来却是因为我要出国的事情，所以才耽搁下来。"

谁会愿意跟一个即将出国的人谈恋爱呢？

并且这个人的出国计划是很早以前就定下了的，本科四年，硕博连读四年，整整八年，他都要在国外度过。这样的他要拿什么向她告白？

我喜欢你，所以请等我八年，八年之后，我来娶你？

孟唐笑了，睫毛微微颤抖，他抬头看她，眼里波光流转，意蕴无穷。那样的眼神，那样的神情，那样的姿态……无一不是在告诉她，他有他的苦衷。

秦真消化了片刻，似乎明白了什么，慢慢地放下手中的咖啡："你的意思是，你之所以不回应我，是因为你知道自己不能和我在一起。而不拒绝我，是因为你有私心，希望我能一直喜欢你？"

她的眼神逐渐冷了下来，语气也不再温和。

孟唐察觉到了她的态度转变，沉默片刻，点了点头。

秦真笑了："能说说看你当时心里是怎么想的吗？我十分好奇你是如何做出这种自私的决定的。"

孟唐有些难堪，手指蜷曲了一下，尽量保持平稳的语气说："那时候年少不懂事，一面为要出国离开你而难受，一面自私地希望你不会在这段时间里喜欢上别人。所以没有跟你说清楚，而是一直对你好，希望你记住我的好，并且……"

"并且因为得不到你，所以一直把你放在心上，念念不忘，对吗？"

"对……"

一时之间，秦真简直不知该作何感想，是该高兴自己的初恋原来也喜欢自己，还是该痛恨孟唐深沉的心思和老谋深算？

秦真平静地看了他一眼，从挎包里摸出一张"毛爷爷"，潇洒地放在桌上："OK，差不多了，就到这里吧。我下午还要上班，就不跟你多说了。"

他有他的苦衷，可因为把她蒙在鼓里，她一个人伤心了这么多年，说到底他的喜欢还是不够，因为他自始至终都以自我为中心，丝毫没有顾虑被抛下的人会有什么感受。

她起身就走，岂料孟唐忽然拉住了她的手腕，跟着站起身来："秦真！"

她条件反射地甩开了他，用一种陌生的眼神看着他，看着这个自己爱慕了很多年的人。

她曾以为自己是拥有了常人所没有的好运气，才会在年少的时光里遇见一个他，虽然没有如愿走到他身旁，但他留给她的那些温暖岁月也足以点燃一盏灯，照亮她平凡又贫瘠的青春。

结果一切竟然只是他的刻意为之，她本不需要受这么多折磨，本可以在他说清楚、离开之后，顶多难受一阵子，很快就回归正常的生活轨迹，可他算计她，故意对她好，然后带着她的爱慕飞离了故土。

想到那些年里他对她极尽温柔之能事，大概每一个眼神、每一个举动都是经过精心策划的吧？

多可怕的心思，多深沉的心计。

"孟唐，既然话也说清楚了，不如就按照你说的那样让我走吧，大家都两清了，没什么必要继续纠缠下去。"秦真后退一步，"这两杯咖啡算我请，毕竟你们这种大律师时间宝贵，一寸光阴一寸金，跟我叙旧半天，恐怕耽误了你不少金钱。"

孟唐心里顿时一窒，难堪的情绪一路蔓延到了眉眼当中。他慢慢地收回手来："我不是故意要算计你的，我只是……只是……"

素来能言善辩、心思深沉的大律师忽然也没有了言语，像是失去了辩解能力。

他只是什么呢？只是慌了，只是不想失去她，只是希望哪怕有那么千分之一的机会，在他回国以后，她还是单身，还对他抱有那么一丁点儿求而不得的爱慕之心？

这些年来，他在国外一直打听她的状况，她的工作、生活、朋友圈，她的身体、家人、恋爱状况，一切都如他希望的那样，她一直单身，像是真的在等待他的归来。

可等到他欣喜万分地回到故土，却又忽然发现一切都不一样了。

孟唐颓然地拿起那张百元大钞，塞回秦真手里："哪怕讨厌我，也不要这么对我。"他苦笑片刻，"如果可以，我真希望我没有对你说今天的这番话。"那么我在你眼里还会是那个温和美好的少年。

秦真看着他溢于言表的失望与伤感，顿了顿，闭了闭眼，深吸一口气。再睁眼时，她已经没有了愤怒，只剩下一点儿无奈和好笑。

她在生什么气呢？气他以自我为中心？其实按照孟唐的说法，听上去也确实有几分道理，一个要出国的人难道还该来招惹她？他记挂她，所以希望长长的时光里她也把他放在心上，这似乎也无可厚非。

不够深刻的爱情大抵是有私心掺杂的，难道她还指望对方毫无保留地为她付出，留在国内不去留学？

只可惜时光蹉跎人，等到他回来时，两个人的心境都大不一样了——至少她已经不是以前那个秦真了，她心里多出一个人，也少了一个孟唐。

她笑了笑，抬头看着孟唐："不管怎么说，谢谢你这么坦诚告诉我这些，不过今天就到此为止了，好吗？"

她没有伸手去接那张钞票，而是径直走出了大门，玻璃门上的风铃叮当作响，不知晃动了谁的心。

人若是想要彻底抛下一段感情，最好的方法就是把曾经的心结统统解开，然后一身轻松地对它们说拜拜。

秦真觉得如今一切都真相大白了，她的心情也是前所未有的轻松。

她给白璐打电话，连续几次都被挂断了，最后一次是一个男人接起来的，用一种很不耐烦还很冷淡的语气对她说："不好意思，秦小姐，白璐现在没空和你说话，麻烦你明天再打来。"

不待她答话，那边就直接掐断了通话。

她觉得她们的友情第一次遭到了破坏！

这时候，烧烤摊的老板娘已经端着一盘烧烤、拎着几瓶啤酒过来了，见秦真还在不停打电话，笑着问了句："哟，姑娘，朋友来不了啊？点这么多菜，啤酒也好几瓶呢！你一个人解决得完吗？"

秦真觉得很愤怒，好不容易想找闺密喝杯小酒庆祝一下，居然被不知道哪里冒出来的野汉子给再三阻挠了。想了想，她把电话打给了程陆扬。

程大爷接起电话，听到了她的邀请，趾高气扬地对她说："你叫我去我就去，那多没面子啊！"

秦真说："那你要怎么样才肯来？"

"夸我长得帅。"

"你能不浪费我的话费吗？你能直接过来我当面对你说吗？你不觉得面对面的赞美比隔着电磁波信号交流更令人内心愉悦并且感动吗？"秦真在那头冲他嚷嚷。

他一边拎起钥匙朝门外走，一边傲娇地说："我还不去了呢！你这种臭脾气我今天要跟你友尽！"

秦真已经听到他关门的声音了，当下哈哈一笑，不以为然地说："我等着你的，赶紧来！"然后挂了电话。

程陆扬觉得随着两个人相处的时间越来越长，秦真的脾气好像也越来越大，但神奇的是从来都不肯迁就别人的他反而变得越来越宽容，居然能忍气吞声地在被她讥讽一顿之后还眼巴巴地跑去陪她喝酒。

他安慰自己，没关系，像他这种长得帅的男人，的确不应该跟女人一般见识。天底下的女人都一样，因为得不到他，所以才气急败坏地想尽方法引起他的注意。

当然了，秦真不一样，她不是女人！

等到程陆扬按照秦真给的地址赶过去以后，又开始感叹她不光人的档次低，连喝夜啤的档次也这么低，什么地方不好找，找了个脏兮兮的路边摊。

秦真也不甘示弱地损他："瞧瞧你穿的这是什么？呵呵，阿童木家居服！你还指望我带你去什么上档次的地方？"

"来见什么档次的女人，自然就穿什么档次的衣服，免得有损我的格调！"程陆扬辩解，不肯承认自己是来得匆忙，接了电话就欢天喜地地出门了，连衣服都忘了换。

秦真又嘲笑程陆扬笨拙的开啤酒瓶的姿势，从他手里夺过啤酒瓶，牙齿一咬就开了："大哥你姿势能像个男人一点儿吗？开个啤酒都这么丑，你家里人知道你这么不爷们儿吗？"

程陆扬居然没发火，只哼了一声："像我这种长得帅的，踢毽子都帅；像你这种长得丑的，打高尔夫都像是在种菜！"

秦真一口啤酒喷了出来。

她清了清嗓子，才嘟囔着说："今天我心情好，不跟你一般见识！"

程陆扬觉得自己今天脾气很好，然而他所有的好脾气都在听到秦真那句"我今天和孟唐去喝咖啡"之后消失殆尽了。

他原本在嫌弃啤酒味道差劲，听到秦真那句话，瞬间就瞪大了眼睛，一副要把酒瓶子往她脑袋上砸的模样。

"大哥你别乱来啊！我还没说完呢，你得听完了细节再考虑要不要揍我！"秦真真挚地握住他的酒瓶。

程陆扬瞪她："给你一分钟的时间阐述你的理由，要是理由不够充分，请你做好头盖骨在酒瓶下碎裂的心理准备！"

然后秦真就把今天和孟唐去咖啡馆的来龙去脉都巨细靡遗地交代了一番。

她说得很详细，几乎是回忆着孟唐的话全部复述了一遍，程陆扬仔细观察她的表情，却没能从中发现什么伤心欲绝之类的动态，总算松口气。

她说真好，那些过去现在真的都已经是过去了，再也不用矫情地活在初恋未遂的心态里了，毕竟现在是她拒绝了孟唐，而非孟唐拒绝了她。

她还说："啊，我真是扬眉吐气了！来来来，就冲这个，跟我干一杯！"

她举起酒瓶子和程陆扬碰杯，程陆扬哭笑不得："哪有女人逮着瓶子喝酒的？"

她还争辩："我这叫女中豪杰！"

于是程陆扬被迫和她一起吃烧烤、喝啤酒，看她一直神采奕奕地对那段无疾而终的感情喋喋不休，神情里有怀念，有释然，有不舍，也有遗憾。

她的睫毛微微晃动着，眼睛里似乎还闪烁着亮晶晶的星星，温柔明亮，意蕴无穷。

这一刻，程陆扬忽然想起了自己那空空荡荡的过去，他甚至想不起前女友们长什么样，也似乎从未体会过这种心动的情怀。他不自觉地摸着自己那颗空了很多年的心，然后怔怔地看着秦真。

他觉得很羡慕，羡慕她有过这样刻骨铭心的心动时光。

他觉得很心疼，心疼她勇敢地撑过了十多年的单相思。

最后，他还觉得很嫉妒，嫉妒孟唐可以霸占她的心这么久，嫉妒他曾经叫这样好的一个姑娘念念不忘。

这样想着，程陆扬惊觉自己似乎有了点儿古怪的念头，胸腔里似乎有某个角落泛出了复杂的情绪，酸涩难当。

后来秦真喝得半醉，和他一起在街边散步醒酒，他看见这个一直活得很压抑很认真的女人跳起来去够路边的树枝，一次不成，又来第二次。

她还回过头来对他说："以前我看小说里提到一种树，具体是什么树我忘了，说是你要是能跳起来一次摘下五片叶子，那么你喜欢的人就会喜欢你。"

然后她傻笑着继续跳起来去摘叶子："你猜猜看我能不能梦想成真？"

她像个不知疲倦的孩子，一次一次跳起来去摘那些离她很遥远的叶子，天真又傻气。

程陆扬看着她嘴角的笑意和那种执着的神情，心里怦然炸开锅，他讨厌孟唐，直到她口口声声说不在乎了，却依然在为那个人做着这种毫无道理的事情。

孟唐为什么不好好珍惜她？

不，他根本不值得她爱！

这样想着，程陆扬沉着脸一把拽住秦真的手臂，制止了她继续跳起来摘叶子的举动。他沉声质问她："有意思吗？"

"有。"她忽然间一动不动地望着他，望着这张英俊又好看的面庞。

如果摘到了叶子，你就能喜欢上我，那该多有意思？

可程陆扬不知道她在想什么，他抿了抿唇，很压抑地说："秦真，没了男人你就活不成了吗？做出这副恨不得立马嫁出去的姿态做什么？"

秦真因为他的这句话骤然冷静下来，整个人犹如被一盆冷水浇得浑身透湿，并且在这瑟瑟秋风里不可抑制地开始发抖。

她看他好半天，低头笑了两声："不好意思，年纪大了是有点儿愁嫁。"然后挣脱他的手，慢慢地往前走。

那个背影被路灯拉得很长很长，那句话的语气也显得很无奈。

程陆扬怔怔地看着她瘦弱纤细的背影，心脏一抽一抽地疼。

他觉得烦躁不安，觉得慌乱茫然，觉得全世界都变得不可爱起来。他为什么就没有办法叫这个女人彻底忘记孟唐呢？他是真的恨不能把全世界最好的一切都送给她，只要她能笑一笑，真心告诉他：我真的不喜欢他了。

可是全世界最好的一切似乎也抵不过孟唐二字。

头一次，程陆扬觉得原来除了亲情以外，世界上还有第二样他费尽力气也办不到的事情。

而正是这样苦恼了一整夜的程陆扬，却在第二天早上见到了亲自到访办公室的孟唐。

那个男人认真地望着他："听说你在给秦真安排相亲，我希望你能考虑安排我作为她的相亲对象。"

程陆扬回家时，夜幕已然低垂。窗外可以窥见一片星光，像是薄雾里的萤火虫，静静地闪耀着。

他打开音响，一个人站在窗前，不知道是在看星星还是看远处高架桥上那片川流不息的车辆。

CD机里播放的唱片是很久以前买的了，老旧的英文唱片，那个女人唱着一首很安静的歌谣。

I could build the mansion that is higher than the dreams

I could have all the gifts I want and never ask please

I could fly to Paris

It's all my beck and call

Why do I leave my life alone with nothing at all

我可以拥有豪华的别墅，它比梦中的那些还要华丽

我可以得到所有我想要的礼物，无须向任何人请求

我可以随心所欲地飞去巴黎旅行，一切都在我的掌控中

可是为什么我如此孤独地活着，空空荡荡，一无所有

……

　　那些歌词就算不必细听也如流水一般涌入耳里，叫人毫无抵抗力。

　　他听见寂静的房间里只有两个声音，那个女人悠扬缓慢的歌声，以及他胸腔里沉顿而寂寥的心跳声。他伸手摸了摸自己的胸口，明明已经拥有了很多人欣羡的一切，可仍然觉得空空荡荡。

　　他想到了早晨来办公室找他的孟唐，用他从未见过的低姿态恳求他给予一个与秦真重归于好的机会，他毫无疑问地给了孟唐一顿责骂与讥讽，可是孟唐由始至终不卑不亢，沉默地听由他数落。

　　他骂累了，也不想骂了，就让孟唐走。可是孟唐只说了一句话："秦真她不快乐，不管过去我做了多少伤害她的事情，我只求一个弥补的机会。"

　　程陆扬顿时僵住。

　　孟唐说秦真是一个对生活没有太多要求的人，这样的人恰恰才是最不容易满足的。因为她从未认真想过自己要得到些什么，于是在不断的得失里，她一直找不到自己想要的那一样。

　　"我曾经见证了她的七年成长时光，我想我知道她要的生活是什么样的，也有自信可以在将来的日子弥补自己过去犯下的错误，给她完整的爱情和人生。"

　　那一刻，程陆扬一个字也说不出来，脑子里全是些纷杂的念头。

　　秦真想嫁人。

　　秦真想要一份爱情。

秦真对那些相亲对象都没有感觉。

秦真像个孩子似的跳起来摘树叶，说是这样就可以得到心上人的喜欢。

……

而那个人，恰好是眼前这个曾经伤害她的人，孟唐。

后来孟唐走了，他坐在落地窗前发呆。

或许孟唐说得很对，秦真活得小心翼翼，从来不曾热切地盼望过什么，而在她漫长的青春时光里，她却一直心心念念想要得到一个人的瞩目，那个人就是孟唐。

程陆扬觉得自己隐约明白应该如何去做了，可是心里前所未有的沉重。当他抱着替她找对象的念头翻开那一摞厚厚的资料时，每排除掉一份，心里更多的是快意与恶作剧的心态，而此刻，在终于找到最合适的那个人以后，他觉得有人把房间里的灯关上了，世界一片黑暗，安静而空旷。

那个女人还在唱歌，声音悲凉又清澈，字字句句直击心脏。

程陆扬听见他的手机响了，下意识地从茶几上拿了过来，凑到耳边："喂？"

下一刻，他的神情陡然一变，浑身紧绷地拿起了钥匙，连音响都没关就冲出了门。而屋里还回荡着那首歌，女人继续唱着，深情又无奈：

But when I dream, I dream of you

Maybe someday you will come true

When I dream, I dream of you

Maybe someday you will come true

然而当我在梦里时，我梦见了你

也许有一天，你会由我的梦境变为现实

当我在梦里时，我梦见的是你

也许有一天，你终将由我的梦境变为现实

当程陆扬赶到秦真居住的小区时，她正坐在路边的座椅上发呆。他下车之后跑得太急，深秋的夜里竟然出了一身汗，却也顾不得擦一擦，而是紧张地走到她面前，看她埋着头一言不发的样子。

　　她像是很害怕，大老远看着像个瘦弱的孩子一样，孤零零地坐在黑夜里。

　　程陆扬没说话，有那么一刻，忽然很想蹲下身去抱抱她。

　　秦真一直心乱如麻地坐在这里，直到看见视线里多出一双干净的白色运动鞋，这才慢慢地抬起头来，叫了一声："程陆扬。"

　　她的眼睛里还有些彷徨，却又像终于看到支柱一般如释重负，程陆扬心里一软，把手递给她："走吧。"

　　一个小时以前，秦真接到李老师的丈夫打来的电话，电话那头，老人家哽咽着说，李老师去世了。

　　"轰"的一声，犹如晴天霹雳，秦真连一句完整的话都说不出来。还是老人在电话里简单地说了一下，李老师的术后恢复不理想，开颅手术虽然成功，但因为年纪大了，身体不行，没能熬过并发症的折磨。

　　"殡仪馆的人很快就来了，如果你愿意，可以现在过来见她最后一面，毕竟……毕竟她这些年一直跟我提起你，对你很是挂念。"

　　秦真头脑空空地站在那里，几乎就要咬着嘴唇哭出来，最后下意识地拨通了程陆扬的电话。

　　那天晚上，程陆扬一言不发地陪她进了病房，陪她见了李老师最后一面。

　　床上的老人面容安详，像是不曾受过病痛折磨一般，走得平和安静。李老师的丈夫说，她是在睡梦中停止心跳的，想必也算幸运，没有受什么痛苦。

　　秦真只是喃喃地说，明明前几天来看她时还好好的，那时候她还笑着要自己早点找到如意郎君，她还要来参加两人的婚礼……可是生命竟然脆弱如斯，不经意间就像泡沫一样消失了。

　　她颤抖着握了握老人冰凉的手，那只手骨瘦如柴、凉得吓人，再也不是曾经握着粉笔在黑板上为大家写板书的手了。

　　她还记得李老师曾经无数次笑着对台下的一众学生说："其实以前的我是个很胆小的人，每次上台说话都会双腿打战。可是后来我成了一名老师，当我再站在讲台上时，看见台下那么多孩子认真地望着我，就忽然觉得没那么可怕了。因为你们尊敬我、爱戴我，把我当成最有知识的人，所以在我心里你们也像是我的孩子一样，没有人会在面对自己的孩子时紧张害怕。"

她也记得这个像母亲一样的女人是如何把她当亲生女儿一般关心爱护的，在她贫血的时候，每天偷偷把她叫进办公室，然后拿出在家煮好的鸡蛋给她，甚至连温热的牛奶都还放在下层装有热水的保温桶里。

离开病房的时候，秦真哭了，像个孩子一样呜咽着，一直念着自己来晚了。

程陆扬帮她擦着眼泪，笨拙地安慰她："谁也料不到会有这种事情，你已经见了她最后一面了，也没什么遗憾了，不晚，啊，不晚。"

秦真摇头："是我来晚了，如果那些年我没有因为自己没出息就对她避而不见，也许她就不会这么多年都把我挂在嘴上，到头来成了遗憾。"

程陆扬看着她摇摇欲坠的泪珠，忽然很想给她一个拥抱。

他觉得秦真是他见过对人对事最认真的人了，她善良又可爱，会牢牢记住别人对她的哪怕一丁点儿好。这样的人容易开心，容易受伤，容易动心，更容易多愁善感。

他很想学小王子对心爱的玫瑰那样，在秦真身上罩个玻璃罩子，这样就能把她保护起来不受伤害了。可是他想起了孟唐，也许秦真最希望受到的保护是来自那个人，而不是他。

然后他就慢慢地收回了微微抬起的手，用一种低沉的声音说："走吧，我们回家。"

因为担心秦真会睡不着，程陆扬把她送回家之后，收拾了一下沙发，打算在这里过夜。他还给秦真热了牛奶，看她喝完以后乖乖躺上床，又替她掖好了被子，把灯关了。

秦真睁着眼睛望着他的身影，半天才叫了一声："程陆扬。"

他"嗯"了一声："怎么了？"

秦真又不说话了，就这么望着他，眼睛里有很多情绪交织在一起。

程陆扬的心跳忽然快起来，脸上也有点发烧，他不太明白这是怎么一回事，只坐在床边摸了摸她的头："别难过，人活在这个世界上，岁数长短都是一辈子，始终要离开的。你看，不管是父母也好，朋友也好，恩师也好，路人也好，所有人都只能陪你走那么一小段路，今后始终要靠你自己走。"

他觉得自己难得说这么有哲理的话，简直是太感人了，于是又清了清嗓子，继续深沉地说："你看你都这么大了，这个道理早该明白了，李老师虽然走了，但她曾经给你的爱会一直记在你心里面，这不就够了？"

他又想起了一句课本上的名言："有的人活着，却已经死了；有的人虽然死了，但他还活着。"

原句具体是怎么样的，他已经不记得了，可他还是把这句话说给秦真听了，然后低下头来对她笑。

秦真看着他那种温柔又小心翼翼的笑法，忽然间说不出话来。

其实早知道他是一个多么好的人，身体里藏着一颗多么柔软的心，只要你稍微露出脆弱的一面，他就会收起所有的棱角，一心一意对你好。

她望着程陆扬，忽然间问他："那要是像我这样渺小平凡的人，死了以后又该怎么办？"

这话把程陆扬问得一愣，心里隐隐有些酸胀。他知道她在自卑，为生活，也为她一片茫然的未来。

屋内陷入一片长长的沉默之中，窗户没有关好，夜风吹起了窗帘，程陆扬注意到了，就起身去关好窗户。而在他合拢窗帘的那一刻，他没有回头，只是用低沉安静的嗓音对秦真说："渺小平凡也不打紧，至少还有我会记得你。"

屋内没有开灯，唯余一片寂寥宁静的黑暗，而程陆扬的身影在隔着窗帘从室外透入的微光映衬下竟然显得有几分模糊。秦真侧卧在床上，就这么一动不动地注视着他，忽然间觉得眼眶热热的，有些潮湿的雾气眼看着就要涌出来。

她闭了闭眼，低低地应了一声："嗯，我知道。"

有那么一刻，她竟然不敢睁眼去看回过身来的他，生怕一不小心就会忍不住胸口发酵膨胀得快要喷薄而出的感情。

她只能默默地咬着嘴唇，把程陆扬三个字翻来覆去在唇齿间回味，然后体会着那种深入骨髓的依赖和喜欢，像是毒药上瘾的人一般。

只要想到他，那颗焦灼不安的心就能奇迹般平静下来，充满了平和悠远的芬芳。

程陆扬，当我想起你时，就好像没有星星的夜空下，全世界的萤火虫都汇聚在了一起。它们毫无重量，闪闪发光，它们载着我的感情越飞越高，将我的世界点燃得宛如白昼一般美好。

HOW NICE YOU ARE
ONLY I KNOW

Chapter 15
大动干戈的新欢旧爱

卧室与客厅只隔着一扇门，门内门外的两个人都没有睡好。

程陆扬翻来覆去很多遍，脑子里一直回想着秦真曾经跟他说过的关于孟唐的那些事。秦真则是定定地望着天花板，一遍一遍回忆着认识程陆扬以来的点点滴滴。

她想着他再三对她说过的那番话，要为自己而活，随着自己的心意过日子。她一直在朝着他说的那种为自己而活不断行进，可唯独在感情这件事上，她迟迟迈不出那一步。

说句"我喜欢你"有多难呢？掰着指头算算，她和程陆扬已经认识了半年多时间，从春光明媚一路等到秋风萧瑟，她始终没能对他说出这四个字。

她问自己：既然已经打定了主意要按照自己的心意来活，为什么不让他明白自己的心意呢？

答案只有一个，因为她怕被拒绝以后，再也没办法维持现在这样的关系——他没心没肺地关心她、对她好，而她肆无忌惮地以朋友之名享受他给予的好。

然而喜欢一个人的心情总是让你忍不住想得到多一点，再多一点，恋人未满的距离只会令人无限惆怅，永远不知满足。

闭眼以前，秦真告诉自己，就试一次，不顾后果地按照自己的心意去努力一次。

她要告白！不成功便……便夹着尾巴灰溜溜地逃走。

怀着复杂的心情迷迷糊糊睡了一夜，秦真却不知道程陆扬也在这个晚上做出了一个决定。

她起来的时候，程陆扬竟然已经从楼下带回了黑米粥和鸡蛋，一边在厨房忙活，一边回过头来对厨房门口的她说："先去洗漱，马上就好。"

秦真蓬头垢面地冲进厕所，等到她怀着微妙的心情把自己收拾一番，走出来时，程陆扬已经把早餐端上了桌。

黑米粥和水煮蛋是从楼下的小店买的，然后他利用冰箱里仅剩的食材炒了个青椒土豆丝。

秦真坐下来，忐忑地喝了一口粥，琢磨着要怎么开口跟他提昨晚纠结一晚上的事，于是试探性地问他："最近你忙着给我找相亲对象，那你自己呢？我年纪是不小了，但你比我还老呢，怎么不替自己操心一下？"

程陆扬手里的筷子顿了顿，倒是没想到她会主动提起相亲的事，他也正琢磨着怎么跟她说，眼下她提了也好，于是翻了个白眼："年纪比你大怎么了？没听说过三十岁的男人才正是如花似玉的好年纪吗？体力好、魅力大、性沉稳，迷死人。再说了，像我这种男人用得着担心婚姻大事吗？勾勾小指头，女朋友候选人从三环以外一路排到市中心。"

还如花似玉，根本就是如狼似虎好吗？

秦真一口粥没咽下去："那你干吗不找一个？"

"没遇到合适的。"

"那要怎么样的才算是合适的？"秦真假装很感兴趣地问他，"你对身高啊长相啊家世那些，有没有要求？还是只要看得合眼，相处的时候感觉很舒服就行了？"

"相处的时候感觉很舒服？"程陆扬像是琢磨了片刻，"这个倒是，手感很重要，在床上合不合拍也需要具体考虑——"

"喂！"秦真脸红了，凶巴巴地吼他，"当别人在跟你说正经事的时候可不可以不要说这种有颜色的话？不要开玩笑好吗？"

程陆扬表示很无辜："我是很严肃认真地在跟你讨论正经事啊，男女之间那点儿事，来来去去也离不开身体契合度，这怎么就算是有颜色的话了？"

"可是你讨论得太深入了！"

"是你思考的东西太肤浅。"

"……"

秦真觉得话题有跑偏的趋势，扒了几口土豆丝，又含含混混地问他："那要是有人说喜欢你，但是那姑娘各方面条件都不如你，你会怎么办？会不会稍微考虑一下，还是直接就拒绝人家？"

程陆扬没急着作答，而是眯起眼睛打量秦真几眼："你今天怎么了？一直跟我兜圈子，有什么话就直说。"

他隐约觉得秦真要给他介绍对象。

而秦真连土豆丝都咽不下去了，面红耳赤地盯着他，隐隐有种心脏狂跳的感觉。

他看出来了？

他看出她有话要说了！

那他有没有猜到她要说什么？

她艰难地吞咽着出自程陆扬之手的土豆丝，琢磨着自己是该委婉又文艺地说："我希望以后每天早上都能吃到你的土豆丝。"还是直白豪迈地告诉他，"我就是那个各方面条件都不如你，但是依旧想追你的姑娘。"

可在她好不容易消化掉嘴里的食物，张嘴的那一瞬间，程陆扬像是等得不耐烦了一样，在她之前开口："秦真，其实我有话要告诉你。"

秦真一顿，那颗悬在半空的心更加忐忑了，筷子无意识地拨动着碗里的黑米，低低地问了句："什……什么话？"

半天没听见程陆扬说话，她抬头去看他，却只看见他定定地看着她，像是下了很大的决心，终于开口道："你今天下午有空吗？"

"要上班啊。"秦真一顿，莫名其妙地问，"这就是你要说的话？"

她望着程陆扬，等待着他的下文，却看见他低下头去看碗里的粥，然后慢慢地说了一句："今天我跟刘珍珠打个电话，帮你请一天的假，下午你跟我去个地方吧。"

"轰"的一下，像是打雷一般，有一种不真实的感受在秦真心里蔓延开来。她听见刚才沉下去的心跳又开始扑通扑通跳起来，并且一下比一下炙热，一下比一下强烈。

他说有话要对她说。

他说要带她去个地方。

是什么样的话不能在这里说，还要郑重其事地选一个合适的场合呢？

秦真觉得自己一定是在做梦，不然为什么会有一种程陆扬即将向她告白的错觉呢？

她恍恍惚惚地又喝了一口粥，紧张地点点头："好……好啊！"

暖暖的黑米粥在喉咙里蔓延开来，一路叫嚣着奔向胃里，顿时一股暖流涌向四肢百骸。

程陆扬走之前，回过头来犹豫了片刻，然后叮嘱她："好好打扮一下。"

秦真的预感越来越强烈，连为什么都不问，只红着脸一个劲地点头，像小鸡啄米似的。忐忑如她、狂喜如她、害羞如她，自然难以注意到程陆扬那种勉强又非发自内心的笑容。

程陆扬把门合上，没有急着走，而是靠在冷冰冰的大门上发了片刻呆，闭眼一动不动地倚了一会儿，才重新睁眼离去。

他想，真好，让她像个公主一样走向王子。

那是真正的王子，而不再是从前那些与她不相配的骑士了。

你看，他程陆扬也算是成全了一桩美事，这下子功德圆满了吧？

整整一上午，秦真都像是在做梦，她把白璐叫来帮她好好打扮，因为白璐才是真正的化妆小达人。

白璐拎着一堆化妆品赶来时，就看见秦真红着脸小跑来给她开门，眼睛里像是有无数粉红色的泡泡，说话也语无伦次。

她说："停！看你这忽然间骚包起来的样子，容我大胆猜测一下，你和那个嘴贱皮厚先生终于修成正果了？"

秦真怒斥她："什么嘴贱皮厚先生？我说你积点儿口德好吗？你哪只眼睛看到他是你说的那种人了？"

白璐："……"这不都是你以前说的吗？

整个化妆过程中，白璐一直处于一种没好气的状态："麻烦你别一直笑好吗？口红都要涂歪了！"

"别老是扭扭捏捏动来动去的啊，我这眉毛都画不好了！"

"大姐你能把眼睛睁大点儿吗？你这笑法都把眼睛笑成一条缝了，我怎么给你画眼线啊？"

最终大功告成，秦真把程陆扬送她的那条项链戴在脖子上，看着镜子里的漂亮姑娘，禁不住沾沾自喜地说："这下总算是郎才女貌了。"

白璐坐在一边吐槽："明明是狼狈为奸、一丘之貉——"

话没说完，她的嘴里骤然被塞入一个苹果，打扮得跟个妖精似的秦真小姐笑吟吟地对她说："喏，吃个苹果润润嗓子。"

白璐竖中指，一边咔嚓咔嚓啃苹果，一边揉了揉被撞疼的嘴唇："秦真你这种重色轻友的行为真是令人发指！"

这一次的餐厅选得比过去哪一家都要高档，璀璨的水晶灯在大厅里投射下耀眼的光芒，身着黑色西装、脖子上还系着红色领结的服务员彬彬有礼地迎接着顾客，就连桌上的餐具与陈设都精致典雅得无可挑剔。

孟唐提前一个小时就坐在了靠窗的座位上，很久很久没有这么忐忑不安过了。

他来来回回好几次松了松领带，然后又觉得不妥，把它系了回去，就这么紧张地重复着同一个动作，最后哑然失笑地垂下手去。

最后，他看见有人来到了他面前，以一种沉静优雅的姿态坐在他对面。孟唐一顿，有些诧异："程先生？"

程陆扬开门见山地说："在你见到秦真以前，我还有几个问题想请教你。"

孟唐松口气，只要不是秦真不来了就好，于是微笑着点头："你问吧。"

"你会对她好吗？把她看得高于一切，愿意牺牲工作时间陪陪她，当她发脾气的时候也会耐着性子哄哄她，能做到这些吗？如果能做到，你确定自己一辈子都愿意为了她去做这些事情吗？"

孟唐慎重地点了点头。

程陆扬想了想，又说："她身体不是很好，每到经期都会难受，你要记得多体谅，算好日子，不要让她太劳累。"

孟唐点头。

"她这个人，有什么不开心都喜欢往肚子里吞，平常总是一副笑脸迎人的样子。所以如果她对你笑得很开心，不一定心里就是这么想的，你要细心点儿，多观察她的表情，不要让她总是习惯性地生闷气，这样对身体不好。"

孟唐这次点头比较慢了，他握着水杯，觉得程陆扬知道得太多了。

他的笑容很浅，可眼里的光芒很盛，低头看一眼手表，对程陆扬说："时间不早了，一会儿秦真就该到了。"

那意思再明显不过：程先生，你该走了。

程陆扬看着那双明亮锐利的眼睛，沉默了片刻，若无其事地站起身来，假装轻松地说："那行，我先走了。"顿了顿，他稍微沉下脸色，用一种像宣誓一样的口吻对孟唐说，"如果我知道你对秦真不好，我会在第一时间带走她，这辈子你都休想再有第二次接近她的机会！"

孟唐心里陡然结冰，为这话里话外与秦真非同寻常的关系，也为程陆扬自己都没意识到的那份在意与占有欲。但聪明如他知道该怎么做，于是仍旧好脾气地笑了："程先生请放心。"

秦真站在电梯里回想程陆扬曾经说过的话：不管对方是什么人，身份地位或者职业比你高出多少，你要记住，没有什么人是你配不上的。

那时候他还弹了弹她的脑门儿："别发呆，我是认真的，首先你要相信自己是独一无二的，然后才能让别人觉得你值得拥有最好的一切。"

她觉得整颗心都在这样的话语下变得温暖而踏实，于是终于扬起笑脸，踏出了迟迟不肯打开的电梯门。

她按照程陆扬给出的位置走了过去，却在看清等待她的是谁以后，瞬间僵在原地。

落地窗前，那个男人穿着矜贵优雅的西装，纯黑色的挺括布料将他的气质很好地衬托出来，他系着深蓝色的格子领带，从容不迫地等候在那里，眉眼清隽雅致，宛若阳光下的一株白杨，安静温柔，却又充满不容忽视的力量。

头上的水晶灯闪耀着灼灼光华，而灯下的人更是完美得像是油画里的人物。

这样好的约会地点，这样好看的一个约会对象，甚至当他抬起头来看见她时，唇边的那抹骤然绽放的笑容也像是童话里的场景一样动人美好。

可是秦真在那一瞬间彻底心灰意懒，像是有人从头上淋了一盆掺着冰碴的冷水下来，把她原本躁动不安的心也冰得了无生气。

她一步一步走到桌前，机械地问了一句："怎么是你？"

孟唐的笑容隐没了一些，却仍然温柔地望着她："我有话想对你说。"

而在街对面的儿童画廊里，程陆扬正静静地看着对面玻璃窗里的场景。他看见秦真很诧异，似乎不太高兴，顿时不知哪里来的冲动，想要冲过去带走她。

他还给自己找了个理由：你瞧，她那么挑剔，居然连孟唐这个相亲对象都不满意呢！必须带走！

可是他还没有动，就看见孟唐不知道说了句什么，然后秦真安心坐了下来。

接下来，他们开始交谈，多数时间是孟唐在说，秦真很少作答，却低着头听得很认真。

程陆扬看着他们面对面坐着，男的英俊女的漂亮，当真是佳偶天成。这还不算什么，更重要的是他们彼此心里都有对方，等了这么多年，终于等到了今天。

儿童画廊里全是一群画画的孩子，有的在玩沙画，有的在玩奇奇怪怪的金粉画，程陆扬全都不曾玩过，此刻静静地站在一群孩子中，看起来格外滑稽。

有小孩子偷偷抬头看他，然后问旁边的小伙伴："那个叔叔在看什么呀？有什么好看的？"

离开前程陆扬倏地转过头来，对那小孩子强调："是哥哥，玉树临风、潇洒倜傥的大哥哥！"

市中心总是这么拥挤，大街上来来往往全是忙碌的人。

程陆扬买了两份手抓饼，觉得新鲜，自己吃了一份，另一份打包给秦真。可是走着走着，他又想起自己似乎不能再送秦真这些东西了，老这么做，孟唐会生气，秦真也会尴尬。

他站在人潮拥挤的街道上，忽然间觉得有点空空荡荡的。

奇怪，这颗心不是一直就这么空着吗？

过去三十年里都是一模一样，自打外公去世后，好像没有人再住进去过，现在这种感觉又是怎么回事？就好像真的有人曾经住进去过，只是现在又跑掉了。

灿烂的阳光下，程陆扬忽然觉得有点睁不开眼睛，心脏像是被人用拳头紧紧拽着，沉重又难受。

他快走了几步，把那份打包的手抓饼扔进了垃圾桶，却不知为何手里的那一个也变得索然无味起来。

和孟唐见面那天是星期五，第二天恰好不用上班，也就不用面对程陆扬了。

秦真在餐厅里听孟唐讲了很多事情，他没有再三要求秦真接受他，而是像老朋友一样和她聊天，聊自己在国外的生活，聊一些以前的趣事，最后提到了李老师，也安慰了秦真。

秦真情绪低落，可是禁不住孟唐的好口才，最后也慢慢平静下来。

程陆扬对她是真的一点儿那个意思也没有，一次又一次把她往外推，她忽然庆幸自己还没来得及告白，避免了一场被拒绝的人间惨剧的发生。

回到家里，她在镜子前面发呆很久，觉得这样盛装打扮的自己实在很可笑，意兴阑珊地把妆卸了。看来今天一定是个失眠的日子。

星期六的下午，秦真窝在家看剧，哪里也不想去。

直到方凯打电话来，说是程陆扬要回程家大宅了。

"回就回啊，关我什么事啊！"她气不打一处来。

方凯可怜巴巴地说："可是总监是回去找程老爷子吵架的，这段时间远航集团在收购一些中小型房地产开发商，基本上被收购的几家都是和我们有合作关系的……秦经理，你不来劝劝总监？你就不怕他吵完架以后又喝得醉醺醺的，大半夜跑到街上去找虐？"

"这不是有你在吗？"秦真心里堵得慌，却又假装若无其事地笑呵呵道，"有方助理在，秦经理这颗心踏实着呢！"

像是要证明自己所说的话，她把电话挂了。

那天晚上，程陆扬不负众望地又一次喝多了，坐在秦真曾经找到他的万达广场上，老地段，老座位。

他把方凯赶走了，然后坐在长椅上给秦真打电话。

秦真看清了屏幕上的号码，又把手机放回了茶几上，继续看动画片。

一次、两次，程陆扬再三听到熟悉的女声："对不起，您拨打的号码暂时无人接听，请稍后再拨……"他一次又一次地挂断，然后重新拨过去。

不知道是第几次听见振动声了，秦真终于慢慢地拿起了手机，一言不发地接通。她沉默地听着那边川流不息的车辆行进声，还有广场舞嘈杂的音乐，程陆扬没说话，但她能听到他沉重的呼吸声。

慢慢地，她好像意识到了什么，问了他一句："程陆扬，你喝醉了？"

程陆扬用一种类似于大舌头的声音对她说："你是……你是泼妇小姐吗？"

秦真张了张嘴，没说话。

那头的人打了个酒嗝，又含含混混地说："我在等我的……我的泼妇小姐。"

如此嘈杂的背景声，如此熟悉的声音，秦真忽然觉得万籁俱寂，耳边只剩下程陆扬的声音在不断撞击她的耳膜。

她看着电脑屏幕上不断变化的动画场景，然后慢慢地对程陆扬说："不好意思，你打错电话了，我不是你的，泼妇小姐。"

她刻意强调了"你的"二字，然后把电话挂断了。

秦真把手机扔到一边，枕在沙发的靠垫上没说话，过了一会儿，她看了眼墙上的挂钟，慢慢地把手机拿到面前，拨通了方凯的电话："程陆扬喝醉了，在万达广场，你去找找他吧。"

方凯为难地说："我现在在医院呢，我妈又住院了……"

"那你把程旭冬的电话给我吧。"秦真想了想，还是出口要到了程陆扬他大哥的电话。

程旭冬倒是一听说这件事请，立马就答应了，秦真没急着挂，而是问了一句："你们今天……又吵架了？"

程旭冬笑了："吵架？不，没有的事。"

秦真一愣，不知道究竟是怎么回事了，却听程旭冬又补充说："就是陆扬单方面吵，一个人站在客厅里对老爷子说了一通，把老爷子气得浑身发抖，然后又跑了。"

"……"

程旭冬又礼貌地问她："那请问秦小姐知不知道陆扬因为什么事情情

绪反常呢？他以前都是等着爸先开口找碴，然后才还击，这次直接跑来找架吵，把我都惊呆了。"

秦真不知道说什么好，只能含含混混地说："不太清楚。"

她觉得自己要是再自作多情地认为程陆扬是因为她才情绪不好的话，恐怕才真的是蠢到家了。

最后，程旭冬表示会立马开车去万达广场的，但是他现在在城东，万达广场在城西，隔得有点儿远，要开两个多小时的车。

秦真挂了电话之后不是很放心，最终还是披着件衣服出门了。

这一夜，程陆扬坐在夜风里一动不动地等待他的泼妇小姐，然而广场舞结束了，人群散去了，店铺纷纷关门了，他也没有等来接他的那个人。

他坐在长椅上，穿着略显单薄的卫衣，怕秦真来了找不着他，仍然不敢缩着脖子。

可是一个小时过去了，两个小时过去了，他等的人始终没有出现。

他迷迷糊糊地意识到，也许他真的等不到她了，从今以后，那个人名花有主，再也不会像从前一样不顾一切地奔向他，为了他连自己的身体也不顾。

他想，他怎么就醒悟得这么晚呢？

直到一辆黑色的凯迪拉克停在路边，程旭冬走了下来，温和地对他说了句："陆扬，回家吧。"

程陆扬才慢慢地抬起头来，看着眼前的人，摇摇头："不是你。"

程旭冬啼笑皆非："什么不是我？天冷了，你穿这么少，跟我回去吧。"

他半拉半拽地把程陆扬拉了起来，而程陆扬喝醉酒总是很听话的，也就没有拒绝他，而是由着他把自己拉上了车。

坐在车里，程陆扬侧过头去看着窗外一晃而过的景色，慢吞吞地问了程旭冬一句话："哥，为什么人一旦伤心起来，就无论如何也喝不醉了呢？"

难得听他叫一声哥，程旭冬一愣，回过头去看他，却只看见他在夜色之中显得有几分脆弱的侧脸。做哥哥的认真地想了想，最后回答说："因为酒精上脑，而你伤的是心。"

程陆扬慢慢地闭起眼睛，用手摸了摸跳动的心："原来你在这里……难怪没有来。"

　　而万达广场上，那个红色的电话亭被人从里面慢慢推开，然后走出来一个人。

　　秦真看着那辆凯迪拉克离去的方向，跺了跺冷得有点儿麻的脚，把风衣的帽子戴上，一边搓手一边往回走。

　　她本来想节约钱，走路回家，可是想到某人曾经说过的话，又停下了脚步，终于还是去路边打车。

　　脑子里反复回想着程陆扬坐在那里吹冷风的样子，她好几次都差点忍不住从电话亭里走出来了，可是最终很好地忍耐下来。

　　人要是控制不住自己飞蛾扑火的欲望，就会一次一次葬生火海。

　　她想要好好地过日子，从哪里跌倒就从哪里爬起，哪怕在这么冷的天气里受罪，也好过再一次不顾一切地奔向他。

　　秦真搓了搓手，等待着迟迟不来的出租车，唉，冬天要到了吗？

　　真的好冷啊！

　　程陆扬在凯迪拉克到达小区外的那一刻，忽然回过头来说了句："掉头。"

　　程旭冬一怔："怎么了？"

　　"我不回家！"带着醉意，程陆扬改变心意了，开始耍脾气，"我要去问问那个女人，为什么不来接我！"

　　他开始疯狂地敲击司机的座椅："开车开车开车开车……"就跟念魔咒似的。

　　司机为难地看着程旭冬，却见程旭冬露出一抹饶有兴致的笑，对他点了点头："开吧。"

　　程旭冬送过秦真回家，自然知道她的地址，从善如流地告诉了司机。他看见程陆扬满意地消停下来，一心一意等待着和秦真算账。

　　而另一边，秦真等了好一会儿都没能等来出租车，反而等来了孟唐的电话。她接起来，听见孟唐在那头温柔地问她："在哪里？"

　　她迟疑了片刻，还是报上了地址："万达广场。"

　　孟唐有些诧异："这么晚了，在万达做什么？"

　　秦真尴尬地摸摸鼻子，找了个神经病都嫌弃的理由："散步……"

　　"散步？"孟唐似乎无声地笑了笑，问她，"那现在散完步了？"

"嗯，散完了。"她果然是个天才，散步能散到离家一个小时车程的地方，"在等出租车。"

大晚上的，万达不好等车是众所周知的。孟唐想也没想就说："那我去接你。"

秦真赶紧拒绝："这怎么行？太麻烦你了，我再等等，说不定一会儿就有车来了。"

"我有点儿事情找你，顺便过去接你。"孟唐的语气是温和却不容拒绝的，然后秦真就听见他刹车的声音，想必是已经掉转方向朝万达驶来。

她有些尴尬地看了眼空空荡荡的广场："那就麻烦你了，路上小心点儿。"

"好。"孟唐结束了通话，平静地望着灯火辉煌的公路，嘴角泛起一抹温柔的笑意。

孟唐抵达万达广场时，看见秦真一个人孤零零地站在路边，穿着件浅绿色的风衣，像一株迎风生长的树木。

她朝孟唐招了招手，走到了车边："那个，找我有什么事吗？"

"嗯，我想问你明天晚上有空吗，我妈要过生日了，我想不出该送点儿什么，想问问你的意见，请你陪我去买礼物。"孟唐发动了汽车，声音稳稳地道。

秦真顿时哭笑不得："这个就是你所谓的找我有事？"

"对。"

"电话里说就可以了，用得着大老远开过来？"

"这样显得比较有诚意。"孟唐用侧脸对着秦真，嘴角漾开一点点可疑的弧度，"听说诚意到了，对方就不太好意思拒绝了。"

"……"

他说对了，她还真不好意思拒绝了，明知他是在为两人增加相处的机会，可这诚意已经到了大老远开车来找她询问的地步，她是无论如何都说不出拒绝的话了。

她侧过头去问他："那阿姨是个什么样的人？会喜欢什么样的礼物？以前家长会的时候见过她，只记得她看起来很高贵很温柔，其他的倒是不记得了。"

孟唐笑了："和其他妈妈没什么两样，你就当是自己的妈妈过生日吧，不用顾虑太多，觉得该买什么告诉我就行。不过，也不用着急，可以明天逛逛再说。"

秦真一下子有点儿尴尬，当是自己的妈妈？

两人就这么一路说着，很快车就到了秦真住的小区门外，孟唐说把她送进去，于是就开了小区大门，一路到了她家楼下。

不远处停着一辆黑色轿车，因为夜色太暗，秦真也没去注意，而是下了车，笑着向孟唐道谢。

孟唐也跟着下了车，站在车前望着秦真，微笑着说："明天周末，你一天都在家吗？"

秦真点头。

"那不如一起吃晚饭吧。"像是怕秦真会拒绝，他又不疾不徐地补充一句，"算是感谢你帮我选礼物。"

大概是看出他每一句话都像是经过仔细斟酌，用了最不容易被拒绝的方式说出来，秦真忍不住笑起来，没有再拿乔，点点头："好。"

如此爽快的回答令孟唐微微一愣，然后笑意更盛，想了想，他诚恳地说："我为之前没有说清楚对你的感觉，让你平白无故难过那么长时间向你道歉，如果可以，秦真，我希望能用今后的时间来补偿你。"

看着秦真发怔的样子，他张开双臂，故作轻松地对她说："如果愿意原谅我之前的行为，就给我一个老朋友重逢的拥抱吧。当然，如果能给我一个重新追你的机会，这样就更好了。"

也就在这一刻，事情有了变化。

不远处那辆黑色的凯迪拉克上忽然冲下来一个怒气冲冲的男人，带着浑身酒气，以百米冲刺的速度跑过来，并且可疑地没有因为醉酒而颤颤巍巍，反倒是直勾勾地冲向了两个刚刚有了肢体接触的人。

孟唐还没来得及体会软玉在怀的滋味，就被那个凭空冒出的男人一拳打得堪堪靠在了车门上，秦真吓得尖叫了一声，然后才后知后觉地发现这人竟然是程陆扬。

程陆扬浑身酒气地拽着秦真的手，用一种森冷愤怒的声音问孟唐："你是哪根葱？居然敢碰她！活得不耐烦了？"

这是孟唐第二次被程陆扬打，并且和第一次一样，程陆扬竟然专挑脸打！孟唐的嘴角火辣辣地疼，嘴唇也磕在牙齿上了，嘴里还有一股咸咸的味道，想必是流血了。

他看着程陆扬以一种占有欲极强的姿态把秦真护在身后，还紧紧拽着秦真的手腕，眼神也跟着冰冷下来，毫不犹豫地起身回以一拳，同样打在程陆扬的左脸上："那你又算哪根葱，有什么资格碰她？"

黑色的凯迪拉克里，司机浑身一僵，眼看着就要下去帮忙，可程旭冬冷静地吩咐道："不要管他。"

司机顿住动作，听见当大哥的用一种玩味的姿态说："由他去吧，说不定这样才能让两个人认清自己的心意。"

战争一触即发，秦真又惊又怕，闻到浓浓的酒气就知道程陆扬喝醉了，生怕他再做出什么过激的行为来，赶紧冲到孟唐面前挡住："程陆扬，你喝酒了跑到这里发什么疯啊！"

程陆扬的拳头堪堪在她面前停下来，看着她不顾一切挡在孟唐面前的姿态，又是惊愕又是气愤的样子，顿时捏紧了拳头，重重地放了下来。

他的眼神里有一种受伤的神情，气急败坏地质问秦真："你就那么喜欢他？你……你连我的死活都不管了？我等你那么久，你为什么不来？"

秦真顿了顿，回过头去对孟唐说："对不起，他喝醉了，你先回去吧，一会儿我把事情解决了再打电话向你道歉。"

她看着孟唐嘴角似乎肿了起来，急着让他走："明晚还要一起去吃饭，你赶紧回去吧，记得抹药，不然肿着脸怎么吃饭？"

孟唐看了她片刻，心知肚明她这是没有办法的办法，才会拿出那顿晚饭来劝他，但拗不过她眼里的乞求，终于还是上车了。

临走前，他冷冷地看了程陆扬一眼，对秦真说："有什么事情立马打给我。"

车开出了小区，孟唐停在路边没有走，低头看着漆黑一片的手机屏幕。他摸了摸嘴角，疼得皱起了眉头，然而手机终究没有响起来。

五分钟后，他看见那辆黑色的凯迪拉克开出了小区，终于平静地也跟着离开。

然而离开的凯迪拉克上并没有程陆扬，在看见秦真拎着程陆扬又骂又捶的样子之后，程旭冬微微一笑，叮嘱司机："开车。"

司机一愣："那……"

"不用管他，自然有人收留他。"程旭冬笑得温柔好看，极易让人想起诗经里的谦谦君子，眼神里却是波光流转，像只老谋深算的狐狸。

于是黑漆漆的楼下只剩下程陆扬和秦真的身影。

秦真对他怒目而视，指责道："程陆扬你是不是有病啊？大晚上的喝醉了也不是这么发神经的吧？你跟家里人吵架关我什么事？犯得着来找我发气？"

程陆扬理直气壮地说："我哪里跟你发气了？我又没打你骂你，我打的是那个姓孟的家伙！"

"你还有理了是不是？他哪里招你惹你了，你要去打他？"

"他抱你了！"程陆扬扯着嗓子嚷嚷，"他对你动手动脚啊！"

"笑话，他对我动手动脚跟你有什么关系？再说了，程陆扬，介绍我们相亲的是你，现在我们别说是抱一抱了，就是住在一起也没你什么事儿吧？"

"你……你还想和他住在一起？"程陆扬气不打一处来，趁着酒劲指着她恨铁不成钢，"我问你，秦真，你还有没有点儿节操啊？"

"我就是没贞操也碍不着你的事儿！"秦真气得牙痒痒，一个劲儿戳他的胸，"你现在这么胡来一气是个什么意思？你做这些让人误会的事是什么意思？人是你找来的，事儿是你撮合的，你到现在又犯什么神经、发什么疯？"

楼上有人探头出来，没好气地吼了一句："我说小两口的大晚上吵什么吵啊？回家关着门自己爱咋吵咋吵，能别这么瞎嚷嚷吗？还让不让人睡觉了！"

程陆扬也吼回去："老子还就嚷嚷了怎么着！"

秦真一巴掌拍在他脑门上，忍气吞声地抬头道歉："哎哎，对不起啊，我们这就回去！"然后一手捂着程陆扬的嘴，一手拖着他的衣领往楼上走。

她憋了一肚子邪火，今晚要跟他好好算一算账！

秦真把程陆扬推搡进门，"砰"的一声把门合上，然后就开始跟他算账。

甚至还没踏进客厅，就在鞋柜旁，她随意地把脚上的鞋子一甩，一边穿拖鞋一边凶程陆扬："你给我等着，我今天一定要亲手揍死你！"

程陆扬站在离她几步之遥的地方，难以置信地指着自己的鼻子："你要揍我？你……你为了那个男的要揍我？"

"不止揍你，我还要揍死你！"秦真恐吓他，见他穿着鞋子踩在自己早上才拖过的木地板上，气急败坏地抓起另一只拖鞋就朝他脸上扔了过去，"你鞋子都没脱，站那么远做什么？踩脏了地板是不是你拖啊？"

"啪"的一声，程陆扬刚才被揍过的左脸此刻又跟拖鞋来了个亲密接触，饶是喝醉酒的他脑筋不太好使，脾气不如平常，也已经气得满脸通红了。

他捧着那只拖鞋，悲愤欲绝地望着秦真："你为了那个男人不来见我，不管我的死活，他打我，你还护着他，现在又为了他跟我吵，还拿拖鞋侮辱我的人格，把我的男性尊严狠狠践踏一番。秦真，你好样的！"

他像是气急了，不知道该做什么，整个人站在那里像是要发火，又像是要哭的样子。

秦真见他还用蹄子在地上磨蹭，忍不住又吼他："你继续站在那里弄脏我的地板试试？我叫你滚过来换鞋你听不懂是不是？"

她那么凶，一张白皙的脸此刻涨得通红，眼睛也瞪得大大的，对他怒目而视。程陆扬见她这样子，只觉得浑身的酒意怒气都在往脑袋上冲，气得憋出一句："好啊，你叫我过来是吧？过来就过来！"

下一刻，他气势汹汹地大步朝秦真走过来，一把将她推到雪白的墙壁上，甚至连她慌乱之中一不小心伸手触到开关，致使整间屋子都黑下来也不理，只是不顾一切地低下头去吻住了那张喋喋不休的嘴。

他不想听她用这张对孟唐笑得那么灿烂的嘴凶他！

他不想再看她对他剑拔弩张、凶神恶煞的模样！

这一瞬间，前一刻还因为两人的争吵而闹哄哄的屋子顿时寂静下来，黑暗的房间里，程陆扬将秦真重重地压在冷冰冰的墙面上，毫无章法地吻着她。

秦真的脑子里像是劈过一道雷，整个人都僵在那里，甚至忘了挣扎，只感觉到压在她身上的男人伸手紧紧地箍住她的腰，像是要把她按进自己的身体里一样。在她毫无防备之际，他温热的嘴唇覆在她的唇瓣上，那种感觉柔软而奇异，是她从来没有体会过的滋味。

程陆扬下意识地在她的唇瓣上辗转厮磨，甚至伸出舌尖去轻轻触碰她的双唇，察觉到她的紧绷，更是得寸进尺地撬开她的嘴唇，用生涩难当的姿态放肆地吻她。

秦真的脑子里只剩下天雷滚滚的三个字：摄魂怪！

在《哈利波特》里，只要被那群摄魂怪吻过的人都会丧失意识，大脑一片空白，她觉得自己就正处于这种状态。

面庞上传来他温热的呼吸，嘴唇与他柔软的双唇相触，甚至连意识也被他攻占，身体也处于他的辖制之下……秦真震惊地回味过来一个事实，她被强吻了！

他的唇齿之间还带着浓浓的酒气，秦真回过神来，重重地把他推开，难以置信地问他："程陆扬你疯了？"

而那个别扭的男人用一种令她心悸的眼神直直地望进她眼底，慢慢地说了句："是啊，我疯了。"

他把她一路拉到客厅，听见她胡乱嚷嚷着"程陆扬我叫你脱鞋！脱鞋你听不懂是不是"，然后把她往沙发上一扔，居高临下地看着她，特别认真地说："你重点没找对！"

秦真心里乱得要命，结结巴巴地说："那重点是什么？"

"重点是我吻了你。"他特别霸气地用一种宣言的语气说。

"……"

"所以——"酒醉的程陆扬得出结论，"所以我要对你负责，今后你是我程陆扬的人！"

"……"秦真已经惊呆了。

像是觉得这些还不够，程陆扬想了想，又憋出一句："你要是敢红杏出墙，我……我打断你的腿！"

说完，他打了个酒嗝，坐在秦真身旁摆出一个小鸟依人的姿势。

秦真感觉到他整个人都倚在她身上，不知道该作何反应，过了好半天，她侧过头去想要把他弄开，先发顿火再说。结果一转头，发现程陆扬居然……睡着了。

他居然睡着了？！

强吻她，扬言要打断她的腿，然后他居然睡！着！了！

秦真悲从中来！

程陆扬不是个擅长喝酒的人，这么发了一通酒疯之后，竟然倚在秦真身上睡着了。

秦真心乱如麻，觉得一切都乱套了，想问个清楚，可看见程陆扬一脸疲倦的样子，终究没有把他摇醒。

她起身把他轻轻地放倒在沙发上，怔怔地看着他不说话。

为什么会吻她呢？

她觉得自己隐约知道那个答案，可是又不敢往那个方向想。

一个人喜不喜欢你，他的眼神和举动都能说明问题，她问自己，程陆扬到底是不是喜欢她呢？无数次，她觉得答案似乎都是肯定的，可是每当她问他：为什么担心我？他的回答总是那一句：因为你是我朋友啊！

于是她失望地告诉自己：不要胡思乱想，他真的只是把你当朋友而已。

她明白他们之间的差距，爱情不是只需要勇气的事情。更何况程陆扬还一次又一次为她介绍相亲对象。如果真的喜欢她，断然不会急着把她推开。

可是今天，他竟然吻了她！

秦真觉得整个世界都颠覆了，她应该恶狠狠地揍程陆扬一顿，然后严刑逼供，可是当她低头看着他的时候，竟然满心都是刚才那个吻。

其实感觉似乎还挺不错的……

她在想什么啊！

这么胡思乱想着，她叹口气，整颗心充满了柔软又酸楚的情绪。看着程陆扬微微肿起来的左脸，她下楼买了药膏回来，又坐在沙发旁边的地板上小心翼翼地替他擦药。

程陆扬的眼睛睁开了些，迷迷糊糊地看她一眼，无比自然地伸手把她揽入怀中。秦真浑身僵硬地趴在他怀里，听见自己心跳如擂鼓。

好半天，她慢慢地把脸贴在他的胸口，听见他沉稳有力的心跳声，一下、两下……

她觉得所有的喧哗与热闹都在这样的声音里离她远去，在这个只有程陆扬和她的房间里，她的世界再次被璀璨的星光所点缀，胸腔里开满了花朵，那些少女的情怀与相思都化作万千蝴蝶飞舞在心上。

　　她小心翼翼地爬起来，捧着自己的碎花小被子替他盖好，然后一步三回头地进了卧室。

　　她想，他总要给她一个交代吧？

　　嗯，明天一定要严刑逼供！

　　可是一觉醒来，当秦真小鹿乱撞地打开卧室门，探头探脑地在客厅里搜索程陆扬的身影时，却惊讶地发现沙发上已经空了。

　　她怔怔地站在原地，好半天才走到沙发前面，伸手摸了摸那床碎花棉被……冷的。

　　她抿了抿唇，又去厕所和厨房看了一眼，期盼着他会像上次一样穿着她的天蓝色小围裙，回过头来笑吟吟地说一句："先去洗漱，早餐马上就好！"

　　可是没有，不管是厕所还是厨房，整个屋子里都是空空荡荡的，哪里还有那个人的影子？

　　秦真站在厨房里，看着冷冰冰的铁锅和煤气炉，刚才还忐忑得快飞出蝴蝶来的心瞬间冷却下来。

　　他逃跑了。

　　她气得要死，重新坐回沙发上，振振有词地打电话给白璐，说要掐死程陆扬，然后又改口说："不，我这辈子都不想再见到那个王八蛋！"

　　镜头拉回两个小时以前。

　　当程陆扬从沙发上醒过来时，并没有意识到自己睡在哪里，于是很不舒服地翻了个身，结果"砰"的一声摔在地上，疼痛感立马让他清醒过来。他扯着身上的碎花棉被，愣怔片刻，随即想起了昨晚的一幕又一幕。

　　他都做了什么？

　　好长一段时间里，他就这么呆呆地坐在原地，脑子里全是那些杂七杂八的画面，直到最后一幕——他不由分说地把秦真抵在墙上，强吻了她。

　　程陆扬的脑子里唰的一下，就像是回收站被清空了一样，鼠标一点，思绪全无。

　　在他终于排除万难把她给推销出去以后，他居然后知后觉地反应过来自己对她有歪脑筋，借着喝醉酒的机会跑来撒泼不说，竟然还强吻了她！

　　程陆扬心想糟了糟了，秦真这下一定恨死他了！怎么办怎么办？

　　心乱如麻的他把被子一扔，急急忙忙地就跑出了门。

　　冷静，冷静，先去找方凯出主意！

　　这么心急火燎地往外跑的同时，他还隐约想到一个问题——孟唐应该还没来得及和秦真发展到接吻这一步吧？所以说昨晚他跟秦真的那个吻，哟呵，是她的初吻吧？

　　这么想着，程陆扬的脚步忽然间轻快起来。

　　哈哈哈，如此甚好，甚好！简直是妙极！

HOW NICE YOU ARE
ONLY I KNOW

Chapter 16
你愿意收留我吗

办公室里，方凯低着头跟个小媳妇似的，战战兢兢地听着总监大人一边来回踱步，一边振振有词。

"你说我怎么就喝醉酒了把她给强吻了呢？她都不知道把我给推开吗？这事儿真伤脑筋！"

"……"你这样子哪里像是伤脑筋啊？这不是挺开心的吗？

"啊，真是！她不是挺汉子的吗？不是挺雷厉风行的吗？怎么到了关键时候就变成小女人了，连个酒鬼都推不开呢？"

方凯弱弱地说："可能是她本来就没想推开——"

程陆扬的眼睛唰的一下亮了："是吧？你也这么觉得？你也觉得其实她不想推开我？"

"我的意思是，她可能是蒙了，没反应过来，所以没想到要推开……"

"滚！"程陆扬的脸色又沉了下去。

方凯就这么看着他来来回回地自言自语，最终没忍住，出了办公室偷偷摸摸给秦真打了个电话，结果意外得知她在下楼梯的时候摔了一跤，居然腿骨骨折了。

"啊？严重不严重？在哪家医院啊？"方凯吃了一惊。

秦真迟疑了片刻，若无其事地把医院地址报上了，然后又补充一句：

"你来可以，不许告诉程陆扬！"

方凯支支吾吾地应下了。

而病床边上，白璐好整以暇地望着秦真，微微一笑，也不说话。

秦真心虚地问她："你笑什么啊？"

"笑有的人口是心非，明明巴不得人家来，还偏偏死鸭子嘴硬，非要强加一句多余的话。"

"谁口是心非了？我和方凯是朋友，他来那不是很正常吗？"秦真还欲继续狡辩，但看到白璐贼精贼精的眼神，也就没往下说了。

她慢慢地靠在病床上，转过头去看着窗户外面，沉默下来。

是啊，她在装什么呢？明知方凯会把她的一切巨细靡遗地告诉那个人，她还多余地嘱咐那么一句不要告诉他。

她不就是希望那个人也知道她受伤了吗？

不管他怎么装死，怎么逃避，她还是一次又一次地飞蛾扑火。

隔了半天，秦真慢吞吞地问了一句："我是不是很犯贱？"

白璐笑了，恰好打开手机里新到的短信，看见上面的内容，眼神霎时流光溢彩，然后慢悠悠地回答秦真："谁说不是呢？恋爱中的人，谁不犯贱？"

秦真没想到自己会这么倒霉，因为程陆扬的不告而别，整颗心都乱了，因此下楼梯的时候一个不留神就摔了一跤。脚疼得实在太厉害，她不得不在白璐的帮忙下去了医院，结果一拍片，腿骨骨折。

医生说留院观察两天，两天后再照一次CT，如果石膏没问题，就可以回家休养了。

秦真还沉浸在自己为何这么倒霉的悲伤里无法自拔，白璐就看了眼手里振动的手机："我去商场给你买点儿必要用品。"

秦真心不在焉地点点头，白璐就走了。

过了一会儿，床头柜上的手机响了，秦真看了眼，是方凯打来的，心跳忍不住快了些。

她问："喂？"

方凯说："我到医院门口了，几楼几号房啊？"

秦真如实报上。

片刻之后，方凯气喘吁吁地拎着一箱牛奶、一只水果篮子上来了。秦真见他一个人来的，脸色暗了点儿，眯眼问了句："你买的？"

方凯尴尬地点点头："嗯，我买的。"

他压根就不是个会撒谎的人！秦真脸一沉："拎回去，谁买的让谁拎过来！"

于是方凯默默哭泣着，又把沉甸甸的东西重新拎下楼，哭丧着脸对车里的人说："秦经理说了：'谁买的让谁拎过来！'"

程陆扬默默地看了眼牛奶和水果篮，干脆掏出五百块钱来："那你把这个给她，她肯定会收下的。"

几分钟之后，方凯满头大汗地跑下楼来，为难地把钱塞回来："秦经理说了：'谁给的让谁拿过来！'"

程陆扬的脸色又难看了几分，怎么，连钱都不要了？看来是真的生他的气了。

他深吸一口气，跨出车门："东西你还是原封不动地拎上去，什么都别说，放下就跑，反正她骨折了也追不上你。"

"那总监，您去哪儿啊？"方凯摸不着头脑。

"我去找医生问问情况。"

当方凯再一次汗流浃背地把东西拎回病房时，哭丧着脸对秦真说："秦经理，我求求你俩别折腾我了，我妈都说我太瘦了，再这么多爬几次楼，我都快被折腾死了！"

秦真只问了句："他人呢？"

方凯支支吾吾没说话。

"你不说？那我打电话跟程陆扬说你趁我腿脚不便对我动手动脚。"秦真很无耻地威胁他。

方凯立马不假思索地说："门口朝左数第三个办公室！总监正在和你的骨科医生说话！"

时间地点人物内容，一字不漏全部奉上。

秦真顿了顿，拨通了程陆扬的手机，听见那边迟疑地叫了一声："秦真？"

她冷静地说："你是打算这辈子都不出现在我面前了吗？"

程陆扬有点儿慌，立马撒谎说："我在外面，有点儿抽不开身，晚点儿再打给你行吗？"

"行。"秦真的回答让他松了口气，岂料接下来却是一句，"你抽不开身是吧？那我来找你。"

程陆扬一惊，还没来得及答话，通话就结束了。他怔怔地盯着手机屏幕，接下来下意识地望向办公室的门口……她不是认真的吧？

然而下一刻，他听见方凯在走廊上着急地喊了一声："秦经理，你看你一伤残人士，逞什么能啊？你这么跳着跳着的跟袋鼠似的，还想往哪儿走啊？"

程陆扬一把拉开大门冲了出去，只见十来步开外，秦真用极不熟练的姿势拄着拐杖朝他蹦跶过来，笨重的石膏腿在空中晃晃悠悠，别提多可笑了。

他急得大吼一句："你干什么？给我站在那儿别动！"

秦真听话地停下脚步，眼睛一眨不眨地锁定他，那种焦急的表情、担心的目光、手足无措的模样……她忽然想赌一次，赌他究竟是不懂得如何去爱一个人，还是真的对她一点儿感觉也没有。

这么想着，她忽然笑了，认真地对程陆扬说了句："我数三声，如果数到三，你还没有接住我，那就算我倒霉。"

程陆扬脸色一变："你要干什么？"

十几步的距离，三秒钟的时间，只要他多犹豫一秒钟，她就可能伤上加伤。

秦真深吸一口气，在数一的同时，双手一放，两只铁拐以铿锵有力的姿态落在地上，掷地有声。

她的身子摇摇欲坠，只靠左脚支撑起整个身体和那条笨重的石膏腿。

然后她说："二——"

然而二字开口以前，她就看见那个男人以飞快的速度朝她奔来，眼里是一种甚至称得上是惊恐的神情，像从前每一次她奔向他那样，这一次换成他不顾一切地朝她跑过来。

她没有再数三了，因为在她摇摇晃晃地跌倒以前，那个男人已然奔至她面前，稳稳地接住了她。

她看见他的脸上露出了如释重负的表情，下一刻却忍无可忍地对她大声吼道："你出门都不带脑子的吗，啊？！"

响彻医院走廊的怒吼声不知惊起多少病患，秦真却在他的勃然大怒里露出一个笑容，然后慢悠悠地说："你不是说，我就是在家也一样没有脑子吗？"

她居然拿他曾经的话来气他？程陆扬直想跳脚，一把抱起她往病房走，嘴里恶狠狠地骂道："你简直是疯了！才断了一条腿，现在是想把另一条也一起摔断吗？秦真我告诉你，你长得不漂亮，家里没有钱，你这条件本来就够不好了，要是再把自己弄残了，你这辈子都嫁不出去了！"

程陆扬一边痛骂，一边小心翼翼地把她放在病床上，脸色仍然臭得很。他欲直起腰来，却忽然被秦真拽住了衣领，顿时维持着俯身贴近她的姿态，起不来了。

他浑身一僵，却看见秦真直直地望进他眼里，平静地说："程陆扬，你没有什么话要和我说吗？"

"说……说什么？"毒舌小王子居然破天荒地结巴起来。

"关于昨天晚上你喝醉酒之后做的事情，你不觉得你有必要解释一下？"秦真的态度出奇冷静。

那种直勾勾的眼神叫程陆扬心慌意乱，他很努力地想要维持理智，给她一个合理的解释，至少不要让她厌恶他，至少还能维持他们之间的友情……这么想着，他脑子飞速转动，想要找个听起来比较像话的理由。

谁知秦真好像看穿了他的想法，直截了当地对他说："我不听谎话。"

程陆扬又是一顿，不听谎话？那势必要和他一刀两断绝交了……

他忽然间明白自己在担心什么了，他曾经为孟唐对秦真的暧昧不明而窝火，曾经义正词严地指责这种当断不断的卑鄙行径。他把他对爱情的态度全部灌输给了秦真，所以他几乎清楚地猜测到，秦真在得知他对她的感情之后会采取什么样的措施。

远离他。

保持距离。

友情到此为止。

想到这些可能性，他的心跳都静止了。

寂静的病房里，他忽然间就镇静下来，就好像在劝服自己一样，无比真挚地对上秦真的视线，然后开口说："我喝醉了。"

他能察觉到秦真揪住他衣领的手微微松了松。

他觉得自己的表情很严肃，语气也很认真，就连他自己都快相信这个说辞了——他不过是喝醉了而已，别无其他。

可是在秦真看来，他的眼睛里闪烁着谎言的影子，影影绰绰，动荡不安。

她想，既然都已经放手一搏了，那不如就赌大一点儿吧。

这样的念头一晃而过，她抛弃了理智，再一次拽紧他的衣领，把他朝自己轻轻一拉。下一秒，两人的双唇再次相贴。

她闭上了眼睛，放肆地去吻他，察觉到他的僵硬，也学着他昨晚的主动，一点一点侵入他的世界。

铺天盖地都是他温热的鼻息，熟悉而好闻，像是冬日里染了蜡梅芬芳的日光。

程陆扬忘记了拒绝，忘记了推开她，一片震惊之中，他……他甚至非常自然地回吻了她！

喜欢上一个人的心情是什么样的？

像是在沙漠里迷途的旅人，一路跌跌撞撞满怀希望地寻找目的地，焦灼难耐，彷徨不安。

像是忽然断了线升入半空的气球，一路飘飘摇摇，不知道这次远航会以什么样的终点结束。

你觉得自己就像是那只气球，因为这份沉甸甸的喜欢而充盈到快要爆炸，可是只要对方的一个眼神、一句话语，你又轻快地飞上了云端。

那么，得到心上人的喜欢又是一种什么样的心情呢？

程陆扬觉得，如果说他就是那只气球，恐怕现在已经爆炸一百次不止了。

他由被动变为主动，环住了秦真的腰，低下头来认真地亲吻怀里的人。鼻端是她熟悉好闻的气息，那种味道是他在她家时常常闻到的，像是茉莉花淡淡的香气，又像是某种说不清道不明的温柔芬芳。

她小小的沙发上有这个味道，可爱的碎花被上也有这个味道，昨晚他靠在她身上时也闻到了这个味道。

　　程陆扬觉得自己从来没有哪一刻像现在这样，恨不得拥有停止时间的超能力，让全世界的纷纷扰扰都停驻在这一刻。

　　所以当枕头旁边那只手机嗡嗡振动起来时，他简直想要把它扔到窗户外面去。

　　秦真微微挣脱他的辖制，面颊通红地望着他，低声说："接个电话——"

　　"别接了。"程陆扬简短有力地说了三个字，然后按住她的后脑勺，又一次用力地吻了下去。

　　呼吸交缠，彼此的气息无限绵延，染红了谁的脸。

　　然而来电的人丝毫不死心，一通接一通地打，扰乱了秦真的心神。她又一次微微离开他的唇，连眼睛也变得水汪汪的，像是浸渍了雨水过后的珍珠。

　　"可能有急事——"

　　"再急也没我急。"程陆扬毫不迟疑地说完，又一次覆了上去。

　　什么叫再急也没他急？他究竟是在做多紧急的事啊？！秦真又好气又好笑，最终抵住他的胸口，重重地瞪他一眼："别蹬鼻子上脸啊！"

　　"明明就是你先勾引我的！"程陆扬看着她接起电话，特别气愤地往病房里的单人沙发上一坐，嘴里振振有词地念着，"哪有这种人的？趁我不备先占我便宜，等你尝到甜头了就不准别人尽兴了，这种事情不是单方面就可以停止的！男欢女爱——"

　　"你先闭嘴成吗？"秦真忍无可忍地捂住手机，恼羞成怒地冲他吼了一句。

　　程陆扬的脸色特别臭，但也忍气吞声地说："闭嘴也成，但我得先把这句话说完，男欢女爱是不可以被打扰的，这种时候打电话过来的人容易折寿，这事儿你最好和电话那头的人说说，让他下次看好时间再打。"

　　呸！

　　怎么会有这么不要脸的人？！

　　秦真的脸都要烧起来了，赶紧恶狠狠地瞪着他，然后松开捂住手机的手："不好意思，现在可以说话了。"

　　程陆扬竖起耳朵听。

　　不知道那头的人说了什么，秦真回答说："不好意思啊，本来答应要陪你去买礼物的，但是今天我出了点儿事，没法陪你去了，只能说句对不起了。"

隔了一会儿，秦真又迟疑地说："也不是什么大事，就是摔了一跤，脚有点儿疼。"

听到对方说要来看她，她赶紧拒绝："别别别，不严重，休息休息就好，你赶紧去给你妈挑礼物！"

这么一番对话下来，程陆扬完全明白了来电话破坏他好事的人是谁，当即扯着嗓门儿喊了一句："秦真，把我的内裤给我拿进来！"

还在交谈的两人顿时都没了声音。

秦真的脸都要冒出烟来了，用一种羞愤欲绝的眼神先捅了程陆扬几刀，然后才跟孟唐解释："那什么，程陆扬在开玩笑，反正就是，我实在是抽不开身来，不好意思啊！"

也不待那边的孟唐好好说话，她就胡乱结束了这通电话。

看着程陆扬那种沾沾自喜的样子，她气不打一处来，扔了电话就冲他吼了句："行了，打哪儿来回哪儿去吧，程大爷！"

"什么意思啊，你刚才还不是这态度呢！"程陆扬又拉长了脸，站起身来居高临下地盯着她，理直气壮地说，"你老实交代，刚才为什么亲我？"

"年纪大了，饥不择食。"秦真特别淡定。

"那你怎么不去抱着孟唐亲啊？"

"他这不是不在吗？要在的话，估计就不是你了。"

程陆扬怒极反笑，优哉游哉地走到秦真面前，低头牢牢锁着她，然后一脸认真地说："不好意思，饥不择食是要付出代价的，你抢走了一个根正苗红大好青年的纯情之吻，秦小姐，还请你拿出做人的担当，对我负起责任来！"

"……"

而另一边，孟唐站在律师行里半天没说话，只静静地站在窗边，看着下面行色匆匆的人群。

有新来的实习律师敲了敲门："孟律师，吃饭了。"

孟唐没有回头，只淡淡地应了声："嗯，知道了。"

实习律师挺失望的，一天下来就只有吃饭的时候能和他说上两句话，哪知道他今天不搭理人。

孟唐没有理会别人在想什么，只是静静地看着窗外繁华的景象，最后低笑了两声。

好像还是太迟了。

耽误了七年时光，于是在那以后的七年里也被他错过，等到他再回来时，秦真不是当初的秦真了，他也不再是当初的孟唐。

窗外开始淅淅沥沥地下雨，很容易让人想起学生时代那场倾盆大雨，他走在秦真身旁，撑着一把不够大的伞。那时候他听着她有些紧张地说话，侧过头去，可以看见她秀气的鼻尖，还有一点儿泛红的耳朵。

那个女孩子像是小兔子一样，怯生生的，对他说话时不太敢直视他的眼睛，偶尔结巴，全然没有平时的率直模样。

他一直知道她喜欢他，只可惜等到他想要回报这份心意时，她似乎已经喜欢上别人了。

程陆扬开始死皮赖脸地赖在病房不走了，他在病房待了整整一天，见秦真吃着医院的病号饭，只好也去医院的食堂里打了自己的饭菜上来。

肉太少，油太多，饭太硬，味道太糟心。

他郁郁寡欢地放下盒饭："好难吃……"

"难吃就滚蛋，早看你不顺眼了，有多远滚多远！"秦真在病床上玩手机，丝毫不提先前那个吻。

他喜欢她，她算是看出来了。

可是喜欢她还一直把她往外推，这她就不能接受了。

她心平气和地玩着跑酷游戏，全然不理会程陆扬那幽怨的脸色。

程陆扬说："我不滚！"

"那就坐在那儿玩吧。"她就跟对付小孩子一样。

程陆扬不乐意了："我刚才跟你说你要对我负责任，你知道这是什么意思吗？"

"什么意思？"

"意思就是——"程陆扬顿了顿，然后用一种迂回曲折的方式说，"意思就今后你如果要冠夫姓，很有可能就叫程秦真女士了。"

秦真手指短暂抽筋片刻："说人话。"

"好吧，我的意思就是你家里可以准备两双拖鞋、两把牙刷、两条毛巾以及把那张床换成双人大床了。"程陆扬想了想，忽然又发现哪里不对，"等等，我不应该入赘的，应该是你搬进我家才对。"

"见过不要脸的，没见过这么不要脸的，乍一看以为是脸皮厚，仔细一看根本就是不要脸！"秦真呵呵他两声，指了指门口，"大爷，赶紧走吧。"

程陆扬这回是真气了："你这女人变脸也变得太快了是不是？"

他起身往外走，"砰"的一声把门关了。

秦真愣了愣，把手机放下，一下子又觉得有点儿空空荡荡的。

她在想些什么呢？亲他是一时冲动，却并不后悔，他没有推开她，甚至一次一次回吻她，这些都证实了她的猜想——她赌赢了，程陆扬喜欢她。

可是他为什么就是不说一句喜欢呢？

她又不是在拿乔或者若即若离，只要他坦白一点儿，说句喜欢她，那就万事大吉了，他怎么就是不开窍呢？

秦真气得要命，躺在床上又不说话了。这么胡思乱想了大概二十分钟的样子，病房的门又一次开了。她回头一看，咦，程陆扬怎么又回来了？

这一次，程陆扬是拎着一床小被子和一台笔记本来的。他理直气壮地往沙发上一坐，二郎腿一跷，特别霸道地对秦真宣布道："从今天起，老子就是你的男人，你在哪里，老子就在哪里！"然后他想了想，又从包里摸出一个小本子，趾高气扬地走到秦真面前递了过去，"喏，拿去！"

秦真愣愣地接过来，发现那是他的……存折本？里面还夹着一张银行卡。

对上程陆扬的视线，她听见他用一种高深莫测的语气说："大爷我还算是个富二代，怎么样，考虑考虑？"

秦真"扑哧"一声笑了出来，把存折本往他身上一甩："程陆扬你神经病是不是？"

程陆扬手忙脚乱地把存折给拿好，特别暴躁地翻开来往她眼前一凑："喂，拒绝之前好歹看清楚行吗？看看！看看这上面的数字！怎么样？跟了大爷你绝对不吃亏，你这个女人那么爱钱，为了钱爱我一下又不吃亏，干吗不考虑一下啊？"

他急得跳脚，一副"你怎么这么没有眼光"的痛心疾首样。

秦真盯着他，看见他慢慢红了的面颊和耳根，还有那故作镇定却又忍不住躲避她的眼神。

程陆扬像个大孩子一样，特别迫切地想要得到一个人的肯定，他以为自己掩饰得很好，可是每一个细微的动作和表情都透露出他的忐忑不安。

他还在嘀嘀咕咕地说："我条件不错了，你看你那脚，指不定今后落下点儿毛病，只有我才不会嫌弃你，你就是瘸了我也一样能背你。还有啊，你长得又不好看，只有我才不会以貌取人，还能厚着脸皮昧着良心夸你漂亮……"

啰啰唆唆一大堆废话，听得秦真好生气，为什么他连告白的话都说得这么不招人待见？

可是最神奇的是她竟然听得心情大好，嘴角也忍不住翘起来一点又一点。

她问他："程陆扬，你这是在干吗？"

程陆扬像是被人拿针戳了一样，顿时不说话了，就脸红脖子粗地僵在那里。

秦真叹口气："我这人也没别的要求，找对象要求也不高，但是告白是必须要有的。听说当律师的口才好，估计我也就指望孟唐能来跟我好好告个白，要不以前怎么一直喜欢他呢？女人就是矫情，爱听好听的。"

"好听的又不能当饭吃！"程陆扬忍不住插嘴。

"可我就爱听！"秦真很笃定。

看她那贼精贼精的样子，程陆扬特别想掐死她，这女人一早看出自己的想法了，就是要为难他！

以他的脾气，要换以前铁定扭头就走，可是今天，面对这个长得不算太漂亮，性格也挺别扭的女人，他反倒挪不动步子了。

他想，死要面子活受罪，要是就这么走了吧，肯定整晚整晚睡不着。如果这时候赶上姓孟的再来挖墙脚，估计他想拿砍刀砍死对方的冲动都会被激发出来。

这么想着，他咳嗽两声，从果篮里拿了个苹果出来，又从床头柜上拿过小刀，坐在床边一边削皮一边说："说那么多渴了吧？先吃个水果。"

秦真有点儿摸不透他的心思了，这是什么节奏？独家告白进行到一半，怎么变成吃水果了？

而程陆扬一边利落地削皮，一边用一种很低沉悦耳的声音说："其实我的意思就是，你看咱俩年纪都不小了，父母都在催婚，不如将就将就，就这么着了吧？"

他专心地盯着手里的苹果，耳根子越来越红。

"虽然我脾气不好，但是对你也还算挺能忍气吞声的，你看，你经常对我大呼小叫，还拿拖鞋砸我，我也没把你怎么样……当然，要是在一起了，我肯定会努力不对你发火的。"

秦真小声嘟囔一句："你都把我抵墙上这样那样了，还说没怎么样！"

程陆扬的脸唰的一下跟着火了一样，又开始凶巴巴地说："那你也不能否认，其实我技术还是很好的！"

秦真指控他："你刚才还说不对我发火！"

程陆扬瞬间噤声，最后臭着脸把削好皮的苹果递了过去。

秦真接过苹果，也不说话，凑到嘴边就啃，汁水很甜，那味道在舌尖迅速蔓延，化作心坎里一点奇异的感觉。

她看见程陆扬慢慢地转过头来，用一种无可奈何的眼神看着她："有时候我真怀疑自己是受虐狂，在我认识的人里，你是对我最凶的一个。从来不爱听我的话，还总爱念我骂我，你小气、贪财、任性、优柔寡断，并且特别没有原则，对谁都笑脸相迎，特没骨气！"

等等，她什么时候成了这家伙口中这种毫无优点的大妈型妇女了！？

秦真一下子黑了脸，正欲反驳，却冷不防听他又说了一句："可是怎么办啊，跟这样的家伙相处久了，我觉得女神对我来说都没有吸引力了。"

她"扑哧"一声笑了出来。

程陆扬却没有笑，反而闭上眼睛，拉起她的左手贴在自己的眼皮上。

秦真一愣，听他用一种低沉柔和的嗓音说："秦真，我的世界正在一点一点失去色彩，也许今后的人生只剩下一片黑白。我一度认为自己很富有，长相也不错，这样的程陆扬应该会有很多女人喜欢。可是如今，我生怕你会嫌弃这样的我。"

屋内一片寂静，窗外有滴答滴答的雨声。

在这个小小的病房里，程陆扬慢慢地睁开眼睛，看着眼前怔怔的女人，轻声问了一句："你那么好心，能行行好，收留一个看不见色彩的人吗？"

从这句话开始，秦真就傻掉了，她任由程陆扬闭上眼睛，拉着她的手覆在他的眼皮上，而她的掌心正对他的面庞，他柔软温热的鼻息也如同蝴蝶一般轻触在她的皮肤上。

热热的，软软的，叫人的心也跟着柔软起来。

程陆扬的眉眼都在她的掌控之中，而她触碰着他精致好看的五官，忍不住轻轻贴了过去，在他紧闭的眼睛上亲吻了一下。

她能感觉到程陆扬似乎微微颤抖了一下，然后慢慢地睁开眼睛，一动不动地望着她。

那双眼睛好看极了，像是波光流转的墨玉，又像是冰雪之上的一点墨渍，乌黑亮泽，不带一丝杂质。

程陆扬轻轻开口问她："这算是同意收留我了吗？"

那么温柔、那么小心翼翼的程陆扬。

秦真的整颗心都塌陷了，伸手环住他的脖子，紧紧地抱住他："程先生，虽然你嘴巴毒、脾气臭、爱别扭，还有王子病，但是像我这么善良的好姑娘，最乐于助人了。看在你这么诚恳的分上，我决定替天行道、拯救苍生，勉强把你收留了，你千万不要太感动，存折、银行卡统统交给我就好！"

她胡乱说着搞笑的话，眼眶里却热热的。程陆扬低低地笑起来，也没跟她怄气，反而伸手慢慢回应了她的拥抱。

他一边笑一边说："好，都给你，让你数钱数到手抽筋，然后从此死心塌地跟着程大爷，行不行？"

秦真说："不行，我数学不好，程大爷你得替我买个验钞机。"

"……"程陆扬只能笑个不停，感叹一句，"程秦氏，你怎么这么可爱？"

"所以你要好好珍惜我！"

程陆扬点头："珍惜自己的女人，最好的方式就是蹂躏她，夫人还请放心，我一定好好努力，不辜负你的期望！"

秦真倏地抬起头来指控他："你又开始说有颜色的话了！"

"眼睛里没有颜色，只好在话里话外带点儿颜色了，这样批不批准？"

程陆扬严肃地板起脸孔。

他明明是在开玩笑，秦真却觉得很心酸，再次伸手覆在那双明亮璀璨的眼睛上，轻轻地说："你放心，我这个人别的本事没有，但是从小到大就被人夸成是小太阳，阳光死了。就算你看不见颜色也不要紧，我还能当你的眼睛，负责把你的世界照得光芒万丈！"

她说得信誓旦旦的，表情认真得要命，看着他的眼神带着心疼、着急、安抚以及依恋。

他笑了，连连在她脸上亲了好几下："我们家程秦氏就是棒！说起肉麻话来特别厉害，叫我鸡皮疙瘩都掉光了，妈妈以后再也不用担心我被谁恶心到了！"

秦真"扑哧"一声笑出来，推开他那处乱亲的嘴："程陆扬你别贫嘴，告诉你，你以后要是敢凶我，我一样翻脸不认人！别以为吃到嘴里就安全了，我可是长了腿的，指不定就跑掉了！"

程陆扬无辜地竖起手指："第一，我现在就是沾了沾味儿，还没来得及吃进嘴里。第二，你确定你这腿真能跑得出我的手掌心？你要是不信，我现在就可以把你压倒试试，你看你跑得掉吗。"

"……"秦真觉得这家伙已经无药可救了，却忍不住翘起嘴角。

她发现自己真的好开心，原来这就是喜欢一个人的滋味，当他回应了你，你会觉得自己拥抱了全世界。

秦真在医院里观察了两天，第一天晚上，程陆扬窝在单人沙发上睡了一夜，第二天腰酸背痛得直哼哼，眼睛下面也出现了淡淡的淤青。

他嫌医院的早餐不够营养，天还没亮就悄悄起床了，看了眼还在床上熟睡的秦真，蹑手蹑脚地出了门，跑回家给她做早餐。

秦真醒过来的时候，程陆扬已经拎着热气腾腾的南瓜粥和苦瓜烘蛋来了，他把病床上的小桌子搭起来，一样一样把菜摆好，就跟伺候谁家大爷似的。

秦真"扑哧"一声笑了出来："你当你是在伺候慈禧吗？"

程陆扬把筷子递给她，配合地应了一声："那小的给太后娘娘请安了！"

秦真问他："你吃了没？"

他特神气地回答："那当然，我在做饭的时候就吃了！"

"你做的？"秦真一愣，"我还以为你是在食堂买的……"

"呸！食堂里的师傅有我这么心灵手巧？看看我的苦瓜烘蛋，不油不腻，清淡爽口；再看我的南瓜小米粥，不稠不稀，恰到好处——"程陆扬还在试图自夸时，手机响了。

他当着秦真的面接起来："喂？"

病房里很安静，他就站在秦真身旁，所以秦真也听见了电话那头的声音，是程旭冬打来的。

"你说十万火急，让我大清早立马赶来你的公寓，然后交给我一锅正在沸腾的猪脚汤，自己却一溜烟跑得不见人影——"程旭冬的语气一如既往的温和，可就是莫名带了点儿叫人忍不住打寒战的意味，"你打算叫我在这儿站到什么时候？"

程陆扬想了想："猪脚汤熬得越久越好，这样汤里面才有营养。这样吧，你再站两个小时。"

"……"

程旭冬没说话，想必嘴角在抽搐。秦真算是反应过来了，睁大了眼睛问程陆扬："你让你哥到你家去帮忙盯着那锅汤？"

"是啊，我要照顾病号，抽不出空。"程陆扬答得特别理所当然，"吃哪儿补哪儿，你脚受伤了，当然要吃猪蹄！"

秦真哭笑不得。

程旭冬也像是拿他没法子了，在那边苦笑两声："行，我给你盯着，只是你自己也没怎么吃早饭，一边熬粥一边胡乱啃了半个面包，在外面买点儿吃的垫垫肚子吧。汤熬好了以后，我开车给你送过来，你好好照顾秦小姐。"

然后他就挂了电话。

秦真望着程陆扬，半天才问了句："你不是说你吃了吗？"

程陆扬镇定地说："面包不算吃的？"见她瞪着自己，只好妥协，"好吧，怕你起来得早，万一饿肚子怎么办？所以没时间吃，弄完东西就赶紧来了。"

隔着热气腾腾的烟雾，秦真看着程陆扬一脸"这个女人好麻烦一点都不能敷衍"的表情，忍不住低声笑起来。

她把碗递给他："我食量小，吃不了这么多，你先喝一半的粥。"

"不用了，我不饿。"

秦真执意要他喝，程陆扬翻了个白眼，只得接过来喝了两口，看着秦真这才把碗拿回去，小口小口地喝起来，忍不住笑了笑："想和我间接接吻就明说嘛，找什么借口呢！"

"……"秦真差点没一口把粥喷回他脸上。

整整一天，程陆扬把办公室搬到了病房，捧着笔记本，坐在单人沙发上忙忙碌碌，而秦真就坐在病床上玩手机、看书，间或抬头看他一阵子，心里喜滋滋的。

她第无数次对他说："其实你可以回去上班的，我没事的。"

程陆扬头也不抬地回她一句："没把你放在眼皮子下面盯着，心里不踏实。"

中午是程旭冬送的猪脚汤来，还拎着一堆别的饭菜，看起来精致可口，想必是出自哪家的大厨之手。

程旭冬笑眯眯地站在病房里，看着程陆扬伺候秦真吃饭，但笑不语，黑漆漆的眼珠子透亮好看，像是老谋深算的狐狸。

秦真怪不好意思地对他说："麻烦你了。"

程旭冬还没来得及答话，就听程陆扬十分自然地说了句："应该的应该的。"

嘴角一抽，他觉得自己这个弟弟已经做了秦家的上门女婿。

后来程陆扬把他送出门时，程旭冬一边走，一边漫不经心地说了句："打算什么时候告诉家里？"

程陆扬吊儿郎当地笑了一声："告诉家里干什么？等着老头子来骂我一顿，说我找了个门不当户不对的？"

"不管爸怎么看，婚姻是你的事情，他只能影响你，但不能左右你的想法。不过身为儿子，婚姻大事告诉家里人是你的责任，你可以不满意大家的态度，但不能藏着掖着不见光。"这是程旭冬的回答。

临走前，他拍拍程陆扬的肩，含笑走了。

其实也是要感谢秦真的，如果不是她，程陆扬和他的关系也不会这么快缓和。

第二天晚上，程陆扬没有继续睡沙发了。

秦真看着他手长脚长地蜷缩在沙发上，光是看着就已经很不舒服了，哪里还敢让他这么缩一晚上？

屋子里已经关了灯，只有走廊上的光朦朦胧胧地照进来，她躺在床上看着他，忍不住问了句："这么睡舒服？"

程陆扬黑了脸，没好气地回答："不然你来试试？"

秦真躲在被子里笑，想了想："不然，你睡我旁边来吧？"

沙发上的人顿时虎躯一震，噌的一下坐了起来："你说什么？再说一遍！"

"我说，睡那里又不舒服，不然……"秦真红了脸，咳嗽两声，"你要是保证能把持住自己，不做有颜色的事情，不讲有颜色的话，就来床上睡吧。"

程陆扬才不管她提了什么条件呢，噌噌噌地就扔下小被子挤到她身边来了，医院的床不宽，两个人睡下来刚刚好，估计要是谁翻个身，都会立马把另一方压住。

秦真背对他，脸上红了又红，最后也只敢把被子往他那边挪了挪："喏，盖好了，别感冒了。"

程陆扬把被子盖好，幽怨地戳戳她的背："干吗啊，用背对人好冷淡的，一点儿礼貌也没有！"

"睡你的觉好吗？"

"妈妈说用背对别人是不对的！"程陆扬继续伸手指在她背上画圈圈，一下一下，一圈一圈，动作轻柔，不疾不徐，带来一种又痒又奇怪的感觉。

秦真气绝，只能硬着头皮转过身去，在黑暗里瞪他一眼，谁知道却对上一双亮晶晶的眼睛。

程陆扬得逞了，笑眯眯地看着她，忽然伸手把她往怀里一捞，满意地说："这才对嘛，看不见我家程秦氏的脸，叫我如何睡得着？"

"你得寸进尺！"秦真涨红了脸，浑身僵硬地感受着和他亲密接触的感觉。

室内开着空调，程陆扬只穿着打底的 T 恤，长裤未脱，而秦真穿着病号服，浑身也没有半点儿裸露出来的地方，却不知为何有一种十分羞涩且奇妙的错觉，就好像被子下面的两个人赤裸裸的，什么都没穿一样。

她努力往床沿退，想要拉开和程陆扬之间的距离，谁知道程陆扬的手微微一拽，又托着她的背把她拉进怀里，然后特别认真地说："小心摔到床下去，到时候就不止是一只脚打石膏了！"

秦真看着他不怀好意的笑容，恨恨地说："比起你来，掉下床去简直不具备任何威胁性！"

"你就这么不看好我的人品？"

"你有那种东西吗？"

"那你总该相信我的节操吧？"

"根本不存在的东西你就别提了行吗？我都替你脸红了。"

程陆扬叹气："跟你说话怎么就这么费劲呢？好好的非要把人的神经都给折腾散架，每次都逼我采取非常手段。"

秦真还没反应过来他所谓的非常手段是什么，就见他的面孔无限放大，下一刻，两人的嘴唇又一次相贴。

这是什么节奏？自从他喝醉酒那天晚上开始，他就不停地吻她，每天都吻！

秦真的脸更烫了，却因为整个人都被他的双臂揽在怀里，完全失去抵抗能力……或者说，其实有的人压根就只是象征性地挣扎了一下，然后就果断地变为小鸟依人了。

大晚上的，医院里安安静静，特别是病房里。秦真被他紧紧禁锢在怀中，动弹不得，只能被动地接受他的亲吻。

程陆扬像是渐渐琢磨出技巧来了，熟能生巧嘛，每天练习练习，既能增进感情，又能愉悦身心，何乐而不为呢？

他探入秦真的牙关，舌尖划过她整齐而细小的牙齿，然后一路寻到她的舌尖，一点一点把自己的气息与她融合在一起。

最后他亲亲她的脸，又亲亲她的鼻子，凑过去亲亲她的嘴角，然后笑眯眯地说："真好。"

"好什么好？"

"这么抱着你，心里踏实多了。"程陆扬说，黑暗里慢慢地弯起嘴角，"秦真，我这个人智商高，情商低，很长一段时间都不知道自己想要的究竟是什么，只想对你好，然后看你在我身边忙得团团转的样子。后来带你去相亲，又嫌弃这个嫌弃那个的，连我自己都不知道其实我只是不知道该如何对你好，所以才手忙脚乱不知道该怎么做。"

秦真屏住呼吸，慢慢感受着程陆扬胸膛处的一起一伏，耳边是他低沉温柔的嗓音。

他说："如果没有把你推开，我也不会发现这里那么难受。"

他拉着她的手，慢慢地放到自己的胸膛上，薄薄的衣料下是他有些滚烫的肌肤，径直抵达她的掌心，烫得她有些胆怯，想要缩回来。

他的心跳似乎比平常快了一些，一下一下，稳稳的，强而有力。

秦真忍不住笑起来，胡乱地在他脸上亲着："我家的毒舌小王子也会说好听的话了，真棒！"

"毒舌小王子是什么东西？"程陆扬黑了脸，"你又给我乱起名字！"

"这叫爱称，爱称懂不懂？"她哈哈笑着。

次日照完 CT 之后，确定秦真的脚没什么事了，程陆扬就把她接出了医院。车是方凯开来的，程陆扬拎着大包小包的东西塞进后备厢，上了车："去我家。"

秦真抗议："为什么是去你家？"

"你的脚都这样了，不去我家去谁家？"程陆扬哼了一声，"我纡尊降贵照顾你，少在那儿唧唧歪歪！"

一边说着，他还一边帮秦真调整坐姿，给她找了个最舒服的位置，动作小心翼翼的，一点也没有嘴巴上说的这么凶。

秦真就这样十分自然地搬进了程陆扬的家，开始享受为期一个月的"同居"生活。

Chapter 17
你是我永不褪变的色彩

　　程陆扬嫌去她家拿生活用品太麻烦，一切都在楼下的 24 小时便利店搞定，秦真穿的衣服则是他从抽屉里找来的自己的衣服。

　　宽大的衬衣被秦真穿出了男友风的味道，而最搞笑的是因为石膏在小腿上鼓鼓囊囊的，没法穿裤子，还好衬衣够长，能够遮住屁股。

　　秦真遮遮掩掩地逼程陆扬拿条夏天的沙滩裤出来，宁死也不愿这么暴露地在他家走来走去。

　　程陆扬特别直勾勾地盯着她宽松的衬衣下露出的大长腿，摊摊手表示无奈："沙滩裤有损男神气质。身为业界精英，你家程大爷从来不穿那种玩意儿！看来你只能将就将就，就这么着吧！"

　　秦真黑着脸，怒吼一声："我要回家！"

　　所以最后程陆扬只好把浴袍送给了秦真，秦真全天穿着浴袍在家跳来跳去，腰带还给系成了一个洋气的蝴蝶结。

　　程陆扬每天上午去公司处理必要的事情，中午就回来给她做饭。下午呢，两个人都坐在沙发上，程陆扬偶尔捧着笔记本画图，秦真就东摸摸，西瞧瞧，要么看电视，要么看书，偶尔兴致勃勃地凑过来看程陆扬画图。

　　程陆扬把客房里的被子和床单都重新换过了，夜里抱秦真去睡觉时，还特别真挚地邀请她和自己同睡："天气预报说今天要刮风下雨呢，万一打雷了，我又不在你身边，你害怕怎么办？"

秦真瞥他一眼："过去二十六年里你都不在我身边，要是打个雷都能把我吓死，我的坟头上都已经长毛了！"

结果夜里真的打起雷来了，外面的风刮得树木簌簌作响，雨滴也毫不留情地拍打着草木，闪电透过窗帘，还真有那么几分吓人。

秦真收到一条短信，从床头柜上摸来手机看，是程陆扬发来的：怎么样，怕不怕？要不要我来陪你？

她忍俊不禁，特别爷们儿地回了一句：不怕，打雷下雨可有趣了，我爱死了！

那边的程陆扬郁闷半天，干脆回她：可是我怕，我怕死了！求保护么么哒！

秦真哈哈大笑，还没来得及回短信，就听见了门外的脚步声。程陆扬敲敲门："程秦氏，我好怕……"

声音幽怨又委屈，简直笑掉她的大牙。

黑暗里，程陆扬把门推开，抱着枕头轻手轻脚地走进来，挤到她旁边，小鸟依人地靠了上来："睡不着。"

秦真往旁边挪了挪，大方地拍拍床："那行，陪你聊聊天。"

真神奇，有时候总觉得她和程陆扬像是男女性别互换了一样，偏偏两个人还特别自然，毫无违和感。

"聊什么？"程陆扬自觉地钻进被窝，"聊人生聊理想？"

秦真想了想："跟我说说你小时候的事吧。"

程陆扬一下子不说话了，心情似乎郁闷了不少，脸上的笑容也褪了点儿，嘀嘀咕咕地说："小时候的事情有什么好听的？还不就那点儿事！"

"可是我想听。"秦真把枕头立起来，和他一同靠在床头，挑了个最舒服的位置，然后侧过头来看着他，"我想了解你的过去，然后分享你的现在，今后嘛，如果你表现好，我也可以考虑和你一起过的。"

真傲娇！谁看不出她想和他一起过啊？

程陆扬撇撇嘴，最终同意了："好吧，你想听哪一段？"

"你说哪一段，我就听哪一段。"

程陆扬笑了："那好，我跟你说说在县城里和外公在一起的事。"

他挑了一段最欢快的，远离父母的漠视，在尚且不懂事的年纪里，未曾体会到父母对他和哥哥的区别待遇，也不明白他人略带惋惜的目光，只活在外公的保护之下，无忧无虑的那段日子。

那个时候程陆扬只有四五岁，早上会跟着外公一起去公园练太极，粉雕玉琢的小男孩站在哪里都是一道亮丽的风景线。外公和一群老公公老太太打得火热，而程陆扬就乖乖地坐在旁边的草地上，喝豆浆、吃葱油饼。

饼是巷子口一个推着三轮的老婆婆做的，每天早上她都准时出现在那里，葱油饼的香气总会叫经过的程陆扬馋上好一阵子。

外公不太主张他每天都吃这种油炸食品，倒不是担心外面的食物不卫生，而是因为不健康，那个老婆婆也在巷口做了几十年的生意，业界良心是有目共睹的。所以程陆扬只好接受了一周吃两次的规矩，雷打不动，要是一周内想多吃一个怎么办？不好意思，外公可是牛脾气，再撒娇都没用！

程陆扬像是想到了什么好笑的事，侧过头来看着秦真："对了，我还没跟你说过我外公的脾气倔到什么地步呢！那老头子可真是，简直超越了人类的语言范围，一路直逼外太空。"

他明明还没开始说呢，秦真就已经笑得不行了，这都是些什么形容词啊？

"程陆扬，你小时候语文一定很好！"

"呵呵，你家程大爷何止语文好，科科都是那么棒！"程陆扬很神气，"行了，别打岔，跟你讲讲我外公的英勇事迹。"

他讲了很多关于外公倔脾气的趣事，逗得秦真哈哈大笑。

最后程陆扬也笑了，却没有像往常一样和她贫嘴，而是静静地望着黑暗中的天花板，隔了好半天才慢慢地开口说："他是真的脾气犟，肺病拖了那么久，到后来已经变成肺癌了。癌细胞转移扩散得很快，医生再三劝他留在医院化疗，可他偏不。任由医生磨破了嘴皮子，他就是铁了心要出院。那时候一栋楼的老太太老头子都来家里轮番劝说，他干脆把门锁了，谁的话都不听。"

秦真的笑容顿时消失了，黑暗里，她一声不响地愣在那里，头一次听程陆扬这么认真地给她讲过去的故事。

他的声音很平静，很温柔，与窗外的疾风骤雨、打雷闪电截然相反，带着一种她所不熟悉的哀伤。

他说："老头子这辈子中年丧妻，晚年一个人住，他说他最高兴的事就是我回到县城去陪他。而他疼我爱我，把余生的所有精力都倾注在我身上，又怎么舍得住进医院化疗，留我一个人在家呢？"

老人回了家，带着外孙继续过日子，和以往任何一天都一模一样，烧菜做饭、送他上下学。周末的时候会带着他外出买菜，由着他像个大少爷一样在菜市场指指点点，他说要吃鱼，菜篮子里就一定有鱼；他说要吃土豆牛肉，餐桌上就一定会出现香喷喷的土豆牛肉。

最初的日子里，老人不断咳嗽，夜里甚至会咳血，但他关好了门，压低嗓音捂着嘴咳，甚至在被子里咳，无论如何也不让隔壁的程陆扬听见。

后来癌细胞转移到了肝脏，他就一宿一宿地肝疼，躺在床上翻来覆去，甚至用床头柜上的手电筒不断地抵住肝部，用皮肉的疼痛来转移注意力。

程陆扬说："小学的时候曾经学过一篇课文，史铁生写的，名字叫《秋天的怀念》。那时候我不太明白为什么史铁生的母亲会用椅子的扶手抵住身体，甚至抵出一个凹槽来。直到后来外公去世，我在他的身体上同样看到了那种痕迹。"

他顿了顿，像是在回忆什么似的，一字一句平平地念出来："我没想到她已经病成那样。看着三轮车远去，也绝没有想到那竟是永远的诀别。"

这是课文里的原句，秦真朦朦胧胧记得一些，可是也背不出来了。她抬头看着程陆扬，想说什么，却见他轻轻地笑了出来。

他说："外公去世的时候，其实我一点也不害怕。他跟我说，他可能要睡很长很长的一觉，他说我这么淘气，他替我操了不少心，今后他可以好好休息，把我交给我父母了。他说他年纪大了，眼睛也不好使了，炒菜的时候放盐经常会放多，做出来的东西也一天比一天难吃……这样的话，我回到父母身边也不会太想他。"

程陆扬的呼吸很平静，在这样静谧的房间里，一起一伏，声音喑哑而柔和。

"后来我就按他所说，躺在他身边，陪他一起睡。可我怕他会忽然离开我，所以就一直睁眼看着头顶的灯，我听见他大口大口地喘气，听见他艰难地跟我说，今后要好好的，不管遇到什么事情都要勇敢，他会一直看着我……后来他再也不说话了，一动不动地躺在我身旁，闭上眼睛睡着了。"

程陆扬的声音慢慢地弱下去。

秦真一下子说不出话来，最后只能伸出手去握住他，小声地叫他："程陆扬？"

她的程陆扬回过头来，眼睛里有一种亮晶晶的东西："他走的那天，我觉得我才真正一无所有了。没有父母，没有亲人，没有家。我孤零零地看着他，也不觉得害怕，只知道从今以后都不会有一个人像他那么爱我了。"

他伸出手在空中捞了一把，像是在抓什么东西，然后他合拢手指，慢慢地凑到眼前："有的东西是你无论如何费尽心思也留不住的，比如正在下山的太阳，比如被死亡带走的人，比如正在消失的色彩。"

秦真的眼眶一下子潮湿起来，有热气不断地溢出来，像是不受控制正待喷发的火山。她胡乱地抓住程陆扬的手，然后贴在自己的脸上，试图拉回他的注意力："总有会留下来的事物啊，比如我，比如我喜欢你的心情，比如你说过的未来，只有我们两个的未来。"

程陆扬低低地笑起来："嗯，我知道。"

秦真勉强松了口气，很想假装搞笑地拍拍他的肩，调侃一句"这么煽情不适合你"。

然而下一刻，她听见程陆扬用一种低沉到让人着迷的声音轻声说："如果你爱一个人，不管他老了还是病了，不管他做的饭菜有多么难吃，记性变得多么差劲，不管他脸上多了多少皱纹、看上去多么丑陋，你都不会因此而不爱他。

"其实我一直想告诉他，我那么努力地学习如何做饭，那么努力地学习如何去照顾一个人，是因为哪怕他老了、病了，觉得自己没有能力再陪在我身边，可我已经长大了，可以陪在他身边反过来照顾他。

"可是老天不给我这个机会，在他为我付出了那么多的心血之后，我还没来得及回报哪怕一丁点儿，他就这么走了。

"我还没有告诉他，你看，我已经会做饭了，会洗衣服了，会照顾阳台上的花草了，也会一个人赚钱生活了……那些他希望我做到的，我全部做到了，可是那个老头子真狠心，连炫耀一下的机会都不留给我，就这么走了。"

有一颗湿漉漉的珠子落在秦真的手背上，烫得她一颤，竟然一句话都说不出来。

程陆扬闭上眼睛，扯开嘴角露出一抹笑容："程秦氏，这种时候麻烦就不要秉承沉默是金的原则了，说点儿好听的，帮我压压惊吧。外面的雷声太大了，我都快被吓哭了，识相的赶紧温柔点儿劝慰我，不然我可要嫌弃你不够温柔体贴了。"

长长的夜里，电闪雷鸣，风雨交加。闪电一次一次照亮室内，雷声也轰隆隆的叫人烦躁不安。

秦真的心像是破了个洞，那些风啊雨啊全部灌了进去，把她淋了个透湿，难过得要命。

最后她靠了过去，小心翼翼地环住他的腰，把头埋进他的怀里，深吸一口气："程陆扬，这个世界上有很多我不能阻止也不能许诺的事情，比如日出日落，比如生老病死。我甚至不能向你承诺，我能一直忍受你的坏脾气，克服所有和你的差距，一辈子都像现在一样渴望和你在一起。"

她能感受到身旁的人瞬间僵硬了，心跳似乎也快了一些，显然是因为她的话而紧张了。

她还是没有抬起头来，而是听着他的心跳，闻着他身上好闻干净的气息，慢慢地说："可我是个胆小的人，一旦认定了某个东西，就懒得去改变，也不愿意去尝试新的。就好像沐浴露和洗发水的牌子，我总是用相同的，这么多年也没变过；就好像孟唐，喜欢他变成了我的习惯，那么多年也没对别人动过心——"

"所以你现在是想告诉我，你还喜欢孟唐，然后看看会不会把我刺激得就在这儿把你给办了吗？"程陆扬的语气阴森森的，显然很不高兴。

秦真摇摇头，头发丝在他下巴上蹭来蹭去的："不，我的意思是，所以我能够走出孟唐的感情，然后把你装进心里，这是一件非常了不得的事情。"

她的手一点一点收紧，紧紧地抱住他："所以程陆扬，只要你对我有那么一点点好，只要你肯每天对我多笑一点，不嫌弃我比你穷、比你小气、比你计较、比你爱唠叨，一直分出一点点的爱给我，我就一定不会轻易把你挪出去，重新换个人住进来的。"

"因为这里现在满满的都是一个叫程陆扬的人，再也装不下其他人了。"她把他的手拿起来贴在左心房，那颗跳动的心脏就好像被他握在手里，而她整个人的自尊与情感也悉数交给了他，为他所有。

安静的夜里，所有的坏天气都被锁在了室外。

脚残的半个月里，秦真哪里也没去，给家里打电话就声称自己最近老加班，没法回家。

而她无论如何没有想到，在一个周六的上午，当程陆扬去公司处理事情时，她居然就这么毫无准备地见、家、长、了。

那天早上，等到程陆扬走后，秦真简单地洗漱完毕，就跳进厨房里觅食。

程陆扬给她做的早餐很丰富，锅里热着小笼包和烧卖，保温杯里是一杯豆浆，餐桌上还放着一只洗净的苹果，颜色粉嘟嘟的，很可爱。

秦真也没梳头，就这么一跳一跳地把东西给挪到桌上，坐下来开始享受营养美味的早餐。

而大门也就是在这个时候被打开的。

秦真听见"咔嚓"一声，有人开门进来，当下一愣，还以为是程陆扬忘了带什么东西，所以回来拿。

她嘴里还鼓鼓囊囊地塞着一只小笼包，因为包子是灌汤的，汁水流进嘴里烫得她直哈气，眼泪都快出来了。

而她一边龇牙咧嘴不停地用手扇风，一边抬头看去。

玄关处很快走进来一位中年妇女，走到餐厅门口时，下意识地转过头来，然后——就没有然后了。

秦真披头散发，身着程陆扬的睡袍，跟个傻子似的被包子烫得龇牙咧嘴。

而餐厅门口的女人衣着大方华贵，烟灰色的大衣衬得她气质不凡，她的面容看起来很年轻，没有太多岁月的痕迹，总体来说，是个非常美丽的太太。

陆舒月困惑地看着这个看上去和儿子的公寓不太搭调的女人，慢慢地问了一句："请问你是——"

　　秦真已经顾不得烫了，一口把小笼包吞了下去，端起豆浆咕噜咕噜灌了几口，这才来得及站起身来，局促地说："我是秦真。"

　　面对对方依然困惑的表情，她又补充一句："程陆扬的，女朋友。"

　　第一次这么跟人介绍自己，她觉得非常非常不好意思。

　　而陆舒月诧异地看着这个金鸡独立且非常……嗯，非常有格调、特立独行的女人，表情有些奇特地自我介绍："我是陆扬的妈妈，我叫陆舒月。"

　　她看见秦真局促不安地蹦跶到她面前来，伸出了那只刚才还抓着小笼包的手，迟疑片刻，还是友好地和她握了握手。

　　秦真发誓，她这辈子从来没有想过，有朝一日她会以这样标新立异的方式见到另一半的家长。

　　陆舒月不愧是见过大世面的人，哪怕面对这样一个穿着品位都不太符合儿子审美，是不是儿子女友还有待考证的人，依旧露出一个礼貌又好看的笑容："你好，你刚才说你叫什么名字来着？"

　　秦真特别想拿出亲切大方的姿态来，以表示自己和她儿子的亲密关系，于是头脑不经思考就蹦出了最近程陆扬给她起的爱称："您叫我程秦氏就好！"

　　客厅里顿时安静了三秒钟。

　　大眼瞪小眼。

　　沉默，一片死寂的沉默。

　　秦真泪奔："不是，我的意思是，我叫秦真！程陆扬不知道哪根筋没长对，非得叫我程秦氏！"

　　话一出口，她又发现不对，匆忙补充道："不是，我不是说您儿子有根筋没长对！"

　　秦真哭丧着脸，默默地低下了头。

　　陆舒月"扑哧"一声笑了出来，觉得事情好像更有趣了，她摇摇头："你别紧张，我就是想着挺久没见到陆扬了，今天刚好经过这里，就上来看看。既然陆扬不在，我就先走了。"

　　"要不，您等等他？我给他打个电话。"

　　"别，他去公司也是有事，急急忙忙又跑回来干什么？我不过是闲着无聊才上来走走。"陆舒月似乎对秦真这种双颊爆红的样子很感兴趣，笑眯眯地拉着她的手，让她坐下来，"来，坐，别老站着，你的腿不是受伤了吗？"

她的态度这么温柔，一点也没有秦真想象中的什么著名企业董事长夫人的架子，秦真局促地又坐了下来，忐忑地迎接着被见家长的"惊喜"。

陆舒月问她："你们认识多久了？"

"大概，唔，半年左右。"

"那秦小姐是做什么的？"

"我是做房地产的，以前负责跑楼盘，现在负责和 La Lune 的合作。"秦真字字句句都说得特别小心谨慎，还刻意把 La Lune 两个单词发得字正腔圆，按照程陆扬曾经教她的方式，力求做到精确标准，希望给自己挣来个高一点儿的印象分。

虽然，她的印象分已经被她充满创意的造型一路直逼负数了。

陆舒月倒是没有表现出对她的职业有什么不满，只是眉头稍微上扬，露出一个诧异的表情，微微笑起来："和以前的三个都不一样呢。"

这下子秦真的好奇心才是真上来了，破天荒地发问："以前的三个？那三个是什么样的？"

陆舒月想了想，笑眯眯地说："第一个是个跳舞的，三天两头往国外跑，听说跳几场下来，工资就够她在市中心买套房子了。第二个是位人民教师，在市重点中学任教，教英语，一个假期的补课费比一年的工资都要高。第三个是个咖啡店老板，咖啡店很有格调，我去过，人长得也漂亮，还很会说话。"

一番介绍下来，秦真只有捂脸啜泣的冲动了。

她的平凡与渺小原本没有那么令她难以启齿，可是因为那些光芒万丈的对比，她瞬间低到了尘埃里，简直比灰尘还要卑微。

陆舒月静静地望着她，眼眸里是浅浅的笑意，波光流转。

秦真深呼吸了好几次，才鼓起勇气抬起头来，小声说："陆阿姨，虽然我很普通，工作不好，家境平凡，长得也不够好看，但是我很感谢程陆扬在这么多人里唯独挑中了我。我不知道他过去拥有过这么优秀的对象，也不知道您和程叔叔对于他的交往对象有多高的要求，但是因为喜欢他，想要和他在一起，所以我克服了自己的犹豫和胆怯，很勇敢地做出了这个决定。"

她的睫毛有些颤抖，她却还是勇敢地望着陆舒月，稳稳地说完了最后一句话："我很喜欢他，所以就算您和叔叔要反对，我可能也不会轻易放弃……不好意思。"

陆舒月好半天没说话，看着她的两只手特别纠结地缠在一起绕啊绕，看着她的脸一直维持在一个爆红的状态，看着她的睫毛颤啊颤，简直快把人的眼睛都给晃花了。

最后，陆舒月哈哈笑起来，像个孩子似的摸摸秦真的脸："秦小姐用什么牌子的面膜啊，皮肤好成这样，粉嘟嘟的，像水蜜桃，好有光泽！"

"……"

秦真惊悚地望着面前的长辈，仔细琢磨着她究竟是在转移话题打迂回战，还是拖延时间打游击战，然而陆舒月的表情太真实了，眼睛里是真的好奇。

她迟疑地答道："我不用面膜，就是每晚洗完脸擦点儿爽肤水……"

陆舒月又开始追问爽肤水的牌子，问题开始十分奇特地从化妆品一路直奔秦真平时穿衣的品牌，然后又发展到爱吃的菜色，最后居然又转移到了对程陆扬的设计风格有什么看法。

秦真老老实实地顺着长辈走，有问必答，态度诚恳。

虽然她也摸不清程陆扬的母上大人究竟在打什么如意算盘，反正兵来将挡，水来土掩，该出手时就出手，风风火火闯九州。

最后的最后，陆舒月忽然笑起来，朝她眨眨眼，改变了称呼，开口就是一句"真真"，差点没把秦真给吓倒。

她说："因为是初次见面，我也不知道你是个怎样的姑娘，所以聊得多了点儿，希望你不要介意。"

秦真赶紧摇头："不介意，不介意。"

"想必你也有所了解，陆扬从小没有跟在我们身边，所以和我们的关系……"

秦真忙点头："我知道，我知道。"

陆舒月顿了顿，又说："身为母亲，我为自己以前没有尽到一个母亲的义务而自责，这些年来一直想要弥补，可是陆扬的脾气倔，不肯给我们和解的机会。但是对于儿女的婚姻大事，我还是很重视的，不希望他在这条路上走岔了，今后吃苦头。所以刚才要是言语之间有什么让你不开心的地方，还请你别往心里去。"

秦真又开始点头："应该的，应该的。"

陆舒月被她这种超级乖宝宝的模式给逗乐了，笑眯眯地望着她："以前他从来没有带女孩子回家过，也绝对不会提出要主动照顾对方的要求，而今——"

她拉拉秦真身上属于程陆扬的睡袍，又指了指餐厅的方向，最后摸了摸因为担心秦真蹦跶的时候会撞到，所以被主人家用厚厚的泡沫包起来的茶几四角。

"你有多喜欢他，我暂时不确定，但是他对你有多用心，当妈妈的不会看不出。"

陆舒月的笑容美丽又俏皮："真真，我不是什么封建家长，不会讲究什么门当户对、金童玉女，没有什么比真心相爱更重要的了。只不过我可要事先提醒你一句，就算我这关过了，还有陆扬的爸爸——"

在秦真略微惊悚的目光里，母上大人用一种高深莫测的语气十分惋惜地说："可比我难打发多了。"

那种眼神……

那种语气……

那种表情……

秦真打了个寒战。

HOW NICE YOU ARE
ONLY I KNOW

Chapter 18
我爱你，就像天上最灿烂的朝阳

　　被陆阿姨现场抓包，秦真想着正式见家长的日子也不远了，可是一连几天看程陆扬神龙见首不见尾的样子，她只好一面告诉自己是因为程陆扬太忙，所以没工夫带她回家，一面却又忍不住猜想，他是不是还没有想好要把她带回家给父母看？

　　直到某天程陆扬回家，秦真看见方凯从车里钻出来，然后打开后备厢，这才一惊，明白了程陆扬这段时间都在干什么。

　　"你妈的腿脚不太好，有风湿，一到换季就痛，我专门去问了我爸以前的一个老战友，他给我说了一大堆补品。我抄了张单子，和方凯到处去买最好的补品，毕竟是送丈母娘嘛，你妈就是我妈，都得挑最好的。"

　　程陆扬一边说，一边把大盒小盒的礼品指给她看。

　　"这个是专门去云南买的，那个小巷子偏僻得要死，绕了好多圈才找到地方。"

　　他又从后座搬了一个沉甸甸的檀木盒子出来："你爸喜欢下象棋，我妈对玉石比较有研究，我厚着脸皮求她帮我找了个懂这方面的老先生，做了一副玉石象棋出来。不过象棋需要的材料比较多，没地儿找那么多相同材质的好玉，所以这玉很一般，也不知道你爸看不看得入眼。"

　　最后他搬了一大摞书出来，累得气喘吁吁的："这是给你弟的复习资料，我找人打听了一下一诊考试考了全市第一的那家伙用的都是什么书，然后照着给你弟买了一套。你告诉他，这可是你家程大爷的一片心意，他要是考不好，你替我揍他！"

"……"秦真一个字都说不出来。

"我想过了，在带你回家见我家里人之前，还是我先上门拜访你爸妈比较好。"程陆扬笑得很得意，"先过了你爸妈那关，咱们就可以直接扯证，扯完证再去我爸面前转一圈，叫他什么反对的话都说不出！"

他甚至凑到秦真的耳朵边，悄悄地说了句："实在不行，咱们还可以生米煮成熟饭，带着下一代去见他。他看见你肚子里怀了他的亲孙子，保准妥协！"

一个人说了半天，程陆扬终于发现秦真的表情不太对。

"怎么了？怎么不说话？"他的笑容一点一点褪去，颇为紧张地问她，"是不是礼物选得不好，你爸妈不喜欢这些？实在不行，我……我重新准备，你再给我透露点儿细节——"

"程陆扬。"秦真打断他的话，忽然揽住他的脖子，整个人都贴进他怀里。

眼眶热热的，心里也跟着热乎起来。

方凯摸摸鼻子，转过身去，眼观鼻，鼻观心。

而秦真在程陆扬耳边低低地说了声："谢谢你，程陆扬。"

"谢我干吗？"程陆扬耳根子红了，嘀咕道，"还不是为了娶到你，我也是替我自己做点儿事罢了，谢什么谢啊？"

秦真没说话。

谢谢你对我父母也这么好。

谢谢你把我当成宝贝一样捧在手心。

她眼眶热热地抱着他，在他脸上亲了又亲。

程陆扬脸红得快要爆炸了，一边哭笑不得地被她亲着，一边左顾右盼地小声说："程秦氏，虽然我很高兴你这么主动，但是咱们能不能回家再亲？回家把全套做足了都行，我保证乖乖就范，任你为所欲为……不过，公众场合呢，注意点儿影响行吗？"

秦真已经笑得不成样子了。

　　第二天出发前，秦真亲自替程陆扬挑了一套衣服，烟灰色的大衣，内搭浅黄色的针织衫与白衬衣。因为天气太冷，她还替他围上了纯黑色的围巾。

　　程陆扬比她高了一个头，为了配合她，微微低下头来，她则踮起脚，将围巾套在他的脖子上。

　　正仰起脑袋认真地替他整理衣领时，他却忽然揽住她的腰，俯身在她嘴唇上偷吻一个。

　　秦真脸红红地望着他，却看见他嘴角弯弯地对她说："程秦氏，我有没有说过我有多爱你？"

　　"没有……"

　　"那你现在听听看。"

　　程陆扬牵着她的手放在自己的心口，隔着衣料，他沉稳有力的心跳依旧传递到了她的手心。

　　"你唬我？"秦真扬眉毛，"谁的心不会跳啊？这跟你爱不爱我有什么关系？"

　　"有啊，因为你它才会跳得这么快。"程陆扬再次揽住他的腰，低头望进她的眼睛，"秦真，我是真的想娶你，想每天和你腻在一起。每天醒来有你在身边，早上有你为我系领带、配衣服，回家的时候也有你的身影……而我知道婚姻里不仅有这些甜蜜时刻，也有更多烦恼，我们也许会有小摩擦，会争执，甚至你气不过了还可能打我，你有没有信心和我一起克服每一次的困难，一直这么走下去？"

　　他难得这么温柔，眼神里满满的都是认真。

　　秦真心里一动，却笑着推了他一把："什么叫我气不过了还可能打你？你脾气那么暴躁，我还怕你会打我呢！我从小就是好孩子，从来不打人的，不信你今天去问我妈！"

　　程陆扬捉住她推他的手，眉头一挑："那你现在在干吗？"

　　秦真立马娇笑着揉揉他的胸："按摩，按摩行吗？"

　　"那我也来给你按摩按摩。"说着，程陆扬也伸出魔爪，对着秦真实施袭胸大招。

说笑打闹一阵，两人最终还是踏上了回娘家的旅程。

一切都很顺利，从见家长到饭桌上，程陆扬收起了臭脾气，自始至终谦恭有礼，陪着长辈说话。

其实他带来的那些礼物就足以收买二老的心了，除了秦天比较抓狂，趁程陆扬和父母说话的时候，拖着秦真就往自己房间走。

"人来了就算了，带那么多模拟卷、参考书来干什么？还嫌我屋子里堆的书不够多吗？"秦天很愤怒。

"那都是市里一诊考试第一名用的参考书，人家想求还求不来呢！"秦真戳戳弟弟的脑袋，"你给我悠着点儿，认真做！不然我揍你！"

不知不觉间，她已经与程陆扬站在了夫妻同心的立场上，一致对外。

秦真往客厅走的时候，这才反应过来自己转达给秦天的话完全是程陆扬的意思，忍不住笑了出来。

她倚在门框上，看着程陆扬背对自己，和父母聊得很欢。哪怕他没有回头，她也能感觉到他面上的笑容，一定是真挚又灿烂，那是她家程陆扬对待放在心里的人才会有的温柔诚挚。

这个人一向张扬霸道，像只螃蟹一样横着走，自顾自地活在这个世界上。可一旦他碰见了值得他放在心上的人，就会变得柔软下来，收起棱角，眨眼间变成世上最可爱的人。

她听他和他们聊着自己小时候的事情，话里话外都是对自己的维护与宠溺，两位老人又怎么会看不出来他对她的用心呢？

总而言之，岳父岳母这一关，程大爷算是顺利挺过了。

不久之后，二人约好去程家大宅见公婆，这回轮到秦真紧张了。

她早上四点半就醒过来了，望着窗外一点亮光都没有的天，却一点儿睡意也没了。闭眼尝试了好几次，结果眼睛都累了，却还是没能入睡。

踏进程家大宅的那一刻，秦真有些震惊，虽然早就告诉过自己，远航集团老总的住宅一定不会太低调，可是院子里竟然有个网球场——这在寸土寸金的 B 市还真是难得一见的奢侈。

她拉了拉程陆扬的手，低声说了句："我有点儿心虚。"

"你又不是我的地下情人，有什么好心虚的？"程陆扬给她打气，"没事儿，他要是敢给你摆脸色，你就跟她说你肚子里已经有一个了！他敢气你，你就对肚子里这个不客气！"

秦真"扑哧"一声笑了出来，被程陆扬牵着往大门走去。

家里的阿姨应了门铃，替他们开了门，秦真跟着程陆扬换了鞋，一路走进客厅。

沙发上坐着两个人，一位是秦真前不久见过的陆舒月，另一位头发白了三分之一，面容严肃、不苟言笑的男人就是程陆扬的父亲了。

秦真朝他们点点头："叔叔阿姨好。"

陆舒月笑眯眯地望着她："真真来啦？盼星星盼月亮，总算把你给盼来了！"

而程远航戴着金框眼镜在看报纸，只是抬头扫了她一眼，又面无表情地低头继续看社会新闻了。

陆舒月用手肘碰了碰他："哎，叫你呢。"

"是吗？"程远航淡淡地回了句，"不认识。"

程陆扬正欲说话，被秦真一把拉住，她微微一笑，对程远航说："叔叔您好，我是秦真，程陆扬的女朋友。"

程陆扬迅速补充一句："马上就是我老婆了！"

程远航的脸一下子拉长了，把手里的报纸往茶几上一拍："你老婆？说这话也不嫌害臊！婚姻大事，不经过父母的允许就擅自做主，你眼里还有没有我和你妈了？"

"这个啊，我得好好想想才知道。"程陆扬吊儿郎当地说。

陆舒月笑着打圆场，要秦真和儿子坐下来说话，东问问，西问问，十分给面子。

而程远航的眼神锐利得像是老鹰一样，扫在秦真身上叫她浑身不自在。他打量秦真片刻，也不说什么难听的话，只说："秦小姐既然是陆扬的女朋友，介不介意和我单独聊聊？"

"干吗干吗？我女朋友干吗要和你单独聊聊？你想挖墙脚还是怎么着？"程陆扬一听他要找秦真单独谈话，一下子紧绷起来，为了不让秦真被刁难，居然找了个挖墙脚的借口出来。

程远航也不跟他置气，只淡淡一笑："怎么，都决定要娶人做老婆了，还不许我和她单独聊聊？"

"是我娶她，又不是你娶，带她回来只是意思意思，让你们面子上过得去，谁说了一定要过你这关？"程陆扬像刺猬一样，碰上程远航就没什么好脸色，"不行，我不准你们单独聊！"

程远航继续笑："看来你也觉得你女朋友条件太低，过不了我这关，我还没说什么，你就已经心虚了。"

程陆扬夸张地笑了几声："呵呵，我要真是心虚了那还好办！只可惜我是太了解你，你对我都从来没有满意过，难不成还会满意我找的老婆？这辈子程老爷子也不见得对谁满意过，就是你家大儿子也经常被你数落，我可不敢叫我还没过门的老婆跟你单独聊聊，万一被你吓跑了，那可怎么办？"

秦真一把拉住他的手，不让他继续说下去，只不卑不亢地说："叔叔要和我单独谈话，我没问题。"

程陆扬眉头一皱，把她往身后一揽："开什么国际玩笑？不许去！"

秦真和他咬耳朵："听我的，我又不是被欺负的小白兔，你忘了当初我和送外卖的小哥吵架？你哪只眼睛看见我吃亏了？"

程陆扬挑眉，半信半疑地看着她。

"我早就想和你爸聊聊了，让我去让我去！"秦真跃跃欲试。

程陆扬觉得这个进展似乎不在意料之中啊！

程家大宅的书房大得叫人瞠目结舌，客厅在一楼，书房在二楼。

秦真跟着程远航走上古朴的木质台阶，看着他有些苍老却挺得笔直的背影，又注意到他间或捂着嘴咳嗽几声，这才察觉到他可能身子不大好。

他推开书房的门，自己先坐在金丝绒的暗红色复古沙发上，然后随手指了指自己对面的沙发："秦小姐，坐。"

秦真依言坐了。

赶在程远航开口之前，她就客客气气地说："不瞒您说，其实我早就想见您一面了。"

程远航倒是没料到她会率先来个开场白，于是淡淡地看着她："秦小姐的意思是，你早就想好了要嫁进我们家，还嫌陆扬把你带回来晚了？"

这得是有多大的自信心才会把别人都看成是觊觎他家大业大的货色

啊？

秦真微微一笑："不是因为这个，而是因为有些话，我早就想当着您的面说出来了。"

程远航对上她毫不避讳的锐利目光，看着她那坚定的神情，一时没有说话。

他注意到这个女人和刚进门那会儿似乎不一样了：进来的时候，她看起来很紧张，眼神里还透着一股羞怯的意味，而今她竟然和他目光相接，带着一种毫不客气的意味。

程远航隐约觉得，秦真接下来要说的话可能不会太中听，但他还是板着脸问了句："什么话？"

而秦真也当真直言不讳："我说的话可能不好听，您做好心理准备了吗？"

程远航眉头一皱："秦小姐什么意思？"

"就是字面上的意思，先提醒您一下，如果您准备好了要听，那我这就开始说。"

谈话还没开始，程远航已经被她弄得又惊又怒了。

秦真深吸一口气，娓娓道来："七个月前，我遇见了您的儿子，那时候我觉得他是世界上最不讲道理、最胡搅蛮缠的人，一张嘴臭得能把人气死，家教也差得就跟没父母似的。"

她看见程远航的眉头倏地紧皱起来，显然是被她那句"没父母似的"给气到了。

但她没有给他任何辩驳的机会，毫不停歇地继续说："后来因为工作上的事情，我们开始每天接触。最初我依然觉得他孤僻暴躁，难以接近，他甚至没有一个朋友，就连身边最亲密的小助理也难以捉摸他的内心世界——那时候我就在想，究竟是什么样的父母教出了这样的儿子，叫他丝毫不理会别人的感受，旁若无人地活在自己的世界里。"

程远航的声音冷冰冰地传来："秦小姐，说话还请考虑后果——"

"不好意思，我话还没说完，叔叔您是有教养的人，麻烦不要在别人说话说到一半的时候插嘴。"秦真更加不客气地说。

"几个月相处下来，我对程陆扬有了新的认识，我发现他并非不关心他人，而是把所有的关心都藏在了冷冰冰硬梆梆的外壳之下。他知道我家庭拮据，委婉地要方凯告知我，我欠他的汽修费应该由驾校来赔偿；他怕我一个人走夜路危险，总是叫方凯亲自把我送回家；他还曾经在我晕倒在路边时，把我送进医院守了一夜，第二天哪怕和我争吵了，也忍气吞声地把我送回了家——"

"秦小姐，说话还请说重点，我没兴趣听这些小说里才有的老梗——"

"不好意思，麻烦您老人家耐心点儿，别再打断我的话，那么我就能一口气说下去，行吗？"秦真彬彬有礼地说。

程远航有点儿恼羞成怒了。

"细节我也不多说，总而言之，我最后明白了程陆扬的心。他拥有一颗全世界最柔软最善良的心，只是缺乏耐心的父母给予他成长过程中必不可少的陪伴，以至于他像棵杂草一样孤零零地成长至今，看上去就成了最没有礼貌、最缺乏教养的人。

"所以归根结底，他变成今天这样，首先我要感谢您，如果没有您和阿姨当初生下他，我就遇不到这个对我好得没人能比的程陆扬。而同时，我也要毫不客气地痛骂您，因为做父母的只生不养，把年幼的他扔给了他的外公，甚至让他受到了至今无法释怀的伤痛，才有了今天这种浑身带刺的性格，这一点，令我无比唾弃！"

程远航震惊了！

"秦小姐——"

"抱歉啊，我还没说完，麻烦您再忍忍。"

秦真越说越慷慨激昂，要不是隔着张茶几，恐怕唾沫星子都要飞到他脸上了。

"在遇见我之前，您的儿子孤僻自傲、内在自卑，身边没有一个朋友；而遇见我之后，他终于表现出了喜怒哀乐，并且懂得如何放下自尊全心全意地对待一个人——我想这一点，是您和阿姨都没有做到的。说实话，我可以很骄傲地说，我一点也不觉得自己配不上您的儿子，因为只有和我在一起，程陆扬才是最好的程陆扬。"

程远航终于再也忍不下去了，重重地一拍桌子："我还从来没见过你这么大言不惭的女人！照你这么说，我儿子一无是处，我这个当父亲的也是个草包，而你是仙女下凡，大发慈悲救了深陷泥沼的他，是不是？你也太往自己脸上贴金了！"

一直在门外偷听的程陆扬听见这声拍桌子的声音，几乎就要冲进来解救秦真了。

然而下一刻，他听见秦真毫不客气地笑了起来，语气轻快地说："就是这个意思。"

程远航一下子接不下去话了。

他是真的没有见过这么厚颜无耻的女人！

他只能气得胸口大起大落，然后放狠话说："我告诉你，你休想嫁进我们程家来！"

秦真目光清澈地望着他，一字一句地说："说实话，你们以前那么对程陆扬，我恨你们都来不及，又怎么会想嫁进你们家呢？也许在您看来，您家的财产和企业叫所有人都嫉妒，但对我来说，它们什么都不是，我只要一个程陆扬就够了。而我非常确定一点，如果我开口，程陆扬就算是入赘我家，也根本不成问题。"

真的不成问题吗？

秦真当然不确定，这话是随口说说的，吓唬吓唬程远航，毕竟程陆扬多多少少还是一个骄傲的家伙，叫他入赘……他肯点头才怪。

程远航气得吹胡子瞪眼睛，偏偏还一句话都说不出来。

而秦真非常从容地站起身来，临走前回头说了一句："其实来之前，本来还想告诉您一件事情，想看您后悔当初那样对程陆扬的样子……只是您看起来似乎身体不太好，我怕说出来刺激到您，程陆扬心里也不好受，所以今天就点到为止吧。"

她鞠了一躬："不好意思，明明是来拜访您，结果说的话可能超出了您的预期，多有得罪，还请包涵。"

秦真穿着一双细高跟鞋，一步一步踩得木地板踢踏作响。

而当她走到门口时，又想到什么，回过头来嫣然一笑："还有一件事，想必您老人家也看出来了，我不是盏省油的灯，您尽管把我当成恶毒的女人不要紧。所以今后但凡有什么要针对程陆扬的，比如说要逼他离开我、逼他和别的女人相亲什么的，请千万冲着我来，拿钱砸我也好，给支票也好，有什么尽管放马过来，千万别一再使用老招数——比如说针对他的公司，收购他的合作方，或者抢走他的客源。"

秦真朝程远航眨眨眼，然后拉开了门。

门外站着她家程陆扬先生，眼睛亮晶晶的，嘴角也弯弯的。

程先生探了个脑袋进书房，对着程远航灿烂一笑："老爷子，我现在是吃软饭的好儿郎了，您老人家千万不要来招惹我，我家程秦氏不是好欺负的！"

程远航心头霎时间呼啸着掠过一万头羊驼。

秦真在程家停留的时间前后不超过一个小时，来也匆匆，去也匆匆。

程远航却觉得这简直像是台风过境，灾难重重。

他在书房坐着，一声不吭，既恼怒于秦真的放肆和无礼，又无法抑制地去回想她说的那些话。

他明白自己的恼怒来源于什么，一部分是为她的毫不留情，一部分是为那些言辞之间证据确凿的罪行——他曾经犯下的罪行。

对于程陆扬这个儿子，他于心有愧，终其一生都如此。

可是他程远航又是一个骄傲到不肯低头的人，他不愿意承认自己做错了，更不愿意因此就伏低做小，让儿子看出他心存愧疚。所以他变本加厉地在对待程陆扬的时候像个刽子手一样，做任何事情都不拖泥带水，甚至比对待程旭冬还要严厉苛刻。

他想要保留住做父亲的最后一点尊严。

他明知自己一再做着错误的决定，却死不悔改。

他想着程陆扬是他的儿子，无论如何也该体谅做父亲的尊严，此乃孝道。

于是终于到了今天，父子俩的距离越来越远。

窗外竟然飘起了小雪，这是冬日以来的第一场雪。

程远航没有开空调，只是静静地坐在暗红色的金丝绒沙发上，神情疲惫，目光空洞。他甚至有几分茫然，不知道自己究竟在这里想些什么。

直到陆舒月慢慢地走进来，在他腿上覆了一床毯子，然后拿起遥控器开了空调。

"天冷，一个人坐着发什么愣？"

程远航抬头看她，相伴几十年的结发之妻也老了，只是老去的速度似乎比他慢，至少她一头青丝依旧乌黑亮丽，要仔细分辨才看得出其中的银发。

他叹口气，再看看自己这双苍老的手，可想而知他的面上又是怎样的风霜。

"我在想……"他迟疑着，最终呼出一口白气，没有了下文。

"在想什么？在想自己当初为什么舍得抛下儿子，为了生意和公司对他不闻不问？还是在想该怎样才能弥补陆扬曾经受过的苦，叫他今后和你的关系缓和一些？"陆舒月在他面前蹲下身来，握住他的手。

"……"

"远航，人这辈子不可能不犯错，可是最重要的是不能一错再错。"她把那只手贴在自己的面颊上，"儿子都长大了，虽然我们犯了错，没能陪他度过那些日子，可他依旧是值得我们骄傲的儿子。你还要固执到什么时候呢？这种剑拔弩张的气氛又要在我们家持续多久呢？"

程远航的手微微发颤，而他平静地望着窗外纷飞的小雪，恍惚间记起程陆扬降生那一天，窗外似乎也是这样白雪茫茫。

医生对他说："瑞雪兆丰年，这大胖小子是个小福星呢！"

也是从那一年开始，他的公司越做越大，生意蒸蒸日上，可他似乎在被突如其来的惊喜冲昏头脑的同时，也遗忘了什么，丢失了什么。

比如亲情，比如对儿子的关爱。

在这个花花世界里，欲望与名利是两个太可怕的东西，轻而易举令人丧失理智，从此沦陷其中，越来越贪心。

他苦笑着回过头来，看着妻子："舒月，陆扬找的媳妇真是有本事啊，都快把我这块冥顽不灵的臭石头给骂醒了……"

而在一片纷纷扬扬的小雪中，那对年轻的恋人也携着手，一步一步走出了程家大宅。

"程秦氏你真是被我养得胆子越来越肥了，居然敢用这种语气和我爸对骂！"

"我心疼你，气不过他。"

"其实他也是刀子嘴豆腐心，那些话你别往心里去，下次也不要和他吵了。"

"所以你只会讲大道理吗？你叫我不要跟他吵，那你自己呢？"

"我这叫打是情骂是爱，这是我们程家人表达爱意的独有方式嘛……哎？哎哎！你干吗？打我干吗？"

"反正都要嫁给你了，程秦氏嘛，不也算是程家人？我看我也得早早地学会这种独特的表达爱意的方式，这才算是程家的一份子！"

"救命啊！谋杀亲夫了！这种老婆我不要了！"

"你敢不要！"

奔跑打闹的两个人最终停了下来，气喘吁吁地看着对方发笑。

秦真的眼睛水亮亮的，波光潋滟，面颊也因为奔跑而染上一层粉色的云霞。

这片住宅区处于一片草木之中，哪怕是冬日，依旧有苍翠茂盛的松林。早晨十点的太阳温柔地挂在天上，柔和的光辉令寒冷的冬日也变得温暖宜人。

程陆扬牵着她的手，一步一步往前走。

"秦真。"

"嗯？"

"我有没有说过我有多爱你？"

"早上的时候说过了。"

"那我再说一次。"

"嗯，最好换个不一样的比喻，别再用同一招了。"

"好。"程先生笑得嘴角弯弯的，用另一只没有牵她的手指了指天空，"我爱你，就像天上最灿烂的朝阳。"

"可是朝阳也会有落下的时候呢！"

"是啊，不过那就是人生，起起落落总是会有的。我们的爱情也一样，总会有悲喜交加，总会有小打小闹。可是不管经历什么样的事情，只要等到天亮，太阳又会升起来，而我的心也一样，会一直在你这里。"

秦真想笑，只能眉眼弯弯地对他说："程先生，我发现你最近已经变身甜言蜜语小王子了哦！毒舌属性已经泯灭了吗？我忽然间好不适应啊，挺想念以前那个凶巴巴的程陆扬的。"

"我倒是觉得不用了，今天听了你和老爷子的谈话，我发现你已经完美出师了，青出于蓝而胜于蓝，在气死人不偿命这方面比我强多了。所以咱们家里今后凡是要和人斗嘴皮子这种光荣而艰巨的任务就交给你了！"

"不能只交任务啊，存折本和银行卡也得统统上交才行！"

"今天天气真好。"

"你，去，死！"

"哈哈哈哈哈……"

半年后，坐在飞往希腊的航班上，秦真还是忍不住傻笑。

程陆扬翻着手里的杂志，斜睨她一眼："笑什么呢？"

"笑我们速度快啊，这就决定要结婚了。"

"不是决定要结婚，是已经结婚了。"程陆扬纠正她，视线继续在杂志上一扫而过，"程太太，请打起十二万分的精神，时刻牢记自己是一名已婚女性，保持自觉性。"

"我怎么就没自觉性了？"

"我承认右边的三个座位之中，靠走廊的这位男士长得还挺过得去的，但是身为已婚女性，为夫不得不沉痛地提醒你，请注意收敛目光，自觉把眼神锁定在你英俊帅气、玉树临风的丈夫身上，否则为夫醋性大发，你的结局将会非常惨烈。"

"……"

有了程先生的陪伴，长长的国际航班也变得很有趣。

五月的阳光热烈而自由，照耀在地中海宁静安谧的小岛上。

天是蔚蓝色的，海是蔚蓝色的，地中海圆弧式的屋顶也是蔚蓝色的，洁白的墙壁在阳光的映衬下闪耀着夺目的光芒。

秦真戴着遮阳帽和墨镜，在咸湿的海风中拥抱着圣托里尼的阳光与空气。

在那片爬满浅紫色花朵的白色房屋内，她将和程陆扬完成他们的蜜月之旅，或者更确切地说，也算是他们的两人婚礼。

去民政局登记不过是走法律形式，程先生没有什么朋友，秦真也没有什么亲戚，两家人在一起吃顿饭，这就算是简单的婚宴了。

程陆扬问过她："我不爱热闹的酒宴，你会不会觉得这样委屈了？"

秦真斜眼瞧他："觉得委屈我了，那今后就好好伺候我，别动不动就凶我！"

"伺候？"

这个纯洁的词被程陆扬说出来，很快就变得不那么纯洁了，而是意味深长起来。于是之后的几天里，他果然身体力行地实践了"伺候"程太太的任务。

希腊之行是他提出来的，他去英国读书时，曾经周游过欧洲，来过这个叫圣托里尼的小岛。地中海给过他美的震撼，而他希望能把启发自己做出很多至今难忘的设计的岛屿和秦真一起分享。

而这片宁静的岛屿也真的令秦真流连忘返。

世上最说不清的东西不是感情，是时光。

和最爱的人一起漫步在光影世界里，很容易就忽略了时光的流逝。

白天，他们如同所有不知疲倦的游客一般，穿梭在希腊的小镇上，看当地人过着自由散漫的生活，偶尔停下来喝一杯咖啡。夜晚，他们与其他的蜜月眷侣一样，将沉沉夜色也染上一丝温暖春意。

来到希腊的第三天，程陆扬带秦真去了钟楼之下的小教堂。

教堂靠海，时刻可以呼吸到充满自由气息的海的味道，而教堂附近是居民们的住宅，很多古铜色皮肤的小孩子围在这里玩耍，好奇地望着形形色色不同肤色的人。

秦真不曾来过教堂，她好奇地看着教堂里对她来说非常新鲜的一切，程陆扬则带着她慢慢地走到了最前排的椅子那里。

有神父站在白色的布台后，程陆扬上前与他轻声交谈，然后回头朝左顾右盼的秦真招招手。

秦真听话地走上前。

程陆扬拿出手机，找出了一首事先准备好的背景音乐。

前奏响起时，舒缓温柔的音符回响在空旷的教堂大厅里。

秦真一怔，随即看见程陆扬转过身来，对她露出一个温柔又叫人炫目的笑容。

他清了清嗓子，用一种清澈悦耳的语调说："诸位亲爱的来宾——地中海的海风与空气，阳光与尘埃，今天，我们在这里齐聚一堂，共同见证秦真小姐和程陆扬先生的婚礼。"

她错愕地站在原地，看见神父在听不懂中文的状态下，也露出一个温和的笑容。

程陆扬轻轻执起她的手，低下头来望进她的眼睛，在悠长缓慢的音乐里说了很长很长一段话。那是智利诗人 Pablo Neruda 所写的一首爱情诗，因为秦真的英文并不好，程陆扬在念完英文之后，又将中文翻译给她。

时光似乎在这一瞬间被画上了休止符，此刻，全世界的喧嚣就此寂静，她耳边只剩下他的声音。

他只是温柔地凝视着她，一切似乎已经不言而喻。

原来爱情真的是一件超越语言的事情。

当我爱着你，当我望着你，于是一切心意已经不需要语言来说明。

　　他们所传言的我
　　我的爱人
　　不会比我所告诉你的更加糟糕

　　在认识你之前
　　我曾经居住在大草原
　　那时候我从未等待爱情
　　玫瑰一经出现，我便热烈地追求

　　他们还能告诉你什么
　　我不好也不坏，就是个男人
　　他们会提到我生活中的危险
　　这些危险你都知道
　　而且你以热情与我共同分担

为了瓦解
我们之间甜蜜坚定的爱
他们会在我耳边
唠叨说
你爱的这个女人
与你不般配
你为什么要爱她
你应该找个更美丽、更认真、更深刻
或者更别的什么的女人，总之你明白的
你看她多瘦弱
多么愚昧
多么不会着装
等等，等等

而我要郑重地宣告
我是如此需要你，我的爱人
我是如此爱你，我的爱人
……

你带着你的真实
来到我生命当中
是我期望的
光线、面包和黑夜
我就爱这样的你，
如果有人想听我说这些
将来我不会再说，今天就听好
而且我要让他们退到一边
因为与他们争论为时尚早

将来我们会让他们瞥见

我们爱情大树的一叶

那叶子飘落大地

如同一个深吻

自我们不可战胜的爱情高峰

飘然落地

它将见证挚爱的火热和温柔

这首诗很长很长，长得像是他们相识以来共同走过的点点滴滴。

这首诗也很短很短，短到于整个漫长的人生而言，犹如沧海一粟，弹指一瞬。

当他停在最后一个音符上时，秦真的耳边产生了一刹那的幻听，似乎地中海的空气与海风、阳光与尘埃都纷纷鼓起掌来，她的世界一片炫目，喜悦与甜蜜交替奏响了爱情的乐章。

在她泪眼模糊的视线里，她看见程陆扬慢慢地单膝跪地，执起她的手低头亲吻，然后抬头虔诚地望着她："秦真，这是我的誓言，也是我永不背叛的承诺。"

This is my vow. All my life, I will always love you.

HOW NICE YOU ARE
ONLY I KNOW

番外
程陆扬告别单身日记

我叫程陆扬，男，三十岁，谈过三次恋爱，三个前女友都漂亮聪明，家境优渥。

三段恋爱里，最长的恋爱关系维持了三个月，最短的十七天。

一开始，所有人都觉得我帅气多金，不是我往自己脸上贴金，虽说我脾气不好，个性糟糕，但我也有百分之百的信心能够迎娶一个女神回家。

而我从来没有想过有朝一日，我会娶一个全身除了皮相以外，其余属性和女神完全相反的女人回家。

她凶巴巴的，爱贪小便宜，脾气不好，但涉及利益问题就显得特别包子。她没钱也没学历，没有好工作，也没有好家境，她就是那种离我的世界很遥远的草根一族，兀自生长在这个复杂的社会里，起早贪黑，却也换不来什么优渥的生活。

我曾经对这种人敬而远之，因为我们的人生根本不会有任何深入交集。

所以我深刻怀疑丘比特是不是在射箭的时候，靶子失准，把我预订好的女神统统射死了，不然月老怎么把这样一个包子送到了我面前呢？

她是那么横冲直撞地闯进我的世界，鲜活生动，没有一点淑女气质，带着我全然不理解的孤勇，把一颗真心毫无保留地呈现在我眼前。

她关心我，怒斥我，苦口婆心地教育我，在我生病的时候照顾我。

　　她看起来明明比谁都无所畏惧，可是面对爱情，她懦弱又天真，所以才会被渣男伤了一次又一次。

　　一开始是护短，她好歹算是我程陆扬手下的人，怎么能被人欺负得毫无还手之力呢？

　　而到后来，当她在我面前肆无忌惮地流眼泪时，我心里已然出现了一种奇怪的情愫——我在心疼。

　　我甚至嫉妒孟唐，厌恶孟唐，憎恨孟唐。

　　面对这些过去三十年里都不曾出现在我生命里的种种感受，我束手无策，而在我忙着对她好，一次一次为了她的相亲出力的同时，我终于把她推销出去，也终于察觉内心的兵荒马乱。

　　我喜欢她。

　　我想要霸占她的好。

　　我想这世界上从来就没有什么完美的搭配，所以我和秦真，高富帅和小草根的爱情，也不应该存在任何问题。

　　在爱情里，所谓的天作之合、佳偶天成，不在于双方的条件多么好，外在多么匹配。因为在真心面前，一切不匹配都毫无意义。

　　我叫程陆扬，男，三十岁，在我以为自己会一直这么孤零零地生活在黑白世界里这一天，遇见了一个叫秦真的女人。

　　从今以后，我的世界里多出一轮五彩缤纷的太阳，永不坠落，光芒万丈。

HOW NICE YOU ARE
ONLY I KNOW

后记

谨以此文，献给所有正沐浴爱情、抑或等待爱情的你们。

希望看到这里的你们平安喜乐，终其一生，满满的都是爱。

Pablo 在诗的结尾说：你带着你的真实来到我的生命里。

而我非常感谢你们也带着分享的心情来到这个故事里。

这个故事耗费了我三个月的时间完成，又过了一年多的时间才终于在纸上呈现出来，程陆扬和秦真的故事迎来了句点，而我和你们一起见证了他们的相爱。

无法言喻的感激与感动。

鞠躬。

容光

2015 年 11 月 1 日

【官方 QQ 群：193962680】

每周丰富多彩的群活动，好礼不停送！
作者编辑齐驾到，访谈八卦聊不停！

扫一扫看更多图书番外，作者专访

你有多美好，
只有我知道
How nice

最美时光
第一季
—11—

大鱼
大鱼文学

编辑推荐

在遇见陆晚江以前，高以樊从未主动开口说爱
在遇见她以后，他却有着说不尽的独家告白

"为什么对我这么好？"
"和拥抱亲吻一样，都是我无法掩饰的本能。"

甜宠作者三文愚动情书写善变世界里的执着守护
愿世间深情无人错付，愿有人温柔待你如初。

书　名:	**原来可以等到你**
作　者:	**三文愚**
定　价:	**24.80 元**

男主角 —— 高以樊："你怎么还不来爱我。"
女主角 —— 陆晚江："我这不是来了么。"

封面赏析

原来可以
等到你

善良爱恋够守护

三
文
愚

内容简介

当傲娇又腹黑的高以樊不可救药地陷入暗恋，世上所有的倾城容颜都比不上陆晚江澄澈会笑的双眼。

陆晚江想要的不多，不过是一个许她温柔的恋人，他却给了她今生今世全部的疼爱与陪伴。

在至亲面前，他坦言："这个女人其实算不上美，可是她，让我觉得动心。动心的次数太多，就渐渐动了爱情。"

在情敌面前，他回绝："不好意思，我向来只替自己爱女人。"

在最爱面前，他笃定："你和我说你什么都不缺，可我始终觉得你缺一个人，一个你爱也爱你的人。"

她问："为什么对我这么好？"

他揽她入怀："和拥抱亲吻一样，都是条件反射。"

这世间，总有一个人，免你无枝可依，给你最稳妥的爱。